मृत्यु के पार

भगवान श्री रजनीश
अब केवल 'ओशो'
नाम से जाने जाते हैं।

ओशो के अनुसार उनका
नाम
विलियम जेम्स के शब्द
'ओशनिक' से लिया गया है, जिसका
अभिप्राय है सागर में विलीन हो जाना।

'ओशनिक' से अनुभूति की व्याख्या तो होती है, लेकिन, वे कहते हैं कि अनुभोक्ता के संबंध में क्या ? उसके लिए हम 'ओशो' शब्द का प्रयोग करते हैं। बाद में उन्हें पता चला कि ऐतिहासिक रूप से सुदूर पूर्व में भी 'ओशो' शब्द प्रयुक्त होता रहा है, जिसका अभिप्राय है: भगवत्ता को उपलब्ध व्यक्ति, जिस पर आकाश फूलों की वर्षा करता है।

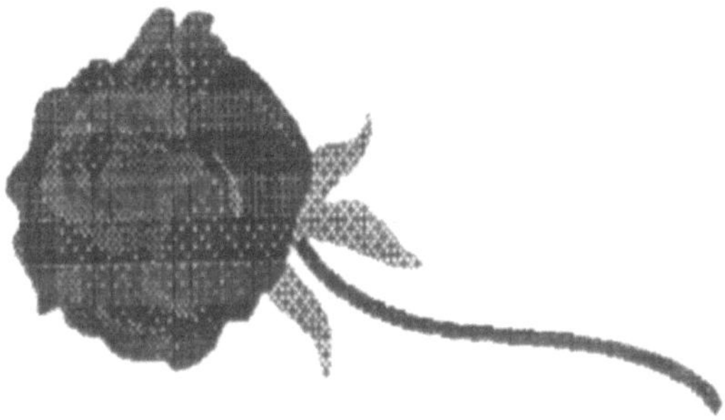

मृत्यु के पार

ओशो

संपादन	*मा अमृत साधना* *स्वामी सुरेन्द्र साधना* *डा० गिरिराजशरण अग्रवाल*
संयोजन	*स्वामी योग अमित* *स्वामी प्रेम राजेंद्र*
संकलन	*स्वामी योग भरत* *मा योग मुक्ता*
कम्प्यूटर ग्राफ़िक्स	*नवीन सरन*
लेज़र टाइपसेटिंग	*ग्राफ़िक्स बी* *37-A, न्यू मार्किट, बेगम ब्रिज, मेरठ 25001*
प्रकाशक	*डायमंड पाकेट बुक्स प्रा. लि.* *2715, दरियागंज, दिल्ली 110002*
संस्करण	*1994*
मूल्य	

अनुक्रम

ओशो परम कल्याणमित्र हैं, अस्तित्व का माधुर्य हैं।
उनकी करुणा का सहारा पाकर मानवता धन्य हुई है।

ओशो जिनका न कभी जन्म हुआ, न कभी मृत्यु
जो इस पृथ्वी ग्रह पर
11 दिसम्बर 1931 से 19 जनवरी 1990 तक
केवल एक आगंतुक रहे।

प्रस्तुत प्रवचन सम्मुख-उपस्थित श्रोताओं के प्रति
ओशो के सहज प्रतिसंवेदन हैं, जिनका मूल्य शाश्वत
व संबंध मानव-मानव से है।

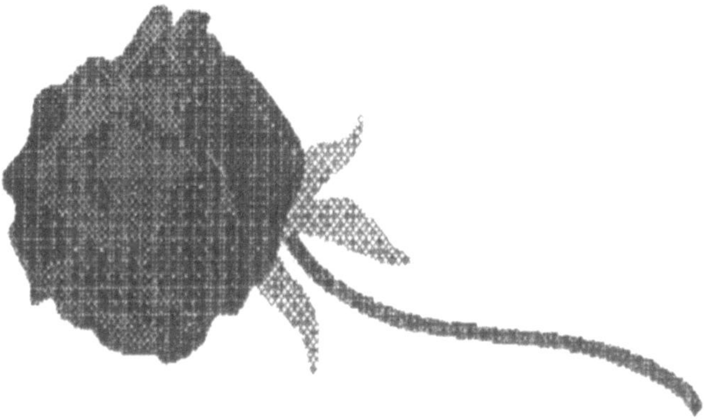

१. नानक दुखिया सब संसार

मैं अगर दुःखी हूँ तो सारी दुनिया ज़िम्मेवार है, ऐसा ही मन मानने को करता है, लेकिन जब मेरे दुःख में सारी दुनिया ज़िम्मेवार है तो यह कैसे हो सकता है कि सारी दुनिया के दुःख में मैं ज़िम्मेवार न रहूँ? यह तो एक ही सिक्के के दो पहलू हैं। अगर इस कमरे में बैठे हुए सारे लोग मेरे दुःख में ज़िम्मेवार हैं तो यह कैसे संभव है कि मैं उनके दुःख में ज़िम्मेवार न हो जाऊँ? क्योंकि, जब तुम सोचोगे, तुम जिस सारे कमरे की बाबत सोचोगे, उसमें मैं भी हूँ। मैं जिस दुनिया के संबंध में सोचूँगा, तुम भी उस दुनिया में हो। आमतौर से हमारा मन यह मानने को करता है कि मैं अगर दुःखी हूँ तो सारी दुनिया ज़िम्मेवार है। लेकिन इसका दूसरा पहलू यह है कि तब दुनिया के दुःख में मैं भी ज़िम्मेवार हूँ, क्योंकि यहाँ हमारा जो जीवन है, वह अलग-अलग जीवन नहीं है।

जीवन इकट्ठा है और इतना इकट्ठा है कि सिर्फ़ हमारी समझ की कमी है कि हमें उसका इकट्ठापन पूरा दिखायी नहीं पड़ता है। इस कमरे में हम इतने लोग बैठे हैं। इस कमरे में अगर एक भी आदमी दुःखी है तो इस कमरे की हवा, इस कमरे का वातावरण वह दुःख की तरंगों से भर देगा और इस कमरे में आने वाले व्यक्ति

को पता भी नहीं चलेगा कि वे दुःख के वातावरण में प्रविष्ट कर गए हैं। हम सब एक-दूसरे को छू रहे हैं। छू रहे हैं, यह कहना भी ग़लत ही है, हम सब एक-दूसरे से जुड़े ही हुए हैं। हम इतने ज़्यादा जुड़े हुए हैं कि जिसका हिसाब लगाना मुश्किल है। हमारी हालत ऐसी है जैसे एक वृक्ष के पत्ते को होश आ जाए और वह सोचे तो उसको ऐसा समझ में पड़े कि वह जो पड़ोस का पत्ता है वह अलग है, मैं अलग हूँ, जबकि वे एक ही शाखा पर लगे दो पत्ते हैं और उनमें से एक पत्ता भी बीमार नहीं पड़ सकता—सब पत्तों को बिना बीमार किए। सब जुड़े हुए हैं।

एक की लहरें दूसरे-तक पहुँचती रहेंगी। हम कह सकते हैं कि एक वृक्ष के सब पत्ते जुड़े हैं, लेकिन बग़ल का वृक्ष तो अलग है। लेकिन, नीचे ज़मीन दोनों को जोड़े हुए है और जिस ज़मीन से इस वृक्ष की जड़ें बँधी हैं, उसी से दूसरे की भी बँधी हैं। यह असंभव है कि एक वृक्ष बीमार हो और दूसरा स्वस्थ रह जाय, क्योंकि दोनों एक ही ज़मीन से जुड़े हुए हैं, एक ही हवाओं से जुड़े हुए हैं। तब हम यह कह सकते हैं कि इस पृथ्वी पर जो वृक्ष हैं, हो सकता है वे परस्पर जुड़े हुए हों, लेकिन और पृथिवियाँ भी होंगी, कहीं उन पर भी वृक्ष होंगे। वास्तविकता इतनी-सी ही है कि हमें दिखायी नहीं पड़ता है कि जोड़ सब तरफ़ फैला हुआ है।

असल में दूर, अंतहीन सीमाओं पर भी जो तारे होंगे, वे भी किसी-न-किसी भाँति मुझसे प्रभावित होंगे, और मैं उनसे प्रभावित होऊँगा। यानि, जिन तारों का हमें कोई पता भी नहीं है और जिन तारों को मेरा तो कोई पता ही न होगा (लेकिन पता होना ही ज़रूरी नहीं है) सब एक-दूसरे से जुड़े हुए हैं। एक समुद्र के किनारे जो लहरें आकर टकरा गयी हैं उसकी हज़ारों लहरों ने आकर प्रभावित किया है, जिसका उसे कोई भी पता नहीं है जो न मालूम कितने हज़ारों मील दूर एक लहर उठी होगी। अब उस लहर के संदर्भ में सारी लहरें प्रभावित होंगी।

अभी यह जानकर भी हम हैरान होंगे कि लहर-जैसी चीज़ आमतौर से हमें आती हुई दिखायी पड़ती है, वस्तुतः कोई लहर आती नहीं। लहर तो अपनी जगह से उठती है, लेकिन उसके उठने की वजह से बग़ल में गड्ढा हो जाता है। इसी तरह दूसरी लहर अपनी जगह उठती है। कोई लहर आती नहीं है; सब लहरें अपनी जगह उठती और गिरती हैं। 'लहर आना' बिल्कुल ही भ्रामक बात है; लेकिन वह जो छा जाती है, कंप्लीट हो जाती है।

एक लहर उठेगी तो उसका परिणाम पूरे अंतहीन सागर की छाती पर पड़ने वाला है, और वह जो एक लहर उठी है उससे रेत पर भी फ़र्क़ पड़ेगा, हवाओं पर भी फ़र्क़ पड़ेगा। सब-कुछ बदल जाएगा। यह दुनिया ठीक ऐसी ही न होती, अगर वह लहर न उठी होती। इस दुनिया में बुनियादी फ़र्क़ होता है। हम एक

आदमी को हटा लें दुनिया से तो सारी दुनिया दूसरी होगी। आदमी तो बहुत बड़ी चीज़ है, कई दफ़ा तो बहुत छोटी-छोटी घटनाएँ सारे विश्व को प्रभावित कर देती हैं।

नैपोलियन ज़िंदगी-भर बिल्ली से डरता रहा। छह महीने का था कि एक बिल्ली उसकी छाती पर सवार हो गयी। नौकरानी बाहर गयी हुई थी। वह भागी हुई आयी। बिल्ली उसने उतार दी। लेकिन उस छह महीने के बच्चे पर असर हो गया बिल्ली का। वह बाद की ज़िंदगी में शेर से लड़ सकता था, लेकिन बिल्ली को देखकर काँप जाता था। जिस युद्ध में वह नेल्सन से हारा, उसमें नेल्सन सत्तर बिल्लियाँ अपनी फ़ौज के सामने बाँधकर ले गया था, क्योंकि उसे यह पता चल गया था कि नैपोलियन बिल्ली से डरता है।

मनोवैज्ञानिक कहते हैं कि नेल्सन नहीं जीता, बिल्लियाँ जीतीं। अगर छह महीने की उम्र में नैपोलियन की छाती पर एक बिल्ली सवार न होती तो दुनिया का इतिहास पूरा दूसरा होता। अगर नैपोलियन जीतता तो इतिहास बिल्कुल दूसरा होता; मगर नैपोलियन हारा तो इतिहास बिल्कुल दूसरा हो गया।

इस घटना की गहराई में जाएँ तो मालूम होगा कि बिल्ली का एक बच्चा जो उसकी छाती पर चढ़ गया था, वह सारी दुनिया के इतिहास को प्रभावित करने वाला बच्चा (बिल्ली का) है; वह साधारण नहीं, ऐतिहासिक बच्चा है। यानि तब हो सकता था कि भारत अँग्रेज़ों का कभी ग़ुलाम न होता, अगर वह बिल्ली का बच्चा नैपोलियन की छाती पर न चढ़ा होता। तब हो सकता था अँग्रेज़ों का साम्राज्य कभी पैदा ही न हुआ होता, क्योंकि वह तो नेल्सन की लड़ाई में तय हुआ कि साम्राज्य जगत् पर किसका होगा—फ्रांस का होगा कि इंग्लैंड का होगा। हाँलाकि उस बिल्ली के बच्चे को क्या मतलब दुनिया के इतिहास से? वह तो ऐसे ही गुज़र रहा था और एक बच्चे पर सवार हो गया था। उसे क्या लेना-देना था इतिहास से?

मैं सिर्फ़ उदाहरण के लिए कह रहा हूँ कि ज़िंदगी इतनी संबंधित है कि वह जिसको हम बहुत क्षुद्र कहते हैं, उसको भी क्षुद्र नहीं कहना चाहिए। हम सिर्फ़ इसलिए क्षुद्र कह पाते हैं कि विराट्-संदर्भ में उसके क्या-क्या परिणाम होंगे, यह हमें कुछ भी पता नहीं है। हम सब जुड़े हैं। वह जो जीवित है, जुड़ा है, वह जो नहीं जीवित है, वह भी जुड़ा है। यानि हमारे सुख और दुःख में हमारे जीवित लोगों का ही हाथ नहीं है; वे जो अब नहीं हैं जगत् में उनका भी हाथ है हमारे सुख-दुःख में। हम और गहरे देखें तो अभी जो पैदा नहीं हुए हैं, उनका भी हाथ है।

अजन्मे लोगों के प्रभाव को समझना ज़रा मुश्किल पड़ता है, क्योंकि हमें तो यही देखना मुश्किल पड़ता है कि वियतनाम में किसी आदमी की हत्या हो गयी है तो उससे मेरा क्या संबंध है ? वस्तुत: मैं भी उस दुनिया को बना रहा हूँ, जिसमें वियतनाम संभव है । अमेरिका को गाली देकर कुछ हल नहीं होगा । मैं भी उस दुनिया को बनाने में ज़िम्मेवार हूँ, जिसमें वियतनाम जैसी घटना घट सकती है । मैं भी उस दुनिया को बना रहा हूँ, जिसमें अहमदाबाद का दंगा हो सकता है, भले ही मैं अहमदाबाद में नहीं रहता । जिस दुनिया में मैं रहता हूँ, उसी में अहमदाबाद भी संभव हुआ है । तो जाने-अनजाने मैं भी जुड़ा हुआ हूँ, अपराधी मैं भी हूँ । 'अगर ज़िंदगी में कहीं फूल खिलता है तो उसकी ख़ुशी का भागीदार भी मैं हूँ ।' जब तक इस भाँति एक-एक व्यक्ति अपने पूर्ण उत्तरदायित्व का अनुभव न करे तब तक दूसरी दुनिया नहीं बनायी जा सकती, क्योंकि जब मैं ऐसा अनुभव करूँ कि वियतनाम में जो हत्या हो रही है, उसमें मैं ज़िम्मेवार हूँ, तब मुझे बदलना ही पड़ेगा अपने को ।

लेकिन मैं क्या कहता हूँ ? मैं कहता हूँ—अमेरिका के लोग ज़िम्मेवार हैं, फ़लाँ प्रेज़िडैंट ज़िम्मेवार है, फ़लाँ पार्टी ज़िम्मेवार है, मैं बच गया, मेरी बात ख़त्म हो गयी । अगर हिंदुस्तान में ग़रीब हैं तो मैं कहूँगा—पैसे वाले लोग ज़िम्मेवार हैं, उसमें मैं क्या कर सकता हूँ ? बिरला ज़िम्मेवार है, फ़लाँ ज़िम्मेवार है; बात ख़त्म हो गयी ।

मैं अपने को ज़िम्मेवार मानूँ तो मुझे क्रांति से गुज़रना पड़े इसी वक़्त, क्योंकि तब मुझे देखना पड़ेगा कि क्या मेरे मन में भी अपने से किसी को नीचे रखने में रस आता है ? अगर रस आता है तो फिर किसी को ग़रीब करने में बिरला ही ज़िम्मेवार नहीं है, मैं भी ज़िम्मेवार हूँ । मुझसे कोई बड़ा मकान बना लेता है तो क्यों मुझे पीड़ा और परेशानी होती है ? क्योंकि मेरी भी ज़िम्मेवारी है, मैं भी जुड़ा हुआ हूँ कहीं । हम सब भी कोशिश में लगे हुए हैं, चाहे हम ग़रीब हों, लेकिन हम इस कोशिश में लगे हुए हैं कि कैसे अमीर हो जाएं ? वह कोशिश ग़रीबी पैदा करती रहेगी ।

अगर मुझे कोई अपमानित कर दे तो क्या मेरे मन में उसकी हत्या कर देने का ख़याल नहीं उठ आता ? हम कितनी दफ़ा सोच लेते हैं कि मार डालो फ़लाँ आदमी को, समाप्त कर दो । नहीं मारते हैं, यह दूसरी बात है, लेकिन यह हमारे मन में तो उठ आता है । अगर हमारे पास ताक़त हो, सुविधा हो, हम पर कोई रोक न हो, हमारे पकड़े जाने का कोई उपाय न हो तो हम इस बात को भी कार्यान्वित कर देंगे । अगर तुम्हारे हाथ में इतनी ताक़त हो कि तुम अपने सारे दुश्मनों को

आज ही समाप्त कर सको और तुम पर कोई उँगली भी न उंठा सके तो पूछना ज़रूरी है कि क्या तुम समाप्त करोगे कि छोड़ दोगे ? तो मन कहेगा कि समाप्त कर देंगे। न करने का कारण यह नहीं कि हम समाप्त नहीं करना चाहते हैं; नहीं करने का कारण यह है कि समाप्त करने की सुविधा जुटाना बड़ी मुश्किल बात है। किसी को मिल गयी है, वह कर रहा है। किसी को नहीं मिली है, वह सोच रहा है।

जब तक मेरे मन में ऐसा सवाल उठता हो कि जो मेरे विरोध में है, मेरा दुश्मन है उसे ख़त्म कर देना है, तब तक वियतनाम होता रहेगा, क्योंकि वियतनाम वही है। एक बड़े पैमाने पर वही घटना हो रही है कि जो मुझे बरदाश्त नहीं है; उसे मैं ज़िंदा नहीं देखना चाहता हूँ। हमारा पूरा समाज वही कर रहा है। एक चोर को हम सज़ा दे रहे हैं, एक हत्यारे को हम फाँसी दे रहे हैं, बड़े मज़े की बात है। हत्यारे पर जुर्म ठहरा रहे हैं कि समाज की तुमने हत्या की है, इसलिए तुम ज़िम्मेवार हो। सज़ा हम उसे हत्या की दे रहे हैं कि हम तुम्हें मार डालते हैं। अब उनके मार डालने के लिए कौन ज़िम्मेवार होगा ? फ़र्क़ इतना ही है कि वह अकेला है और समाज के ख़िलाफ़ हत्या कर गया है; और हम समाज के पक्ष में हत्या कर रहे हैं, इसलिए हम जज हैं, न्यायाधीश हैं। हम जो हत्या कर रहे हैं वह हत्या नहीं है, वह सज़ा है ! उस आदमी ने भी, हो सकता है, सिर्फ़ सज़ा दी हो।

जिस समाज में एक हत्या न्यायोचित है और
एक हत्या न्यायोचित नहीं है,
उस समाज में हत्याएँ कभी भी हो सकती हैं।

सवाल सिर्फ़ यह है कि कब हम न्यायोचित हत्या ठहरा सकें। वह न्यायोचित हो जाय, हत्या तब हत्या नहीं रहेगी। हम कहते हैं कि आदमी को मारना पाप है, लेकिन दो मुल्क लड़ने लगते हैं तो जिस आदमी ने जितने ज़्यादा आदमी मारे हैं, उसको हम 'महावीर चक्र' देंगे ! अब कितने मज़े की बात है ! आदमी को मारना हर हालत में पाप नहीं है ! कभी तो आदमी को मारना पुण्य है और कभी जो जितने ज़्यादा आदमी मारेगा, उतना जल्द स्वर्ग जाने का हम उसका इंतज़ाम किए हुए हैं।

जब तक हमारी ऐसी दोहरी वृत्ति है कि जब हमारा मतलब होता है, तब हत्या करना पुण्य होता है, जब हमारा मतलब नहीं होता, तब हत्या करना पाप हो जाय, तो फिर वियतनाम संभव रहेगा, हिंदू-मुस्लिम दंगे संभव रहेंगे। इसमें जब भी हम ऐसा सोचेंगे कि कोई और ज़िम्मेवार है, तब वह हमारे मन की तरकीब है; और जो तरकीब हम उपयोग कर रहे हैं, वही तरकीब सारे लोग उपयोग कर रहे हैं। जब सारी दुनिया में हर आदमी यही तरकीब उपयोग कर रहा है, तो उसमें क्रांति

कहाँ से शुरू हो ? कैसे शुरू हो ?

प्रश्न : ***मेरा अनुभव अलगता का अनुभव है। मैं जुड़ा हुआ हूँ। ऐसा मुझे महसूस क्यों नहीं होता ?***

उत्तर : अगर तुम्हारा ऐसा अनुभव है कि दुनिया तुम्हें दुःखी कर रही है तो तुम कैसे अनुभव करोगे ? अगर तुम अलग ही हो तो बात ख़त्म हो गयी। लेकिन, जब दुनिया तुम्हें दुःखी कर रही है तब तो तुम जुड़े हुए हो, तब तो तुम मानते हो कि मुझे दुनिया दुःख दे रही है, मुझे फ़लाँ आदमी दुःख दे रहा है, मुझे फ़लाँ आदमी परेशान कर रहा है; लेकिन जब दुनिया को दुःख देने का सवाल उठा तब तुम अलग हो गए। यह तो दोहरा मापदंड हुआ।

अगर मैं यह कहूँ कि मुझे कोई दुःखी ही नहीं कर सकता, दुनिया कैसी भी हो, तब मैं शायद दूसरी बात के कहने का हक़दार हो जाऊँ कि मैं किसी को दुःख नहीं दे रहा हूँ। ये दोनों बातें जुड़ी हैं, ये दोनों बातें इकट्ठी हैं। इसमें तुम कहो कि आधे के लिए हम जुड़े रहेंगे और आधे के लिए हम जुड़े नहीं रहेंगे, तो ऐसा नहीं चलेगा; क्योंकि, तुम जुड़े हो तो जुड़े हो, नहीं जुड़े हो तो नहीं जुड़े हो। अगर मैं यह कहता हूँ कि तुम मुझे दुःखी कर सकते हो तो मैं यह भी माने ले रहा हूँ कि मैं भी तुम्हें दुःखी कर सकता हूँ। अगर मैं यह कह सकता हूँ कि इस दरवाज़े से भीतर आना संभव है तो दूसरी बात अनिवार्य रूप से हो गयी कि इस दरवाज़े से बाहर जाना भी संभव है। लेकन मैं यह कहता हूँ कि ऐसा दरवाज़ा है, जिससे सिर्फ़ भीतर ही आना संभव है, बाहर जाना संभव नहीं है, फिर तो इस दलील का हर आदमी उपयोग कर ही रहा है। यथार्थ यह है कि अगर तुम दुनिया में पूछने जाओगे कि 'कौन है दुनिया तो'? तो तुम्हें एक-एक आदमी मिलेगा, तुम्हारे बराबर ही; दुनिया कहीं भी नहीं मिलेगी। अगर तुम खोजने चले जाओगे कि पता लगा लें कि दुनिया कहाँ है तो मैं मिलूँगा, आप मिलेंगे और हम सब तुम्हारे बराबर आदमी होंगे।

दुनिया तुम्हारी तरकीब है, जिसमें तुम अपने को अकेला कर लेते हो और सब की भीड़ को जोड़ देते हो। वे भी कहाँ जुड़े हुए हैं ! वे सब भी अकेले हैं। इसलिए प्रत्येक आदमी को दुनिया बड़ी मालूम पड़ती है, क्योंकि वह अपने को छोड़कर सबसे जोड़ लेता है। इस कमरे में बहुत बड़े लोग बैठे हुए हैं। एक-एक आदमी देखने जाओगे तो सब अलग-अलग हैं। यह जो भीड़ हम जोड़ लेते हैं और अपने को अलग कर लेते हैं, बाक़ी सब को जोड़ देते हैं, तो कठिनाई शुरू हो जाती है। जितना बड़ा हिस्सा मैं हूँ इस दुनिया में, उतना ही बड़ा हिस्सा कोई और भी है; बड़ा-छोटा कुछ भी नहीं। समाज, दुनिया और देश झूठे शब्द हैं,

उनका कोई अस्तित्व नहीं है। अस्तित्व व्यक्ति का है।

मेरे लिए तुम दुनिया हो। तुम कहते हो कि मैं बहुत छोटा आदमी हूँ। मैं जिसको भी पकड़कर कहूँगा कि तुम मेरे लिए दुनिया हो, वह भी कहेगा कि मैं बहुत छोटा आदमी हूँ, दुनिया तो बहुत बड़ी है। फिर दुनिया को कहाँ पकड़ने जाओगे ? दुनिया कहीं भी नहीं है; सब जगह व्यक्ति ही हैं। अगर तुम्हें यह बात समझ में आ जाय कि व्यक्ति का जोड़-जैसी कोई चीज़ नहीं है, व्यक्ति है और उन व्यक्तियों के अंतःसंबंध हैं और उन व्यक्तियों को एक-दूसरे को प्रभावित करने वाली लहरें हैं और वे व्यक्ति भीतर से एक-दूसरे से जुड़े हुए संयुक्त हैं—ऐसा तुम अगर एहसास करोगे, तब तुम अपने को न तो असहाय समझोगे, न ही इम्पोटेंट (निर्वीर्य) समझोगे। न तुम यह समझोगे कि अब मैं कुछ भी नहीं कर सकता, क्योंकि तब तुम यह समझोगे कि मेरे ही बराबर तो सारे लोग हैं। जितना वे कर सकते हैं, उतना मैं कर सकता हूँ। लेकिन तुम बाक़ी सबको जोड़ लेते हो और अपने को अलग कर देते हो, तब तुम मुश्किल में पड़ जाते हो। जोड़-जैसी चीज़ कहीं है ही नहीं।

यह ग़लत है कि तुम अपने को तो व्यक्ति की तरह देखते हो और बाक़ी दुनिया को व्यक्ति की तरह नहीं देखते हो। मैं कह रहा हूँ कि दोहरे हमारे स्टैंडर्ड हैं, हर चीज़ में। जो हम अपने लिए सोचते हैं, वह हम सबके लिए नहीं सोच पाते। यहीं से तकलीफ़ शुरू हो जाती है। अगर मुझे कोई गाली दे तो मैं जानता हूँ कि क्रोध उठता है। लेकिन किसी दूसरे को गाली दे रहा हो तो मैं समझ सकता हूँ कि क्रोध बहुत बुरी चीज़ है। वहाँ मैं बिल्कुल निर्दय हो जाऊँगा। वहाँ मैं व्यक्ति को अनुभव नहीं करूँगा। उसकी तकलीफ़, उसकी कमज़ोरी, उसकी परेशानी, उसकी मुश्किल, उसका अस्तित्व अगर मैं अपने-जैसे अनुभव करूँ तो एक तो ज़िंदगी के प्रति बहुत करुणा अनुभव होगी, क्योंकि जितना असहाय तुम हो, उतना असहाय कोई और भी है; और दूसरी तरफ़ से तो सारे लोग असहाय मालूम पड़ेंगे।

दूसरी तरफ़ यह बात मालूम पड़ेगी कि जितनी सामर्थ्य उनकी थी, उतनी सामर्थ्य मेरी थी। सबसे बड़ी बात विचारणीय जो है, वह यह है कि तब तो कुछ कर सकोगे। अभी तुम जो रुख़ ले रहे हो, वह तुम्हें निष्क्रिय कर देगा और तुम कुछ भी न कर सकोगे। उससे तुम सिर्फ़ निर्वीर्य होकर गिर पड़ोगे और कुछ भी नहीं कर सकोगे, क्योंकि तुमने एक झूठी दुनिया का जोड़ खड़ा कर लिया है, जो हिमालय मालूम पड़ रहा है, जबकि तुम तो एक टुकड़े रह गए छोटे। अगर तुम व्यक्ति की तरह दुनिया को देख पाओ तो फिर बहुत करने के संभावना के द्वार

खुल जाते हैं। सबसे बड़ा द्वार यह खुलता है कि अगर मुझे कहीं कुछ ग़लत दिखायी पड़ रहा है, तो मैं उसमें कहाँ तक भागीदार हूँ।

इस तरह के आदमी को ही धार्मिक कहा जा सकता है, जिसको यह ख़याल हो रहा है कि दुनिया में जो ख़राबी है, बीमारी है, दुःख है, पीड़ा है, चिंता है, उसमें मैं कहाँ-कहाँ ज़िम्मेवार हूँ, मैं कितनी चिंता पैदा करवा रहा हूँ, मैं कितने दुःख पैदा करवा रहा हूँ जिनमें फल लगेंगे। अगर मैं विरोध में हूँ और मुझे लगता है कि वियतनाम में बुरा हो रहा है तो फिर मुझे सोचना पड़ेगा कि मैं कितनी दूर तक वियतनाम में सहयोगी बन रहा हूँ। वह हवा पैदा कर रहा हूँ, जहाँ वियतनाम पैदा हो सके और कम-से-कम उतना तो हाथ को खींचूँ, उतने दूर तक तो मेरा सहयोग शुरू हो जाय।

जब कोई व्यक्ति दूर तक अपना सहयोग कर ले जीवन की स्थिति से, तो उसको बड़ी ऊर्जा, बड़ी शक्ति उपलब्ध होती है, क्योंकि वह जीवन के प्राणों से बहुत तादात्म्य स्थापित कर लेता है। उसका अनुभव उससे शुरू हो जाता है; तब उसके हाथ से बड़े काम घटित हो सकते हैं, क्योंकि बहुत गहरे में तब वह व्यक्ति रहा ही नहीं। इसने समग्र के साथ एक भीतरी तादात्म्य जो उत्पन्न कर लिया है!

असल में कठिनाई यह है कि अपने को भी तुम वैसा ही नहीं जानते हो। जो मैं कह रहा हूँ, वह यह है कि हम अपने लिए भेद कर लेते हैं। कुल इतना कह रहा हूँ कि जब मैं नींद की बात सोचने चलता हूँ तो तुम्हारे हाथ में दूसरे तराज़ू का उपयोग करता हूँ। जब मैं किसी आदमी को कहने जाता हूँ कि तुम ज़िम्मेवार हो इस सारे उपद्रव के लिए, तब मैं दूसरे तराज़ू का उपयोग करता हूँ। जब मैं अपने को तोलने जाता हूँ तो उसका कारण बन जाता है।

प्रश्न : ***मैं भाषा से अपने को देख रहा हूँ।***

उत्तर : यह तो ठीक है कि भाषा के कारण कठिनाइयाँ पैदा होती हैं, लेकिन भाषा के द्वारा वे कठिनाइयाँ हल भी की जा सकती हैं। अगर भाषा के द्वारा तुमने यह समझा है कि दुनिया इकट्ठी है और मैं अकेला हूँ, तो भाषा के द्वारा यह भी समझा जा सकता है, जो मैं कह रहा हूँ। असल में भाषा जो भी भूल पैदा करती है, वह भाषा से ही दूर की जा सकती है। भाषा में उनके दूर करने का उपाय है। जो भूल भाषा ने पैदा ही नहीं की है, उनका तो भाषा से कोई संबंध ही नहीं है। अगर वैसी कोई भूल है तो वह तो मौन से ही दूर हो सकती है, भाषा से दूर कभी नहीं हो सकती। यानि भाषा का कोई क़ुसूर ही नहीं है। भाषा से जितनी भूलें पैदा हुईं वे तो हल की जा सकती हैं। जैसे भाषा ने तुम्हें नाम दे दिया है। नाम के कारण तुम्हें एहसास होने लगा है कि तुम अलग हो, क्योंकि तुम प्रताप हो, दूसरा

आदमी प्रताप नहीं है। भाषा ने हमें अलग होने का बोध दे दिया है। इस बोध को अगर तुम पकड़के जिओगे तो तुम एहसास करते रहोगे कि तुम अलग हो।

अलग होना और इकट्ठा होना भी भाषा की ही बात है। अगर तुम इस अलग होने पर थोड़ा सोच-विचार कर सको, क्योंकि सब सोच-विचार भाषा में है, तो तुम यह भी अनुभव कर सकते हो कि यह अलग होना सिर्फ़ काम-चलाऊ है, उपयोगी है, सत्य नहीं है। उपयोगी ज़रूर है, लेकिन सत्य नहीं है। उपयोगिता को सत्य नहीं बनाना चाहिए।

यह ठीक है कि हिंदुस्तान की एक सीमा हो और यह उपयोगी हो सकती है; और पाकिस्तान की एक सीमा हो; लेकिन यह सीमा सत्य नहीं है। सीमाएँ दो तरह का काम करती हैं:

एक सीमा वह है जो हिंदुस्तान और पाकिस्तान को अलग करती है।

एक सीमा वह है, जो हिंदुस्तान और पाकिस्तान को जोड़ती है।

सीमा कुछ भी नहीं कहती कि आप मेरे साथ क्या उपयोग करो? मेरे बग़ल के मकान की दीवार है, मेरे और बग़ल के पड़ोसी में। इसे हम ऐसे भी ले सकते हैं कि यह दीवार मुझे और मेरे पड़ोसी को अलग करती है, और हम ऐसा भी समझ सकते हैं कि मेरे और पड़ोसी के बीच कॉमन एलीमेंट (साझा तत्त्व) यही दीवार है, जो हमें जोड़ती है। दीवार को किस रूप में समझना है, यह तुम पर निर्भर है। दीवार जो है, वह पड़ोसी से मुझे अलग करने वाली भी हो सकती है। वही चीज़ जोड़नेवाली भी हो सकती है, क्योंकि पड़ोसी और मेरे बीच वह कॉमन है। एक हिस्सा पड़ोसी के पास है उस तरफ़वाला हिस्सा, इस तरफ़वाला मेरे पास है। उस दीवार से हम दोनों मिलते भी हैं, उस दीवार से हम दोनों अलग भी हो सकते हैं। दीवार आपसे कुछ भी नहीं कहती कि आप क्या करो।

शब्दों की सीमाएँ जोड़ती भी हैं, तोड़ भी देती हैं। एक्सप्रेशन जो है, वह उपयोगी भी है, घातक भी हो सकता है। जैसे कि हम कहते हैं—मनुष्यता को प्रेम करो। अब यह बड़ा ख़तरनाक मुआमला है, क्योंकि प्रेम हमेशा मनुष्य से हो सकता है। मनुष्यता से कैसे प्रेम करिएगा? मनुष्यता जैसी चीज़ तो कहीं है भी नहीं, जिसको गले लगा सको, जिसको ह्रदय से लगा सको, जिसको पास बिठा सको, जिसके पैर दबा सको। मनुष्यता कहीं भी नहीं मिलेगी। मैं यह कह रहा हूँ कि मनुष्यता, ह्यूमिनिटी एक एक्सप्रेशन है। मनुष्य तो सत्य और मनुष्यता एक बिल्कुल ही कॉस्मिक बात है। लेकिन जब हम कहते हैं कि मनुष्यता से प्रेम करो, तब हम यह कह रहे होते हैं कि ऐसा एक भी मनुष्य मत छोड़ो जो तुम्हारे प्रेम का पात्र न रह जाय। इसका हम यह मतलब भी ले सकते हैं कि 'मनुष्यता से प्रेम करो'

का मतलब यह है कि अब एक भी मनुष्य ऐसा नहीं है, जो प्रेम करने-योग्य न रहा। मनुष्य होना ही प्रेम करने की पर्याप्त व्याख्या हो गयी, यानि उसकी अपेक्षा दूसरी मत करना। और कि वह अच्छा आदमी है; चोर न हो, ईमानदार हो; व्यभिचारी न हो, आश्वासन का पक्का हो। अब अपेक्षा मत करना। मनुष्य होना काफ़ी शर्त हो गयी; वह बेईमान हो, ईमानदार हो, ये गौण बातें हैं। मनुष्यता से प्रेम करो, इसका यह मतलब भी हो सकता है कि एक आदमी कहे कि हम मनुष्य को तो प्रेम ही नहीं करेंगे, हम तो मनुष्यता को प्रेम करेंगे। ऐसे लोग आज भी मौजूद हैं जो मनुष्यता को प्रेम करने की बात भी कर रहे हैं, ताकि मनुष्य से प्रेम करने से बच जाएँ, एक-एक मनुष्य को प्रेम करने से बच जाएँ वे तो कहते हैं कि हम तो मनुष्यता को प्रेम करेंगे, हम तो परमात्मा को प्रेम कर सकते हैं। अब बड़े मज़े की बात है कि मनुष्य से प्रेम करने से बचा जा सकता है—मनुष्यता से प्रेम करने पर। क्योंकि, तब मैं कहूँगा कि आप तो सिर्फ़ मनुष्य हैं; मनुष्यता तो नहीं हैं? मैं तो मनुष्यता के प्रेम के लिए जी रहा हूँ। तब मैं पत्नी को छोड़ सकता हूँ, बच्चे को छोड़ सकता हूँ, क्योंकि मैं तो मनुष्यता के लिए जिऊँगा। मैं सारे दायित्व छोड़ सकता हूँ, क्योंकि मैं कहूँगा कि सब मुझे बाँधते हैं। मुझे तो मनुष्यता से प्रेम करना है, विराट् से प्रेम करना है। अब विराट् को प्रेम करने में हो सकता है कि मैं जो प्रेम कर रहा था उसको भी तोड़ डालूँ। लेकिन हम क्या उपयोग करते हैं, यह हम पर निर्भर है। सभी चीज़ें दोहरी हैं; उनके दोहरे उपयोग हो सकते हैं। शब्द की अपनी तकलीफ़ है, लेकिन अपनी सुविधा भी है उसकी।

जो मैं कह रहा हूँ वह दूसरी बात कह रहा हूँ। मैं तुमसे यह कह रहा हूँ कि हमें यह समझना बहुत कठिन मालूम पड़ता है कि सड़क पर जो आदमी भीख माँग रहा है तो मैं भी उसमें ज़िम्मेवार हूँ, क्योंकि ज़िम्मेवारी समझ में नहीं आती मुझे। कहीं हमारा तालमेल नहीं है। न मैं उस आदमी को जानता हूँ जो लंदन में हो सकता है क्योंकि लंदन तो मैं कभी गया नहीं। लंदन में जो भीख माँग रहा है, उससे मेरा क्या लेना-देना है? पेरिस में जिस स्त्री को वेश्या हो जाना है, उससे मेरा क्या संबंध है? मैं तो कभी वहाँ गया भी नहीं, मैंने तो कभी उसकी शक्ल भी नहीं देखी। मुझे कभी पता भी नहीं चलेगा कि वह कब पैदा हुई और कब मर गयी। तब मुझे कैसे आप ज़िम्मेवार ठहराते हैं कि पेरिस में एक स्त्री वेश्या हो गयी तो मैं उसके लिए ज़िम्मेवार हूँ?

नहीं, इस ज़िम्मेवारी का मतलब और है। मतलब यह है कि जिस ढंग से मैं जी रहा हूँ, जिस ढंग की मान्यताओं में जी रहा हूँ, जिस ढंग का आदमी हूँ, जिस ढंग के मेरे सोच-विचार हैं, उस सारे सोच-विचार, उस ढंग के आदमी होने, उस

ढंग के जीने, उस तरह की धारणा, उस तरह की फ़िलॉसफ़ी वेश्याओं को पैदा करती ही है। वह पेरिस में पैदा करती है, लंदन में या बंबई में, यह सवाल नहीं है। मेरे सोचने का ढंग, मेरे जीने का ढंग क्या वेश्याओं को पैदा करने के लिए उर्वर भूमि बनाता है? यह सवाल है। और अगर बनती है तो सारी दुनिया में कभी भी, कहीं भी वेश्या पैदा हुई है, तो मैं ज़िम्मेवार हूँ। इसे समझना मुश्किल होगा।

आप कहेंगे कि मैं कभी किसी वेश्या के पास नहीं गया, न मैंने कभी किसी स्त्री को रुपये देकर शरीर ख़रीदने के लिए मजबूर किया, तब मुझे कैसे ज़िम्मेवार ठहराते हैं? लेकिन, ज़िम्मेवारी बहुत गहरी है। जिसको हम विवाह कहते हैं, वह भी पैसा देकर शरीर को बेचने का इंतज़ाम है। हो सकता है कि एक आदमी कभी किसी वेश्या के पास न गया हो और न वेश्या के संबंध में उसने सोचा हो, लेकिन

जब तक विवाह भी पैसे के ऊपर आधारित होता है,
तब तक जिसे हम पत्नी कह रहे हैं,
वह भी जीवन-भर के लिए ख़रीदी गयी वेश्या से ज़्यादा नहीं हो सकती।

यह समझने में कठिनाई होती है क्योंकि हम कहेंगे—जीवन-भर की वेश्या? कैसा शब्द आप उपयोग करते हैं? क्योंकि हमने उसे बहुत अच्छे लिबास में रखा हुआ है, छिपाकर। एक आदमी है, जो कि ज़िंदगी-भर के लिए स्त्री नहीं ख़रीद सकता है। हज़ार कारण हो सकते हैं। एक आदमी ऐसा भी है जिसे सुविधा है कि जीवन-भर के लिए स्त्री ख़रीद सकता है। एक आदमी सुविधानुसार पाँच सौ स्त्रियाँ ख़रीद सकता है; वह वेश्या के पास क्यों जाएगा? हैदराबाद का निज़ाम क्यों जाए वेश्या के पास? वह पाँच सौ स्त्रियाँ ख़रीद सकता था इस ज़माने में। तो एक आदमी पाँच सौ पत्नियों का पति हो सकता है। निज़ाम-हैदराबाद को कोई कहने नहीं जाएगा कि तुम यह क्या कर रहे हो? या, तुम ऐसी दुनिया बना रहे हो जिसमें वेश्या पैदा होगी। जो आदमी पाँच सौ स्त्रियों को ख़रीदकर घर में नहीं रख सकता, वह भी पाँच सौ स्त्रियों को चाह तो सकता है। अगर वह एक स्त्री को इस भाँति लाता है कि वह ख़रीदी हुई हो तो वह उस समाज को पैदा कर रहा है जिसमें वेश्या पैदा होगी। अगर मैंने विवाह किया हुआ है और एक स्त्री को अपने साथ रखे हुए हूँ और आज मेरा उसका सारा प्रेम समाप्त हो गया है, फिर भी मैं उसे अपने साथ जीने के लिए मजबूर कर रहा हूँ और उसके साथ जी रहा हूँ; तब मैं ऐसी दुनिया बना रहा हूँ जिसमें वेश्या पैदा होगी, क्योंकि मेरा और मेरी पत्नी का संबंध अब वेश्या का संबंध हो गया है। और तो कोई संबंध नहीं रह गया है। क्योंकि, प्रेम जहाँ समाप्त हो गया है, वहाँ सब संबंध पैसे के रह जाते हैं।

सिर्फ़ प्रेम एक संबंध है
जो बिना पैसे के हो सकता है,
बाक़ी सब संबंध पैसे के हैं।

अभी मेरी पत्नी मेरे साथ रह रही है, क्योंकि अगर वह चली जाय तो कहीं भीख माँगेगी; कौन जाने क्या करेगी, क्या नहीं करेगी? अगर भीख माँगने के डर से वह मेरे पास रह रही है तो संबंध पैसे का हो गया। वही काम बेचारी वेश्या किसी आदमी के आगे अपने को बेचकर कर रही है, क्योंकि उसको भीख माँगनी पड़ेगी, अगर अपने शरीर को न बेचे। लेकिन वह चूँकि रोज़ अलग-अलग आदमी को बेच रही है, इसलिए दिखायी पड़ रही है। एक स्त्री ने एक आदमी को ज़िंदगी-भर के लिए बेच दिया है, इसलिए दिखायी नहीं पड़ रहा है।

ये सारे इम्प्लीकेशंस देखने की बात है कि हम किस ढंग से जी रहे हैं, किस ढंग की बातों की हम धारणा बनाए हुए हैं। अब तुम्हारी बहन की तुम्हें अगर शादी करनी हो, तुम्हारे बेटे की शादी करनी हो, तुम्हें अपनी बेटी की शादी करनी हो, तो सोचो कि तुम उसके लिए प्रेम का मौक़ा दे रहे हो या लड़का-लड़की खोज रहे हो? अगर तुम लड़का खोज रहे हो तो तुम वह दुनिया बना रहे हो जिसमें कि वेश्या पैदा होगी। यानि मैं यह कह रहा हूँ कि लंदन की वेश्या और पेरिस की वेश्या से कुछ लेना-देना नहीं है। देखना यह है कि मैं जिस ढंग से जिऊँगा, वह कैसी दुनिया को बनाने में सहयोगी होता है? मेरे रहने का ढंग किस दुनिया को बनाता है? अपनी सीमा में ही वह एक छोटी दुनिया बनेगी, लेकिन उसकी धाराएँ तो फलती रहेंगी! आप, हम, सब जानते हैं कि

राम ने सीता की अग्नि-परीक्षा ली, लेकिन कोई भी यह नहीं पूछता कि सीता ने राम से क्यों नहीं कहा कि तुम भी अग्नि-परीक्षा से गुज़रो? राम भी अकेले थे और किसी स्त्री से उनका भी संबंध हो सकता था।

लेकिन राम से सवाल ही नहीं उठा इतने हज़ार वर्षों में कि अग्नि-परीक्षा इनकी भी ली जाय। उस ग़रीब स्त्री की अग्नि-परीक्षा भी ले ली गयी और फिर भी उसको धक्के देकर घर से निकाल दिया गया। राम ने जो दुनिया बनायी है, अब राम तो नहीं है आज, लेकिन राम जिस ढंग से जिए, उससे वह पुरुष को हमेशा के लिए मज़बूत कर गए और स्त्री को हमेशा के लिए कमज़ोर कर गए। उनके जीने के ढंग का परिणाम है—पुरुष को सदा के लिए मज़बूत कर गए, पुरुष को सदा कसौटी के बाहर कर गए। उसकी परीक्षा का कोई सवाल न रहा। स्त्री को सदा कसौटी पर चढ़ा गए।

हम कैसे जी रहे हैं—यह न केवल आज की दुनिया को प्रभावित करेगा, यह

प्रभाव अनंतकालीन होगा। क्योंकि हम तो मिट जाएँगे, लेकिन हम जो लहरें छोड़ रहे हैं, वह चलती चली जाती हैं। राम से सवाल ही नहीं उठा कि आप भी अग्नि-परीक्षा दे दो। सीता ने तो नुक़सान किया ही स्त्रियों का, कि उसने सवाल ही नहीं उठाया। फिर उसे घर से निकाल दिया गया, तब भी सवाल नहीं उठा। फिर पाँच हज़ार साल में हमसे भी किसी ने सवाल नहीं उठाया कि राम कैसे छूट गए। हमने सवाल इसलिए नहीं उठाया, क्योंकि हम पुरुष थे, और रामायण की सब टीकाएँ पुरुषों ने लिखी हैं एवं सब व्यवस्था पुरुषों ने की है। स्त्रियों ने तो कोई रामायण की टीका लिखी नहीं अब तक, और मज़ा यह है कि पुरुष ने राम को आदर्श पति सिद्ध कर दिया और सीता को आदर्श पत्नी सिद्ध कर दिया। अपेक्षा बाँध दी कि सीता-जैसा व्यवहार करते रहना चाहिए स्त्री को ! सीता-धर्म से कोई चूकती है तो वह व्यवहार से नीचे उतरती है। तो हम किस ढंग से जी रहे हैं ? अगर तुम राम की प्रशंसा करते हो तो तुम एक ऐसी दुनिया बना रहे हो, जिसमें पुरुष के लिए एक अलग मापदंड है और स्त्री के लिए अलग। मेरे लिए तो राम का अस्वीकार इतना ही काफ़ी है कि सीता के साथ उसने जो दुर्व्यवहार किया, उतना दुर्व्यवहार रावण ने भी सीता के साथ नहीं किया। रावण का सीता के साथ बहुत सद्व्यहार रहा, जिसे समझ पाना ज़रा कठिन बात है। जितना सद्व्यवहार रावण ने किया है, राम ने जो दुर्व्यवहार किया है, उसका हिसाब लगाना मुश्किल है। इसलिए मेरे लिए तो इतना ही काफ़ी है कि राम जो हैं, वह अस्वीकृत हो जाने चाहिए। लेकिन अगर मैं थोड़ा भी आदर राम को देता हूँ तो मैं समर्थन करता हूँ किसी अन्य बात का। सीता ने जो ढंग अख़्तियार किया, वह बिल्कुल ही ग़ैर-विद्रोही ढंग का था, जो कि ख़तरनाक है। स्त्रियों को उसका विरोध करना चाहिए, पुरुषों को उसका विरोध करना चाहिए।

समझ लें कि एक आदमी मकान और घर-बार छोड़कर सड़क पर नंगा भिखारी हो जाता है तो क्या तुम उसे सम्मान देने जाते हो ? अगर तुम उसे सम्मान देते हो और कहते हो कि त्यागकर बहुत बड़ा काम किया तो तुम इस दुनिया में दुःख को बढ़ाने में सहयोगी बनोगे, क्योंकि जब वह आदमी घर में था, शांति से था, सुख से था, तब तुम उसे सम्मान देने नहीं गए थे। जब वह धूप में खड़ा हो गया और भूखा खड़ा हो गया और सड़क पर काँटों में लेट गया और सर्दी आयी और धूप आयी और वह वहीं पड़ा रहा तब तुम उसे सम्मान देने गए, तब तुम एक ऐसी दुनिया को बनाने में सहयोगी बन रहे हो जिसमें दुःखी आदमी को, दुःख का वरण करनेवाले आदमी को आदर मिलेगा जिसमें सुखी आदमी को, सुख के वरण करनेवाले को, सुख की खोज करनेवाले को आदर नहीं मिलेगा। दोनों तरह

तुम सहयोगी बन रहे हो। यानि मैं जो कह रहा हूँ, वह यह कह रहा हूँ कि हमारा सहयोग गहरा है। तुम्हारे इशारे तक में हमारा सहयोग है। जो दुनिया बन रही है, उसमें हमारा इशारा भी है। हम सड़क पर एक आदमी को नमस्कार कर रहे हैं, वह भी है।

मैं जिस कॉलेज में था, उसमें एक चपरासी था। उसकी उम्र होगी कोई साठ साल की, वह बूढ़ा आदमी था और उतनी उम्र का कोई प्रोफ़ेसर नहीं था। लेकिन मैंने कभी किसी को भी उस बूढ़े से सम्मान से बोलते नहीं देखा। सामान्यत: एक आदमी होने का जितना सम्मान होना चाहिए, उतना भी नहीं। उसके आदमी होने की हैसियत ही नहीं। उसको किसी भी तरह बुलाया जा सकता है। मैं जब पहली दफ़ा वहाँ गया तो मैं बहुत हैरान हुआ। मैंने चार-छह दिन देखा और कहा, 'यह क्या पागलपन है। इतना बूढ़ा आदमी है कि हम सबके पिता की उम्र का होगा, उससे इस तरह का व्यवहार?'

उन्होंने कहा, 'वह चपरासी है।'

मैंने कहा, 'चपरासी उसका काम है, उसका होना थोड़े ही। कोई आदमी चपरासी थोड़े ही होता है। वह छह घंटे चपरासी का काम करता है; और एक आदमी का काम है कि वह छह घंटे मजिस्टेट का काम करता है। लेकिन न तो कोई आदमी मजिस्टेट हो सकता है, न कोई आदमी चपरासी हो सकता है। छह घंटे के दफ़्तर के बाद दोनों आदमी रह जाते हैं। एक आदमी चपरासी है छह घंटे दफ़्तर का काम करके। जब दफ़्तर के बाहर जाता है तो चपरासी है? चपरासी तो उसका एक काम था, इसका बीइंग (अस्तित्व) तो नहीं हो गया?' तो मैंने कहा, 'ठीक है, तुम चपरासी के साथ एक दुर्व्यवहार कर रहे हो। दफ़्तर के बाहर तुमने कभी इसे नमस्कार किया है?'

उन्होंने कहा, 'वह चपरासी है; आप कैसी बात करते हैं! दफ़्तर के बाहर भी कोई सवाल नहीं है।'

अब यह एक ऐसी दुनिया बनाने की कोशिश कर रहे हैं, जहाँ आदमी आदमीयत से नहीं पहचाना जाएगा। जहाँ आदमी क्या काम करता है, इससे पहचाना जाएगा। तो फिर ध्यान रहे, भंगी को कभी सम्मान नहीं मिल सकता। घुमा-फिराकर उस आदमी से कई दफ़ा बातें कीं तो उन्होंने कहा कि 'नहीं, भंगी को, चमार को, हरिजन को सबको बराबर मौक़ा होना चाहिए। वर्ण-व्यवस्था ठीक नहीं है।' जिस आदमी ने मुझसे यह कहा कि वर्ण-व्यवस्था ठीक नहीं है, वह वही आदमी है, जो दो दिन पहले मुझसे कहता था कि यह आदमी चपरासी है, इससे हम ऐसे बोलेंगे। तो फ़र्क़ क्या है वर्ण-व्यवस्था और इसके चपरासी

होने में? मुआमला क्या है? कठिनाई क्या है? वह चूँकि बेचारा भंगी है इसलिए, क्योंकि उसका फंक्शन' (कार्य) उसका 'बीइंग' (अस्तित्व) बना दिया है हमने, यानि पाख़ाना साफ़ करना उसका 'कार्य' नहीं रहा; उसका 'अस्तित्व', उसकी आत्मा हो गयी। पाख़ाना साफ़ करना ही उसकी आत्मा है, इसलिए छूने-योग्य नहीं रहा वह ! अगर सिर्फ़ काम होता तो छह घंटे बाद छूटने पर, छह घंटे तो छूने-योग्य होता ! काम ख़त्म हो जाता है, लेकिन आत्मा तो ख़त्म नहीं होती। तो हमने काम को उसकी आत्मा बना दिया है, वह चपरासी बना रहे, कोई उसमें फ़र्क़ नहीं है।

रास्ते में जब तुम एक मिनिस्टर को नमस्कार करते हो तो तुम वर्ण-व्यवस्था पैदा कर रहे हो। लेकिन वह ख़याल में नहीं होता, क्योंकि भंगी को नमस्कार नहीं करते हो, एक मिनिस्टर को नमस्कार करते हो तो वर्ण-व्यवस्था पैदा कर रहे हो। फिर वह वर्ण-व्यवस्था जो कुछ करेगी, उसके ज़िम्मेवार तुम और मैं होंगे; क्योंकि हम जो व्यवहार कर रहे हैं, उससे वह पैदा होती है; यानि हम जो भी कर रहे हैं, उससे हम कोई समाज-व्यवस्था, चारों तरफ़ उसकी धारा पैदा किए चले जा रहे हैं और वे धाराएँ पैदा होंगी।

एक सज्जन आए, छह महीने पहले। उनका एक लड़का था, वह चल बसा। बहुत दुःखी थे। पढ़े-लिखे आदमी हैं; कोई डेढ़ हज़ार रुपये की तनख़्वाह पर हैं। मैंने उनसे कहा, 'घबराइए मत, चार-छह महीने में सब ठीक हो जाएगा।' मैंने तो सिर्फ़ ऐसे ही कहा था कि मन हलका हो जाएगा, लेकिन दो दिन पहले वे आए और कहने लगे, 'आपकी कृपा से सब ठीक हो गया।' मैंने कहा, 'क्या हुआ?' पता लगा कि पड़ोस में किसी ने अपना बच्चा उनको दे दिया था। उस बच्चे को लेकर वे आए थे। बिल्कुल अच्छे ख़ून का है, खत्री ख़ून का। अच्छे ख़ानदान का लड़का है और अपनी ही जाति का है। माता-पिता बड़े भले लोग थे कि उन्होंने दे दिया। मैंने उनसे पूछा कि क्या ख़ून भी खत्री का होता है? कोई जाँच करवाकर बता सकिएगा कि ख़ून खत्री का है? इस लड़के का ख़ून निकलवाकर, आपका ख़ून निकलवाकर कोई दुनिया में बता सकता है कि ख़ून किसका है। ख़ून कहीं खत्री का होता है? अब यह जो आदमी कह रहा है, उसके कहने से एक दुनिया निर्मित होगी। उस दुनिया में वर्ण-व्यवस्था होनेवाली है; उससे नहीं बचा जा सकता। अब यह आदमी कह रहा है कि वे बड़े अच्छे लोग हैं। उसकी पत्नी जो छह महीने पहले रोती थी, पाकर बड़ी प्रसन्न है उस बच्चे को। लेकिन उसने पहले बच्चे की बात ही नहीं की। वह बहुत प्रसन्न है और वे दोनों कह रहे थे कि बहुत अच्छे लोग हैं। वे तो अच्छे लोग हैं जिन्होंने बच्चा दे दिया; आप कैसे लोग हैं

जिन्होंने बच्चा ले लिया ? जिन्होंने दे दिया वे अच्छे लोग हैं, तो कैसे लोग हैं जिन्होंने बच्चा ले लिया ? कुल कारण यह है कि वह ग़रीब घर का बच्चा है। चार-छह बच्चे हैं उनके पाल नहीं सकते हैं तो उसको दे दिया। मैंने कहा, 'अगर इस बच्चे से थोड़ा भी प्रेम होता तो तुम इसे उनसे न तोड़ते। तुम जो प्रेम दिखला रहे हो इस बच्चे से, वह ज़रा भी प्रेम नहीं है। अगर तुम्हें थोड़ा भी प्रेम इससे है, तो तुम इसे उनके पास पलने दो। इसकी व्यवस्था करो, जो तुम व्यवस्था अभी करोगे।' इस बच्चे से तो कोई प्रेम ही नहीं है उनको। बल्कि उस बच्चे की नयी माँ ने कहा, 'इसकी माँ इसे देखने आना चाहती थी तो हमने उसे मना कर दिया है। इस तरह तो मोह बना रहेगा, वह टूटेगा कैसे ? मैं तो अपने पति को कहीं भी जल्दी यहाँ से ट्रांसफ़र करा लेने को कह रही हूँ ताकि यह मोह न रह जाय।' और वे लोग, बड़े अच्छे लोग हैं ! कह दिया तो वे लोग नहीं आ रहे हैं।

अब ऊपर से देखने में इसमें कुछ बुराई न मालूम पड़ेगी, लेकिन ये लोग एक ऐसी दुनिया बनाएँगे, जो बड़ी ख़तरनाक होगी। उसमें इनका ज़िम्मा होगा। मैंने पूछा कि 'अगर यह बच्चा मर जाय...'

एकदम वे कहने लगे, 'आप ऐसी अपशकुन की बात मत करिए।'

'अगर यह बच्चा मर जाए तब आप तो बहुत दुःखी होंगे।'

उन्होंने कहा, 'बहुत दुःख होगा।' मैंने कहा, 'यह बच्चा अगर उसी के पास रहता और मर जाता, तो भी यही बच्चा मरता तब आपको कोई तकलीफ़ होती' ?

उन्होंने कहा, 'इसमें क्या तकलीफ़ होगी ? हमसे कोई संबंध नहीं था।'

इसका मतलब क्या होता है ? इसका मतलब होता है कि जब एक अमेरिकी किसी वियतनामी को गोली मारता है तो उसका कोई मतलब नहीं होता उससे। वह जो मर रहा है तो मर जाय, उससे संबंध क्या है ! अमेरिकी युवक का एक वियतनामी युवक से क्या संबंध ! क्या लेना-देना ! जैसे कि एक हिंदुस्तानी एक पाकिस्तानी की छाती में छुरा भौंकता है तो हमें क्या मतलब ! लेकिन बीस साल पहले हमें मतलब था। अगर कराची पर बम्बार्डमेंट होता तो हम दुःखी होते उतना ही, जितना दिल्ली पर होता। लेकिन अब कराची पर बम्बार्डमेंट हो तो हम यहाँ बंबई में खुश होंगे। मैं यह कह रहा हूँ कि यह जो इस माँ और इस बाप ने कहा, वह इनका फैलाव है। हमारा वर्तन का यह सारा-का-सारा फैलाव है। तब हमको ऐसा नहीं लगता। कराची में कोई मर रहा है तो वह पाकिस्तानी मर रहा है, उसको मरना ही चाहिए ! हमसे उसका क्या लेना-देना। हमारा देश अलग, उसका देश अलग ! पड़ोसी का लड़का मरे तो मरे, हमें क्या मतलब ! परन्तु हमारे ये वर्तन हमें ख़तरे में ले जाएँगे।

अभी गुणा, मुझे एक बढ़िया बात कह रही थी। गुणा की छोटी बहन का पति चल बसा। कोई गुज़रेगा तो हम दुःखी होंगे। या तो हमें पता चल जाय कि उसने कोई पाप किया था और वह कम उम्र में चल बसा, हम निश्चिंत हो जाएँ। अगर हमें पता चले तो हम तकलीफ़ में होंगे।

अब इसे हम अगर बहुत ग़ौर से देखेंगे तो यह बहुत कठोर बात है। अगर पुराना परिचित यह कहता है कि कोई आदमी दुःख में पड़ा हो तो उसने कोई पाप किया होगा, तो इसको थोड़ा समझने की कोशिश करना। इसका मतलब यह होता है कि हम उसके दुःख में सहयोगी नहीं होना चाहते। हमें पक्का पता लग जाय कि इसने पाप किया है तो अपना फल भोग रहा है। फिर हमारा संबंध ही ख़त्म हो गया। अगर पड़ोस में कोई आदमी मर जाय तो हम सोचेंगे कि कुछ किया होगा, इसलिए इतनी जल्दी मर गया। तब वह जो पीड़ा, वह करुणा, हमारे प्राणों को झकझोर जाती है, उससे हम बच गए। हमने एक व्यवस्था बना ली कि वह अपना फल भोग रहा है। हम यह मानने को राज़ी नहीं हैं कि ज़िंदगी बड़ी रहस्यपूर्ण है। उसमें ज़रूरी नहीं है कि जो मरता है उसने पाप किया होगा, जो नहीं मरता है वह पुण्यात्मा है; कि जो बच गया है वह पुण्य के कारण बच गया है और जो चला गया है, वह पाप के कारण चला गया है।

ज़िंदगी बहुत रहस्यपूर्ण है। उसमें जन्म भी व्यवस्था है, उसमें मृत्यु भी व्यवस्था है। यहाँ जो चीज़ें आएँगी, वे जाएँगी भी। लेकिन हम एक्सप्लेनेशन (व्याख्या) खोजते हैं। हम क्यों खोजते है? इसलिए नहीं कि जो आदमी चला गया है, व्याख्या खोज लेने से उसको कुछ हम रोक लेंगे। वह तो चला गया। वह चला गया, लेकिन व्याख्या खोज लेने से हम छुटकारा पा जाएँगे।

अब मेरा कहना है कि जिसे हमने प्रेम किया है, वह गया है, हमें रोना होगा, दुःख झेलना होगा, झेलना चाहिए, व्याख्या हम क्यों खोजें? मैंने तुम्हें प्रेम किया है, तुम चल बसे हो, तो मैं रोऊँगा, दुःखी होऊँगा, पीड़ित होऊँगा। यह मेरे प्रेम का ही भाग है, यह मेरे प्रेम की ही नीति है। प्रेम मैंने किया था। तुम जब थे तो तुम्हारे होने का सुख मैंने लिया था, तुम्हारे न होने का दुःख कौन लेगा? मैं यह पूछता हूँ कि मैं एक व्यक्ति को प्रेम करता हूँ और उसके होने का सुख मैंने लिया, और आज वह चल बसा तो उसके न होने का दुःख कौन लेगा? उसके न होने का दुःख मुझे लेना ही चाहिए—उतने ही आनंद से, जितने आनंद से मैंने उसके होने का सुख लिया। लेकिन हम व्याख्या खोजना चाहते हैं! हम पूछना चाहते हैं—क्यों चला गया, व्याख्या मिल जाय! सुख लेते वक़्त हमने कभी नहीं पूछा—कि उस व्यक्ति से हमें सुख मिल रहा है, इसकी क्या व्याख्या है?

बिहार में भूकंप हुआ तो गाँधी जी ने कहा कि बिहार के लोगों ने हरिजनों के साथ जो पाप किया, उसका फल भोग रहे हैं। अब यह ज़रा सोचने-जैसा है। कितनी कठोर बात है ! जैसे कि हरिजनों के साथ बिहार के लोगों ने ही बुरा किया हो। क्या यह सारा मुल्क बुरा काम नहीं कर रहा है हरिजनों के साथ ? अगर हरिजनों के साथ बुरा काम करने का फल भूकंप है तो इस पूरे हिंदू-समाज को कभी का रसातल में चला जाना चाहिए था। इसके बचने का कोई कारण ही नहीं है इस पृथिवी पर। उसने इतना अनाचार किया, जिसकी गणना और हिसाब लगाना मुश्किल है। किसी आदमी को मार डालना बहुत बड़ा अपराध नहीं है, क्योंकि आदमी क्षण-भर में मर जाता है, लेकिन किसी आदमी को हरिजन बनाकर ज़िंदा रखना एक लंबी सज़ा है, जो सत्तर-अस्सी साल तक शूली पर लटकाए रखना है। उसका हिसाब लगाना मुश्किल है कि उसने कितना पाप किया है ! वह अगर उसका फल था तो पूरे मुल्क को कभी का डूब जाना चाहिए। ज़मीन पर होना ही नहीं चाहिए। लेकिन बिहार में भूकंप आया, वहाँ लोग तकलीफ़ में पड़े तो गाँधी जी ने व्याख्या कर ली कि वहाँ के लोगों ने हरिजनों के साथ जो दुर्व्यवहार किया था, उसका फल वे भोग रहे थे। अब सोचो, इस व्याख्या को सुनकर भूकंप की जो पीड़ा है, वह एकदम विदा हो जाती है ? मैं नहीं कहता कि व्याख्या सही या ग़लत है, यह सवाल नहीं है बड़ा। सवाल यह है कि जैसे हमने यह सुना है कि भूकंप इसलिए पड़ा कि उन लोगों ने जो पाप किया था और उसका फल भोगा उन्होंने, वैसे ही, वह जो दुःख भोग रहा है, उसके प्रति हमारा भाव बदल गया है, बुनियादी रूप से बदल गया है, उसके-हमारे बीच एक खाई का फ़ासला हो गया है। तब हमें बिल्कुल ऐसा लगेगा कि ठीक ही हो रहा है। अगर ठीक उसका परिणाम लें तो उसका मतलब होगा कि ठीक ही हो रहा है, बल्कि फल मिलना चाहिए। अगर हम ऐसी व्याख्या सोचते हैं तो हम एक ऐसी दुनिया बनाएँगे जो अत्यंत कठोर होगी।

मेरा मानना है कि जिन लोगों ने जीवन के रहस्यपूर्ण तथ्यों की काल्पनिक व्याख्याएँ कर ली हैं, उन लोगों ने कठोर दुनिया निर्मित की है। जिसे मेरा मानना है कि हिंदुस्तान में हमने बहुत कठोर समाज निर्मित किया है, क्योंकि हमने प्रत्येक चीज़ की व्याख्या खोज ली है। व्याख्या की वजह से सब कठोर और जड़ हो गया। कोई ग़रीब है तो हमने व्याख्या खोज ली कि अपने पाप का फल भोग रहा है। कम उम्र में मरा तो हमने कहा कि उसने अपने किसी पाप का फल भोगा है। दुःखी है, पीड़ित है, अंधा है, लँगड़ा है, लूला है तो हमने सोचा कि अपने पाप का फल भोग रहा है। हमने जब-जब व्याख्या कर ली, तब-तब पीड़ा की जो गहराई

थी, उससे हम बच भागे।

मेरे पास अगर कोई किसी को लाता है, एक पागल आदमी को लेकर आता है, तो वह मुझसे पूछता है कि 'पागल क्यों है ? पागल है, ठीक हो सकेगा कि नहीं हो सकेगा ? किस पाप का फल भोग रहा है ?' अब हो सकता है वह पागल आदमी, हम सबके पाप का फल भोग रहा हो, क्योंकि उसके बाप ने उसे पैदा करते वक़्त डॉक्टर से सलाह ही नहीं ली जाकर कि मेरा बच्चा पागल तो पैदा नहीं हो जाएगा ? माँ ने उसको पैदा करने से पहले विशेषज्ञों से नहीं पूछा कि मेरा बच्चा पागल तो नहीं हो जाएगा ? पूछ यह रहे हैं कि कौन से पाप का फल भोग रहा है ?यह आदमी , जो पागल है, किस पाप का फल भोग रहा है ? उनको मैं क्या कहूँ ? उन्होंने यह भी नहीं पूछा-सोचा कि कहीं उन्होंने तो इसको पागल नहीं किया हुआ है ? कितने ही बच्चे इसलिए पागल हैं कि माँ-बाप जो उनके साथ वर्तन कर रहे हैं, उसमें वे पागल हो ही जाएँगे लेकिन वह सवाल ही नहीं है। हम व्याख्याएँ चाहते हैं जो हल कर दें मुआमले को। हम ऐसी व्याख्या चाहते हैं जो हमें छुटकारा दिला सकें, यानि वह आदमी ज़िम्मेवार रह जाय। इसलिए हमने व्यक्तिगत कर्म की बहुत अद्‌भुत फ़िलॉसफ़ी खोजी है, जबकि वस्तुत: कर्म बड़ी सामूहिक घटना है; कर्म एकदम व्यक्तिगत घटना नहीं है। कर्म का घटनाक्रम बड़ा सामूहिक और बड़ा जाल से भरा हुआ है। लेकिन हमने व्यवस्था की है कि बच्चू भाई अपने कर्म का फल भोग रहे हैं, हमें अपने कर्म का फल भोगना चाहिए। न बच्चू भाई से मुझे कुछ लेना-देना है और न मुझसे उनको कुछ लेना-देना है। वह अपने कर्म का फल भोगते रहेंगे, मैं अपने कर्मों का फल भोगता रहूँगा। हमारी अलग-अलग यात्राएँ हैं और कहीं कोई ताल-मेल नहीं है, कहीं हमारा कोई जोड़ नहीं है।

इस मुल्क ने जो ऐसी व्याख्याएँ खोज लीं कि एक-एक व्यक्ति अपना-अपना भोग रहा है, उसने एक-एक व्यक्ति को अलग तोड़ दिया है। इसीलिए हिंदुस्तान में इतने दिनों तक ग़रीबी रह सकी, क्योंकि हर आदमी ने समझा कि इससे हमें क्या लेना-देना है। यह हम जानकर हैरान होंगे कि सारी दुनिया में धर्मों ने जो व्याख्या दी हैं, उन्होंने दुनिया जैसी है, उसको वैसे बनाए रखने में सहयोग दिया है। तो यह जो कल्पना है, विचार है, यह जो धारणा है कि मैं ज़िम्मेवार हूँ, यह असल में पुराने सारे धर्मों के विपरीत है, क्योंकि पुराने सारे धर्म यह कहते हैं कि तुम अपने लिए ज़िम्मेवार हो। हम दोनों की कोई सामूहिक ज़िम्मेवारी-जैसी कोई चीज़ ही नहीं है पुराने धर्मों में। पुरानी सारी-की-सारी व्याख्या समूह-चित्त के लिए कुछ भी नहीं कहती, वह सिर्फ़ व्यक्ति-चित्त के लिए कुछ कहती है और उसका

परिणाम यह हुआ कि पाँच हज़ार साल से समाज जैसा था, वैसा ही है, क्योंकि वह बुनियादी बात ही पैदा नहीं हुई। अगर मैं भी ज़िम्मेवार हूँ, अगर मेरा लड़का पैदा होता है और वह पागल पैदा होता है तो उसमें मैं भी ज़िम्मेवार हूँ और मेरे पिता भी ज़िम्मेवार हैं और हज़ारों साल की सारी परंपरा ज़िम्मेवार है, यह समझने पर तो बड़ी घबराहट होगी। अभी तो परेशानी सिर्फ़ इतनी है कि यह आदमी पागल है। तब परेशानी यह भी हो जाएगी कि हमने भी कुछ किया है।

हम अपने रास्ते चलते हों सड़क पर, एक आदमी भूखा मर रहा है, वह अपने ढंग से मर रहा है, हम सोचते हैं कि हमें क्या लेना-देना है! इसलिए हिंदुस्तान 'इनसेंसिटिव' (कठोर) हो गया है, बिल्कुल संवेदनशीलता है ही नहीं इसमें किसी तरह की। एक आदमी भीख माँग रहा है तो हम उसको डाँट देंगे कि क्या भीख माँगते हो! शर्म नहीं आती? लेकिन हमें यह ख़याल नहीं आता कि जो भीख माँग रहा है, तो शर्म हमें भी आनी चाहिए, क्योंकि हम जिस समाज में खड़े हैं, उसी में यह भीख माँग रहा है। इसमें कहीं-न-कहीं हमें भी शर्म में भागीदार होना चाहिए। हम बड़ी बेशर्मी से उसको कह सकते हैं—हटो, शर्म नहीं आती जवान होते हुए भीख माँगने में? लेकिन इसने जो समाज बनाया है, वह हमने भी बनाया है, हम भी उसमें भागीदार हैं। यह बात हमारे ख़याल में नहीं आती! वह जो बात है, कुल जमा इतनी ही है कि निरंतर यह ध्यान रखने की ज़रूरत है। अगर एक नयी दुनिया बनानी हो तो हमें पुराने सारे आधार बदल देने होंगे। अभी जो बड़े-से-बड़े आधार हैं, वे हैं व्यक्तिगत कर्मों और व्यक्तिगत दायित्वों के। दायित्व सामूहिक हैं, कर्मों का जाल भी सामूहिक है।

मैं अपना किया ही नहीं भोगता,
मैं दूसरों का किया भी भोगता हूँ।
दूसरे अपना किया ही नहीं भोगते,
मेरा किया भी भोगते हैं।

हमारा जो कहना है, हमारा जो जीना है, वह जीना 'आइसोलेटेड' (अकेले का) नहीं है। हम व्यक्ति तो हैं, लेकिन आइसोलेशंस नहीं हैं। एक-एक लहर का अपना व्यक्तित्व है, लेकिन एक-एक लहर का अलग अस्तित्व नहीं है। व्यक्तित्व हमारा अलग-अलग है, लेकिन अस्तित्व हमारा सामूहिक है। वह जो अस्तित्व का नीचे फैलाव है, वह हमारे अनुभव में आ जाय तो सब दुःख, सब पीड़ा, सब आनंद, सब कुछ, सबके लिए हम ज़िम्मेवार हैं। अगर एक दफ़ा यह बोध मनष्य-जाति को हो आए तो ज़िंदगी को बदलने में देर नहीं लगेगी, क्योंकि बदलाहट के बिंदु को हमने पकड़ लिया, जहाँ से बदलाहट हो सकती है।

अभी मैं परसों मनोविज्ञान कॉलेज में बोलने गया था मनोचिकित्सा पर, साइकोथिरेपी पर। उनसे मैंने यही कहा कि हमने जो समाज बनाया, वह तो ऐसा है कि एक-एक आदमी को रुग्ण कर दे, और फिर हम इंतज़ाम करते हैं चिकित्सा का। अब हम ज़्यादा-से-ज़्यादा चिकित्सा इतनी ही कर सकते हैं कि उसको हम वापस उतनी सीमा तक रुग्ण कर दें, जितनी सीमा तक काम-चलाऊ व्यवहार में वह उपयोगी हो जाय। एक आता है, उसको हम कहते हैं, यह पागल हो गया है, इसको ठीक करना है, नॉर्मल लाना है। तो कुल मतलब इतना है कि समूह जितने पागलपन के लिए राज़ी है, उतने पागलपन की सीमा तक उसको पागल होना चाहिए, उसके आगे नहीं। बस, उतना वह पागल हो जाय तो ठीक है, कोई झंझट नहीं है। उससे ज़्यादा होता है, तब हमें कठिनाई शुरू होती है कि कुछ गड़बड़ हो गया है।

वस्तुत: दो तरह के पागलपन हैं—एक सामूहिक पागलपन है जिसको हम स्वीकार किए हुए हैं, और एक व्यक्तिगत पागलपन है जो हमें स्वीकार नहीं है। उसको हम, व्यक्ति को इलाज कर-कराकर ठीक कराके बिठा देते हैं, लेकिन समाज वहीं-का-वहीं है। फिर उन्हीं लोगों के बीच एक पत्नी बीमार हो जाय, उसको हम ठीक-ठाक करके फिर उसी पति के पास पहुँचा देते हैं, उसी दुनिया में, जहाँ वह पागल हुई थी। उस दुनिया में तो कोई फ़र्क़ हुआ नहीं। वहाँ न उसका पति बदला, न उसका बेटा बदला, न घर बदला। कुछ नहीं बदला, सब वैसे-का-वैसा है। यह स्त्री वहीं पागल हुई थी, इसको हम फिर ठीक करके वहीं घर में पहुँचा देते हैं। अब वह फिर पागल होगी। इसके पागल होने का तो सारा-का-सारा इंतज़ाम पूरी अपनी जगह बैठा हुआ है। इसके पागल होने में इसका पति यह नहीं सोचता है कि मैं भी ज़िम्मेवार हूँ। वह कहता है—यह पागल हो गयी है तो इसका इलाज करवा दो। अगर उसको ऐसा अनुभव हो कि इसके पागल होने में, मैं भी ज़िम्मेवार हूँ, उसका बेटा भी सोचे कि मैं भी ज़िम्मेवार हूँ उसके पागल होने में, क्योंकि मैं इसका बेटा हूँ, यह मेरी माँ है, मेरी माँ पागल हो गयी तो यह कैसे हो सकता है कि बेटे में कोई तरकीब न हो और माँ पागल हो जाय? क्योंकि, बेटा और माँ जो हैं, वे एक ही चीज़ के दो छोर हैं। यह कैसे हो सकता है कि पत्नी पागल हो जाय और पति में गड़बड़ न हो क्योंकि, पत्नी जो है, वह पति का ही दूसरा छोर है। अगर यह पति, इसका बेटा, इसका भाई, इसकी माँ, इसके बाप यह सोच सकें, समझ सकें कि हम भी कुछ कहीं-न-कहीं इसको पागल बनाने में ज़िम्मेवार हैं तो फ़र्क़ आ सकता है और एकदम आ जाएगा। अन्यथा ज़्यादा-से-ज़्यादा हम इसको फिर नॉर्मल बनाकर ले आएँगे, दो चार साल

में फिर इसको पागल करने का इंतज़ाम करेंगे।

ज़ोर इस बात पर देने का है कि किसी-न-किसी अर्थ में हम सामूहिक दायित्व को अनुभव करें। कहीं भी दूर-से-दूर कहीं कुछ हो रहा हो, यह हमें ख़याल में नहीं आता। जैसे कि हिटलर हुआ है। आज सारी दुनिया गाली देती है कि हिटलर का होना बुरा था और बहुत बुरा हुआ। लेकिन हम सब वही काम करते हैं जो हिटलर को पैदा करने वाले हैं। अभी इंदिरा बंबई में आए तो पचास हज़ार आदमी रैली करेंगे। उन्हें पता ही नहीं कि रैली हिटलर पैदा करवाती है। हिटलर के पहले बहुत रैलियाँ हुई हैं, जिनसे वह पैदा हुआ है। मेरा मतलब समझ रहे हो तुम ? हिटलर के पैदा होने की सीढ़ियाँ हैं। वे सीढ़ियाँ सब हम पूरी कर देंगे। जब हिटलर पैदा हो जाएगा, तब हम कहेंगे कि यह तो बहुत बुरी घटना घट गयी। हिटलर भी आसमान से पैदा नहीं होता; उसे भी पैदा किया जाता है। हम सब उसे पैदा करते हैं। हमें यह ख़याल ही नहीं कि हम कैसी तरकीब से पैदा करते हैं। एक दफ़ा एक आदमी कैसे हिटलर हो जाता है ? जब हो जाता है, तभी हममें पता चलता है। फिर वश के बाहर बात हो जाती है, लेकिन करने की प्रक्रिया हम पूरा करते हैं। हिटलर फिर-फिर पैदा होते रहेंगे। अभी हिटलर बंद नहीं हो सकते हैं दुनिया में, क्योंकि दुनिया वहीं-की-वहीं है।

मैं एक गाँव गया हुआ था। किसी ने पूछा कि अब तो हिटलर-जैसे लोग पैदा नहीं होते, अब तो नाज़ीइज़्म का कोई उपाय नहीं है। मैंने कहा, रोज़ उपाय है, वही-का-वही है सब, क्योंकि हिटलर जिस दुनिया में पैदा हुआ था, उस दुनिया में कोई फ़र्क़ नहीं पड़ा। आदमी का दिमाग़ वही-का-वही है, जिसमें हिटलर पैदा हुआ था। वह फिर पैदा हो जाएगा। हिटलर ने तो सब उपद्रव किया, उसको हम गालियाँ देते हैं, लेकिन हमें ख़याल नहीं है कि हम सब लोगों ने, सारी दुनिया ने हिटलर को बड़ी प्रशंसा दी है। सब तरह की प्रशंसा ने उसको खड़ा किया था और वही रुख़ आज भी है।

हिटलर ने अपनी आत्मकथा में लिखा है कि शुरू-शुरू में जब उसके साथ बहुत कम लोग थे और सभाओं में कोई आता भी नहीं था, तब वह अपने बीस-पच्चीस लोगों को सभाओं में लेकर जाता था, जो भीड़ में चारों तरफ़ खड़े रहते। यह पहले से नियत था कि कब उनको तालिया बजानी हैं। वे पच्चीस लोग तालियाँ बजाएँगे ठीक वक़्त पर। हिटलर ने कहा, 'एक दिन मैं बड़ा हैरान हुआ। पहले तो मैंने सोचा था कि पच्चीस ही तालियाँ बजेंगी, लेकिन तालियाँ तो दस हज़ार बजायी गयीं। बजायी तो मेरे पच्चीस लोगों ने, लेकिन लोगों ने साथ दिया !' अब तुम कभी ख़याल करना, तुम जब तालियाँ बजाते हो कहीं मीटिंग में,

तो तुम्हारे बग़लवाला ताली बजा रहा है इसलिए तो तुम नहीं बजाते हो ? नहीं तो तुम हिटलर पैदा कर सकते हो। मेरा मतलब समझा तुमने ? कहीं बग़लवाले को देखकर तुमने ताली नहीं बजायी ? इस तरह तुम पैदा कर सकते हो हिटलर, क्योंकि तुम इमीटेट (अनुकरण) कर सकते हो। हिटलर इतना ही चाहता है कि बस, इमीटेट करनेवाले लोग मिल जाएँ, फ़ॉलो (अनुसरण) करने वाले लोग मिल जाएँ तो हिटलर बनने में क्या दिक़्क़त है !

ध्यान रहे, हम हँसते हैं तो हम फ़ॉलो (अनुसरण) करते हैं। हमें ख़याल नहीं होता कि हम क्या कर रहे हैं ? हमसे सिर्फ़ करवाया जा रहा है। चारों तरफ़ कुछ हो रहा है, हम वही करने लगते हैं। इस पर बहुत प्रयोग किए गए हैं। ध्यान में मैं देखता हूँ कि निरंतर, कि ध्यान में अगर एक आदमी खाँसा, तो दो मिनट के भीतर पचास आदमी खाँसेंगे। एकदम से सिलसिला शुरू हो जाएगा। यह सब इमीटेट कर रहे हैं। ऐसा नहीं कि ये जान-बूझकर कर रहे हैं। अभी यहाँ बैठे हैं आप। एक आदमी पेशाब करने चला जाय; पंद्रह मिनट में सारे लोग पेशाब करने जाने की हालत में हो जाएँगे, जिनको ख़याल भी नहीं था। इमीटेट करने की एक वृत्ति है हमारी। कोई कुछ करेगा तो एकदम से ख़याल आ जाता है कि यह करने-योग्य है। बस, ख़याल आया कि क्रिया शुरू हो जाती है।

मैं यह कह रहा हूँ कि हमारा छोटे-से-छोटा काम इस जगत् में बड़े-से-बड़े काम के पीछे आधार-भूत होता है। अगर तुमने बिना समझे-बूझे ताली बजायी, तो तुम एक ऐसी दुनिया बनाओगे जो बिना समझे-बूझे निर्मित होगी। इतना छोटा-सा कृत्य भी इतना काम करेगा इसका बोध अगर तुम्हें हो जाय तो तुम एक ऐसे ढंग से जीना शुरू करोगे, जो एक बदला हुआ ढंग होगा। जिस दिन तुम बदलकर देखना शुरू करोगे तुम बहुत हैरान हो जाओगे कि लोग बिल्कुल मशीनों की तरह काम कर रहे हैं। जिस दिन तुम होश से ताली बजाओगे, उस दिन तुम हैरान हो जाओगे कि बाकी लोग क्या कर रहे हैं। तब तुम लोगों को देखकर बहुत चौंकोगे कि यह क्या हो रहा है। बिल्कुल एक हिप्नोटाइज़्ड है (सम्मोहित) ढंग से सारी दुनिया चली जा रही है, बेहोशी में सब होता चला जा रहा है। इस बेहोशी को तोड़नेवाले तुम्हीं को बनना होगा, नहीं तो कौन तोड़ेगा ! इतना पक्का है कि यदि एक आदमी तोड़ता है तो वह नयी तरह की धाराएँ पैदा शुरू कर देता है, क्योंकि तुम बिना धाराएँ पैदा किए तो रह ही नहीं सकते। समझ लें कि पचास आदमी तालियाँ बजा रहे हैं और एक आदमी ने ताली नहीं बजायी और वह बैठा रह गया, तब तुम यह मत समझ लेना कि उसका परिणाम नहीं हो रहा है। उसके बग़लवाले की ताली कमज़ोर बजेगी। उसका बग़लवाला अपने आगे के

बग़लवाले की ताली देखकर बजा रहा था। लेकिन इस तरफ़ एक आदमी ताली नहीं बजा रहा था, इस ताली की चोट कम हो जाएगी। इस आदमी का असर होने वाला है, क्योंकि अगर बग़लवाले की ताली का असर हो रहा है तो क्या ग़ैर-तालीवाले का नहीं होगा ? होगा। वह भी होनेवाला है। अगर उसके पीछे भी कोई ताली नहीं बजा रहा हो और आगे भी ताली नहीं बजा रहा हो तो हो सकता है, वह चुप रह जाय; वह सोचे, ताली बजाने-जैसी बात नहीं है।

हम जो भी कर रहे हैं, वह सब परिणामकारी हैं और हमें अपने को ज़िम्मेवार मानना ही चाहिए। हैं हम ज़िम्मेवार। बड़ी बात तो यह है कि इसका परिणाम क्रांति होता है, क्योंकि जब तुम ज़िम्मेवार मानोगे, तुम्हें बदलना ही पड़ेगा। जब तुम बदलोगे तो दुनिया बदलेगी, क्योंकि तुम उतने ही बड़े हिस्से हो दुनिया के, जितना कोई और है। तुम कोई छोटे हिस्से नहीं हो। जो हमें बहुत बड़े लोग दिखायी पड़ते हैं, ये बहुत छोटे-छोटे लोगों की ताक़त से बड़े होते हैं। इसलिए मेरा कहना है कि जो छोटे आदमियों की ताक़त पर खड़ा हो जाता है, वह बहुत बड़ा नहीं हो सकता। हमें दिखता है कि हिटलर बहुत बड़ा आदमी था, लेकिन किन लोगों की ताक़त पर वह बड़ा आदमी था ? उन लोगों की, जिन्होंने ताली बजा दी और वे सब छोटे आदमी थे।

मैं कल या परसों उर्दू के किसी कवि की दो पंक्तियाँ देख रहा था। शायद वे पंक्तियाँ आपकी नज़रों से भी गुज़री हों। उसमें उसने कहा है कि ज़िंदगी-भर गधे ताली बजाएँ, इसके लिए हम मेहनत करते रहे। कहना उसका यह है कि हमारी हालत उनसे ज़्यादा नहीं हो सकती है। हम मेहनत इसलिए करते रहे कि एक अच्छी कविता लिखें और दस आदमी ताली बजा दें तो हमारी हालत उनसे बहुत अच्छी नहीं हो सकती। उनकी ताली पर तो हम निर्भर हैं। उनकी ताली पर तो हम जिंदा हैं, उनकी ताली तो हमारी आत्मा है, वह न बजायी गयी तो गए। वे, जिनको तुम बहुत बड़े लोग कहते हो, वे बहुत छोटे-छोटे लोगों की छाती पर खड़े होकर बड़े लोग हैं। छोटे लोग स्वयं ज़िम्मेवार हैं उनको छाती पर खड़ा रखने में, नहीं तो वे कह दें कि नीचे उतर जाओ, बात ख़त्म हो जाती। इस छोटे होने का ख़याल छोड़ देना होगा।

न कोई छोटा है, न कोई बड़ा है। हम सब शक्तियों के पुंज हैं। हम उसका कैसे उपयोग करते हैं, इसपर सब-कुछ निर्भर करता है। हम सब शक्तिपुंज हैं और बड़े अभूतपूर्व शक्तिपुंज है। लेकिन अगर एक दफ़ा यह ख़याल बैठ गया कि हम छोटे हैं तो छोटे ही रहेंगे। यह ख़याल बड़े लोगों ने बिठाया है, नहीं तो इसके बिना वे बड़े नहीं हो सकते। इसलिए सारा बड़प्पन जो है दुनिया का, वह

अधिक लोगों को छोटे होने के ख़याल को पिलाकर ही खड़ा होता है, नहीं तो ख़याल नहीं हो सकता। दुनिया में बड़े होने का जो राज़ है, उस राज़ का बुनियादी आधार इस पर रखा हुआ है कि अधिक लोगों को यह समझाना पड़ेगा कि तुम बिल्कुल छोटे आदमी हो, तुम कुछ भी नहीं कर सकते हो, तुम कुछ हो ही नहीं, तुम तो इतना ही कर सकते हो कि किसी के अनुयायी बनो, किसी के शिष्य बनो, किसी के पीछे जाओ, किसी के पैर पकड़ो, यही तुम कर सकते हो। यह समझाया गया है बहुत दिनों तक। उसका परिणाम भी हो गया है, बहुत लोगों ने यही मान लिया है। मज़ा यह है कि छोटे-छोटे चेले जो कुछ भी नहीं हैं, उनके बल पर एक बड़ा आदमी, एक बड़ा गुरु हो जाता है, जो हज़ारों साल तक पूजा जाता है। अगर तुम उसका बल देखने जाते हो तो वह दिखाई देगा उन छोटे-छोटे आदमियों में, जो कुछ भी नहीं थे। इतना तो बल है उनमें कि एक आदमी को बड़ा बनाते हैं। बल खींच लें तो यह आदमी एकदम सामान्य हो जाय।

अच्छी दुनिया में बड़े आदमी और छोटे आदमी नहीं होंगे, अच्छी दुनिया में आदमी होंगे। बड़ा और छोटा लक्षण है रुग्ण और बीमार दुनिया का। वह महापुरुष भी है और क्षुद्र पुरुष भी है, महात्मा भी है और हीन आत्मा भी है—यह बीमार दुनिया का लक्षण है। अच्छी दुनिया में आदमी होंगे और अपने-अपने ढंग से जिएँगे, किसी की छाती पर सवार होने का कोई सवाल नहीं है। तुम अपने ढंग से जियो, बस। तुम ऐसे समझो कि इससे सुख मिलेगा मुझे। दूसरे को सुख मिलेगा तो आनंद मिलेगा मुझे—हम एक ऐसी दुनिया बना सकें। अपने को एक मौक़ा मिलता है सत्तर साल का, एक आदमी को अवसर मिलता है दुनिया को बनाने का, उसको चूक नहीं जाना चाहिए। और कुछ भी नहीं कहा जा सकता। उसका परिणाम व्यापक हो सकता है। तो मेरा मानना यह है कि जब दुनिया को दु:खी करने के इतने व्यापक परिणाम हो सके हैं तो दुनिया को सुखी करने के परिणाम और व्यापक हो सकते हैं, क्योंकि मूलत: सबकी आकांक्षा सुख के लिए है। अगर दुनिया को 'अगली' (गंदी) और कुरूप बनाने में हम उपयोगी हो सके हैं तो सुंदर बनाने में क्यों नहीं हो सकते, जबकि सबकी आकांक्षा सुंदर बनने की है। छोटे का ख़याल ही ग़लत है। यह ख़याल कुछ लोगों ने पैदा किया है, क्योंकि उनको बड़े होना है।

मैं राजस्थान की एक लोककथा पढ़ रहा था। एक ठाकुर साहब हैं, गाँव का नाई उनसे मिलने आया। नाई नीचे बैठा है, ठाकुर साहब ऊपर बैठे हैं। नाई बूढ़ा है और ठाकुर जवान। नाई नीचे बैठ गया है, स्वाभाविक है नीचे बैठना ही चाहिए नाई को। ठाकुर साहब ऊपर तख़्त पर बैठे हैं। नाई ने निमंत्रण दिया है कि मैं तो

हमेशा आता हूँ, कभी आप मेरे घर आएँ। ठाकुर साहब उसके घर गए। दालान में उसने दरी बिछा दी है। ठाकुर साहब उसपर बैठ गए हैं और नाई दालान से नीचे उतरकर सड़क में जाकर बैठा। तब ठाकुर साहब ने कहा, 'नहीं-नहीं, यह क्या करते हो। ऐसा करोगे तो मैं भी वहीं आ जाऊँगा, आओ यहाँ बैठो।'

उसने कहा, 'नहीं-नहीं, हम नाई, आप ठाकुर ! हम छोटे आदमी, आप बड़े आदमी !'

उस ठाकुर को कुछ व्यंग्य लगा है तो वह उतरकर नीचे आ गया है। नाई ने कहा, 'ऐसा मत करिए, ऐसा करेंगे तो मुझे एक गड्ढा खोदना पड़ेगा, फिर मुझे गड्ढे में ही बैठना पड़ेगा।'

उस ठाकुर ने कहा, 'अगर मैं गड्ढे में आकर बैठ गया, तो ?'

उस नाई ने कहा, 'फिर जो मुझे करना चाहिए और बहुत दिनों से नहीं किया, वह मैं करूँगा।'

ठाकुर साहब ने पूछा, 'क्या करोगे ?'

उसने कहा, 'मैं गढ़े को पूर के आराम से सो जाऊँगा, जो मुझे बहुत दिनों से करना चाहिए था और मैंने अभी तक नहीं किया।'

छोटे आदमी ने बहुत दिनों से नहीं किया वह काम। मज़ा यह है कि उसको नीचे बिठालना ज़रूरी है, नहीं तो बड़ा आदमी कहाँ टिकेगा ? कहाँ जाएगा। सारा इंतज़ाम किया है बड़ा होने का। यह बड़ा होना मैनेज्ड (प्रबंधित) है, उसकी सारी व्यवस्था करनी पड़ती है और व्यवस्था न हो तो बड़ा आदमी फ़िसल जाएगा। बड़ा आदमी फ़ासला रखेगा, निकट न आने देगा।

हिटलर के कंधे पर कोई हाथ नहीं रख सकता था। इतना निकट कोई भी न था, इतना मित्र कोई भी न था कि उसके कंधे पर हाथ रखे। ऐसा कोई भी व्यक्ति नहीं था जो उसका नाम सीधा ले सके। जब भी उससे कहा गया, तो उसने कहा कि यह संभव ही कैसे है ? इसीलिए उसने शादी नहीं की। आख़िरी उम्र में शादी की, मरने से घंटे भर पहले। एक लड़की से उसका प्रेम था, लेकिन वह प्रेम वैसा ही था, जैसा हिटलर का हो सकता था। वह लड़की उसके पास थी, लेकिन उसका बिल्कुल काम आज्ञाकारिणी का था। प्रेम भी आज्ञा की बात थी उसके लिए। हिटलर अपने ऑफिस जा रहा है। उस लड़की ने कहा कि 'मेरी माँ बीमार है, मैं उससे मिल आऊँ ?' उसने कहा, 'नहीं' और वह अपनी गाड़ी में बैठकर चला गया। लड़की ने सोचा कि वह चार बजे लौटेगा, पास ही तो उसकी माँ है, जाकर देखकर लौट आएगी। वह गयी और देखकर लौट के चली आयी। हिटलर आया दफ़्तर से, नीचे उसने संतरी से पूछा कि गयी तो नहीं थी ? उसने

कहा, गयी थी। संतरी के हाथ से बंदूक लेकर ऊपर गया और गोली मार दी। फिर उसने पूछा नहीं उससे कि गयी क्यों? गया और जाते ही गोली मार दी उसने। असंभव था कि हिटलर को कोई ना कह सके। हिटलर कह दे 'नहीं' और फिर कोई चला जाय, असंभव था।

फिर एक स्त्री उसको बारह साल तक प्रेम करती रही, लेकिन उससे उसने शादी नहीं की। जिस दिन बर्लिन पर बम गिर रहा था उसके सामने, जहाँ वह नीचे छिपा था तलघरे में, सामने दुश्मन गोलियाँ चलाने लगे। आधी रात थी उसने ख़बर भिजवायी कि कहीं से एक पादरी को पकड़ लाओ और जल्दी से शादी कर दो।' उसके मित्रों ने पूछा, 'अब क्या मतलब है इस शादी का?' उसने कहा, 'अब कोई भय नहीं रहा। अब मरना ही है तो कुछ भय नहीं है।' तलघरे में पाँच-छह लोग मौजूद थे जहाँ हिटलर की शादी हुई। शादी के बाद पादरी बाहर गया। फिर दोनों ने मिलकर गोली मार ली। यह था उसका हनीमून! पर उसने कहा, 'अब कोई भय नहीं है, अब कर सकते हैं। मैं इतना क़रीब किसी को भी नहीं ला सकता हूँ, जो कंधे पर हाथ रख सके, जो किसी बात से इंकार कर सके, जो मित्रता जतला सके, जो बराबरी दिखा सके।'

मतलब यह है, कि बड़े आदमी के वास्ते बराबरी दिखाना बहुत असंभव है। इसलिए बड़े आदमी की पत्नी होना बहुत कष्टपूर्ण है, बड़े आदमी का मित्र होना बड़ा कष्टपूर्ण है, क्योंकि बड़े आदमी के या तो आप फ़ॉलोअर हो सकते हैं या दुश्मन हो सकते हैं, मित्र नहीं हो सकते। मित्रता का कोई संबंध ही नहीं है बड़े आदमी से। मज़ा यह है कि अगर बड़ा आदमी आपको मित्र बनाए तो आप उसको फ़ौरन बड़ा नहीं समझेंगे। ऐसा नहीं की हिटलर ही क़ुसूरवार था। जो मैं कह रहा हूँ वह यह कि हमीं सदा ज़िम्मेवार रहे हैं। अगर हिटलर आपको कंधे पर हाथ रखने दे तो हिटलर गया। वह फ़ौरन बड़ा आदमी न रहा।

जिस चपरासी की मैं बात कर रहा था कि मैंने देखा और लोगों को कहा तो उन्होंने कहा वह चपरासी है। मैं उससे आदर से बोलता था। उसका नाम द्वारका था, तो मैं 'द्वारका जी' ही उसको कहता था। वह मुझे पानी लाकर नहीं देता था। ऐसे आदमी की क्या फ़िक्र करनी जो 'द्वारका जी' चपरासी को कह रहा है। उससे मैंने कहा कि 'द्वारका जी, पानी ले आना।' वह सुनता हुआ भी नहीं सुन रहा है। लेकिन जो उसको कह रहे हैं कि 'अबे द्वारका!' उनका काम वह झट से कर रहा है। वह और ये दोनों सहभागी हैं इस मुआमले में; यानि आदमी भी तभी सुनने को राज़ी होगा, जब उससे 'अबे' कहा जाय, उसको 'जी' कहकर बुलाइए तो बात ख़त्म हो गयी। वह पहले मुझसे बहुत हैरान हुआ। चपरासी को 'जी' कह रहे

हैं ? मतलब चपरासी से भी गए-बीते आदमी हैं ? तब इज़्ज़त की बात ही न रही । ख़त्म हो गयी बात । हिटलर अगर कंधे पर हाथ रखने दे तो गया, मर गया उसी वक़्त; यानि उसमें हिटलर ही ज़िम्मेवार नहीं है, उसमें हम भी ज़िम्मेवार हैं ।

तुम अपने दुःख से भी इसीलिए पीड़ित हो, क्योंकि तुम दुनिया का दुःख नहीं देख पा रहे हो । अगर तुम दुनिया के दुःख देख पाओ, तो तुम्हारे दुःख बड़े छोटे रह जाएँगे—इतने छोटे कि उनसे पीड़ित होना बिल्कुल बेमानी मालूम पड़ेगा । उसका जो कारण है, वह यह नहीं कि बहुत दुःख तुम्हारे पास हैं । उसका कारण यह है कि तुम्हारे पास और दुःख ही नहीं हैं, जिनसे तुम तुलना कर सको । तुम्हारे पास कोई तुलना नहीं है ।

जीसस को जिस दिन शूली लगी, उस दिन एक आदमी के दाँत में दर्द था । उसकी पत्नी ने रात में कई बार उसको कहा कि 'आज नींद नही आती मुझे, कल सुबह जीसस को शूली लग जाएगी ।' पति ने कहा, 'भाड़ में जाने दो जीसस को ! मेरे दाँत में दर्द है इसकी तो तुम्हें फ़िक्र नहीं है, जीसस की फ़िक्र में लगी हो ! मैं मरा जा रहा हूँ, करवटें बदल रहा हूँ, दवा ले रहा हूँ, दर्द ठीक ही नहीं होता ।' सुबह वह उठकर बैठ गया है । जो भी निकलता है, वह जीसस की बात करता है, और कहता है, 'सुना है तुमने कि जीसस को शूली लग जाएगी ?' वह सुनता ही नहीं है ! कहता है, 'रात-भर सोया नहीं । दवा भी काम नहीं कर रही है । यह भी करता हूँ, वह भी करता हूँ, दाँत का दर्द ही नहीं जाता ।' फिर तो जीसस शूली लिए हुए निकले दरवाज़े से । लोगों ने कहा, 'देखो तो !' उसने कहा, 'क्या देखूँ ! दर्द इतना ज़्यादा है कि रात-भर सो नहीं सका । दो रात से नींद नहीं आयी, कोई दवा काम नहीं करती ।'

अब जिसका दाँत दुःख रहा हो, वह ठीक ही कह रहा है कि जीसस को शूली लग रही हो, या न लग रही हो, इससे क्या लेना-देना ! दाँत में तकलीफ़ है, एक बड़ी बात है । लेकिन मेरा मानना है कि काश ! वह आदमी भी जीसस की शूली देख सके तो उसका दाँत का दर्द चला जाय । मेरा कहना यह है कि वह दाँत का दर्द दिखायी इसलिए पड़ रहा है कि उस आदमी के देखने का ढंग ही बहुत ग़लत है । इधर दुनिया में इतनी पीड़ाएँ हैं, मेरी अपनी समझ यह है कि बुद्ध या महावीर, कृष्ण या क्राइस्ट जैसे लोगों को जो कोई पीड़ा नहीं हुई, दुःख नहीं हुआ, इसका कारण यह नहीं है कि उनको दुःख नहीं था, पीड़ा नहीं थी । उसका कुल यह कारण है कि उन्हें इतना दुःख दिखायी पड़ रहा था, इतनी पीड़ा दिखायी पड़ रही थी कि अपना दुःख और पीड़ा उनके वास्ते बेमानी थी । इसका एहसास ही चला गया था एक सीमा पर आकर । इसका अंतिम अर्थ यह है कि बात ही ख़त्म हो गयी । यह

बात ही बेमानी है कि मैं अपने दाँत के दर्द की बात करूँ। जहाँ दर्द-ही-दर्द है, पीड़ा-ही-पीड़ा है, वहाँ दाँत के दर्द की बात एकदम बेहूदगी है। अगर दुनिया का दुःख तुम्हें दिखायी पड़ने लगे तो तुम्हारा दुःख एकदम विलीन हो जाएगा। इतना छोटा लगेगा कि आप सोचेंगे—इसको भी दुःख कहना चाहिए?

जिस कंपार्टमेंट में मैं आया, उसमें मेरे साथ एक सज्जन थे। एयरकंडीशंड में सब सुविधा है, लेकिन भाग्य से वह डिब्बा चक्के के ऊपर आ गया। वह जो हमारा कंपार्टमेंट है, नीचे चाक है उसके। वह थोड़ा धक्का-मुक्की करता रहा, कंपार्टमेंट हिलता रहा। पूरे बीस घंटे उनको इसी तकलीफ़ में बीते। कितनी बार उन्हें इसकी पीड़ा हुई कि वह चाक ऊपर आ गया। चपरासी को बुलाया है, कंडक्टर को पूछा है कि दूसरा नहीं मिल सकता? अब इस बड़ी दुनिया में इतनी पीड़ाएँ हैं, उसमें तुम्हारा डिब्बा एक चाक के ऊपर आ गया और किसी-न-किसी का डिब्बा चाक पर आएगा ही। चाक नीचे है, करोगे क्या? लेकिन उसका बोध ही नहीं है! इतना बड़ा जो फैलाव है जगत् का, उसका बोध ही नहीं है! चेतना यहाँ सीमित हो गयी है। वह उस डिब्बे में बंद है, उस चाक से जुड़ी है। तो ठीक है, वह आदमी बहुत दुःख झेल लेगा। ऐसा नहीं कि वह कम झेल रहा है। वह बहुत झेलता है, लेकिन झेलने के लिए भी वही ज़िम्मेवार है। वह अगर विराट् के संदर्भ में उसको देखेगा तो बात हँसने-जैसी लगेगी। अगर वह अपने ही संदर्भ में देखेगा तो फिर बहुत बड़ी लगेगी।

तो तुम्हारा दुःख, तुम्हारी पीड़ा बहुत छोटी हो सकती है, अगर तुम्हें विराट् का दुःख और पीड़ा दिखायी पड़ जाय। तुम्हारे पास पहली दफ़ा मेज़रमेंट भी तो होगा न, कि दुःख क्या है? वह हमारे पास है ही नहीं। हम सब अपने-अपने डिब्बे में बंद हैं, वहीं जी रहे हैं। उधर से थोड़े बाहर निकलकर देखना चाहिए। तुम्हारे घर का दीया बुझ गया है, ठीक है। बाहर निकलकर देखना चाहिए। वहाँ सूरज ही बुझा हुआ है तो शायद लौटकर तुम्हें घर में अँधेरा दिखायी न पड़ेगा। थोड़ी रोशनी मालूम पड़ने लगेगी, क्योंकि इतना अँधेरा देखकर आए हो। यह बहुत-से मनोचिकित्सकों का अनुभव है कि उनकी बीमारियाँ उनके बीमारों से बातचीत करने में दूर हो गयीं हैं। जब उनको पहली दफ़ा लोगों की बीमारियों का पता चला तब उनकी बीमारियाँ इतनी बेमानी मालूम पड़ीं, इस तरह इवोपरेट (वाष्पित) हो गयी कि जैसे थी ही नहीं।

बर्नार्ड-शॉ एक दफ़ा बहुत ज़ोर से बीमार पड़ा। अचानक उसको ऐसा लगा कि मर न जाऊँ! डॉक्टर को फ़ोन करवाया। रात के बारह-एक बजे का समय होगा। डॉक्टर बेचारा नींद से उठा और भागा। सीढ़ियाँ हैं, उन पर वह चढ़ रहा

है। बूढ़ा आदमी है डॉक्टर भी। बर्नार्ड-शॉ अपनी खाट पर पड़ा हुआ है, बिल्कुल डरा हुआ कि कहीं मर न जाय ! लेकिन उस डॉक्टर ने फ़िक्र ही न की। वह गया और एकदम हाँफने लगा। आँखें बंद कीं और आरामकुर्सी पर लेट गया। बर्नार्ड-शॉ घबराकर उठा कि यह क्या हो गया ? उसने देखा कि वह आँखें बंद किए है और ऐसा लग रहा था कि उसका हार्ट फेल हो रहा था। वह गया और उसका हार्ट वगैरह देखा। पूछा, 'क्या हुआ ?' डॉक्टर ने कहा, 'मैं तो जाता हूँ, मेरे घर सबको कह देना।' वह बेचारा पानी-वानी लाया और भूल गया अपनी बीमारी। पानी छिड़ककर हवा की, पसीना पोंछा, उसको जाकर बिस्तर पर लिटाया। आध घंटे बाद जब वह ठीक हुआ तो उस डॉक्टर ने कहा, 'अच्छा मैं चलूँ, मेरी फ़ीस दे दो।' बर्नार्ड-शॉ ने कहा, 'फ़ीस काहे की ?' उसने कहा, 'तुम्हें ठीक करने की। यह तो सिर्फ़ मेरा इलाज था, क्योंकि मैं जानता था कि तुम्हारे-जैसे लोग चीज़ों को बड़ा करके देख लेते हैं। तुम बिल्कुल ठीक हो न अब !' बर्नार्ड-शॉ ने कहा, 'बिल्कुल ठीक हूँ। इस आधे घंटे में मुझे अपने रोग का ख़याल ही नहीं रहा !'

ज़िंदगी की पीड़ा को देखना चाहिए, तो ख़ुद की पीड़ा बहुत छोटी हो जाती है। ख़ुद की पीड़ा देखते रहोगे तो वह बड़ी होती जाएगी। फिर भूत-प्रेत ख़ुद ही खड़ा कर लोगे, उन्हीं में घिर जाओगे।

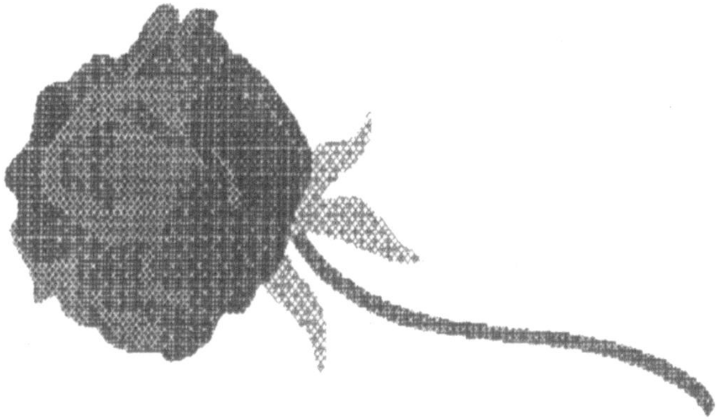

२. जीवन एक पूजा

जीवन इस भाँति जीना चाहिए कि पूरा जीवन एक पूजा हो जाय। हम बचते हैं पूरे जीवन को पूजा बनाने से। इसलिए, एक कोने में पूजा कर लेते हैं और पूरे जीवन को पूजा के बाहर छोड़ देते हैं। वह हमारी तरक़ीब है। घर के एक कोने में छोटा-सा मंदिर बना लेते हैं और पूरे घर को मंदिर बनाने से बच जाते हैं। गाँव में एक मंदिर बना लेते हैं, फिर पूरे गाँव का धर्म मंदिर में सिकुड़ जाता है, बात समाप्त हो जाती है। नहीं,

पूजा नहीं करनी है किसी चीज़ की, बल्कि
इस भाँति जीना है कि पूरा जीवन एक पूजा बन जाय,
एक वर्शिप और एक प्रेयर बन जाय।

हम फ़र्क़ कर लेते हैं ज्ञान और चरित्र का। ये फ़र्क़ बड़े झूठे हैं। ऐसा कहीं फ़र्क़ है नहीं। यानि ऐसा कोई ज्ञान नहीं है, जिसमें चरित्र न हो, और ऐसा कोई चरित्र नहीं है जिसमें ज्ञान न हो।

असल में 'ज्ञान' भीतरी घटना है और 'चरित्र' उसके भीतर अभिव्यक्ति है।

और कोई फ़र्क़ नहीं है। यानि कोई आदमी कहे कि सत्य का ज्ञान कि सत्य

का आचरण, तो इसमें फ़र्क़ क्या करिएगा ! इसमें फ़र्क़ इतना ही होगा कि सत्य का अनुभव होगा, तो सत्य का आचरण होगा । ज्ञान और आचरण, ऐसी कोई दो चीज़ें नहीं हैं । हाँ, ज्ञान दिखायी नहीं पड़ता, आचरण दिखायी पड़ता है । जड़ दिखायी नहीं पड़ती, और वृक्ष दिखायी पड़ता है; लेकिन जड़ें और वृक्ष ऐसी दो चीज़ें नहीं हैं । जहाँ से अलग दिखायी पड़ रही हैं, वहाँ भी सिर्फ़ अलग दिखायी ही पड़ रही हैं । कहीं, किसी भी क्षण पर, किसी भी तल पर, अलग होती नहीं है । और वह जो हमें फ़र्क़ दिखायी पड़ रहा है, वह फ़र्क़ वृक्षों का और वृक्षों की जड़ों का नहीं है । वह एक सीमा के बाद मिट्टी है और एक सीमा के बाद नहीं है, इतना ही फ़र्क़ है । जिसको हम आचरण कहते हैं, वह बाहर है, जहाँ मिट्टी नहीं है; वह दिखायी पड़ जाता है । यानि, अगर मेरी तरह से समझें, तो

जो ज्ञान दिखायी पड़ जाता है उसका नाम आचरण है, और

जो आचरण दिखायी नहीं पड़ता है, उसका नाम ज्ञान है ।

इससे ज़्यादा कोई फ़र्क़ नहीं है । असल में, हमारी आदत पड़ गयी है कि हम फ़र्क़ करके देखें । वस्तुतः कोई फ़र्क़ नहीं है ।

दर्शन का मतलब है देखना, चरित्र का मतलब है जीना ।

यह दरवाज़ा मुझे दिखायी पड़ रहा है, यह दर्शन है । जब मैं निकलूँगा, इस दरवाज़े से, तो वह चरित्र है । अगर मुझे दरवाज़ा दिखायी पड़ गया है तो मैं दीवार से नहीं निकलूँगा; और अगर दरवाज़ा मुझे दिखायी नहीं पड़ा तो मैं दीवार से निकलने की कोशिश में टकरा सकता हूँ । दरवाज़े का दिखाई पड़ना दर्शन है, और फिर दरवाज़े से निकलना चरित्र है । मैं नहीं सोचता कि जिसको दरवाज़ा दिखायी पड़ता है, वह दरवाज़े से न निकलकर, कहीं और से निकलेगा । यह असंभव है, और अगर निकलता है कहीं और से तो पक्का समझ लेना कि दरवाज़ा दिखायी नहीं पड़ रहा था । और तो कोई कारण नहीं हो सकता ।

सुकरात का एक वचन है 'नॉलेज इज़ वर्च्यु ।' और सैकड़ों साल तक विवाद चला उस पर, क्योंकि उसने कहा, 'ज्ञान ही चरित्र है ।' हम तो ऐसा सोचते हैं कि ज्ञान तो हमें हैं, लेकिन चरित्र कहाँ से लाएँ ? यह बात ही ग़लत है । यह होशियारी है हमारी । हम कहते हैं, ज्ञान तो हमें है, हमें मालूम है कि ठीक क्या है । लेकिन फिर भी ग़लत हो जाता है । ऐसा हो नहीं सकता कि हमें मालूम हो कि ठीक क्या है और ग़लत हो जाय । हाँ, ऐसा है मुआमला कि हमें मालूम है कि ग़लत ही ठीक है, और सुना हमने है कि लोग कहते हैं कि नहीं, वह ठीक नहीं, ठीक कुछ और है । वह हमने सुना है ।

श्रवण दर्शन नहीं है और श्रवण को हमने समझा हुआ है कि वह ज्ञान बन गया

है ।

सुना है हमने बचपन से कि क्रोध बुरा है । हमने नहीं जाना है कि क्रोध बुरा है । हमें तो अभी भी कोई मौक़ा दे दे और क्रोध नहीं कर पाएँगे तो लगेगा कि भूल हो गयी है । कर पाएँगे तो लगेगा, निबटारा हुआ । न कर पाएँगे तो पछताएँगे । हमें तो लगता है कि क्रोध ठीक है । हाँ, लोग कहते हैं, ऐसा लोग कहते रहे हैं कि क्रोध बुरा है । हमारे भीतर दोहरी दिक़्क़तें हो गयी हैं । श्रवण है हमारा कुछ, जिसको हम दर्शन समझ रहे हैं । नहीं, जिन्होंने सुना है, उसे देखा नहीं है ।

सुनने और देखने में बड़ा फ़र्क़ है । सुना है मैंने कि इस तरफ़ दरवाज़ा है; देखा नहीं है । देखता तो इसी दीवार में दरवाज़ा दीखता । जब चलने जाता हूँ, तब पता चल जाता है कि वह श्रवण था कि दर्शन था, क्योंकि जब चलता हूँ तो उधर चला जाता हूँ, क्योंकि जहाँ मुझे दिखता है वहाँ जाऊँगा, जहाँ सुना है वहाँ नहीं जाऊँगा । अगर टकराऊँगा तो मैं कहूँगा कि बड़ा मुश्किल है । मैं जानता हूँ कि दरवाज़ा कहाँ है, फिर भी टकरा जाता हूँ । अब कैसे टकराने से बचूँगा ? मैं नहीं ऐसा कहता । मैं कहता हूँ कि अगर टकराते हैं, तो समझ लेना कि दरवाज़े का पता नहीं ।

इसलिए आचरण को बदलने की कोशिश ही मत करना, बदलने की कभी कोशिश ही मत करना, आचरण से कोई लेना-देना नहीं है । महत्त्वपूर्ण है मुझे दिखायी पड़े कि ठीक क्या है । ऐसा कभी नहीं होता कि वह दिखायी पड़े और मैं अन्यथा कर पाऊँ, क्योंकि उस ठीक दिखायी पड़ने के साथ, उस ठीक का आनंद भी जुड़ा है ।

मैं निरंतर बुद्ध की एक घटना कहता रहता हूँ । बुद्ध एक गाँव के पास से गुज़रे । उस गाँव के लोग उनके विरोधी हैं । वे इकट्ठे हुए और उन्होंने बुद्ध को बहुत गालियाँ दीं और बहुत-बहुत अपमानजनक बातें कहीं । बुद्ध ने उनकी सारी बातें सुनीं और फिर उनसे कहा कि अगर तुम्हारी बात पूरी हो गयी हो तो मैं जाऊँ ? मुझे दूसरे गाँव जल्दी पहुँचना है । गाँव वाले एकदम से थोड़ा परेशान भी हो गए, क्योंकि गालियाँ अगर बातें समझी जाएं, तो जिसने दी हैं, वही परेशान हो जाता है । थोड़े परेशान हो गए, क्योंकि इतनी साफ़-साफ़ गालियाँ थीं । उन्होंने बुद्ध से कहा कि 'हमने गालियाँ दीं, बातें नहीं थीं ।'

बुद्ध ने कहा, 'तुमने दी होंगी गालियाँ, लेकिन इधर, हमने लेना बंद कर दिया है, और तुम दो, इससे कुछ होता नहीं फ़र्क़, जब तक हम लें नहीं । तुम्हारा देना तुम्हारा हक़ है, और लेना हमारा हक़ है । इस तरह जबरदस्ती नहीं तुम्हारी कि हमें लेना ही पड़ेगा । पिछले गाँव में, कुछ लोग मिठाइयाँ लेकर आए थे और हमने

कहा, पेट भरा है, तो वे वापस ले गए। अब तुम गालियाँ लेकर आए हो, हम कहते हैं लेते नहीं। अब तुम क्या करोगे ? वापस ले-जानी पड़ेंगी। ये गालियाँ वापस ले जाओ, क्योंकि अब हम लेते नहीं।'

उनमें से एक ने पूछा,'लेकिन आप लेते क्यों नहीं ? यह बड़ी अजीब बात है ! हम किसी को भी गाली देते हैं तो वह फ़ौरन ले लेता है। हम दे नहीं पाते हैं कि वह जवाब देना शुरू कर देता है। यह बड़ी अजीब बात है जो आप कहते हैं कि लेते नहीं।'

बुद्ध ने कहा, 'दस साल पहले आया था, तब मैं भी ले लेता, क्योंकि तब मुझे पता ही नहीं था कि लेना दुःख है, और बात ख़त्म हो गयी। अब मैं देख रहा हूँ कि देकर तुम उठा रहे हो दुःख, तो लेकर मैं क्यों उठाऊँ ? तुम जानो, तुम्हारा काम जाने। देकर तुम उठा रहे हो, मैं लेकर क्यों उठाऊँ ? अगर कुछ कमी रह गयी हो तो मेरे लौटने पर फिर आ जाना, गालियाँ और पूरी कर लेना। अभी मुझे जल्दी जाना है दूसरे गाँव में।'

गाँव के लोग बाहर ही खड़े रह गए। उनकी हालत देखते ही बनती थी !

ऐसी हालत में नीत्से बहुत नाराज़ हो जाता है और वह कहता है कि बुद्ध ने बहुत अपमान किया। अच्छा था कि एक चाँटा वह मार देते, कम-से-कम हम दोनों बराबर तो हो जाते। गाली ही दे देते तो कम-से-कम हम दोनों बराबर तो हो जाते। बुद्ध तो चले गए होंगे और वे आदमी कीड़े-मकोड़ों की तरह खड़े रह गए होंगे। उनको कुछ समझ में भी नहीं पड़ा होगा कि अब क्या हो, अब क्या करें ? अपनी की गालियाँ लोट आयी होंगी और घूमने लगी होंगी। नीत्से कहता है कि बड़ी दया होती कि एक चाँटा मार देते । हम भी तो घर लौट जाते शान से कि ठीक है, हमने भी गाली दी थी और गाली लौट आयी है। बराबर हो गयी। वह यह कह रहा है कि नहीं; ऐसा मत करो, यह बहुत क्रूरता है। वह बुद्ध से कह रहा है कि बहुत क्रूरता है।

मेरी दृष्टि यह है कि हमें दिखायी पड़ जाय तो बात ख़त्म हो गयी है। फिर क्या परिणाम होता है, यह सवाल नहीं है। हम वैसा जिएँगे और हमें दिखायी नहीं पड़ता है बिल्कुल । दर्शन शब्द बहुत ही साफ़ है। उसका सीधा मतलब, देखना है। अँग्रेज़ी में बड़ी भूल होती है, अँग्रेज़ी में हम दर्शन को फ़िलॉसफ़ी कहते हैं तो बहुत ग़लती हो जाती है। फ़िलॉसफ़ी का मतलब ही, दर्शन नहीं है। फ़िलॉसफ़ी का मतलब है, सोच-विचार और दर्शन का मतलब देखना है। बड़े मज़े की बात यह है कि सोच-विचार सिर्फ़ वे ही करते हैं, जो देख नहीं पाते; जो देख पाते हैं, वे सोच-विचार नहीं करते। इस कमरे में एक अंधा आदमी बैठा हुआ है। जाने के

पहले वह सोच-विचार करता है, दरवाज़ा कहाँ है ? पूछता है, दरवाज़ा कहाँ है ? गुरु को खोजता है कि दरवाज़ा बताओ । लेकिन जिसके पास आँख हैं, जो देखता है, न वह पूछता है, न वह गुरु खोजता और न वह सोचता है, निकलना है तो निकल जाता है । आप पूछें कि 'अरे ! दरवाज़ा किधर है ?' तो उसे ख़याल आता है, अन्यथा दरवाज़े का ख़याल उसे नहीं आता । बस निकल जाता है वह । इसके लिए उसे यह नहीं सोचना पड़ता है कि वह रहा दरवाज़ा और उधर से जाऊँ तो पहुँच जाऊँ । उसे यह कुछ भी नहीं करना होता । जब उसे निकलना होता है, वह निकल जाता है, बस, निकल जाता है । जब उसे आना होता है, वह आ जाता है । दरवाज़ा कहीं उसके विचार में आता नहीं, वह सिर्फ़ अंधे के विचार में आता है ।

प्रश्न : ***स्पष्ट कीजिए।***

उत्तर : दर्शन का तो कोई प्रकार है ही नहीं, वह देखने की शक्ति का नाम है । हाँ, उसके प्रयोग हो सकते हैं, जैसे कि मैं बग़ीचे में जाकर फूल देखूँ कि काँटे देखूँ, आकाश देखूँ कि ज़मीन देखूँ, मकान के भीतर देखूँ कि बाहर देखूँ । इससे देखने में कोई फ़र्क़ नहीं पड़ता, सिर्फ़ दिशाएँ भिन्न होती हैं और देखने के प्रयोग भिन्न होते हैं, अप्लीकेशंस भिन्न होते हैं । दो तीन तरह के दर्शन नहीं होते हैं । दर्शन का तो मतलब है, देखने की क्षमता । अब मैं कहाँ देखता हूँ, यह बिल्कुल दूसरी बात है, यह मुझ पर निर्भर है ।

जिसको हम बाह्य दर्शन कहते हैं, वह आदमी बाहर देख रहा है । उसकी देखने की क्षमता उतनी ही है जितनी किसी महावीर की हो । फ़र्क़ इतना है कि वह बाहर की तरफ़ उपयोग कर रहा है, महावीर भीतर की तरफ़ उपयोग कर रहे हैं । यह उपयोग का फ़र्क़ है, यह दर्शन का फ़र्क़ नहीं है । मेरा मतलब समझा आपने ? मैं बाहर की तरफ़ देख रहा हूँ अपनी खिड़की पर खड़े होकर, और आप पीठ करके अपने मकान के कमरे की तरफ़ देख रहे हैं, लेकिन देखने की क्षमता का कोई फ़र्क़ नहीं है । सम्यक् दर्शन का कुल इतना मतलब है कि भीतर की तरफ़ देखना या बाहर की तरफ़ देखना । अगर ठीक से समझें तो उसको सम्यक् दर्शन ही कहना चाहिए, जिसको भीतर की तरफ़ देखना कहते हैं । यदि एक को बाह्य दर्शन कहते हैं, तो फिर दूसरे को अंतर-दर्शन कहना चाहिए; वस्तुतः सम्यक् दर्शन का मतलब यह है कि ऐसा आदमी, जो दोनों तरफ़, जब चाहे तब देख सकता है । लेकिन एक आदमी ऐसा है जो कि फ़िक्स्ड हो गया है, जिसकी गर्दन अब पीछे की तरफ़ मुड़ती ही नहीं, वह बाहर ही देख सकता है । यह असम्यक् दर्शन हुआ । दर्शन का एक उपयोग निश्चित हो गया । एक दूसरा आदमी है जो भीतर ही देख सकता है, बाहर देख ही नहीं सकता; वह भी फ़िक्स्ड हो गया है । यह भी उतना

ही उपद्रव में है जितना पहला आदमी है। ये दोनों आधे-आधे आदमी हैं। सम्यक् दर्शन का मतलब ऐसा आदमी है, जिसकी गर्दन लोचपूर्ण है, जो जब चाहे बाहर देखता है, जब चाहे भीतर देखता है। बाहर और भीतर में जिसे कठिनाई ही नहीं होती— कभी भी बाहर जाता है, कभी भी भीतर आता है।

एक को तो हम कहते हैं संसारी । वह बाहर देखने वाला है। जिसको हम कहते हैं संन्यासी, वह भीतर देखने वाला है। इन दोनों से अलग एक और आदमी है जिसको सम्यक् द्रष्टा कहना चाहिए, जो बाहर-भीतर, दोनों तरफ़, एक-सा देख सकता है, जिसको इसमें कोई बाधा ही नहीं रही है।

जब कोई आदमी बाहर और भीतर एक-सा देख सकता है तो उसके लिए बाहर और भीतर के द्वंद्व मिट जाते हैं, क्योंकि तब वह देखता है कि बाहर और भीतर दो चीज़ें नहीं हैं; यह एक ही चीज़ का फैलाव है जिसे मैंने दो में बाँट लिया है, क्योंकि मैं इकट्ठा जो नहीं देख पाता हूँ। मैं बाहर देख रहा हूँ और जब मैं लौटकर भीतर आता हूँ, तो जिसे मैं देखता आता हूँ, वही भीतर भी है। चूँकि मैं एक साथ नहीं देख पाता हूँ, पूरे को, इसलिए मैंने खंड कर लिए हैं। अगर मैं पूरा एक-साथ देख पाऊँ, तो खंड का कोई सवाल ही नहीं है। अगर मेरी सारी खोपड़ी पर, चारों तरफ़, बारह आँखें हों, तो कोई कठिनाई नहीं है। किसी दिन आदमी व्यवस्था कर ले और उसकी खोपड़ी के चारों तरफ़ बाहर आँखें हों तो तब उसके मकानों के क्या भीतर है क्या बाहर होगा, जब वह दरवाज़े पर खड़ा होगा, तो वह बाहर भी देखेगा, भीतर भी देखेगा। बाहर और भीतर तो एक फैलाव है। हमारी देखने की क्षमता डायमेंशनल है और वह वन डायमेंशनल (एकोन्मुखी) है, एक डायमेंशनल में देखती है।

मार्क्स ने एक किताब लिखी है, वह है 'वन डायमेंशनल मैन' । ख़याल उसका सुंदर है कि हम एक ही तरफ़ देख पाते हैं। यही हमारी तकलीफ़ है। ज़िंदगी बहुत बड़ी है और ज़िंदगी सब तरफ़ है और सब तरफ़ सच है। सम्यक् दर्शन का मेरे हिसाब से यह मतलब होता है कि जो सब तरफ़ देखता है । इतना सम हो जाता है कि अभी-अभी फ़र्क़ नहीं करता कि यह बुरा है, यह भला है, यह बाहर है, यह भीतर है; यह नरक और स्वर्ग में भी फ़र्क़ नहीं करता है।

प्रश्न : आचार्य जी ! एक ब्राह्मण था। एक श्लोक है कि वह साइंस जानता था और शायद जानता था सबके बारे में। वह एक दिन मर गया। उसका बच्चा था, जिसको नमस्कार किया सबने कि यह ब्राह्मण का बेटा है। तो उसको ब्राह्मण मान लिया गया। उसने अपने बाप से जो कुछ सुना था, वह लोगों को बताया और ब्राह्मण बनकर बैठा रहा। फिर उसका बेटा आया और ऐसे चलते-चलते एक दिन

ब्राह्मण मर गया। असलियत बतानेवाला कोई नहीं रहा। क्या ब्राह्मण मर गया या जो यह कल की साइंस थी वही ग़लत थी?

उत्तर : इसमें दोनों ही बातें सच हैं। एक तो यह बात सच है कि बहुत बार ऐसा हुआ है कि कुछ बातें हैं जो जान ली गयी हैं, लेकिन कही नहीं जा सकतीं। जैसा मैं अभी कह रहा था। जो जान ली गयीं, लेकिन कही नहीं जा सकीं, या कही गयीं तो कहने में ग़लत हो गयीं, या कही गयीं तो केवल शब्द रह गए और भीतर का अर्थ खो गया। बहुत-सी सही बातें हैं जो जान ली गयीं, लेकिन वे ऐसी सही बातें हैं जो हर बार, हर आदमी को, फिर अपनी तरफ़ से उनको जानना पड़ेगा।

कुछ बातें ऐसी हैं, जिनको हम बता सकते हैं। उन बातों को हम बता सकते हैं जो ओब्जेक्टिव (प्रतीक रूप) हैं जैसे— मैंने कहा कि यह काला रंग है और आप भी यह देख लेते हैं कि यह काला रंग है। जिन चीज़ों को भी हम सामने रखकर और सारे लोग ओब्ज़र्व कर सकते हैं, उनके संबंध में प्रतीक काम कर जाते हैं। हम कहतें हैं, यह काला रंग है। इस पर हम राज़ी हो गए हैं और हम काला रंग कह लेते हैं और बात चल जाती है, क्योंकि हम सबको दिखायी पड़ रहा है। फिर, एक आदमी कह रहा है कि यह रहा परमात्मा। उसे दिखायी पड़ा है कुछ, जिसे वह परमात्मा कह रहा है, लेकिन हमें किसी को भी दिखायी नहीं पड़ रहा है। काले रंग में दो चीज़ें हैं। काला रंग, यह शब्द भी सुनायी पड़ता है और काला रंग भी दिखायी पड़ता है। तो जब कोई कहता है कि यह रहा परमात्मा, तो सिर्फ़ काला रंग, शब्द सुनायी पड़ता है, और कोई दिखायी तो पड़ता नहीं कि यह रहा। शब्द ही रह जाता है हाथ में सिर्फ़। तो जहाँ तक धर्म का संबंध है, उसकी अनुभूति ऐसी है कि वह प्रत्येक बार प्रत्येक व्यक्ति को, फिर से उपलब्ध करनी पड़ती है। उनको कोई शब्दों के द्वारा दे नहीं सकता है। वह जो ब्राह्मण की कोशिश थी, वह विज्ञान देने की कोशिश होती तब तो न मरती। साइंस कहने की कोशिश न थी। वह कोशिश थी धर्म देने की, और वह मरने को ही थी; अन्यथा ऐसा कुछ नहीं कि उस दिन मर गयी और आज नहीं मरेगी। वह आज भी मरेगी। अगर आज मैं आपसे कुछ कह रहा हूँ, तो वह मेरे कहने के साथ ही मर जानेवाला है। आप अगर उसे उपलब्ध करेंगे, तो फिर से आपको ही करना पड़ेगा। उसका कोई उपाय नहीं कि कोई दूसरा आपको ट्रांसफ़र (हस्तांतरित) कर सके।

वह जो ब्राह्मण था, वह ब्राह्मांड को जाननेवाला नहीं था, वह ब्रह्म को जाननेवाला था और इन दोनों में फ़र्क़ को समझ लेना। जो ब्रह्मांड को जानता है, वह विज्ञान है, वह ट्रांसफ़रेबल (हस्तांतरणीय) है, वह सिंबल (प्रतीक) से दिया जा सकता है, वह शास्त्र से दिया जा सकता है। इसलिए पश्चिम ने जो पैदा किया है,

उसके मरने का उपाय नहीं, जब तक आदमी न मर जाय। उसमें किसी वैज्ञानिक के मरने से कोई फ़र्क़ नहीं पड़ रहा है, क्योंकि जो जाना गया है वह वस्तुगत है। वह लेबॉरेटरी में जाना गया है। किसी एक आदमी का नहीं, वह हज़ार लोगों का जाना हुआ है। उसे हज़ार लोग पुनरुक्त कर सकते हैं और कभी भी प्रयोग किया जा सकता है और दोहराया जा सकता है। जिसे हम ब्राह्मण कहते हैं, उसने उसे जाना था, अनरिपीटेबल (दोहराया नहीं जा सकता) है, एक अर्थ में यूनिट (एकांश) है और एक-एक आदमी को अपने तईं ही जानना पड़ता है, कोई दूसरे को जनाया, जाना नहीं जा सकता।

प्रश्न : ***तो ब्रह्म-ज्ञान ?***

उत्तर : यह जो ब्रह्म का ज्ञान है, कभी भी परंपरा नहीं बनता है। इसे परंपरा बनाना ही भूल है। विज्ञान जो है, वह हमेशा परंपरा बनता है। उसे अगर आपने परंपरा नहीं बनाया, तो भूल हो जाएगी। यानि मैं बहुत उल्टी बात कहता हूँ। मैं निरंतर यह बात कहता हूं कि विज्ञान के शास्त्र हो सकते हैं, धर्म का शास्त्र नहीं हो सकता, हालाँकि होता है धर्म का शास्त्र। मैं यह भी कह सकता हूँ कि विज्ञान के गुरु हो सकते हैं, धर्म का गुरु नहीं हो सकता, हालाँकि होते हैं धर्मगुरु। विज्ञान के गुरु का पता नहीं चलता, क्योंकि विज्ञान जो कह रहा है बिल्कुल ट्रांसफ़रेबल है। वह एक-दूसरे को बताया जा सकता है, लेबॉरेटरी में प्रयोग किया जा सकता है। वह कहीं इतना आंतरिक नहीं है कि उसे सामने रखना मुश्किल हो। वह इतना बाह्य है कि बिल्कुल सामने है। आंतरिक के साथ सबसे बड़ी कठिनाई यह है कि वहाँ आपके सिवाय कोई भी नहीं जा सकता है, और बाह्य के साथ सुविधा यह है कि हम सब वहाँ साथ जा सकते हैं।

मेरे बग़ीचे में एक फूल खिला है। मैं आप सबको एक-साथ ले चलता हूँ। मैंने कहा कि मेरे हृदय में प्रार्थना का एक फूल खिला है। आप खड़े रह जाते हैं, कोई उपाय नहीं रह जाता कि क्या किया जाय ! मैं कहाँ ले जाऊँ आपको, क्या दिखाऊँ आपको ? कैसे क्या किया जाय ? ज़्यादा-से-ज़्यादा, मेरे आचरण से थोड़ा-बहुत पकड़ा जा सके कि शायद फूल खिला हो प्रार्थना का, न खिला हो।

यह जो ब्राह्मण की जो खोज थी, मूलतः वह ब्रह्मांड की खोज नहीं है। ब्रह्मांड की ख़ोज तो पहली दफ़ा पश्चिम के ब्राह्मणों ने शुरू की है। पूरब के ब्राह्मण ने तो ब्रह्म की खोज की है, और कहना मुश्किल है कि उसने कोई ग़लती की है ऐसी खोज करके। ग़लती होगी उसको परंपरा बनाने में। वह परंपरा नहीं बन सकती। पश्चिम की तो परंपरा बनेगी, उसमें कोई कठिनाई नहीं है, वह स्वाभाविक है।

दूसरी बात यह है कि जिन शास्त्रों की आप बात करते हैं कि आइंस्टीन का

सूत्र है या कोई और सूत्र है। ऐसे सूत्र धर्म के हैं ही नहीं, हो भी नहीं सकते। इसका कारण यह है कि विज्ञान उस चीज के साथ श्रम कर रहा है जो एक अर्थ में जड़ है। जड़ से मेरा मतलब यह है कि वह क़रीब-क़रीब वैसी ही रहती है, जैसी है। पानी हज़ार साल पहले भी सौ डिग्री पर गर्म होता था, चाहे हम जानते हों या न जानते हों। अब भी सौ डिग्री पर गर्म होता है, चाहे हम जानें चाहे न जानें। पानी अपनी आदतें नहीं बदलता। पानी एक अर्थ में जड़ है, क्योंकि वह जैसा है वैसा ही रहता है। धर्म का सारा संबंध उस चेतना से है, जिसकी बदलाहट ही उसका स्वभाव है। यदि चेतना न बदलती तो वह जड़ होती। इसकी बदलाहट ही इसका स्वभाव है। तो दस हज़ार साल पहले आदमी के संबंध में जो सच था, ज़रूरी नहीं है कि आज भी सच हो। ज़रूरी नहीं है कि जो आज सच है, वह दस हज़ार साल बाद भी सच हो? उसकी चेतना रोज़ बदल रही है और रोज़-रोज़ नए आयामों में प्रवेश करती है, नए अर्थ खोज लेती है और जीने के नए ढंग खोज लेती है।

ब्राह्मण की जो खोज है, वह आदमी की चेतना के संबंध में है। इसलिए पश्चिम, आदमी की चेतना का विज्ञान नहीं बना पा रहा है, क्योंकि बड़ी मुश्किल है। सबसे बड़ी मुश्किल यह है कि यह अन-प्रेडिक्टेबल (अकल्पित) है और विज्ञान बन ही नहीं सकती है। अगर प्रेडिक्शन (भविष्यवाणी) न हो सके, तो कोई मतलब ही नहीं है। अगर दो और दो चार हमेशा नहीं होते तो कोई मतलब नहीं रह जाता कि दो फिर दो की मर्ज़ी पर हो कि कभी वह पाँच हो जाय, कभी वह तीन हो जाय और कभी हम दो और दो जोड़ें, एकदम तीन हो जाएं, दो-दो जोड़ें तो एकदम पाँच हो जाएं। तो फिर विज्ञान नहीं बनने वाला है। फिर विज्ञान कैसे बनेगा? क्योंकि वह दो और दो फ़िक्स्ड नहीं रहा मुआमला।

मनुष्य के साथ दो और दो का जोड़ हमेशा चार नहीं होता। इतनी तरल घटना है वह। जितना तरल मनुष्य होगा, उतनी ही तरल घटना होती चली जाएगी। जितना जीवंत व्यक्ति होगा, उतना ही तीव्र परिवर्तन की , और अनप्रेडिक्टेबल की और संभावना रहेगी। इसलिए यह हो नहीं सकता कि एक साधारण आदमी के संबंध में हम कुछ घोषणा कर सकें। इसलिए भीड़ के संबंध में घोषणा हो सकती है। मैं यह नहीं कह सकता कि तुम इस साल कार का एक्सीडेंट करोगे, लेकिन यह कहा जा सकता है कि बंबई में कितने कार के एक्सीडेंट होंगे, क्योंकि भीड़ जो है, ज़रा जड़ हो जाती है। फिर बंबई में अगर मैं कहूँ कि सौ एक्सीडेंट होंगे साल में, तो हो सकता है ९८ हों, १०२ हो जाएं, लेकिन पूरे हिंदुस्तान में अगर कहूँ तो फ़ासला और कम हो जाय, प्रेडिक्शन और

क़रीब आ जाएगा।

अगर पूरी दुनिया का हम जोड़ें, तो प्रेडिक्शन और क़रीब आ जाएगा क़रीब-क़रीब आ जाएगा, क्योंकि भीड़ जितनी बढ़ती चली जाएगी, उतनी चेतना क्षीण होती चली जाएगी और जड़ता के लिए काम करनी शुरू कर देगी। इसलिए बिल्कुल कहा जा सकता है कि अमेरिका में कितने लोग आत्महत्या करेंगे, आनेवाले साल में। लेकिन कौन करेगा? यह नहीं कहा जा सकता कि यह आदमी करेगा कि नहीं करेगा। इसके सिवाय कोई उपाय नहीं। बुद्ध या जीसस जैसे आदमी की बाबत तो और भी मुश्किल है, भीड़ की बाबत आसान है फिर भी। एक साधारण व्यक्ति की बाबत देना भी मुश्किल है। जितना असाधारण व्यक्ति होगा, उतना ही मुश्किल होगा, एकदम मुश्किल होगा।

बुद्ध की दो-तीन घटनाएँ मुझे ख़याल आती हैं। बुद्ध बारह साल के बाद अपने घर लौटते हैं, तो वह परम ज्ञानी हो गए हैं। लाखों उनके शिष्य हैं। सारा गाँव उनको लेने आया है, लेकिन उनकी पत्नी नहीं आयी है। वह नाराज़ है। बुद्ध ने चारों तरफ़ देखा, यशोधरा मौजूद नहीं है। और कोई संन्यासी होता—साधारण—तो प्रेडिक्टेबल हो सकता था, क्योंकि संन्यासी को क्या मतलब पत्नी से? लेकिन बुद्ध ने भिक्षुओं से कहा,' भिक्षुओ, देखते हो! यशोधरा नहीं दिखायी पड़ती है।'

आनंद ने कहा, 'आप ऐसी बातें न करें, लोग क्या कहेंगे? आप और यशोधरा की बात करेंगे, तो लोग क्या कहेंगे।'

बुद्ध ने कहा, 'मैंने कभी नहीं सोचा कि लोग क्या कहेंगे। उस तरह मैं जिया ही नहीं और निश्चित ही आनंद, वह इसलिए नहीं आयी और मैं जानता था कि वह नहीं आएगी। वह बड़ी माननी है। बारह साल पहले मैं उसे छोड़कर भाग गया था। जाते वक़्त, विदा भी न ली थी। स्वाभाविक है कि वह नाराज़ हो।'

आनंद ने कहा, 'क्या बात करते हैं! लोग क्या कहेंगे कि बुद्ध ज्ञानी और अपनी पत्नी से मिलने घर गए? अब कौन पत्नी है, अब कौन बेटा, कौन पिता, कौन माता!'

संन्यासी की तो अपनी भाषा है न, और इसलिए संन्यासी प्रेडिक्टेबल हो सकता है।

बुद्ध ने आनंद से कहा, 'मैं तुम्हारे सूत्र से नहीं चलूँगा। माना कि मेरी कोई पत्नी नहीं है, लेकिन उसका पति अभी भी है। मेरी कोई पत्नी नहीं रही, यह तो ठीक है, लेकिन उसका पति तो अभी भी है और अपने पति से रूठकर, वह अभी भी बैठी है।'

आनंद ने कहा, 'लोग सदियों तक याद रखेंगे कि बुद्ध से थोड़ी भूल हो गई।'

बुद्ध ने कहा,' यह चलेगा, इससे कोई हर्ज़ा नहीं होता। इतना ही कहेंगे न कि बुद्ध एक आदमी था ! भगवान् होने का मेरा कोई दावा भी नहीं है। मैं घर चलता हूं।'

यह अनप्रेडिक्टेबल था। यह सारे संन्यासी नहीं करेंगे। संन्यासी प्रेडिक्टेबल हो सकता है।

स्वामी रामतीर्थ की पत्नी मिलने गयीं, तो रामतीर्थ ने दरवाज़ा बंद कर लिया। सामने साथ में, एक मित्र ठहरे हुए थे। उन्होंने कहा, ' यह क्या करते हैं आप ? बरसों बाद पत्नी मिलने आयी है, आप दरवाज़ा बंद करते हैं। अभी तो आप कहते हैं कि सबमें ब्रह्म है और इस पत्नी में ही आज ब्रह्म न रहा ? दरवाज़ा खोलें, या मैं भी जाता हूं। अब तक मैंने आपको सैकड़ों स्त्रियों से मिलते देखा है, कभी आपने झिझक नहीं दिखाई। आज अपनी स्त्री से मिलने से क्यों डरते हैं ? क्या भय मिलने में पकड़ता है ?'

आप हैरान होंगे कि रामतीर्थ मुश्किल में पड़ गए और उन्होंने उसी दिन गेरुआ वस्त्र छोड़ दिए। रामतीर्थ मरते वक़्त गेरुआ वस्त्र नहीं पहने हुए थे। उसके छह महीने पहले, पाजामा-कुर्ता पहन लिया था, इसी घटना से। उन्होंने कहा कि ठीक ही कहते हो तुम।

बुद्ध गए घर। जब वह घर पहुँचे हैं, दरवाज़े पर, तो आनंद उनका चचेरा भाई था, बड़ा भाई था, उम्र में ज़्यादा था, रिश्ते में बड़ा था। जब उसने दीक्षा ली थी बुद्ध से, तो दीक्षा से पहले, उसने उनसे एक शर्त ले ली थी और वह शर्त यह थी कि दीक्षा के बाद तो मैं छोटा हो जाऊँगा । फिर तो मुझे आज्ञा माननी पड़ेगी। दीक्षा के पहले मैं तुम्हारा बड़ा भाई हूँ तुमसे एक शर्त ले लेता हूं, जो कि बाद में लागू रहेगी और वह शर्त यह रहेगी कि सदा-सदा मैं तुम्हारे साथ रहूँगा। तुम मुझे अलग नहीं कर सकोगे। यानि यह नहीं कह सकोगे कि और कहीं जाकर लोगों को समझाओ और विहार करो। मैं तुम्हारे साथ ही रहूँगा। दीक्षा के पहले बड़े भाई की हैसियत से यह वचन ले लेता हूँ। फिर दीक्षित हो बैठा तो वह उनके साथ ही साथ था। वह उनके साथ ही चला, अंदर महल के।

बुद्ध ने उससे कहा, 'आनंद ! आज वह नियम न मानो, आज वह नियम छोड़ दो, क्योंकि यशोधरा बहुत नाराज़ होगी कि आज इतने दिन बाद आए हो, फिर एक आदमी को साथ लेकर आ गए हो। अगर उसको चिल्लाना हो, रोना हो, मुझे मारना हो, तो वह कुछ भी न कर पाएगी। नहीं, आज यह नियम नहीं लागू होगा।'

यह जो आदमी है न, वह आनंद, एकदम भौंचक्का खड़ा हो गया कि आप ये क्या बातें करते हैं ? आप अपनी पत्नी से अकेले मिलना चाहते हैं ? निश्चित ही ?

यह जो मैं कह रहा हूँ, जीसस की बाबत, ऐसे उल्लेख हैं, जो बड़ी हैरानी के हैं। ऐसे लोगों की बाबत, हम पक्का नहीं कर सकते कि कल सुबह वह क्या करेंगे या कल सुबह क्या करते हुए पाए जाएँगे ? कुछ नहीं कहा जा सकता। इसलिए ऐसे लोग बड़ी मुश्किल में पड़ जाते हैं जब ज़िंदा होते हैं। जब मर जाते हैं, तब बड़े अच्छे हो जाते हैं। उसका कारण यह है कि मर जाते हैं तो वे प्रेडिक्टेबल हो जाते हैं, बात ख़त्म हो जाती है। अब उनके साथ कोई झंझट नहीं रह जाती है। अब हम उनको अपने साँचे में बिठा सकते हैं, व्यवस्थित कर सकते हैं। मरे हुए संत सदा प्रीतिकर होते हैं, जीवित संत अप्रीतिकर होते हैं। कई जगह खटकता है और दिक़्क़त देता है और कठिनाई देता है।

जीसस की बाबत मैं कह रहा था। जीसस के ज़माने में एक वेश्या थी, मेग्डलीन। जीसस एक रास्ते से गुज़र रहे हैं। भरी दोपहरी है और थक गए हैं। वह बग़ीचे में जाकर विश्राम करने लगे। उन्हें कुछ पता नहीं कि वह मेग्डलीन का बग़ीचा है, वेश्या का बग़ीचा है। दोपहर है। मेग्डलीन ने अपनी खिड़की से झाँककर देखा कि कौन अद्‌भुत-सा व्यक्ति, उसके वृक्ष की छाया में लेटा हुआ है ? उसने बहुत सुंदर लोग देखे थे, लेकिन जीसस के सौंदर्य की बात कुछ अलग थी। वह गयी और उसने जाकर कहा कि, 'युवक, यहाँ कहाँ बाहर सोते हो ? भीतर आओ, घर में विश्राम करो।'

उसके द्वार से तो बड़े सम्राटों को भी वापस चले जाने की हालत होती थी। उसने कभी किसी को बुलाया तो था ही नहीं। यह पहला मौक़ा था। उसने कभी सोचा भी न था कि उसके बुलाने को कोई टाल देगा।

जीसस ने कहा, 'विश्राम तो हो चुका, अब तो मैं जाने की तैयारी में हूँ, लेकिन दोबारा आऊँगा तो घर के अंदर पहले ही आ जाऊँगा।' मेग्डलीन ने कभी सुना नहीं था कि उसे कोई इंकार कर देगा। उसके लिए यह बात बरदाश्त के बाहर थी। वह बहुत सुंदर स्त्री थी। उसने कहा, 'मेरी तरफ़ देखो ! भीतर चलो, एक दो मिनट विश्राम करो। क्या मेरे प्रति इतना प्रेम भी प्रकट नहीं कर सकते ?

जीसस ने कहा, 'प्रेम ? जहाँ तक प्रेम का संबंध है, मेरे सिवाय तुझे कोई प्रेम कर ही नहीं सकता है। जीसस ने उस वेश्या से कहा, ' जो तेरे द्वार पर आते हैं, तेरे द्वार खटखटाते हैं, उनमें से किसी ने तुझे प्रेम किया है ? मैं ही तुझे प्रेम कर सकता हूँ।'

जब शिष्यों को पता चला कि एक वेश्या से उन्होंने ऐसा कहा, तो वे बहुत नाराज़ हुए और उन्होंने कहा कि 'आप यह क्या बातें कहते हैं ? आपने वेश्या से कहा कि मैं ही प्रेम कर सकता हूँ ?'

जीसस ने कहा, 'मैंने ठीक ही कहा, मैं ही प्रेम कर सकता हूँ ।'

यह आदमी, हमारे ढाँचे और हिसाब में, कहीं नहीं बैठ पाएगा। जितनी चेतना जीवंत होगी, उतनी ही विलक्षण और भविष्यवाणी के बाहर होती चली आएगी। इसलिए हम परमात्मा के संबंध में कोई भविष्यवाणी नहीं कर सकते। जिसे मैं धर्म कह रहा हूँ और ब्राह्मण ने जिसकी खोज की, वह खोज ऐसी थी कि वहाँ मुट्ठी तो बँध जाती है, लेकिन जिसने मुट्ठी बाँधी थी, वह मुट्ठी के बाहर जाता है, इसीलिए कि मुट्ठी बँध गयी थी। जैसे हवा को कोई मुट्ठी में बाँधता हो, तो जब तक न बाँधे तब तक हवा मुट्ठी में होती है और बाँधिए कि मुट्ठी के बाहर हो गयी। तो जैसे ही बाँधने की कोशिश की, वह छिटककर बाहर हो गया। सूत्र कुछ निश्चित नहीं है। सूत्र रोज़ बदल जाते हैं।

वह वैज्ञानिक अर्थों में सूत्र नहीं है, जो कि स्थिर होते हैं और सदा स्थिर रहते हैं। हो सकता कि विज्ञान भी जैसे-जैसे नीचे प्रवेश कर रहा है, वैसे-वैसे वह भी झंझट में पड़े जा रहा है। फिर सूत्र उसके भी मुश्किल हो जाएँगे। क्वांटम, या नयी खोजें हैं, उनकी वहाँ घबराहट की बातें शुरू हो गयी हैं, क्योंकि जैसे-जैसे वह एटम और परमाणु के नीचे गए हैं, वैसे-वैसे ऐसा लगा है कि वहाँ प्रोडेक्शन मुश्किल हो रहा है। एक बहुत हैरानी की घटना समझ में आयी है कि वह जो इलेक्ट्रॉन है, बिल्कुल आख़िरी टुकड़े तक वह प्रेडिक्टेबल नहीं है, यानि यह पक्का नहीं कहा जा सकता कि वह कैसा व्यवहार करेंगे। यह इतनी ख़तरनाक बात है, क्योंकि यह इस बात की ख़बर है कि वहाँ आत्मा आ गयी । हम जानते हैं कि इस कुर्सी को हम इस कमरे में छोड़ जाएँगे तो, यह यहीं मिलेगी, यदि यह नहीं हटायी गयी। मतलब कुर्सी के हटने की कोई आशा नहीं है। यह हम मानकर जा सकते हैं घर के बाहर भी, कुर्सी यहीं मिलेगी, तकिए वहीं रखे होंगे, सामान वहीं होंगे, दिवारें वहीं होंगी। यदि कुर्सी नहीं हटाई गयी, यदि कोई हटानेवाला नहीं आया, तो कुर्सी वहीं होगी जहाँ थी। लेकिन इलेक्ट्रॉन की बाबत बिल्कुल अद्‌भुत नए अनुभव हुए हैं। एक अनुभव तो यह हुआ है कि उनकी बाबत पक्का नहीं कहा जा सकता कि वह एक सेकेंड में इतना चक्कर लगा रहे हैं, तो अगले सेकेंड में भी उतना ही लगा सकते हैं। अगले सेकेंड में कम भी लगा सकते हैं, ज़्यादा भी । इलेक्ट्रॉन का जो रास्ता है, वह अभी तक ऐसा रहा है, वह अगले सेकेंड में भी ऐसा ही रहेगा, यह भी पक्का नहीं।

सबसे बड़ी हैरानी की एक और बात समझ में आयी, जिसने कि विज्ञान की पूरी-की-पूरी जड़ें हिला दीं। उसमें ऑब्ज़र्वेशन से उसके व्यवहार में फ़र्क़ पड़ता है। जैसे कि, आप इस कमरे में बैठे हुए हैं और आपको पता है कि कोई नहीं देख रहा है, तो आप दूसरे आदमी हैं। अपने बाथरूम में, हर आदमी दूसरा होता है। कोई नहीं देख रहा है, फिर वह दूसरा आदमी है। फिर अचानक उसे पता चलता है कि कुंजी के छेद में से कोई झाँक रहा है। उसके बेहेवियर (व्यवहार) में फ़र्क़ पड़ा। यही है ऑब्ज़ र्वेशन से अर्थ।

यह बड़ी हैरानी की बात है कि इलेक्ट्रॉन के ऑब्ज़र्वेशन से, इलेक्ट्रॉन का रास्ता बदल जाता है। वह जैसा चलता था, वैसा नहीं चल रहा है। इससे पहली दफ़ा यह ख़याल पकड़ना शुरू हुआ है कि वहाँ नीचे उस गहराई पर फिर अनप्रेडिक्टेबल शुरू हो गया है। यानि मेरा मानना है कि चाहे ऊपर की तरफ़, ऊँचाई पर जाओ, तो जितने ऊँचे जाओगे उतने अनप्रेडिक्टेबल आ जाएगा, और चाहे नीचे गहराई की तरफ़ जाओ, जितने नीचे जाओ फिर अनप्रेडिक्टेबल आएगा। इसलिए मेरी दृष्टि है कि आज नहीं कल, अगर विज्ञान भीतर-ही-भीतर जाता है, तो वह ब्रह्मांड से ब्रह्म की तरफ़ प्रवेश शुरू कर देगा, क्योंकि ब्रह्मांड की गहराई में ब्रह्म है। उसकी पूरी संभावना है, क्योंकि वह मिस्ट्री, उसकी पकड़ में आने लगी है। वहाँ कुछ चूक होने लगी हैं, जहाँ उसकी पकड़ के बाहर है कुछ।

जिस ब्राह्मण की आप बात कर रहे हैं, उस ब्राह्मण ने खोज ब्रह्म की की थी, जो कि अनिवार्य रूप से अनिश्चित है, तरल है, सदा भागा हुआ है, ठहरा हुआ नहीं है, गतिमान है। इसलिए उसने जो सूत्र बनाए थे, वे भी इतने ठहरे हुए नहीं हो सकते। इसलिए हर ब्राह्मण अपने सूत्र गढ़ सकता है, इसमें कोई कठिनाई नहीं है। इसमें किसी दूसरे ब्राह्मण से झगड़ा भी नहीं है। इसलिए बुद्ध अपने को ब्राह्मण कह सकते हैं, बल्कि यह कह सकते हैं कि मैं ही सच्चा ब्राह्मण हूँ और सब ब्राह्मणों का खंडन कर सकते हैं। उसको विज्ञान कभी बनाना चाहिए, यह सोचना मत। उसका कारण है कि विज्ञान बनाने की बात ही मत सोचना।

कुछ बातें हैं, जो विज्ञान नहीं बन सकती हैं और न बनें तो अच्छा है, क्योंकि जैसे ही वे विज्ञान बन जाएँगी। वे व्यर्थ हो जाएँगी। असल में, किसी चीज़ का विज्ञान बनने का मतलब यह है कि उसमें से रहस्य की हत्या कर दी गयी। जिस चीज़ को भी आप विज्ञान बनाएँगे, उसमें से रहस्य तिरोहित हो जाएगा, और अगर रहस्य तिरोहित न हो सके तो विज्ञान न बन सकेगा। विज्ञान का मतलब यह है कि जहाँ-जहाँ से रहस्य को हम हटा देते हैं और चीज़ें साफ़- सीधी हो जाती हैं गणित के आधार पर चलने लगती हैं, नियमबद्ध हो जाती हैं। जहाँ भी मिस्ट्री है, रहस्य

है, वहीं विज्ञान खो जाता है।

धर्म का सारभूत ही यही है कि हमारा ऐसा मानना है, यानि ब्राह्मण का मानना ऐसा है। वह जो ब्रह्म का तलाशी है, उसका ऐसा मानना है कि कितना ही खोजो, कुछ निरंतर अनखोजा रह ही जाता है। वह कभी खोज में आता ही नहीं, वह छूट ही जाता है। वह समथिंग एक्स, निरंतर छूट जाता है। ऐसा नहीं है कि कल तुम खोजोगे तो परसों पा लोगे। नहीं, वह छूटता ही जाएगा, छूटता ही जाएगा। ऐसा कोई क्षण नहीं होगा, जिस दिन हम कह सकेंगे कि सब जान लिया गया है। यह धर्म की आधारभूत पकड़ है। इसलिए वह कहता है कि हम यह नहीं कहते कि ईश्वर मिस्टीरियस है, मैं नहीं कहता कि ईश्वर रहस्यमय है। मैं यह कहता हूँ जो रहस्यमय है, वह ईश्वर है। इसे ख़याल में रखेंगे आप। अगर हमने कहा 'ईश्वर रहस्यमय है', ऐसा मैं नहीं कहता। ईश्वर को बीच में लेने की ज़रूरत नहीं है, जो रहस्यमय है, यानि जो हमारे जानने के सदा बाहर छूट ही जाता है। हम पहुँचते हैं, पहुँचते हैं और वह हाथ के बाहर हो जाता है। अननोन (अज्ञात) नहीं, अननोएबल (अज्ञेय) वह नहीं जो ज्ञात है, क्योंकि अज्ञात कल ज्ञात हो जाएगा। अज्ञेय, जो कल भी ज्ञात नहीं, परसों भी ज्ञात नहीं। असल में जो ज्ञात ही नहीं सकता है, ऐसा कुछ।

अगर ऐसा कोई बिंदु है तो धर्म का कोई अर्थ है, अगर ऐसा कोई बिंदु नहीं है जीवन में, तो धर्म आज नहीं कल मर ही जाएगा, मर ही जाना चाहिए। उसके बचने का कोई मतलब नहीं है। लेकिन ध्यान रहे, जिस दिन वह एक्स का जो बिंदु है, रहस्य का जो बिंदु है, मर जाय, उसी दिन धर्म ही नहीं मरेगा साथ में, साथ में काव्य भी मरेगा, कला भी मरेगी, साथ-साथ मरेंगे। संगीत मरेगा, गीत मरेगा, सब साथ-साथ मरेगा। इधर मैं जितना इसकी तरफ़ देखता हूँ, वह देखकर हैरान होता हूँ कि इन सब के देश में धर्म है, हालाँकि आमतौर से धार्मिक आदमी इसके विरोध में खड़े हुए मालूम पड़ते हैं। वह काव्य के, कला के, साहित्य के विरोध में खड़ा हुआ मालूम पड़ता है।

प्रश्न : *तो उसकी जो ऊँचाई है वह ख़त्म हो जाएगी न? जब हम जान जाएँगे सब कुछ?*

उत्तर : हाँ, हम जान जाएँगे सब-कुछ और जानने को कुछ न रहेगा, तो सिवाय आत्मघात करने के कुछ भी नहीं बचता है। पश्चिम में जो इतने ज़ोर का आत्मघात है, उसके कारणों में से मैं एक यह मानता हूँ कि पश्चिम में रहस्य का बोध क्षीण हो रहा है। जो रहस्य का बोध है, जीवन का, अगर वह क्षीण हो जाय, तो मरने के सिवाय बचता क्या है? करने को क्या बचता है? ज़रा सोचें कि हमने सब जान

लिया, जो जाना जा सकता था, फिर कल क्या है ? कल सुबह उठकर क्या करना है ? एकदम सब ठप हो जाता है, बात ख़त्म हो जाती है, रास्ते बंद हो जाते हैं ।

धर्म का कहना यह है कि नहीं कुछ ख़त्म होता, कुछ शेष रह जाता है । कुछ शेष रह जाता है, जो हमेशा जानने-योग्य है । यह जो ब्राह्मण की खोज थी, मिस्टीरियस की, रहस्य की, वह विज्ञान की खोज नहीं है । उनकी खोज में बुनियादी भेद है । विज्ञान की खोज है कि मिस्ट्री को ख़त्म करेंगे, रहस्य को न रहने देंगे । रहस्य है ही नहीं, सिर्फ़ हमारे अज्ञान का नाम रहस्य है । विज्ञान की भाषा में इग्नोरेंस (अज्ञान) का मतलब मिस्ट्री है । हम नहीं जानते, इसलिए रहस्य मालूम हो रहा है, बाक़ी रहस्य है नहीं । जान लेंगे तो सब ख़त्म हो जाएगा । यानि विज्ञान कह रहा है कि आपको फूल सुंदर मालूम हो रहा है, वह सिर्फ़ इसलिए कि फूल केमिकली कैसे बना है यह आपको पता नहीं है ।

प्रश्न : ***वह ब्रह्मांड को बिल्कुल ही ढूँढ रहा है ?***

उत्तर : हाँ, वह उस हालत में बिल्कुल ही धार्मिक आदमी है, वैज्ञानिक नहीं है । इसलिए जो ठेठ वैज्ञानिक है, वह आइंस्टीन के पिछले वक्तव्यों को सिर्फ़ मृत्यु के आने की ख़बर मानता है । आइंस्टीन घबरा गया है, पैर हिल गए हैं, जो ठीक वैज्ञानिक है वह ऐसा नहीं मानता कि वक्तव्य वैज्ञानिक के हैं । वह मानता है कि वैज्ञानिक मौत से घबरा गया, जिसकी पुरानी पकड़ अब खो गयी है, जो परेशान हो गया और अब जो इस तरह की बातें कर रहा है । लेकिन आइंस्टीन के पहले के वक्तव्यों में ऐसी बात नहीं है । आख़िर में तो बहुत-सी चीज़ों का असर पड़ा । सबसे बड़ा असर यह पड़ा कि उसकी खोजें उसे किसी अंतिम उत्तर पर न ले गयीं । उसकी हर खोज ने उसे ऐसा बताया कि और हज़ार प्रश्न फिर नए खड़े हो गए हैं, और कुछ भी नहीं हुआ । एक प्रश्न हल करने गए और ज़रूर हल हो गया, लेकिन उसके हल करते ही हज़ार प्रश्न खड़े हो गए, जो इतने ही अनबूझ हैं, जितना पहला प्रश्न था । जब यह रोज़ होता चला गया, तब उसको ऐसा प्रतीत हुआ कि शायद हम एक प्रश्न से दूसरे प्रश्न पर ही जा रहे हैं ।

ऐसी अगर प्रतीति हो जाय, तो मैं मानता हूँ कि धर्म की शुरूआत होती है, उत्तर कहीं भी नहीं है । ऐसा आदमी एकदम धार्मिक हो जाएगा । मगर हम उल्टी बात करते हैं । आमतौर से हम देखते हैं कि जिसको हम धार्मिक कहते हैं, उसके पास उत्तर हैं, सवाल शायद न हों । आप उसके पास जाइए तो वह बता देगा कि हाँ, ब्रह्म है, ईश्वर है, आत्मा है, पुनर्जन्म है, फलाँ है, ढिकाँ है । तब मैं कहता हूँ कि वह धार्मिक आदमी नहीं होगा । क्योंकि अगर उत्तर है, तो वह वैज्ञानिक हो सकता है, क्योंकि उत्तर है उसके पास, जिसके पास रहस्य नहीं रहा अब । अगर

रहस्य है, तो धार्मिक आदमी हैज़िटेट करेगा, झिझकेगा, विरोधी भाषा में बोलेगा, यानि इधर हाँ भी करेगा, उधर ना भी करेगा। वह दोनों एक-साथ कह लेगा, ताकि कोई झंझट न हो, क्योंकि वह बहुत हैज़िटेट कर रहा है, बहुत मुश्किल में है। उसको चीज़ें साफ़ और रहस्यपूर्ण लगती हैं।

मैं एक घटना बुद्ध की निरंतर कहता हूँ कि बुद्ध एक गाँव में गए और एक आदमी मिला है और उस आदमी ने बुद्ध को कहा कि 'मैं नास्तिक हूँ, ईश्वर को नहीं मानता हूँ। आपका क्या ख़याल है?'

बुद्ध ने कहा, 'ईश्वर को नहीं मानते हो? ईश्वर ही है, और तो कुछ है ही नहीं। क्या कहते हो! ईश्वर को नहीं मानते?'

आनंद ने बहुत चौंककर देखा कि बुद्ध क्या कहते हैं? वह चुप रहा। भीड़भाड़ बढ़ गयी।

दोपहर एक आदमी आया और उसने कहा, 'मैं आस्तिक हूँ, ईश्वर को मानता हूँ।'

बुद्ध ने कहा, 'पागल हो गए हो ? ईश्वर को बहुत खोजा, कहीं पाया नहीं, है ही नहीं, ईश्वर है ही नहीं।'

आनंद और घबरा गया, क्योंकि उसने दोनों उत्तर सुन लिए। साँझ को एक तीसरा आदमी आया। उसने बुद्ध से कहा, 'ईश्वर के संबंध में कुछ कहिएगा, मुझे कुछ पता नहीं।'

बुद्ध ने कहा, 'तुझे भी पता नहीं, मुझे भी पता नहीं। हम चुप ही रहें, तो हर्ज़ा है कोई?'

रात जब वह सोने लगे तो आनंद ने कहा, अभी सो मत जाइए। बहुत मुश्किल में पड़ गया हूँ, मेरा दिमाग़ ख़राब हो जाएगा। सुबह आपने कहा, 'नहीं', दोपहर आप कहते हैं 'है', साँझ आप कहते हैं कि कुछ भी पता नहीं, दोनों अगर चुप बैठें तो कोई हर्ज़ा है?'

बुद्ध ने कहा, वह उत्तर तेरे को दिए किसने, तूने लिए क्यों? जिसको दिए गए थे, उसकी बात थी, तुझसे क्या लेना देना है?'

उसने कहा, 'लेकिन ये तीनों उत्तर बिल्कुल विरोधी हैं।'

उन्होंने कहा, 'मेरे तीनों उत्तरों का एक ही मतलब है। मैं पहले आदमी को भी हैज़ीटेशन (दुविधा) में डालना चाहता था, बिल्कुल पक्का था वह कि ईश्वर नहीं है, उसे मैं थोड़ा हिलाना चाहता था। वह आदमी वैज्ञानिक हो गया था, धार्मिक नहीं रहा, पक्का हो गया। वह दूसरा आदमी भी पक्का था, वह कहता था कि ईश्वर है, वह भी चूक गया था। मुआमला तो वहाँ है जहाँ रहस्य है अभी।

उसको भी मैंने हिला दिया था, धक्का दिया कि शायद हिल जाय। मेरे उत्तर की तू फ़िक्र मत कर । मैं जो कह रहा था वह एक ही काम कर रहा था, सुबह भी, दोपहर भी। और साँझ एक बढ़िया आदमी आया था। उसको कोई भी उत्तर देना ख़तरनाक था, क्योंकि वह उसको बुद्ध का उत्तर समझकर पकड़ लेता और निश्चिंत हो जाता। तो मैंने कहा, जब तुझे भी पता नहीं, मुझे भी पता नहीं, तो चुप बैठो, कोई हर्ज़ा है?'

यह जो बुद्ध जैसा आदमी है, यह तो एक धार्मिक आदमी है। धार्मिक आदमी को समझना मुश्किल हो जाता है, क्योंकि उसके सारे वक्तव्य विरोधी मालूम पड़ते हैं। उसके एक-एक वाक्य में भी विरोध होता है, और सारे विरोध का कारण इतना है कि उसे रहस्य का बोध हो रहा है। रहस्य के बोध का आप ख़याल करते हैं न! बहुत अद्‌भुत बात है। रहस्य के बोध का मतलब यही है कि दोनों विरोधी मौजूद हैं, इसलिए रहस्य है, नहीं तो रहस्य हो नहीं सकते। यहाँ जन्म भी है, मौत भी है और एक-साथ है। यहाँ प्रेम भी है और घृणा भी है और एक साथ है। यहाँ फूल भी है और काँटा भी है और बिल्कुल एक-साथ हैं, एक ही डंडी पर और एक ही प्राणधारा से आए हैं, इसलिए रहस्य है।

रहस्य का मतलब यह है कि विरोधी, जिनके बीच में कोई तालमेल नहीं दिखाता हो, वह भी है और एक बड़ी यूनिटी में दोनों समाविष्ट हैं और दोनों मौजूद हैं। आपको मैं सुबह रोते देखता हूँ, दोपहर हँसते देखता हूँ। बड़ी मुश्किल हो जाती है कि जो आदमी रोता था, वह हँसता कैसे है? क्योंकि अगर आदमी को रोना आता था, तो यह हँसना कैसे आ रहा है? यही उचित हुआ होता, यह साफ़ हुआ होता कि जो रोता वह रोता, जो हँसता वह हँसता, गणित साफ़ रहता । तब हम जानते कि फ़लाँ आदमी हँसता है, फ़लाँ आदमी रोता है। यह बड़ी मुश्किल है वह आदमी सुबह रोता है, साँझ हँसता है। फिर ऐसी भी हालत आ जाती है कि वह हँसता भी हो और रोता भी हो और दोनों एक-साथ भी कर लेता हो अब बड़ी मुश्किल हो जाती है। तब हम क्या करें? तब मिस्ट्री हो जाती है।

मैं एक घर में ठहरा हुआ था। एक बड़ी मज़ेदार घटना हो गयी। साँझ के समय बग़ीचे में एक कुर्सी पर बैठा हुआ था। घर की गृहिणी मेरे सामने पड़े तख़्त पर लेटी हुई थी। मेरा एक पैर उसके सिर के पास, तख़्त पर रखा हुआ था। उसकी नाक, मेरे पैर के क़रीब थी। मैंने अँगूठे से उसकी नाक छू दी। वह एकदम से झपकी में थी, घबरा गयी और एकदम रोने लगी। मुझे कुछ पता नहीं था कि उसको ऐसी घबराहट हो जाएगी। वह एकदम रोने लगी। सब लोग इकट्ठे हो गए। जब मैंने उससे कहा, 'इतना घबराओ मत, हुआ क्या?' तो वह हँसने

भी लगी। उसकी समझ में भी आ गया कि सिर्फ़ मैंने उसकी नाक में अँगूठा लगाया था। उसकी घबराहट, उसका रोना और हँसना सब एक साथ हो गया। तब तो उस घर के लोग भी बहुत घबरा गए, क्योंकि इसका मतलब यह हुआ कि कोई गड़बड़ बात हो गयी, भूत-प्रेत हो गया।

जहाँ मिस्ट्री है, वहाँ भूत-प्रेत फ़ौरन मौजूद हो जाता है न ! अगर वह रोए, तो भी समझ में आ जाय कि क्या मुआमला है। जब वह शांत हुई, तो मैंने उससे पूछा कि तूने दोनों एक-साथ क्यों किए? उसने कहा, 'मुझे खुद मुश्किल हो गयी। मुझे हँसी इस बात की आती थी कि क्या गँवारी मैं कर रही हूँ और घबरा तो मैं गयी ही थी। आँसू तो रुक ही नहीं रहे थे बहे चले जा रहे थे। मैं अपने ही आँसुओं पर रो रही थी।' तब एक तीसरा बिंदु निकला कि वह हँस भी रही थी और रो भी रही थी और दोनों से पीछे खड़े होकर देख भी रही थी। तब यह मिस्ट्री हो जाती है, तब यहाँ बहुत विरोधी स्वर इकट्ठे हो जाते हैं और वे सब इकट्ठे हैं एक ही व्यक्ति में। एक ही जगत् में इतना विरोध समाविष्ट है, इसकी वजह से रहस्य है। अगर हम उस सबको साफ़-सुथरा कर लें, छाँट-छाँटकर अलग रख दें, तब रहस्य कहाँ ?

एक घटना मैं पढ़ रहा था। एक विचारक क़िस्म का आदमी, जो निरंतर सोचता रहता था, पहले महायुद्ध में भर्ती हो गया। वह युवक था और उसको भी लगा कि युद्ध में जाना चाहिए। वह एक यूनिवर्सिटी का प्रोफ़ेसर था। फिर युद्ध में चला गया, लड़ने के लिए । पर वह थोड़ा सोच-विचारवाला आदमी था। उसको जब मिलिटरी में ट्रेनिंग के पहले मौक़े आए, तो उससे जब कहा जाय, 'लेफ़्ट टर्न', तो सारे लोग घूम जाएं, लेकिन वह खड़ा रह जाय। उसको कहा गया कि आप यह क्या कर रहे हैं? तो वह कहता कि मैं थोड़ा सोच रहा हूँ कि लेफ़्ट यानि क्या? राइट क्या और लेफ़्ट क्या है? और फिर मैं यह भी सोचता हूँ कि घूमना या नहीं घूमना। फिर मैं यह भी सोचता हूँ कि घूमने का अर्थ क्या है? फिर मैं यह भी देखता हूँ कि लेफ़्ट टर्न के बाद फिर राइट टर्न हो जाना है, तो मैं रुका रहता हूँ कि लोग लौटकर फिर हो जाएँगे सीधा।'

ऐसा आदमी तो काम का न था। लेकिन वह ले ही लिया गया था। वह इज़्ज़त का आदमी था और जाना-माना आदमी था। उसके कैप्टन ने समझा कि उसे कोई दूसरा काम दे दें। फिर उसे खाना बनाने के मैस में भेज दिया। उससे कहा गया कि छोटा-मोटा कोई काम करो। उसे बड़े मटर और छोटे मटर अलग-अलग करने का काम दिया गया। घंटे-भर बाद कैप्टन वहाँ आया तो देखा कि वह वैसे ही बैठा हुआ है, और मटर वैसे ही रखे हुए थे। उसने पूछा,

'आप अभी तक अलग नहीं कर पाए? इतना छोटा काम!'

उसने कहा, 'मैं अलग कभी का कर लेता, लेकिन कई मटर ऐसे हैं जो न छोटे हैं, न बड़े हैं। मैं इस चिंता में हूँ कि इनको कहाँ किया जा सकेगा? पहले यह पक्का तो हो जाय, नहीं तो अनावश्यक मैं क्यों मेहनत करूँ। कुछ बड़े हैं माना, कुछ छोटे हैं माना, लेकिन कुछ ऐसे हैं जो न छोटे हैं, न बड़े हैं, और जब तक उनका पक्का न हो जाय, तब तक अकारण श्रम में जाने की कोई ज़रूरत नहीं। पक्का हो जाना चाहिए।'

अब ऐसा जो आदमी है, यह मेरी दृष्टि में धार्मिक हो सकता है। अब हमें कभी ख़याल नहीं आता कि दोनों के बीच में भी कुछ है। हाँ, ऐसे लोग भी, जो संत भी नहीं हैं और असंत भी नहीं हैं, और जिनको कहीं भी नहीं रखा जा सकता, लेकिन हमने साफ़ बाँट लिया है। अच्छे लोग हैं, बुरे लोग हैं, और ऐसे लोग भी हैं जो दोनों नहीं हैं। वे और ही अर्थ के लोग हैं। उनको हम कहाँ रखेंगे? वह मिस्ट्री है, और वह मिस्ट्री निरंतर है, सब तरफ़ है। कुछ है जिसे हम शून्य कह देते हैं; कुछ है जिसको हम कुरूपता कह देते हैं; लेकिन वह जो कुछ है, उसको क्या कहें? वह दोनों नहीं है। हम कहीं बाँट देते हैं अपने हिसाब से, लेकिन वह दोनों नहीं है।

असल में कोई आदमी न बिल्कुल अच्छा ही है, न बिल्कुल बुरा है। इन सब चीज़ों का, जो इतने विरोध का मल्टीप्लीसिटी (गुणाकरण) है, उसका जो एकदम होना है और एक ही तत्त्व में, अस्तित्व में होना है, वह उसका रहस्य है। इसका अगर बोध हो, तो हम गणित से पार चले जाते हैं, फिर हम जोड़ नहीं लगाते, क्योंकि जोड़ लगाने से नहीं बचता, क्योंकि कुछ है जो जोड़ में आता ही नहीं, फिर जोड़ बेमानी हो जाता है; और ऐसे रहस्य के बोध की खोज़ में है ब्राह्मण। उसने जो सूत्र बनाए हैं, ऐसे सूत्र नहीं हैं जैसा कि गणित के सूत्र हैं, साइंस के सूत्र हैं। वे अलग ही सूत्र हैं। उसकी बात में विज्ञान भी कहना ठीक नहीं है, वह बहुत और बात है।

उपनिषद् में बहुत अद्‌भुत बात की है उन्होंने। जिसे हम विज्ञान कहते हैं, उसको वह अविद्या कहते हैं। अविद्या का मतलब अज्ञान नहीं। विद्या और अविद्या।

विद्या का मतलब है, उस तरफ़ ले जाय जो सच में है।

अविद्या का मतलब है, उस तरफ़ ले जाय, जो है नहीं लेकिन प्रतीत होता है कि है।

अविद्या का मतलब अज्ञान नहीं है। उसकी जो छानबीन और खोज है, अगर

विज्ञान का, साइंस का ठीक अनुवाद करना हो, तो विज्ञान नहीं करना चाहिए उसका अनुवाद, अविद्या ही करना चाहिए, क्योंकि विज्ञान का और ही मतलब होता है।

इस देश के चिंतन में विज्ञान का और ही मतलब होता है। उसका मतलब ज्ञान को विशेष धारा में बहाने से है; विज्ञान का मतलब है विशेष ज्ञान। एक तो सिर्फ़ ज्ञान है, जिसको महावीर ने बहुत अच्छा शब्द दिया है, केवल ज्ञान। जस्ट नोइंग, नॉट नोइंग ऐनीथिंग। किसी चीज़ को नहीं जान रहे हैं, बस जान रहे हैं। जानना भर है, तो उसको कहते हैं मात्र ज्ञान, और जो ज्ञान है उसको वह कहते हैं किसी चीज़ को जान रहे हैं, उसको विज्ञान कहते हैं।

विज्ञान दो तरह के हैं विद्या और अविद्या। अविद्या मतलब, वह विज्ञान, जो उन चीज़ों को जान रहा है, जो सच में नहीं है। जैसे कोई सपने की खोज में लगा हुआ है, जो नहीं है, लेकिन है, और उसकी खोज कर रहा है। कोई फ्रायड है, वह सपने की खोज कर रहा है और सारा जीवन लगा रहा है। वह साइंस खड़ी कर रहा है; इसको वह कहेंगे अविद्या। सपने की खोज है न आख़िर ! किसी ऐसी चीज़ की खोज है, जो है नहीं।

प्रश्न : ***सपना जब होता है, तब होता ही है ?***

उत्तर : हाँ, बिल्कुल ही होता है और तब भी एक अर्थ में बिल्कुल ही नहीं होता है। तब भी सपना ही होता है, तब भी सत्य नहीं होता है; हाँ, प्रतीति हमें होती है कि सत्य है। कभी मेल खा सकता है। सपना कभी सत्य नहीं होता, किसी सत्य से मेल खा सकता है। जिसको हम सत्य कहते हैं, उसके सामने तो वह भी सत्य नहीं है, सिर्फ़ जागा हुआ सपना है। हमारे दो तरह के सपने हैं, एक रात के सपने हैं, दूसरे जो जागकर देखते हैं। इसलिए जागे हुए सपने रात में ख़त्म हो जाते हैं। सोये में पता नहीं रह जाता है उनका।

प्रश्न : मैं हूँ तो एक पत्थर । रास्ते में पड़ा हुआ हूँ । रास्ते से जो गुज़रा, उसने जाते-जाते एक ठोकर मुझे लगायी और मैं एक क़दम आगे सरक गया। चलते-चलते उम्मीद है कि आप भी एक ठोकर लगाते जाएँगे। आपकी ज़रा दिलचस्पी हो जाएगी, मैं ज़रा आगे खिसक जाऊँगा। आगे का मतलब पीछे भी हो सकता है। मैंने रास्ते पर मुसाफ़िर आगे भी जाते देखे हैं और पीछे भी आते देखे हैं। मुझे तो यह भी नहीं मालूम कि आगे क्या है, पीछे क्या है ?

उत्तर : बात तो बहुत बढ़िया कही आपने । हम भी कुछ कहेंगे। एक बात है असल में। जब तक हम आगे जाते रहेंगे और पीछे जाते रहेंगे; कोई ठोकर लगा सकता है पीछे जानेवाला भी, और कोई ठोकर लगा सकता है आगे जानेवाला

भी। लेकिन एक ऐसी जगह भी है, जहाँ न हम आगे जाते हैं, न पीछे जाते हैं; जहाँ हैं, वहीं रह जाते हैं। तो उस ठोकर की तलाश करनी चाहिए जो हमें वहीं छोड़ जाए, जहाँ हम हैं। न आगे ले जाय, न पीछे ले जाए, क्योंकि जिसे हम अभी आगे कहेंगे, वह पीछे हो जाएगा। कल आगे कहा था न जो, आज पीछे हुए जा रहा है, लेकिन एक कोई जगह है, जहाँ हम हैं। आगे और पीछे क्यों ? हम वहीं क्यों न रह जाएं, जहाँ है ? क्योंकि आगे बहुत बार तो गए, कहीं पहुँचे ?

अभी महेश योगी से मेरी बात हुई । एक बहुत मजेदार बात हुई । उन्होंने कहा कि वहाँ जाने के लिए कुछ करना पड़ेगा। यहाँ से वहाँ जाने के लिए कुछ करना पड़ेगा 'फ्रॉम हियर टू देयर'। कोई रास्ता खोजना पड़ेगा, कोई विधि बनानी पड़ेगी, कोई मार्ग बनाना पड़ेगा। जाना है, यहाँ से वहाँ । तो मैंने उनसे कहा कि अगर यहाँ से वहाँ जाना होता, तो ज़रूर रास्ते बनाने पड़ते । जाना है, यहाँ से यहीं, 'फ्रॉम हियर टू हियर'। अगर वहाँ से यहाँ आना होता, तो भी कुछ रास्ता बना लेते, लेकिन एक ऐसा जाना भी है, जो यहाँ से यहाँ ही है। कहीं से कहीं नहीं, यहाँ से यहीं। किसी को कहीं जाना नहीं है। एक बार हम इतना ही जान लें कि कहाँ हैं ? और सब जाना बंद हो जाता है, आगे भी और पीछे भी। तो उस ठोकर की अपेक्षा ही मत करें, जो आगे ले जाय और पीछे ले जाय। उस ठोकर की प्रतीक्षा करें, जो वहीं छोड़ जाय, जहाँ हम हैं। वह ठोकर कोई भी नहीं दे सकता। लेकिन क्यों जाएँ आगे, क्यों जाएँ पीछे ?

उस दिन मैं कह रहा था, एक झेन फ़क़ीर अपने बग़ीचे में गडढ़ा खोद रहा है, कुछ पौधे लगा रहा है। एक व्यक्ति आया है और पूछता है कि 'मुझे शांत होना है, मैं क्या करूँ ?'

वह फ़क़ीर खोदता है और कहता है, ' जो करते हो वही करो।' वह आदमी कहता है कि 'शायद आप काम में हैं, इसलिए बेमन से कुछ जबाब दिए दे रहे हैं।'

वह फ़क़ीर कह रहा है कि 'अगर समझ में न आए, तो बैठकर देखो कि मैं क्या कर रहा हूँ।'

वह आदमी थोड़ी देर बैठ जाता है।

फ़क़ीर गडढ़ा खोद रहा है, खोद रहा है, पसीना बह रहा है, धूप है।

वह आदमी कहता है कि 'काफ़ी देर हो गयी, आप गडढ़ा खोद रहें हैं, लेकिन मैं कुछ और पूछने आया हूँ। मैं यह पूछने आया हूँ कि मैं शांत कैसे हो जाऊँ ?'

फ़क़ीर कहता है, ' मैं सिर्फ़ गडढ़ा ही खोद रहा हूँ और बिल्कुल शांत हूँ। अगर मैं गड्ढा भी खोदूँ और कुछ और भी करूँ, तो अशांत हो जाऊँगा। मैं सिर्फ़ गड्ढा ही खोद रहा हूँ। अशांति का कोई उपाय नहीं। क्योंकि मैं गड्ढा खोद रहा

हूँ और मैं कुछ भी नहीं कर रहा हूँ तुम भी जो करते हो, करो।'

वह आदमी कहता है कि 'फिर भी कोई जीवनचर्या बता दें आप, ताकि वैसा ही करूँ।'

वह फ़क़ीर कहता है, 'जब मुझे नींद आती है तब मैं सो जाता हूँ। अपनी तरफ़ से मैं कभी नहीं सोया। जब नींद खुलती है तो उठ जाता हूँ। अपनी तरफ़ से मैं कभी नहीं उठा। जब भूख लगती है मैं माँगने चला जाता हूँ। अपनी तरफ़ से मैंने कभी नहीं खाया। जब भूख नहीं लगती तब नहीं खाता हूँ। साँस भीतर आती है तो भीतर आने देता हूँ, बाहर जाती है तो बाहर जाने देता हूँ। और मेरी कोई चर्या नहीं है और मैं बड़ा शांत हूँ। अगर तुम्हें भी शांत होना है तो ऐसा ही करो।'

वह आदमी कहता है कि 'यह तो हम भी करते हैं। जब सोते हैं सो जाते हैं, जब खाते हैं खा लेते हैं। इसमें आप कौन-सी नई बात कहते हैं।'

फ़क़ीर ने कहा, 'फिर तुम जाओ और ज़रा ग़ौर से देखना कि जब तुम सोते हो, तो तुम सोते ही हो कि और भी बहुत-कुछ करते हो। ज़रा ग़ोर करना कि तुम खाते हो, तो खाते ही हो या और भी बहुत-कुछ करते हो।' फ़क़ीर ने कहा कि 'मैंने ऐसा आदमी नहीं देखा कि जो सिर्फ़ खाता हो और सिर्फ़ खाता ही हो। आदमी खाता है और कहीं और भी कुछ करता है।' उस फ़क़ीर ने जाते वक़्त कहा कि हमने इतना ही जाना है, जो है वहीं है, जहाँ है वैसे ही हैं। हमें न कहीं जाना है और न कहीं पहुँचना है।'

मेरी दृष्टि में परम साधना का यही अर्थ है और परम शांति का भी यही अर्थ है कि हम जहाँ हैं और जो हैं उसमें हम पूरे राज़ी हो जाएँ। न आगे जाएँ, न पीछे जाएँ, तो बिल्कुल मतलब नहीं। आगे जाएँगे, तो भी मतलब नहीं, क्योंकि पीछे और आगे हम जाएँगे, तो किसके पीछे जाएँगे? किसके आगे जाएँगे? अपनी ही जगह से हट कर रहेंगे। वह घड़ी का पेंडुलम है, बाएँ से दाएँ चला जाता है, तो दाएँ से बाएँ चला जाता है। बड़े मज़े की बात है कि जब वह बाएँ जाता है तब हमें दिखता है कि बाएँ जा रहा है, लेकिन बाएँ जाते वक़्त वह दाएँ जाने की ताक़त इकट्ठी कर रहा है। उल्टा जा रहा है, जा रहा है बाएँ, ताक़त इकट्ठी कर रहा है दाएँ जाने की। फिर वह दाएँ जा रहा है। तब हम समझते हैं कि दाएँ जा रहा है, तब वह बाएँ जाने की ताक़त इकट्ठी कर रहा है।

जब एक आदमी का जन्म हो रहा है तब वह मरने की ताक़त इकट्ठी कर रहा है। जब वह मर रहा है, तब वह जन्म लेने की ताक़त इकट्ठी कर रहा है। जब एक आदमी जवान हो रहा है, तब वह बूढ़ा होने की ताक़त इकट्ठी कर रहा है, मगर वह

हमें दिखायी नहीं पड़ता हम जब भी इस कोने से उस कोने जाएँगे, तो हम फिर इसी कोने पर लौटने की ताक़त इकट्ठी करते रहेंगे। इसलिए कहीं न जाएँ, जहाँ हैं वहीं रह जाएँ। ऐसा सोचो की पत्थर वहीं रह गया है जहाँ था और वहीं है, कहीं नहीं जाता, न आगे जाता है, न पीछे। फिर ठोकर की ज़रूरत नहीं है, फिर कुछ भी करने की कोई ज़रूरत नहीं है। अंततः ऐसी मनःस्थिति में छूट जाएँ हम, तो सब हो जाता है। फिर रह भी नहीं जाता करने को कुछ। मैं तो ध्यान इसी को कहता हूँ।

प्रश्न : ***क्या सतोरी समाधि के क़रीब की चीज़ है? इससे कुछ आनेवाला है?***

उत्तर : असल में, मैं जो यह कह रहा हूँ, सतोरी का मतलब है।

प्रश्न : ***इसमें बीइंग और नॉन-बीइंग की कांसेस नहीं है?***

उत्तर : जिसमें बिकमिंग नहीं है, जिसमें कुछ होने की दौड़ नहीं है; जो है, है। उसमें कुछ भी दौड़ नहीं है; जो है, है। जिसमें जो है उसकी निंदा नहीं है, और जो नहीं है उसकी आकांक्षा नहीं है। जो है, है । ऐसी हालत का नाम सतोरी है। ऐसी हालत में जो एक्सप्लोज़न आता है उसका नाम सतोरी है, समाधि है, समाधि से बहुत अलग बात है। समाधि शब्द से— होना तो, समाधि का यही अर्थ होना चाहिए। मैं तो यही अर्थ करता हूँ। समाधि शब्द का मतलब होता है, समाधान। उसका मतलब है कि अब कुछ न बचा करने को, कुछ न बचा पाने को, कुछ न बचा जानने को। अगर कुछ भी बचा करने को, कुछ भी बचा जानने को, तो अभी समाधान नहीं है, अभी असमाधान है। तो समाधि का एक दूसरा मतलब होता है मृत्यु, इसलिए हम क़ब्र को भी समाधि कहते हैं और उसका भी वही मतलब है कि ज़िंदा रहेंगे तो कहीं-न-कहीं जाएँगे ही आप। क्या ज़िंदा रहते हुए कोई आदमी ऐसा हो सकता है कि कहीं नहीं जा रहा है? एक अर्थ में मर ही गया, समाधिस्थ हो गया। समाधि का भी मतलब तो सतोरी है, लेकिन जैसा इस मुल्क़ में समाधि का मतलब चलता है, वह नहीं मतलब रह गया। यहाँ समाधि का मतलब है, जहाँ पहुँचना है; सतोरी का मतलब है जहाँ पहुँच गए। अब जहाँ कहीं नहीं पहुँचना है, कहीं नहीं जाना है।

आज साँझ को, जो मैं कह रहा था वह क्वान है। उसपर ध्यान करिए जो असीम है। अब आप असीम पर ध्यान नहीं कर सकते, क्योंकि जब भी आप ध्यान करेंगे, तो सीमा आ जाएगी। आप असीम को सोच ही नहीं सकते, सोचेंगे तो सीमा आ जाएगी। कितनी ही बड़ी सोचेंगे फिर भी सीमा आ जाएगी, फिर भी घेरा आ जाएगा। आप अनादि और अनंत को सोच ही नहीं सकते। कितना ही

सोचें, कितना ही सोचें, कभी तो अंत होगा। नहीं, कभी अंत नहीं होता, कभी शुरू नहीं होता, इसको सोच नहीं सकते हैं। कितना ही स्टेज को खींचते चले जाएं, खींचते चले जाएं। क्वान का मतलब है अब्सर्डिटी का बोध—किसी ऐसी चीज़ का बोध कि जो हो ही नहीं सकती। अगर आप उसको सोचते ही चले जाएं, सोचते ही चले जाएं, तो एक ही परिणाम होगा कि वह तो हो नहीं सकती, लेकिन सोचते-सोचते ठप हो जाएगा। दो ही चीज़ें सोची जा सकती हैं— या तो आप असीम को सोच लें, तो सोचना जीत जाता है, आप और भी बड़े विचारक होकर लौट आते हैं; लेकिन असीम को आप सोच ही नहीं सकते, और सोचना असीम को। यहाँ अब्सर्डिटी है; जैसे कि दो हाथ की ताली सुनी है बहुत।

किसी फ़क़ीर को कहते हैं कि जा, एक कोने में बैठकर एक हाथ की ताली सुन। वह एब्सर्ड है। वह फिर लौटकर आता है, अपने गुरु से कहता है कि पैर पर मारने से दो हाथ हो गए। वह कहता है दीवार पर मारने से दो हाथ हो गए। तो ख़याल रखना — बिल्कुल एक ही हाथ की ताली बजे, उसे तू सुन। और वह एक हाथ की ताली सुनता है, सुनता है। वह तो सुनायी पड़ नहीं सकती और उसका माइंड फ़ौरन दूसरी ताली प्रोवाइड कर देता है। कब तक यह सोचेगा कि दीवार पर बजा ले, ज़मीन पर बजा लें ! वह गुरु से आकर कहता है। गुरु कहता है कि भाग जा तू यहाँ से , तू एक हाथ की ताली सुनकर आ, दो हाथ की नहीं। उसे कमरे में बंद कर देता है। वह भूखा-प्यासा बैठा है। वह सोचता है, एक हाथ की ताली . . .. एक हाथ की ताली नहीं बजती। वह कैसे बजे ? बज ही नहीं सकती। लेकिन सोचना है, फिर सोचना है।

आख़िर वह क्षण आ जाता है कि सोचना एकदम से खो जाता है। वह क्यों खड़ा होगा, क्योंकि जब सोचना हो ही नहीं, तो क्या करिएगा ? माइंड जो भी जवाब देता है, वह दो-चार दिन में, खुद ही समझ जाता है कि यह जवाब गड़बड़ है। गुरु फिर भगा देगा। तब वह घबरा जाता है। घबरा जाता है तो फिर आख़िर में सोचना एकदम से ठप हो जाता है। कोई चीज़ एकदम से बंद हो जाती है। उस वक़्त जो खुल जाता है, उसका नाम सतोरी है, क्योंकि फिर तो कुछ होगा। वह विचार की दुनिया गयी, तो निर्विचार आ गया। निर्विचार में हम जहाँ रहें, वहीं रह गए। अब कहीं जाना नहीं रहा, कहीं पहुँचना नहीं रहा। सतोरी एक अर्थ में बहुत और बात हैं गहरे-से-गहरा मतलब तो समाधि का वही है; लेकिन जैसा इस मुल्क़ ने पकड़ा है, वह गड़बड़ हो गया है। इस मुल्क़ में समाधि भी बिकमिंग हो गयी है।

एक साधु बैठा है, वह ध्यान कर रहा है, पूजा कर रहा है, पाठ कर रहा है, वह

कह रहा है मुझे परमात्मा को पाना है, मुझे मोक्ष को पाना है। वह बिकमिंग की बातें कर रहा है। एक आदमी कह रहा है, उसे धन पाना है; एक आदमी कहता है, भगवान् पाना है। दोनों की बातें एक हैं, दिमाग़ का ट्रेंड एक है, कुछ पाना है। सतोरीवाला कह रहा है कि कुछ पाना नहीं है, जो है, है; न मोक्ष पाना है, न भगवान् पाना है, इसलिए वह बड़ी अद्‌भुत बातें भी कह देता है। वह कहता है, संसार और परमात्मा एक ही है। ये दोनों एक ही बात हैं।

कई दफ़ा ऐसा हुआ कि कोई आदमी आया है पूछने और उस फ़क़ीर ने उसको उठाकर खिड़की के बाहर पटक दिया है। जब वह नीचे गिरा है, तो उसने कहा, देख जाग ! अब जो वह धम्म से नीचे गिरा, तो विचार तो खो गए। यह तो स्वीकृत है कि वह फ़क़ीर कुछ भी कर सकता है। वह आपके घर नहीं आया था, बल्कि आप उससे पूछने आए थे; वह कुछ भी कर सकता है। तब वह हँस रहा है खिड़की पर खड़े होकर। वह कहता है, देख ! कई दफ़ा ऐसा हो जाता है कि उस चोट में वह एकदम से अवेयर (प्रबुद्ध) हो जाता है। अब वह सुनता है उसकी बात को, और सतोरी हो सकती है। कभी लकड़ी की चोट से भी हो सकती है, कभी चाँटे से भी हो सकती है, लेकिन काम किए हैं उन्होंने।

मैं जो बात कर रहा हूँ, वह समाधि की है जिसका मैं वही अर्थ करता हूँ। मुझसे लोग पूछते हैं कि आप ध्यान कब करते हैं ? मैंने कभी ध्यान किया ही नहीं। वे पूछते हैं कि आप कब करते हैं ? मैं तो कभी करता ही नहीं और ध्यान को करना क्या है ? बस, मैं जैसा हूँ, वैसा हूँ। जो चल रहा है; वह चल रहा है। न कुछ पाने को है, न जाने को है, न कुछ उपलब्ध करने को है, न कहीं मंज़िल है, जो हूँ, हूँ। फिर ध्यान करने की बात ही नहीं रह जाती। फिर जो हम कर रहें हैं, वही ध्यान है।

प्रश्न : ***एक सवाल है, सतोरी की जब बात आती है। जब अर्जुन श्रीकृष्ण से पूछता है कि आदमी के लक्षण क्या हैं ?***

उत्तर: तो बता दिया कृष्ण ने, वह नहीं जँचता आपको ? मैं तो पूछता नहीं कृष्ण से कुछ, क्योंकि कृष्ण कैसे बता पाएँगे ? अर्जुन ने बड़ी ग़लती की कि पूछा, और भारी ग़लती हो गयी। गीता बहुत पीछे पड़ गयी। हज़ारों लोगों की ग़लती अर्जुन ने की और गीता हज़ारों को सता रही है। नहीं, मैं तो नहीं पूछता।

प्रश्न : ***आपने कहा कि पत्थर वहीं पड़ा रहे, आगे क्यों जाय या पीछे क्यों आए। क्या एक जगह खड़े रहना भी क्रांति है ?***

उत्तर : असल में सवाल यह है कि यह मैं नहीं कह रहा हूँ कि वह एक जगह खड़ा रहेगा। मैं यह कह रहा हूँ कि अगर वह अपने स्वभाव में रह जाए। पड़े हुए

का मतलब यह है कि वह जो है, वह स्वभाव में रह जाय। पड़े हुए का मतलब यह है कि वह जो है, वह स्वभाव में होना है। जो है, वही है। यानी पत्थर आगे कब जाता है? जब पत्थर फूल बनने की कोशिश करता है तो आगे जाता है, और जब पत्थर धूल बनने की कोशिश करता है तो पीछे जाता है। आगे जाता है, इस आंशा में कि फूल बन जाऊँ, पीछे चला जाता है तो इस दुःख में पड़ जाता है कि धूल न बन जाऊँ। मैं कह रहा हूँ कि वहीं रहने का मतलब यह है कि पत्थर पत्थर है, न उसको फूल बनना है, न धूल बनना है, तब पत्थर की भी अपनी एक फ्लॉवरिंग है। जेल में पत्थर के भी बग़ीचे बना लिए हैं, उसकी अपनी फ्लॉवरिंग है। जब एक पत्थर अपनी पूरी शान में पड़ा होता है तो किस फूल से कम होता है?

किसी पत्थर को हम छूकर देखते नहीं हाथ में उठाकर, न हम उसे प्रेम करते हैं, क्योंकि हमारी पूरी कल्चर बाऊंड है, हमारा सब कुछ बाऊंड है। न कभी हम पत्थर को उठाकर हाथ में रखते हैं, न कभी हम छूते हैं, न कभी उसे आँखों से लगाते हैं, न उसके कभी स्पर्श लेते हैं। नहीं तो पत्थर भी ऐसी खबरें देगा, जो फूल ने कभी नहीं दीं। मेरा यह कहना है कि जो, जो है, अगर वह, वह रह जाय, तो ऐसा नहीं है कि प्रगति नहीं होगी, तब भी प्रगति होगी, लेकिन वह प्रगति दूसरे की तुलना में, दूसरे की दौड़ में नहीं होगी, वह जस्ट आउटग्रोथ होगी, वह उसके भीतर से आएगी, फैलेगी, फैलेगी। ऐसी होगी, जैसे एक पौधा बड़ा हो रहा है, एक दूसरा पौधा बड़ा हो रहा है। न ही यह पौधा बग़लवाले पौधे की फ़िक्र करता है कि तुम ज़्यादा बड़े हो गए हो तो मैं भी ज़्यादा बड़ा हो जाऊँ। एक अपनी जगह बड़ा हो रहा है, दूसरा अपनी जगह बड़ा हो रहा है। लेकिन आदमी में बड़ी गड़बड़ है। वह बग़लवाले को देख रहा है कि तुम बड़े हो गए हो, मैं भी थोड़ा बड़ा हो जाऊँ। इस सब गड़बड़ में वह जो हो सकता था वही नहीं हो पा रहा है। मज़ा यह है कि वह वही हो सकता था, जो वह हो सकता था। वह उसकी अपनी आंतरिक नियति थी, वह जो हो सकता था। माँ-बाप, बच्चे को बचपन से, वह सारा-का-सारा ज़हर दे रहे हैं।

प्रश्न : ***आपस में कंपिटीशन से अच्छा हो सकता है?***

उत्तर : इससे कभी अच्छा नहीं हो सकता। तीस बच्चे हैं, एक बच्चा पहला आएगा। जो पहला आएगा, वह पहला होने की वज़ह से, पागल हो जाएगा। अब ज़िंदगी-भर पहला होने की चेष्टा में लगे रहना पड़ेगा। जिस दिन पहला नहीं हुआ, उसी दिन मुसीबत में पड़ जाएगा, सुइसाइड (आत्महत्या) करेगा और यह करेगा, वह करेगा, क्योंकि वह पहला नहीं आया। वह सदा के लिए दीन हो

गया ! जब दो-चार बार पहला आ नही पाएगा, तो सदा के लिए हार गया । अब वह ज़िंदगी-भर हारेगा, सब चीज़ों में हारेगा ।

वह अकेले ही कोशिश नहीं कर रहा है, सारी दुनिया कोशिश कर रही है और हम सब की कोशिशें हैं। एक-दूसरे की कोशिशों को काट रहे हैं, क्योंकि कंपैटिटिव (प्रतिस्पर्द्धी) हैं । मैं यहाँ बैठा हूँ , तुम वहाँ बैठे हो, तो बड़ी शांति से बात चल रही है । अभी हम इस कमरे में तय कर लें कि सबको यहाँ बैठना है, तो फिर भी बात चल सकती है, लेकिन वह किस तरह की बात होगी ? यहाँ धक्का-मुक्की शुरू हो जाएगी, क्योंकि वह कोई उसकी टाँग खींच रहा है, कोई उसका हाथ खींच रहा है । जो अपनी जगह बैठा है, वह अपनी जगह नहीं बैठा रह जाएगा, क्योंकि उसको यहाँ होना है । यह कमरा अभी पागल हो जाएगा । हमको दिखायी नहीं पड़ रहा है कि अम्बीशन (महत्त्वाकांक्षां) ने और कंपिटीशन (प्रतिस्पर्द्धा) ने सारी दुनिया को पागल कर दिया है । अगर माँ-बाप, बच्चे को प्रेम करते हैं, तो वे कहेंगे कि पहले-दूसरे का सवाल नहीं, तू जो है, सो है । अच्छी शिक्षा होगी, तो तीस लड़के पढ़ेंगे, तीस लड़के पास होंगे, फ़ेल होंगे, लेकिन नंबर एक, नंबर दो कोई भी न होगा । कोई ज़रूरत नहीं, साल-भर पढ़ा दिया, वे दूसरी कक्षा में चले गए हैं । सर्टिफ़िकेट उनके पास यही है कि उन्होंने साल-भर पढ़ा है । अगर नंबरों का पता है, तो उनके शिक्षकों को पता होना चाहिए । न बच्चों को पता होना चाहिए, न किसी को पता होना चाहिए । नंबरों का पता सिर्फ़ इसलिए होना चाहिए कि अगले साल जिस बच्चे को कम नंबर मिले, उसके साथ थोड़ी ज़्यादा मेहनत की जा सकती है और क्या मतलब है ? मेरे हिसाब में तो शिक्षा की पूरी दृष्टि दूसरी है—नॉन-कंपैटिटिव (प्रतिस्पर्द्धामुक्त) और नॉन-अम्बीशस (महत्त्वाकांक्षामुक्त) । लेकिन हम समझ रहे हैं, बहुत अच्छा कर रहे हैं । हमारी अपनी महत्त्वाकांक्षाएँ रह जाती हैं अधूरी । बच्चों की छाती पर चढ़कर उनको पूरी कर रहे हैं ।

प्रश्न : ***अगर वे आगे नहीं बढ़ेंगे तो ?***

उत्तर : बड़ा मज़ा यह है कि अगर हम ध्यान करेंगे, इस दुनिया में जिन साइंटिस्टों ने कुछ दिया है, उनको किसी से आगे बढ़ने का कुछ ख़याल ही नहीं था । उनकी अपनी खुशी और अपना आनंद है । आइंस्टीन, दुनिया आगे बढ़ेगी या पीछे हटेगी, इस हिसाब से नहीं कर रहा था काम । उस आनंद की खोज से दुनिया आगे जा रही है, पीछे जा रही है, यह दुनिया जाने !

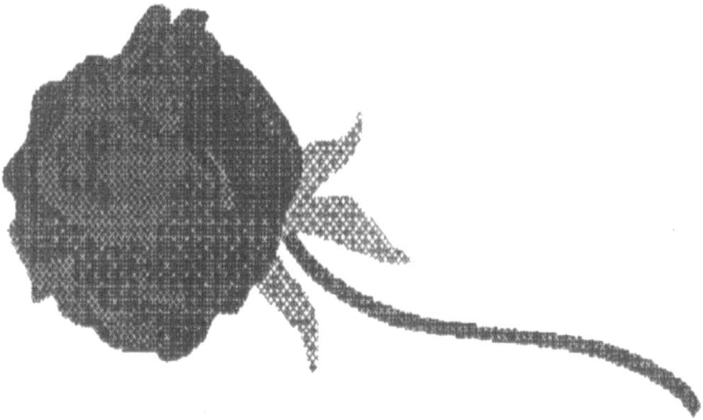

३.जन्मों-जन्मों का जीवन

प्रश्न : ***बंदर से आदमी का शरीर आया है। कृपया इसे समझाएँ और इस पर प्रकाश डालें।***

उत्तर : इसमें समझने की बात ही बहुत ज़्यादा नहीं है। बंदर से आदमी की देह मिली है, यह भी आपको कैसे समझ में आता है ? यह इसलिए समझ में आता है कि पीछे डार्विन ने बहुत मेहनत की, और यह समझाने की कोशिश की कि शरीर का जो विकास है, मनुष्य के पास जो शरीर है, वह शरीर बंदर के पास जो शरीर है, उसकी ही आगे की कड़ी है,यह शरीर उससे ही विकसित होकर आया हुआ है। यह तो आधी बात हुई। अगर मनुष्य केवल शरीर है, तब तो बात ख़त्म हो गयी। मनुष्य अगर आत्मा भी है—जैसा कि है, तो आत्मा कैसी विकास-यात्रा से आ रही है ? प्रकृति में बहुत-बहुत तलों पर बहुत तरह का विकास चल रहा है। जैसे शरीर की कड़ी बंदर से जुड़ी हुई है, वैसे ही अगर हम आदमी के पुनर्जन्मों में जाने की कोशिश करें—जैसे, आपके पुनर्जन्मों को जानने की पिछले जन्मों को जानने की कोशिश की जाय तो यह बड़ा आश्चर्यजनक अनुभव है कि अगर दस—पाँच लोगों को उनके पिछले जन्मों की स्मृति में ले जाया जाय तो दस-पाँच

जन्म तो उनके मनुष्यों के मिलेंगे, लेकिन मनुष्यों के अतिरिक्त अगर पीछे कहीं याददाश्त को घुमाया जाय तो आख़िरी कड़ी गाय की मिलेगी। यानि, अगर आपको याद दिलाया जाय, हो सकता है आपके पिछले दस जन्म मनुष्य के ही रहे हों, लेकिन ग्यारहवाँ जन्म आपका गाय का मिल जाएगा।

अगर किसी भी मनुष्य के पिछले जन्मों की स्मृति को खोदा जाय तो मनुष्य होने के पहले उसका जो जन्म होगा वह गाय होगा। आत्मिक कड़ी, शरीर की कड़ी नहीं; शरीर की कड़ी तो बंदर से आई हुई है। लेकिन आदमी होने से पहले कोई आत्मा किस पशु-योनि से गुज़रती है, अगर इसकी खोजबीन की जाय तो आदमी होने के पहले मनुष्य की आत्मा गाय की योनि से गुज़रती है, ये मेरा कहना है। चूँकि इस संबंध में कोई बहुत बड़ा काम नहीं हुआ, जैसा कि डार्विन के लिहाज़ से शरीर के संबंध में हुआ है, इस पर काफ़ी काम करने की गुंजाइश है कि अगर हम दस-पच्चीस लोगों को पिछले जन्मों में उतारने की कोशिश करें तो जहाँ से उन्होंने मनुष्य कड़ी शुरू की है, वह कड़ी गाय की कड़ी के बाद शुरू होती है। इसीलिए गाय से एक आत्मिक निकटता है। यह जो मैंने कहा, इससे 'गौ माता' का मेरा अर्थ हो सकता है। बंदर से भी एक निकटता है, शारीरिक कड़ी की दृष्टि से। इसका मतलब यह हुआ कि आदमी के पैदा होने के पहले गाय की यात्रा से जो आत्मा विकसित हो रही थी, वह और बंदर की यात्रा से जो शरीर विकसित हो रहा था, वह —मनुष्य होने के लिए इन दो चीज़ों का उपयोग किया गया— बंदरवाले शरीर का और गाय वाली आत्मा का। समझने की बात नहीं है न यह; यह तो प्रयोग करने की बात है। यह तो अगर पिछले जन्मों की स्मृति को जगाने की कोशिश करें तो समझ में आनेवाली बात है।

प्रश्न : ***आपने प्रयोग किए हैं ?***

उत्तर : हाँ, तभी कह रहा हूँ, नहीं तो कैसे कहूँगा ? इससे भी कुछ समझ में नहीं आएगा। वह तो तुम्हारा ही प्रयोग तुम्हें कराया जाय तो समझ में आता है। आत्मा के संबंध में जितनी बातें हैं, बिना प्रयोग के उनमें से कोई भी समझ में आने वाली नहीं है। कहा जा सकता है कि यह है, ऐसा है, लेकिन उससे फ़र्क़ नहीं पड़ता है कहने से। वह तो किसी को भी उत्सुकता हो तो जैसे मैं ध्यान के शिविर ले रहा हूँ, धीरे-धीरे उत्सुकता जगाता हूँ कुछ लोगों में, कि जिन लोगों को पिछले जन्म की स्मृति की यात्रा पर जाना हो, उनका अलग शिविर लेने का इंतज़ाम हो। थोड़े से पच्चीस लोग इक्कीस दिन के लिए आकर मेरे पास रहें; उनको पिछले जन्म की यात्रा में उतारने की कोशिश की जाय। इक्कीस के साथ मेहनत की जाय तो उनमें से पाँच-सात लोग उतर जाएँगे। तभी समझ में आ सकता है कि हमारी

पिछली कड़ी कहाँ से जुड़ी हुई है, नहीं तो वह समझ में नहीं आ सकती।

कठिनाई तो यह है कि कोई प्रयोग करने, गहरे प्रयोग करने की तैयारी नहीं है किसी की; क्योंकि गहरे प्रयोग ख़तरनाक भी हैं; क्योंकि आपको अगर पिछले जन्मों की स्मृति आ जाय तो आप फिर दुबारा वही आदमी नहीं हो सकेंगे जो स्मृति के पहले थे। कभी नहीं हो सकेंगे। फिर असंभव है यह बात। यानि, आपकी पूरी, टोटल पर्सनैलिटी फ़ौरन बदल जाएगी, क्योंकि अगर आप अपनी पत्नी को बहुत प्रेम कर रहे हैं तो आप पाएँगे कि ऐसी कई पत्नियों को बहुत बार प्रेम किया है और कुछ अर्थ नहीं पाया। तो इसके बाद आप इस पत्नी को वही प्रेम नहीं कर सकते, जो इसके पहले कर रहे थे। असंभव हो जाएगा। वह बात ही ख़त्म हो गयी। अपने बेटे के लिए आप मरे जा रहें हैं कि इसको यह बनाऊँ, उसको यह बनाऊँ। आपको अगर पाँच जन्मों की स्मृति आ जाय कि आप ऐसे कई बेटों के साथ मेहनत कर चुके, वह सब बेमानी साबित हुई और आख़िर में मर गए, तो इस बेटे के साथ जो आपका पागलपन है, वह एकदम क्षीण हो जाएगा।

बुद्ध और महावीर दोनों ने, अपने सभी साधकों को पिछले जन्मों में ले जाने का प्रयोग किया। अगर कोई बहुत ग़ौर से समझे तो बुद्ध और महावीर का जो सबसे बड़ा दान है, वह अहिंसा बग़ैरह नहीं है। अहिंसा तो बहुत दिन से चलती थी। इन दोनों का जो सबसे बड़ा क़ीमती दान है, वह जाति-स्मरण है। यह वह विधि है, जिसके द्वारा आदमी को उसका पिछला जन्म स्मरण दिलाया जा सके। जो लाखों लोग भिक्षु और संन्यासी हो गए, वे शिक्षा से नहीं हो गए। जैसे ही उनको पिछले जन्म का स्मरण आया कि सब बातें बेकार हो गयीं। उनको सिवाय संन्यास के कोई सार्थक बात न रही। लाखों आदमी एक-साथ जो संन्यासी हुए, उसका यह कारण नहीं था कि महावीर ने समझा दिया कि संन्यास से मोक्ष मिल जाएगा, उसका कुल कारण इतना था कि उनके अतीत की याद दिला देने से उनको यह लगा कि यह सब तो हम बहुत बार कर चुके, इसमें कोई सार नहीं। यह चक्कर तो बहुत दफ़े घूम चुके, इसमें कोई भी अर्थ नहीं है। तब कुछ और करने की धारणा का कोई अर्थ ही नहीं है।

वह जो मैं चाहता हूँ, ये जो सारी बातें कहता भी हूँ, इसी ख़याल से कहता हूँ कि आप में कोई जिज्ञासा जगे। लेकिन बौद्धिक जिज्ञासा से कुछ भी नहीं होगा। जिज्ञासा ऐसी जगनी चाहिए कि कुछ लोग प्रयोग करने को राज़ी हों। जल्दी मैं चाहता हूँ कि ध्यान के शिविर भी हों तो इसी तरह के सामान्य शिविर न हों। सभी लोग आ जाएं, ऐसा अब न हो। या फिर हम शिविरों को बाँटें— सामान्य शिविर हो, कोई भी आ सके। फिर विशेष इक्कीस दिन के शिविर हों,

जिसमें वही लोग आ सकें जिनकी गहरे जाने की हिम्मत हो, जो पूरी शक्ति लगाने को तैयार हों। मैं तो मानता हूँ कि इक्कीस दिन में गहरा प्रयोग करने से आप बिल्कुल दूसरे आदमी हो जाएं, आपकी सारी ज़िंदगी और हो जाय। जो आप सोचते थे, वह चला जाय, जो आप जीते थे, वह चला जाय और दुबारा आप लौटकर कभी वही न हो जाएं। लेकिन बौद्धिक जिज्ञासा से तो कुछ हल होनेवाला नहीं है बहुत। क्योंकि जो भी आप पूछेंगे, मैं कुछ और कहूँगा। उस पर और दस प्रश्न खड़े हो जाते हैं और वह बात वहीं घूमकर रह जाती है। उससे कोई लाभ नहीं।

प्रश्न : ***यह बात तो अतीत की हो गयी ?***

उत्तर : जी, अतीत की ही हो गयी, लेकिन आपको अगर यह ख़याल आ जाय कि आपने अतीत में क्या-क्या किया, कितनी बार किया, तो आज जो आप कर रहे हैं, उसके करने में बुनायादी फ़र्क़ पड़ जाएगा। अगर यह पता चल जाय कि मैंने कई दफ़ा धन कमाया कई दफ़ा कमाया और कुछ भी नहीं पाया, तो आज धन कमाने की जो दौड़ है, वह एकदम क्षीण हो जाएगी। उसमें से बल निकल जाएगा। फ़र्क़ बुनियादी पड़ जाएगा एकदम। अगर आपको यह पता चल जाय कि यह शरीर बहुत दफ़े मिला और हर बार नष्ट हो गया, तो अब इस शरीर के आसपास जीने का कोई मतलब नहीं है। यह फिर नष्ट हो जाएगा। तो, मेरे जीवन का केंद्र शरीर नहीं होना चाहिए क्योंकि शरीर बहुत दफ़े मिलता है और मर जाता है और फ़र्क़ नहीं पड़ता। आपके जीने का केंद्र पहली दफ़ा आत्मा हो जाएगा, शरीर नहीं रह जाएगा।

बात अतीत की है, लेकिन उसका स्मरण आपको यह साफ़ कर देगा कि जो आप कर रहे हैं, यह कोल्हू के बैल-जैसे करना है, यानि बहुत दफ़े किया जा चुका है। सफल हो गए हैं, तो भी कुछ नहीं पाया, असफल हो गए हैं तो भी कुछ नहीं गँवाया। अगर यह बात दिख जाय तो सफलता का कोई मूल्य नहीं रह जाएगा। यानि हम फिर वही नहीं कर सकेंगे। किसी पिछले जन्म में मैंने करोड़ रुपये इकट्ठे कर लिए और फिर मर गया। इस जन्म में मैं फिर करोड़ रुपये इकट्ठे करने के लिए लगा हुआ हूँ, तो मेरे सामने साफ़ हो जाएगा कि करोड़ फिर इकट्ठे कर लूँगा, फिर मर जाऊँगा। सोचने की बात है कि अब मुझे करोड़ इकट्ठे करने की दौड़ में जीवन गँवाना चाहिए या कुछ और कमाने का ख़याल करना चाहिए ?

प्रकृति की यह तरकीब है कि आपके पिछले जन्म की स्मृतियाँ बिल्कुल दबाकर रख देती है। ठीक भी है, नहीं तो आप पागल हो जाएं। अगर अकारण आपको स्मृति रह जाय तो आप मुश्किल में पड़ जाएं। अभिप्राय यह कि जो

हिम्मत करके कोशिश करता है। खोजने पर उसको ही पता चलता है, नहीं तो नहीं चलता है। सारी स्मृतियाँ—जितने जन्म हुए हैं और एक-एक आदमी के लाखों जन्म हुए हैं—कोई खो नहीं जाती हैं। वे सारी स्मृतियाँ आपके भीतर मौजूद हैं। गहरी पर्तों के नीचे उनको खोजना पड़ेगा। ऐसे तो सामान्यतया हम, आठ साल पहले क्या किया था, वह भी भूल गए हैं।

मैं एक लड़की पर बहुत दिन तक प्रयोग करता था, उसके जाति-स्मरण के लिए। अगर मैं आपसे पूछूँ कि १९५१ में १ जनवरी को आपने क्या किया, तो आप कुछ भी नहीं बता सकते। १ जनवरी हुई है, १९५१ भी हुआ है, वह आपको पता है। पिछले जन्म की बात नहीं है, इसी जन्म की बात है। लेकिन १ जनवरी १९५१ को आपने सुबह से शाम तक क्या किया, यह कुछ भी स्मरण नहीं है। एक जनवरी १९५१ हुई न हुई, बराबर हो गयी। लेकिन अगर आपको सम्मोहित करके बेहोश किया जाय और याद दिलाया जाय तो १ जनवरी १९५१ की आप इस तरह रिपोर्ट करते हैं, जैसे अभी आँख के सामने से गुज़र रही हो। अभी रिपोर्ट कर देंगे आप पूरी तरह कि यह हुआ—सुबह उठा, यह हुआ; यह नाश्ता लिया था; यह पसंद नहीं आया था, नमक ज़्यादा था दाल में। पूरे दिन की आप रिपोर्ट कर देंगे। पर अब मुश्किल मुझे यह हुई कि उसकी टैली (मिलान) कैसे किया जाय कि यह हुआ भी कि यह सिर्फ़ एक सपना है। तो मैंने नोट करना शुरू किया। दिन-भर सुबह से शाम तक उसको नोट करता रहा कि क्या हो रहा है—उसने किसको गाली दी, किससे झगड़ा किया, किस पर क्रोध किया। दिन-भर की दस-पंद्रह घटनाएँ मैंने नोट कर लीं। तीन साल बाद उसको बेहोश किया और उस दिन के लिए पूछा तो उसने बिल्कुल ऐसा रिपोर्ट कर दिया कि जिसका कोई हिसाब नहीं! जो बातें मैंने नोट की थीं, वे तो रिपोर्ट हुई हीं, जो मैं नोट नहीं कर पाया था, क्योंकि दिन में तो हज़ार घटनाएँ घट रही हैं, वे सब भी रिपोर्ट कर दीं।

तो इस जन्म की भी बहुत काम चलाऊ स्मृति हमारे पास रह जाती है, बाक़ी तो नीचे दब जाती है। इसमें भी जो दुःखद स्मृतियाँ हैं, वे एकदम से दबा दी जाती हैं, चित्त उनको दबा देता है। जो सुखद-स्मृतियाँ हैं, उनको ऊपर रख लेता है। इसलिए हमें बीता हुआ समय अच्छा मालूम पड़ता है। आदमी कहता है, बचपन बहुत अच्छा था। उसका और कोई कारण नहीं है। बचपन की जितनी दुःखद स्मृतियाँ थीं, उन्हें नीचे दबा देता है चित्त, और जो सुखद थीं थोड़ी-सी, उनको ऊपर रख लेता है, उनको याद रख लेता है। एक बूढ़ा आदमी कहता है जवानी बहुत मज़े की थी। बस जवानी में थोड़ा-सा सुखद जो घटा होगा, उसे ऊपर रख लिया है, बाक़ी सब उसने दबा दिया है। अगर उसका पूरा चित्त खोला जा सके

तो वह हैरान रह जाएगा कि जो सौ घटनाएँ घटती हैं, उनमें निन्यानवे दु:ख की होती हैं और मुश्किल से एकाध में कभी हल्के सुख की झलक होती है मगर चित्त ऐसा धोखा कर सकता है। अगर दो-चार जन्म खोले जा सकें, तब तो पूरी ज़िंदगी बदल जाती है। क्योंकि, फिर आप और ही ढंग से सोचेंगे, कुछ और ही केंद्र बनाएँगे। स्मृतियाँ अतीत की ही हैं, लेकिन वे फ़र्क़ लाती हैं, एकदम फ़र्क़ लाती हैं।

प्रश्न : ***सूक्ष्म शरीर प्राणी का और आदमी का एक-समान होता है?***

उत्तर : प्राणी यानी?

प्रश्न : ***जानवर।***

उत्तर : एक-सा नहीं होता है, अलग-अलग होता है।

प्रश्न : ***सूक्ष्म शरीर अगर चक्रों के अनुसार है तो क्या चक्र अलग-अलग हैं दोनों के?***

उत्तर: नहीं, इससे कोई फ़र्क़ नहीं पड़ता। सूक्ष्म शरीर जो है आपका, अगर मनुष्य है तो जैसा आपका शरीर है, तो ठीक इसी आकृति का, ठीक ऐसा ही, लेकिन अत्यंत एस्ट्रल एटम का बना हुआ, बहुत सूक्ष्म पदार्थों का बना हुआ शरीर होगा। उसके आर-पार जाने में कठिनाई नहीं है। अगर हम एक पत्थर फेंकें तो उसके आर-पार हो जाएगा। वह सूक्ष्म शरीर अगर दीवार से निकलना चाहेगा तो निकल जाएगा, उसमें कोई बाधा नहीं है। लेकिन आकृति बिल्कुल यही होगी, जो आपकी है। धुँधली होगी, जैसे धुँधला फ़ोटोग्राफ़ हो। अगर आपके सूक्ष्म शरीर का फ़ोटोग्राफ़ होगा तो बिल्कुल इससे मेल खाएगा, लेकिन ऐसा मेल खाएगा, जैसे कई सैकड़ों वर्षों में पानी पड़ते-पड़ते एकदम धुँधला हो गया हो। गाय का होगा तो गाय-जैसा होगा। लेकिन गाय जब मनुष्य-शरीर में प्रवेश करेगी तो सूक्ष्म शरीर चूँकि इतना वायवी है, वह किसी भी आकृति में फ़ौरन ढल सकता है। वह कोई ठोस चीज़ नहीं है। जैसे हम पच्चीस ढंग के गिलास रखें और पानी को एक गिलास में डालें तो पानी उस आकृति का होगा, दूसरे गिलास में डालें तो दूसरी आकृति का होगा। क्योंकि पानी लिक्विड है, उसका कोई ठोस आकार नहीं है वह जिस गिलास में होता है, उसी आकार का होता है। तो वह जो सूक्ष्म शरीर है, वह जिस प्राणी-जीवन में प्रवेश करता है, उसी आकार का हो जाता है। उसके आकार में ठोसपन नहीं है। इसलिए अगर गायका सूक्ष्म शरीर निकलकर मनुष्य में प्रवेश करेगा तो वह मनुष्य की आकृति ग्रहण कर लेगा।

सूक्ष्म शरीर की जो आकृति है, वह डिज़ायर (इच्छा) से पैदा होती है; वह वासना से पैदा होती है। जिस जीवन में प्रवेश की वासना पैदा हो जाएगी सूक्ष्म

शरीर उसी का आकार ले लेगा। अगर हम अपने इस शरीर पर भी प्रयोग करेंगे तो हम बहुत हैरान हो जाएँगे। यह शरीर भी बहुत-कुछ आकृतियाँ हमारी वासना से ही लेता है।

अभी तो वैज्ञानिक भी इस बात को समझने में असमर्थ हैं कि हम खाना खाते हैं तो उसी खाने से हड्डी बनती है, उसी खाने से ख़ून बनता है, उसी खाने से हाथ की चमड़ी भी बनती है, उसी खाने से आँख के अंदर की चमड़ी भी बनती है, लेकिन आँख की चमड़ी देखती है और हाथ की चमड़ी नहीं देखती है। कान की हड्डी सुनती है और हाथ की हड्डी नहीं सुनती है। जो तत्त्व हम ले जाते हैं, वह एक ही है। इतना सारे-का-सारा जो निर्माण भीतर होता है, यह किस आधार पर हो रहा है?

उसे, हमारे भीतर जो गहरी वासना है, वह आकृति देती है। उस वासना का सूक्ष्मतम रूप, अब वे कहते हैं कि ज़रूर किसी कोड-लैंग्वेज (गुप्त भाषा) में कहीं-न-कहीं लिखा होगा। जैसे एक बीज है, उस बीज को हम डाल देते हैं। खोलकर देखें तो हमें कुछ पता नहीं चलता है। उस बीज को हम मिट्टी में डालते हैं तो उसमें से एक फूल निकलता है। समझो, सूर्यमुखी का फूल निकलता है। तो सूर्यमुखी के फूल में जितनी पंखुड़ियाँ हैं, इसका कुछ-न-कुछ कोड- लैंग्वेज में उस बीज में लिखा हुआ होना चाहिए। अन्यथा यह कैसे संभव है कि यह सूर्यमुखी का ही पौधा बनता है? यह दूसरा पौधा नहीं बन जाता। बीज में किसी-न-किसी तरह का, किसी-न-किसी सूक्ष्म तल पर जो होनेवाला है, वह सब लिखा होना चाहिए। एक माँ के पेट में एक अणु गया है, उस अणु में वह सब लिखा हुआ है जो आपमें संभव होगा। वह उस अणु में कहाँ लिखा हुआ है? अभी तक यह बात वैज्ञानिक की पकड़ के बाहर है। लेकिन अध्यात्म, या योग का कहना यह है कि उसमें जो प्राण प्रविष्ट हुआ है, उस प्राण की जो वासना है, वह वासना 'कोड' है, उस 'कोड' से सब विकसित होगा। वह जो सूक्ष्म शरीर है, जब तक एक ही तरह की जीवन-यात्रा करेगा। जैसे दस जन्म होंगे आदमी के तो वह आदमी का रहेगा, लेकिन हर जन्म में उसकी आकृति बदलती चली जाएगी और वह आकृति भी आपकी वासना से ही निर्धारित होगी।

प्रश्न : ***ज़रा स्पष्ट कीजिए।***

उत्तर : चक्र न ? हाँ, चक्र को असल में ग़ौर से समझें तो सूक्ष्म शरीर और इस स्थूल शरीर के बीच जो कांटैक्ट-फ़ील्ड (संबद्ध क्षेत्र) हैं, उनका नाम चक्र है। यानि, आपका यह शरीर और वह शरीर जहाँ-जहाँ छूता है, वे चक्र हैं। वे सब समान हैं। उसमें कोई फ़र्क़ नहीं पड़ता। सबमें—जहाँ से गाय का शरीर छुएगा,

वहाँ चक्र बन जाएगा। छूने के स्थल तय हैं। जैसे समझ लें कि सेक्स के सेंटर पर एक चक्र होगा, चाहे वह किसी जाति का प्राणी हो—कुत्ता हो, बिल्ली हो, आदमी हो, औरत हो, इससे कोई फ़र्क़ नहीं पड़ता। एक बहुत फ़ोर्सफुल (शक्तिशाली) चक्र सेक्स के सेंटर पर होगा। वह चक्र सब शरीरों में होगा, उनकी आकृति चाहे कुछ भी हो। हाँ, वह चक्र छोटा-बड़ा हो सकता है, कमज़ोर और ताक़तवर हो सकता है। सात चक्र होंगे। उसका मतलब केवल इतना है कि उनके बाक़ी चक्र निष्क्रिय पड़े हुए हैं। वे जब भी सक्रिय हो जाएँगे, उनकी उतनी इंद्रियाँ प्रकट होने लगेंगी। चक्र निष्क्रिय हो सकते हैं। हमारे भीतर भी सात चक्र होते हैं, लेकिन सातों सक्रिय नहीं होते। सातों सक्रिय हो जाएं तो समझो कि बहुत अद्‌भुत घटना घट गयी। हमारे भी सातों चक्र सक्रिय नहीं होते। आमतौर से सौ आदमियों की जाँच-पड़ताल करेंगे तो सेक्स का चक्र तो सबमें सक्रिय मिलेगा, बाक़ी छः चक्रों में से कोई एकाध चक्र किसी में सक्रिय होगा, किसी में दो चक्र सक्रिय होंगे, नहीं तो नहीं होंगे।

प्रकृति ने जितने चक्र सक्रिय बनाए हैं, वे तो सक्रिय रहते हैं। लेकिन जितने साधना से सक्रिय होते हैं, वे नहीं सक्रिय होते। वे हैं तो हमारे भीतर, लेकिन वे निष्क्रिय पड़े हुए हैं। जैसे बिजली का बटन तो है, बल्ब भी है, लेकिन बटन ऑफ है तो बल्ब बंद पड़ा हुआ है। वह ऑन हो जाय तो बल्ब जल जाय। चक्र पूरी तरह मौजूद है, लेकिन ऑन-हालत में नहीं, ऑफ़-हालत में है। तो हमारे जितने श्रेष्ठतर चक्र हैं, वह ऑफ़-हालत में हैं। ध्यान और योग से उनको ऑन-हालत में लाने की यह चेष्टा की जाती है कि वे ऑन हो जाएं, सक्रिय हो जाएं। जितने ऊपर के चक्र सक्रिय होने लगते हैं, उतने नीचे के चक्र अपने आप निष्क्रिय होने लगते हैं। क्योंकि, जो शक्ति है हमारे पास, वह वही है। वह धीरे-धीरे ऊपर के चक्रों में गतिमान, हो जाती है, नीचे के चक्र शिथिल हो जाते हैं।

इसपर कभी पूरी बात करनी अच्छी होगी। मैं चाहता हूँ कि लेक्चर्स की पूरी एक सिरीज़ इस पर हो सके तो अच्छा है। बहुत बात करने-जैसी हैं, क्योंकि मामला इतना आसान नहीं है जितना आमतौर से समझा जाता है। काफ़ी जटिल है।

प्रश्न : ***पिछले जन्मों में जाने के लिए जो आपने बात की, उसकी क्या कोई आउटलाइन (रूपरेखा) दे सकेंगे?***

उत्तर: नहीं, वह तो आप आ जाएं तो करवा ही दूं। आउटलाइन ज़रा मुश्किल बात है। आउटलाइन से काम नहीं होगा। आउटलाइन दी भी नहीं जा सकती। वह तो आप एक स्टैप (पग) पूरा करें तो दूसरे की आउटलाइन दी जा

सकती है, नहीं तो आप परेशानी में पड़ जाएँगे उससे कोई मतलब नहीं और उससे कुछ कर भी लें तो उससे कुछ मतलब सिद्ध नहीं होगा। वह तो एक स्टैप पूरा हो जाय तो दूसरे स्टैप की बात करना सार्थक है।

प्रश्न : ***जो प्रेक्टिकल हैं वे ख़याल में आते हैं जैसा प्रयोग वैज्ञानिक करते हैं सब लोग घर में प्रयोग नहीं करते हैं। लेकिन जो ऐसा मालूम होता है कि हो सकता है?***

उत्तर : दोनों में बुनियादी फ़र्क़ है। यह वैज्ञानिक प्रयोग नहीं है उन अर्थों का, क्योंकि विज्ञान और धर्म के प्रयोग में जो बुनियादी फ़र्क़ है, वह यह है कि विज्ञान का प्रयोग आब्जेक्टिव है। बिजली का एक पंखा किसी ने बनाया तो जिसने बनाया है उसी को पंखा दिखता है, ऐसा नहीं है; जिन्होंने नहीं बनाया है, वे सब देखने आकर खड़े हो गए हैं तो उनको भी पंखा दिखता है। चलाएँगे तो चलता हुआ भी दिखता है। वे मानते हैं कि ठीक है, पंखा चलता है, हवा भी फेंकता है। विज्ञान जो प्रयोग कर रहा है वह आब्जेक्ट के साथ कर रहा है। धर्म जो प्रयोग कर रहा है, वह सब्जेक्ट के साथ कर रहा है। मैंने जो अपने साथ प्रयोग किए हैं, वे आपको किसी हालत में नहीं दिख सकते। कोई कारण नहीं है दिखने का। सच तो यह है, मेरे शरीर से ज़्यादा मेरे भीतर आपको कुछ भी नहीं दिखायी पड़ता है। कैसे दिखायी पड़ेगा? शरीर आब्जेक्ट है। लेकिन मैं तो आपके लिए कभी आब्जेक्ट नहीं हो सकता; न आप मेरे लिए आब्जेक्ट हो सकते हैं। धर्म के सारे प्रयोग सब्जेक्ट से जुड़े हुए हैं— वह जो भीतर है, उससे।

कोई महावीर या कोई बुद्ध कितने ही प्रयोग कर लें, फिर भी बाहर अगर लाकर महावीर को बिठा दिया जाय सामान्य कपड़ों में, आपके बीच, तो आपको पता भी नहीं चलेगा, यहाँ महावीर बैठे हुए हैं। क्योंकि जो घटना घटी है, वह इतनी आंतरिक है, इतनी भीतरी है कि सिर्फ़ महावीर के लिए ही साक्षात् हो सकता है उसका। उसका साक्षात् बाहर से नहीं हो सकता। बाहर से भी एक स्थिति में हो सकता है कि ठीक वैसी घटना आपके भी भीतर घटी हो। कोई भीतरी पहचान हो सकती है कि महावीर की आँख में आपको वह बात दिखायी पड़ने लगे जो आपको अपनी आँख में अनुभव होती है। महावीर के चलने में आपको वह बात दिखायी पड़ने लगे जो आपके चलने में फ़र्क़ पड़ गया है। तब शायद आपको थोड़ा अंदाज़ा लगे कि इस आदमी के भीतर भी कुछ वैसी बात तो नहीं हो गयी, जैसी मेरे भीतर हो गयी है? नहीं तो अन्यथा बिल्कुल मुश्किल मुआमला है।

रूप-रेखा की जो बात है कि एक आउटलाइन भी दी जा सके, आउटलाइन देना भी बहुत मुश्किल है, क्योंकि मुआमला ही ऐसा है। समझ लीजिए कि

पहली कक्षा में एक विद्यार्थी भर्ती हुआ है, और वह कहता है कि थोड़ी-बहुत हमें मैट्रिक की आउटलाइन दे दी जाय तो पहली कक्षा में पढ़ने में थोड़ी सुविधा हो। शिक्षक उससे कहेगा कि चूँकि तुम अभी पहली कक्षा से ही परिचित नहीं हो, मैट्रिक की आउटलाइन का कोई मुआमला ही नहीं उठता— हम कैसे तुम्हें आउटलाइन देंगे? तुम कैसे जानोगे? क्या करोगे तुम उसे जानकर? तुम पहचान भी नहीं सकते हो उसको, क्योंकि जिस भाषा में आउटलाइन दी जानेवाली है, वह भाषा तुम जब इन कक्षाओं से गुज़रोगे, तब तुम्हारे पास होगी। वह आउटलाइन भी, जो दी जानेवाली है।

समझ लीजिए कि पाँच साल, सात साल का एक बच्चा है। उसको अगर सेक्स के संबंध में समझाने बैठा जाय; तो बहुत कठिनाई हो जाने वाली है। क्योंकि, उस बच्चे के पास कोई भीतरी भूमिका नहीं है, जिससे वह सेक्स की भाषा समझ सके; क्योंकि उसके लिए कोई सवाल नहीं उठता है कि यह कैसे समझे। आप क्या कह रहे हैं, यह कैसे समझे? आप आउट लाइन भी उसको दे देंगे, तब भी उसको ऐसा लगेगा कि न मालूम किस लोक की बात की जा रही है जिससे मेरी कोई पहचान नहीं है। तो जितने गहरे सत्य हैं भीतर के, उनकी बिल्कुल प्राथमिक बात की जा सकती है—बिल्कुल प्रारंभ की, बिल्कुल शुरू की। एक-एक क़दम उनमें गति हो तो आगे की, एक-एक क़दम आगे की बात की जा सकती है। एक सीमा के बाद उसकी पूरी बात की जा सकती है, नहीं तो नहीं की जा सकती।

हमारी कठिनाई यह है कि हममें से प्रयोग करने के लिए बहुत कम लोग हिम्मत जुटा पाते हैं। कुछ बातें ऐसी हैं, जो बिना प्रयोग के कभी अनुभव में आ ही नहीं सकतीं। छोटा-मोटा प्रयोग भी करना हमें मुश्किल गुज़रता है। ये सब प्रयोग, टोटल डिस्टर्बेंस (पूरी उथल पुथल) पैदा करने वाले हैं। आपकी पूरी-की-पूरी ज़िंदगी अपरूटेड (उखड़) हो जाएगी और तरह की हो जाएगी, क्योंकि कुछ चीज़ें आपको पता ही नहीं हैं, जो दिखायी पड़ें। कुछ चीज़ें, जो आपने कभी सोची भी नहीं हैं, सामने आ जाएंगी। उनको एक-एक क़दम करना ही उचित है।

प्रश्न : ***मेरा ख़याल यह है कि जैसा आपने कहा कि रोज़ सुबह और रात हम क़रीब-क़रीब पंद्रह मिनट ध्यान करें, तो इससे आगे आप कुछ कहेंगे, ऐसा मेरा ख़याल था।***

उत्तर : वह भी कोई करता पंद्रह मिनट बैठकर। वह भी मैं कहता हूँ तब एकाध-दो दिन कोई बैठकर कर लेता है। अगर वह भी दो-तीन महीने श्रमपूर्वक

करे तो उसकी पूरी-की-पूरी जिज्ञासा बदल जाएगी। तब वह जो प्रश्न पूछेगा, वे दूसरे हो जाने वाले हैं। वह उसे कुछ चीज़ें दिखायी पड़नी शुरू होंगी, जिनके बावज़ूद वह कुछ ऐसा पूछना शुरू करेगा जो आप कभी पूछ ही नहीं सकते। यानि, आदमी क्या पूछता है, यह देखकर मैं कह सकता हूँ कि वह कहाँ है। आदमी पूछेगा वही न, जहाँ वह सोच रहा है, जहाँ उसका सारा चित्त खड़ा हुआ है। कोई भी नहीं फ़िक्र करता कि वह तीन-चार महीने भी ताक़त लगाकर कर ले। उतना भी नहीं हो रहा है। वह तीन-चार महीने भी ताक़त लगाकर कर ले। उतना भी नहीं हो रहा है। वह भी थोड़ा-सा हो तो आगे बात की जा सकती है, ज़रूर की जा सकती है।

अब मैं इधर चुनाव कर रहा हूँ कि कुछ लोगों को कैंप में बुलाना चाहूँगा जिसमें कुछ लोगों को ही मैं निमंत्रण करूँगा कि वे आ जाएं। जिसको मैं बुलाऊँगा, वही सिर्फ़ आ जाएं। मेरी नज़र में कुछ लोग आने शुरू हुए हैं जो थोड़ा काम कर रहे हैं। उन थोड़े लोगों के साथ आगे मेहनत की जानी ज़रूरी है।

प्रश्न : ***अस्पष्ट लगता है अभी।***

उत्तर : हाँ, कारण हैं लगने के। बड़ा कारण तो यह है कि हज़ारों साल से ऐसा समझाया जा रहा है कि किसी की कृपा से हो जाएगा। कोई कर देगा तो हो जाएगा। कोई गुरु मिल जाएगा तो कर देगा। हज़ारों साल से यह समझाया जा रहा है कोई कर देगा तो हो जाएगा; आपको कुछ करना नहीं है। यह मन में बैठ गया है गहरे। दूसरी बात यह है कि कोई भी आदमी बहुत श्रम से गुज़रना नहीं चाहता ऐसी चीज़ों के लिए, जो बहुत साफ़-साफ़ दिखाई न पड़ती हों। धन दिखायी पड़ता है तो आदमी श्रम कर लेता है। पद दिखायी पड़ता है तो आदमी श्रम कर लेता है। धर्म का मुआमला ऐसा है कि दिखायी बिल्कुल नहीं पड़ता। श्रम की बहुत माँग है इसमें कि इतना श्रम करो तो कुछ होगा। इतना श्रम करो तो दिखायी पड़ेगा। तो अदृश्य के लिए श्रम जुटाने की क्षमता थोड़े लोग ही कर सकते हैं दृश्य के लिए् श्रम जुटाना बहुत आसान बात है।

फिर हमारे चारों तरफ़ जो लोग कर रहे हैं, वही हम करते हैं, क्योंकि हम आमतौर से खुद कुछ भी नहीं करते जो हमारे चारों तरफ़ हो रहा है, उसका हम अनुकरण करते हैं। जैसे कपड़े लोग पहनते हैं, हम पहन लेंगे। जो लोग पढ़ रहे हैं, वह हम पढ़ेंगे। जिस पिक्चर को वे देख रहे हैं, हम देखेंगे। चारों तरफ़ से हमारे चित्त् के जो तार हैं, वे जिस तरफ़ खींचे जाते हैं, वहाँ खिंचते हैं। जैसे कि अगर हिंदुस्तान में आप पैदा हुए तो आप और तरह के काम करेंगे; अगर आप जापान में पैदा हुए तो और तरह के; और फ्रांस में पैदा हुए तो और तरह के।

बुद्ध और महावीर जैसे लोगों ने दस-दस हज़ार भिक्षु इकट्ठे किए, और इकट्ठे करने का कारण यह नहीं था कि दस हज़ार इकट्ठा करने से कोई फ़ायदा था। उपयोग सिर्फ़ इतना था कि आम आदमी दस हज़ार के बीच फ़ौरन सक्रिय हो जाता है, जो अकेले में हो ही नहीं सकता। जब दस हज़ार भिक्षु साधना में लगे हों, जहाँ दस हज़ार भिक्षु सुबह से साँझ तक सिर्फ़ साधना की बात कर रहे हों, जहाँ दस हज़ार भिक्षु सुबह से शाम तक आत्मिक अनुभवों की बात कर रहे हों, वहाँ आप अगर पहुँच गए तो बहुत असंभव है कि आप इस धारा में प्रविष्ट होने से बच जाएं। आप इसमें डूब जानेवाले हैं। बड़े आश्रमों का और बड़े प्रतिष्ठानों का उपयोग सिर्फ़ इतना था कि वहाँ की पूरी-की-पूरी हवा . . . . जैसे संसार की पूरी-की-पूरी हवा सांसारिक है, और आप यहाँ वही करने लगते हैं जो दूसरे कर रहे हैं; ठीक इसी तरह यदि वहाँ पूरी हवा आध्यात्मिक हो तो आप वही करने लगेंगे जो वहाँ चारों तरफ़ हो रहा है। एक दफ़ा थोड़ी-सी गति हो जाय, तो इतना रस आने लगता है कि फिर कोई मतलब नहीं है कि कौन कर रहा है, कौन नहीं कर रहा है। आपका अपना आनंद ही आपको खींचने लगता है। लेकिन पहला स्टेप उठ जाय, उसकी ज़रूरत है।

इधर जितना लंबा फ़ासला हुआ है, उतना आदमी को ऐसा लगने लगा है कि अध्यात्म पता नहीं, कहीं मुट्ठी में, पकड़ में तो आता नहीं कि क्या है। कौन झंझट में पड़े ! एक-दो दिन में मुट्ठी में पकड़ में आ जाय, तो भी कोई झंझट में पड़ जाय। हमारे जन्मों-जन्मों की यात्रा प्रतिकूल है और उल्टे संस्कार इकट्ठे हैं। उनको पार किए-बिना उनको तोड़े-बिना कहीं गति हो नहीं सकती। इतना लंबा और कठिन दिखायी पड़ता है कि आदमी सोचता है—ठीक है, तो सुन लो, बात कर लो, पढ़ लो। इससे ज़्यादा वह झंझट में पड़ने का नहीं।

एक बहुत अच्छे आदमी हैं। वह कई बार मेरे पास आते थे। अब वह बूढ़े हो गए हैं। वह कई बार गाँधी के साथ रहे, विनोबा जी के साथ रहे, उनके ख़ास साथियों में से हैं। अरविंद आश्रम रहे, रमण के यहाँ रहे। हिंदुस्तान में इधर पचास सालों में जो कुछ हुआ होगा, वह सबसे परिचित है, सब जगह रहे हैं। मैंने कहा, 'बात-चीत आप बहुत कर चुके, अब कुछ करिएगा, क्योंकि अब उम्र बहुत हो गयी।' तो उनसे मैंने कहा, 'इक्कीस दिन का प्रयोग मैं आपका बताता हूँ, पहले आप यह करके आइए तो फिर मैं आगे बात करूँ, नहीं तो बेकार है। आप कितने लोगों से बात कर चुके, अब आगे इसका कोई मतलब है नहीं।' वह मेरा प्रयोग समझे और मुझ से बोले कि 'यह तो मैं करूँगा नहीं, क्योंकि इसमें तो मैं पागल हो जाऊँगा ? मैंने उनसे कहा कि 'अब मरने के क़रीब हैं आप; वर्ष-दो वर्ष

या कितने दिन ज़िंदा रहेंगे, यह नहीं कहा जा सकता। हिम्मत कर लीजिए, पागल-वागल नहीं हो जाएँगे। वैसे पागल ही हैं आप। जो आदमी पचास साल से निरंतर अध्यात्म की बातें सुनता हुआ घूम रहा हो और एक प्रयोग न किया हो, वह आदमी पागल नहीं तो और क्या है? घूमें मत! फिर ऐसा है तो...।' तो कहने लगे, 'नहीं, यह मैं नहीं कर सकता। आपका यह प्रयोग तो मैंने पूरा समझा, इसमें सात दिन के बाद ही मैं लौटने वाला नहीं हूँ, मैं तो गया!' उस दिन से वह फिर मुझसे जिज्ञासा करने भी नहीं आए, क्योंकि वह समझ गए कि मैं कहूँगा कि वह करिए, फिर आगे बात होगी। नहीं तो बात नहीं होगी।

जिज्ञासा बौद्धिक हो गयी, बिल्कुल इनटेलेक्चुअल। एक आदमी आकर पूछ लेता है— ईश्वर है या नहीं? उससे उसे कोई मतलब भी नहीं है। हो तो ठीक है, न हो तो ठीक है। इससे कुछ भी मतलब नहीं है। पूछने में भी कोई सार नहीं है।

फ्रांस गें एक फ़क़ीर था—गुरुजिएफ़। जो भी आदमी आएगा, जिज्ञासा करने के पहले उसे बड़े उपद्रवों में से गुज़ारेगा वह। जब वह उतनी हिम्मत दिखाने को राज़ी हो जाय तो जिज्ञासा कर सकता है, नहीं तो नहीं करने देगा वह। वह कहेगा, फ़िज़ूल जिज्ञासा से तो कोई मतलब है नहीं।

इधर मैं भी जो इतनी बात करता हूँ, वह इसी ख़याल से क़रता चला जाता हूँ कि इसमें से कुछ लोग ठीक जिज्ञासा पर आ जाएँगे। हज़ार आदमी पूछते हैं। कोई एक आदमी करने को राज़ी होगा। एक-दो-तीन वर्ष घूमता रहूँगा और फिर मेरी नज़र में लोग आते जाते हैं। उन लोगों को बुलाकर जो करना है कर लूँगा। फिर एक कोने बैठ जाऊँगा। जिसको करना हो वह वहाँ आ जाय। फिर मुझे कोई भटकने की ज़रूरत नहीं है, कोई प्रयोजन नहीं है। ध्यान रहे कि करेंगे तो ही कुछ होगा। किसी के करने से कुछ होनेवाला नहीं है। अब न साहस है, न इच्छा है, कोई कामना नहीं है— ऐसा ख़याल बनता है कि सब-कुछ करते हुए कभी घड़ी-आध घड़ी इस तरह की बातें कीं तो अच्छा है। इससे ज़्यादा नहीं है कुछ।

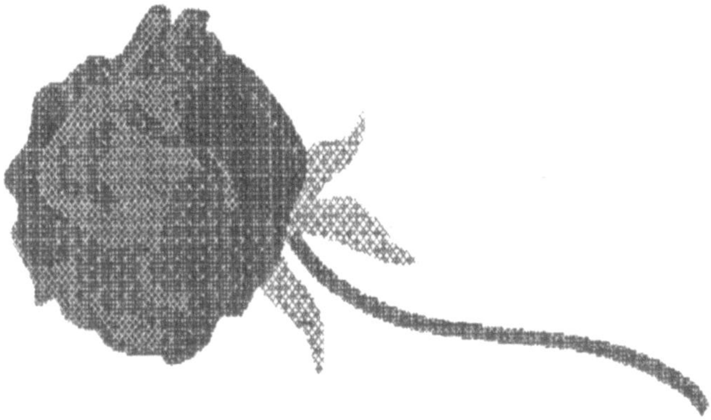

४. अपना-अपना जीवन

जीवन की कला क्या है ?

इस संबंध में कुछ भी कहना एक अर्थ में बहुत आश्चर्यजनक मालूम पड़ सकता है। क्योंकि हम सभी जीते हैं, लेकिन अकेला जी लेना जीवन को पा लेना नहीं है। जीवन कुछ और ही है। मात्र जी लेने से, इस जीवन का हमें कोई भी पता कभी नहीं चल पाता है, यदि हम उसे खोजने ही न निकल जाएं। जीवित हम हैं, लेकिन जीने की व्यस्तता में, जीवन को पा लेने की चेष्टा से, उसका स्पर्श भी नहीं हो पाता। अक्सर तो यही होता है कि जब मृत्यु द्वार पर खड़े होकर दस्तक देने लगती है, तभी हमें पहली बार पता चलता है कि जीवन था और गया।

मैंने तो सुना है कि कुछ लोग मरके ही जान पाते थे कि वे जीवित थे। जब जीवन होता है, तब हमारा ध्यान अन्य हज़ार चीज़ों पर जाता है, एक हज़ार एक चीज़ों पर जाता है, सिर्फ़ जीवन पर नहीं जाता है। जन्म के बाद हम स्वीकार ही कर लेते हैं कि जीवन मिल गया है। इससे बड़ी और कोई भूल हो नहीं सकती। जैसे कोई बीज समझ ले कि वह वृक्ष है, वैसे ही हम जन्म पा लेने को जीवन समझकर भूल में पड़ जाते हैं। बीज वृक्ष हो सकता है, है नहीं। फिर यह ज़रूरी

नहीं है कि वृक्ष हो ही जाय। बीज बीज रहकर भी मर सकता है। वृक्ष होना अनिवार्यता नहीं है, सिर्फ़ संभावना है। लेकिन अगर बीज समझ ले कि मैं वृक्ष हूँ, तो फिर बीज वृक्ष होने की सारी चेष्टा, सारा प्रयास, सारी यात्रा छोड़ देगा। ज़रूरत क्या है ? जो मैं हूँ, उसे पाने का सवाल नहीं है।

जो भी हम स्वयं में समझ लेते हैं, उसे पाने की यात्रा बंद हो जाती है। पर जन्म के साथ बड़े-से-बड़ा जो इलूज़न (दिग्भ्रम) और भ्रम आदमी पैदा कर लेता है, बस यह है कि जीवन मिल गया है।

जन्म, जीवन नहीं है। जन्म केवल संभावना है।

जीवन मिल भी सकता है, खो भी सकता है। जन्म दोनों के लिए द्वार बन सकता है— जीवन पाने के लिए भी, जीवन खोने के लिए भी। जन्म अपने में सिर्फ़ संभावना, पॉसिबिलिटी है। जन्म कुछ भी नहीं है, सिर्फ़ एक अवसर, एक अपरच्युनिटी है। हम खो भी सकते हैं। हम पा भी सकते है। अधिक लोग खो देते हैं। खोने का जो बुनियादी कारण है, वह यह कि हम जन्म को ही जीवन समझ लेते हैं। पैदा हो गए, अर्थात् जीवन मिल गया।

पैदा होने से केवल संभावना मिलती है, जीवन नहीं। जीवन निर्मित करना होता है। इसलिए पहली बात तो आप से यह कहना चहता हूँ कि सिर्फ़ होने को, मात्र एग्ज़िस्टेंस को जीवन मत समझ लेना। हम हैं, यह सच है। लेकिन यह 'होना' किसी और बड़े 'होने' के लिए द्वार बन सकता है।

एक जन्म है जो माँ-बाप से मिलता है, और

एक जन्म है जो हमें स्वयं अपने को देना पड़ता है।

माँ-बाप से मिले जन्म, उस दूसरे जन्म के लिए द्वार बने, जो हम अपने को देंगे, तब तो ठीक है; अन्यथा श्रम व्यर्थ हो जाते हैं। दौड़ते हैं बहुत, पहुँचते कहीं भी नहीं हैं। श्रम भी बहुत करते हैं, फल कुछ भी नहीं आता है। बीज बीज रहकर ही सड़ जाता है। कभी-कभी कोई बीज वृक्ष बन जाता है। कभी-कभी उसी बीज में फूल आते हैं। कभी किसी बीज में सुगंध फैलती है। कभी कोई बीज वृक्ष बनकर आकाश में दूर तक बाहें फैला देता है, सूरज की किरणों को चूमता है, चाँद के साथ नाचता है, पक्षियों के गीतों के साथ आंदोलित होता है। कभी कोई वृक्ष आकाश से होड़ लेता है। परंतु अधिकांश बीज, बीज ही रहकर मर जाते हैं।

मनुष्य के बीच जब कभी ऐसे फूल, ऐसे आकाश के फैलाव को उपलब्ध होते हैं तो हम, जो सिर्फ़ जीते हैं, उनकी पूजा में लग जाते हैं। एक बीज, अगर दूसरे खिले हुए, फूलों से भरे हुए वृक्ष की पूजा भी करे, तो क्या होगा ? एक बीज, अगर सम्मान भी करे उस वृक्ष का, जिसमें फल आ गए, तो क्या होगा ? बाक़ी

बीज मुल्क़ के किसी मरे हुए वृक्ष को मंदिर बना लें, तो क्या होगा ? आदमी यही करता है। बुद्ध को, महावीर को, क्राइस्ट को, कृष्ण को, सम्मान पूजा-आदर-मंदिर ! लेकिन यह स्मरण नहीं है हमें कि यह सिर्फ़ वही बीज है, जो हम भी हैं। लेकिन वे पूर्ण अवसर का उपयोग करके जीवन बन गए हैं, और हम बीज की तरह ही नष्ट होने की तैयारी कर रहे हैं। अगर हम कुछ न करें, तो नष्ट हो ही जाएँगे। प्रतीक्षा बहुत देर नहीं चलेगी। बीज अगर वृक्ष न बना तो सड़ेगा। बीज अगर वृक्ष न बनने की यात्रा पर निकला, तो मृत्यु की यात्रा पर चलेगा।

जो आदमी जन्म को अवसर नहीं बनाता, जीवन के सृजन का,

वह आदमी जन्म को अवसर बनाता है, केवल मृत्यु की प्रतीक्षा का।

दो ही तरह के लोग हैं—एक वे, जो अपने जन्म को जीवन बनाने में सक्रिय हो जाते हैं, दूसरे वे, जो केवल मृत्यु की प्रतीक्षा करते रहते हैं। हम सब क़रीब-क़रीब मृत्यु की प्रतीक्षा कर रहे हैं। रोज़-रोज़ मौत क़रीब चली आती है, और रोज़-रोज़ मौत के क़रीब आने को हम जीवन कहते हैं। किस गणित से कहते हैं ? समझना मुश्किल है। रोज़ हम मरते हैं, रोज़ मरने के क़रीब पहुँचते हैं। एक वर्ष गुज़रता है, और हम जन्म-दिन मनाते हैं। मुश्किल है यह कि वह जन्म का दिन मनाना चाहिए कि मृत्यु का दिन उसे बर्थ-डे कहना चाहिए, या डेथ-डे। सोचेंगे तो वह मृत्यु का दिन मालूम पड़ेगा, क्योंकि एक वर्ष मौत और क़रीब आ गयी, और जन्म एक वर्ष और दूर छूट गया। एक वर्ष हम और मर चुके। एक वर्ष मरने की प्रक्रिया और हो गयी। ऐसे नहीं है कि एक दिन अचानक मौत कहीं से आ जाती है।

मौत कोई बाहरी घटना नहीं है। यह कोई फ़ॉरेन, कोई विदेशी घटना नहीं है कि आप चले जा रहे हैं, और मौत आ गयी है। मौत आपके भीतर विकसित होती है। जन्म के दिन से विकसित होने लगती है। मौत भी एक ग्रोथ है, मौत भी एक विकास है। रोज़ हम मरने की तैयारी करते चलते हैं। रोज़ कुछ हमारे भीतर मरने लगता है। रोज़ हम बूढ़े होने लगते हैं, रोज़ मरना होता चला जाता है। एक दिन यह प्रक्रिया पूरी हो जाती है। जिस दिन पूरी हो जाती है यह प्रक्रिया, हम कहते हैं मौत आ गयी। मौत आ नहीं गयी , एक विकास था जो पूर्णता को उपलब्ध हो गया। इसे ही हम जीवन कहके रह जाएं—यही जीवन है ? यह रोज़ मरते जाना, यह ग्रेजुअल डेथ, यह धीरे-धीरे मरना ? सत्तर साल लगते हैं एक आदमी को मरने में, एकाध मिनट नहीं लगता। अस्सी साल लगते हैं। वैज्ञानिक और मेहनत करेंगे, तो सौ साल लगने लगेंगे। मरने में कितनी देर लगेगी— यह विज्ञान थोड़ा बड़ा कर लेता है। लेकिन जो मरने की प्रक्रिया है, वह स्मरण में आनी चाहिए।

जन्म के बाद या तो हम जीवन की तलाश करेंगे या फिर मरने की प्रक्रिया जारी रहेगी। हम जीवन की तलाश करेंगे, तो करने की प्रक्रिया बंद नहीं हो जाएगी। लेकिन हमारे भीतर दो यात्राएँ शुरू हो जाएँगी—एक, जो मर सकता है, वह मरने की यात्रा पर निकल जाएगा, और दूसरा, जो परम जीवन को उपलब्ध हो सकता है, वह परम जीवन की यात्रा पर चल पड़ेगा। जिस व्यक्ति के भीतर दो यात्राएँ चलने लगें, एक मरने की चलेगी; उसे हमें चलाना नहीं पड़ता, अपने से चलती है। और दूसरी वह, जो हमें चलानी पड़ती है। मरने की प्रक्रिया चलेगी; जो हमारे भीतर मरनेवाला है, वह धीरे-धीरे मरता चला जाएगा। इसी बीच, इस अवसर को हम खो न दें, और उसे जान लें, जो नहीं मरनेवाला है। इस अवसर में, जबकि मरने वाला मर रहा है, हम झलक पा लें, उसे पहचान लें, जो नहीं मरने वाला है, तो हमारे जीवन का अनुभव शुरू होगा। साधारणत: हम मरते हैं, जीते नहीं, क्योंकि जीवन का हमें कोई अनुभव ही नहीं होता। इस जीवन को अनुभव कैसे करें ? इसकी कला के क्या चरण होंगे ?

पहला चरण यह होगा कि जन्म को, जीवन मत मानना। हम सब माने हुए बैठे हैं, इसलिए मैं ज़ोर से कहता हूँ कि—

जन्म को जीवन मत मानना।

स्मरण रखना कि हम सब मर रहे हैं, जी नहीं रहे हैं ! एक स्मरण बना रहे और छिद जाए भीतर प्राणों में, तो शायद एक नई यात्रा की तड़प पैदा हो और यात्रा शुरू हो जाय। धार्मिक आदमी वही है, जिसने मरने की इस प्रक्रिया को पहचान लिया है।

बुद्ध रुके हैं, अपने घर के एक उद्यान में। एक यूथ-फ़ेस्टिवल में, एक युवक-महोत्सव में जाना है। बुद्ध का जन्म हुआ जिस दिन, उस दिन एक ज्योतिषी ने कहा कि यह लड़का या तो परम चक्रवर्ती सम्राट् होगा या संन्यासी हो जाएगा। पिता मुश्किल में पड़ गए। कोई पिता अपने बेटे को संन्यासी हुआ नहीं देखना चाहता। सभी बाप, बेटे को चक्रवर्ती हुआ देखना चाहते हैं। क्योंकि बाप का अहंकार चक्रवर्ती नहीं हो पाया। कम-से-कम बेटे से ही तृप्ति पा ले। बेटे के अहंकार से ही अपने को भर ले। सभी बाप, बेटे के भीतर, अपने अहंकार की तृप्ति करने की चेष्टा में संलग्न होते हैं। इसीलिए कोई बाप, बेटे से कभी तृप्त नहीं हो पाता है। क्योंकि अहंकार बहुत बड़ा है, अत: सब बेटे छोटे पड़ जाते हैं। वह तृप्ति हो नहीं पाती। सो बुद्ध के पिता घबरा गए हैं कि यह बेटा संन्यासी हो जाएगा। कैसे रोकें ? इसे संन्यासी तो नहीं होने देना है। कैसे रोकें इसे ? दूसरे का बेटा संन्यासी हो जाय, तो हम उसके चरण छूकर नमस्कार कर आते हैं।

हमारा बेटा संन्यासी होने लगे, तब असली मुश्किल शुरू होती है।

बुद्ध के पिता भी बहुत संन्यासियों के चरण स्पर्श करने गए थे। आज पहली दफ़ा पता चला है, कैसे रोकूँ इसे? चिंता में पड़ गए हैं। बुद्धिमानों से पूछा है, क्या करें? बुद्धिमानों ने कहा, एक काम करें— अपने इस बेटे को मृत्यु से परिचित न होने दें, बस! नहीं तो यह संन्यासी हो जाएगा।

बाप ने उपाय किए, बेटे को मृत्यु से अपरिचित रखने के। ऐसे महल बनाए, जहाँ कोई बूढ़ा आदमी प्रवेश न कर सके; क्योंकि बूढ़े आदमी में मृत्यु की झलक आनी शुरू होती है। मौत की छाया दिखायी पड़ने लगती है उसकी आँखों से, उसके हाथों से, उसके बल में कमी आने से मौत ने ख़बर जो दे दी कि आती हूँ। हिला दिया है मौत ने उसे, टिकेगा थोड़ी देर तूफ़ान, और थोड़ा-सा होगा, जड़ें हिल गयी हैं, कँप गयी हैं, कुछ दिन घिरेगा, अब इस वर्षा में न सही, उस वर्षा में ही। बूढ़े का आना बंद कर दिया।

ठीक उस बगिया में, जहाँ बुद्ध रहते, फूल मुरझा जाते तो मालियों को ख़बर थी कि रात ही उन्हें अलग कर देना, मुरझाया फूल दिखायी न पड़ जाय। क्योंकि, मुरझाया फूल देखकर कहीं बुद्ध पूछने न लगें कि फूल मुरझाते हैं, कहीं आदमी तो नहीं मुरझा जाएगा? सुंदर-से-सुंदर स्त्रियों के बीच घेर दिया है बुद्ध को, सारी सुख-सुविधाओं में खड़ा कर दिया है। लेकिन वही सब मरता है जो मरने के अनुभव से किसी को वंचित रखा जा सके। बल्कि अगर मुझसे बुद्ध के पिता ने सलाह ली होती तो मैं कहता कि तुम्हारा इंतज़ाम इस लड़के को संन्यासी बना ही देगा। बल्कि जैसे यह पैदा हुआ, उसको मरघट में रहने दो, यह मूढ़ हो जाएगा। देखने दो बूढ़ों को, सड़े हुए फूलों को, सूखे हुए पत्तों को, मुर्दों को, सबको देखने दो। देखकर आदी हो जाएगा तो प्रश्न नहीं उठाएगा। ग़लती हो गयी बुद्ध के पिता से। सब तरफ़ से व्यवस्था कर ली रोकने की। मगर, ज़िंदगी ऐसी चीज़ नहीं है, जिसे हम कठघरों में बंद कर लें।

बुद्ध को जवान होने तक पता नहीं था कि कोई वृद्ध हो जाता है, क्योंकि उन्हें घर से निकलने नहीं दिया गया था। लेकिन जवान हो गए। एक युवक-महोत्सव हो रहा है। बुद्ध को उसका उद्घाटन करने जाना है। वह रथ पर सवार होकर निकले हैं। रास्ते पर बहुत व्यवस्था की गयी थी कि कोई बूढ़ा, कोई मुर्दा, कोई बीमार न दिखाई पड़े। लेकिन क्या करें! सब रास्ते बूढ़ों से, मुर्दों से, बीमारों से भरे हैं। एक बूढ़ा बुद्ध को दिखायी पड़ ही गया है। कितने ही इंतज़ाम करो; मौत कहीं-न-कहीं से झलकेगी। वह सब तरफ़ मौजूद है।

बुद्ध ने अपने सारथी से पूछा, 'इस आदमी को क्या हो गया है?'

बुद्ध ने ऐसा कभी न पूछा होता, हम भी कभी नहीं पूछते हैं, क्योंकि हम आदी हो गए हैं। बचपन से हम देखते हैं कि यह हो गया है, यह हो रहा है। तो बुद्ध ने पूछा, इस आदमी को क्या हो गया है?

सारथी ने बताया, 'यह आदमी बूढ़ा हो गया है।'

बुद्ध ने पूछा, 'क्या मैं भी बूढ़ा हो जाऊँगा?'

सारथी ने कहा, 'मैं कैसे कहूँ? और मैं इस योग्य नहीं हूँ कि मैं कहूँ कि आप बूढ़े हो जाएँगे। लेकिन मैं निवेदन करता हूँ कि अपवाद कोई भी नहीं है। बूढ़ा सभी को होना पड़ता है।'

बुद्ध ने कहा, 'रथ वापस लौटा लो, क्योंकि अगर बूढ़ा होना ही पड़ता है तो बूढ़ा हो गए। देर-सवेर की ही तो बात है। रथ वापस कर लो। अब युवक-महोत्सव में भाग लेने मैं कैसे जाऊँ? बूढ़ा हो ही गया।'

सारथी ने कहा, 'नहीं, यह ठीक नहीं है। पिता वहाँ राह देखते हैं।'

तो रथ आगे ले गए हैं। फिर एक मुर्दा मिल गया है; कोई अर्थी लिए चला जाता है।

बुद्ध ने पूछा, 'यह क्या हुआ है?'

सारथी ने कहा, 'यह उसके बाद का क़दम है। क्योंकि बूढ़ा हो गया था न! अब कोई बूढ़ा होने के बाद आख़िरी जो क़दम उठाता है, वह इस आदमी ने उठा लिया है। यह आदमी मर गया है।'

'बुद्ध ने कहा, 'क्या मैं भी मर जाऊँगा?'

सारथी ने कहा, 'अपने मुँह से मैं नहीं कह सकता, इस तरह की बातें। अपशकुनपूर्ण हैं, अशुभ हैं, लेकिन अपवाद कोई भी नहीं है।

बुद्ध ने कहा, 'फिर वापस लौटें। जब मर ही जाना है—आज, या कल, या परसों—समय की बात है तो जीवन ने सारा अर्थ खो दिया। हम उसकी अब तलाश करें, जो न मरता हो।' और बुद्ध सोचने लगे कि क्या ऐसा भी कुछ है जो नहीं मरता है?

बुद्ध लौट आए। लेकिन हमारे रथ कभी वापस नहीं लौटते हैं। हम अपने सारथी से कभी नहीं पूछते हैं कि आदमी बूढ़ा हो गया है, मुझे तो बूढ़ा नहीं होना पड़ेगा? सारथी हमारे पास भी है। हम अपने सारथी से कभी नहीं पूछते कि यह आदमी मर गया है, मुझे भी मरना पड़ेगा? बल्कि हम अपने सारथी को समझाए चले जाते हैं कि सब मरते होंगे, मेरे मरने का कोई आसार नहीं है। सब मरते होंगे, यह दूसरे के साथ घटना घटती है। मौत जो है, वह सदा दूसरों के साथ घटती है। मैं अपने को सदा बचा लेता हूँ। मेरे साथ कभी नहीं घटती है। सबके साथ घटती

है, में छूट जाता हूँ। मैं अपवाद हूँ। प्रत्येक के भीतर ऐसा भाव है। जब वह किसी को मरते देखता है तो कहता है, 'बेचारा !' दूसरे पर बड़ी दया करता है। उसे स्मरण नहीं कि मौत हँसती होगी कि जो आज दया कर रहा है, कल कुछ लोगों को उसको भी बेचारा कहना पड़ेगा।

दूसरे पर दया करके अपने पर स्मरण करने से हम चूक जाते हैं। कोई मरता है तो हम कहते हैं, 'बेचारे के छोटे बच्चे ! पत्नी ! बड़ा बुरा हुआ ? लेकिन कभी ऐसा स्मरण नहीं आता कि यह मौत का तीर, जो उसकी तरफ़ उठ गया है, यह मेरी तरफ़ भी तैयारी कर रहा होगा। धनुष पर रखा जा चुका होगा, प्रत्यंचा खींची जा रही होगी। तीर चलता होगा, चलकर आता ही होगा। आने में वक़्त लग जाता है न ! तीरों को पहुँचने में भी समय लग जाता है। यात्रा में वक़्त तो लगता है। और सच तो यह है कि तीर उसी दिन चल पड़ता है जिस दिन हम पैदा होते हैं। शायद पैदा होने के क्षण में ही निर्णीत है, भीतर कहीं कि यह जो मैकेनिज़्म, यह जो यंत्र हमें मिला है, कितनी देर चल सकेगा।

जैसे हम घड़ी ख़रीदकर ले आते हैं, तो लिखकर दे देते हैं कि दस साल की गारंटी है। बारह साल भी चल सकती है, अगर बीच में मत चलाओ। या, पटक दो तो अभी भी टूट सकती है। वे दूसरी बातें हैं। घटनाएँ-दुर्घटनाएँ हैं। लेकिन सामान्यत: घड़ी दस वर्ष चलेगी। मशीन बनानेवाला कहता है, दस वर्ष का इंतज़ाम दिखता है, दस वर्ष चल जाएगी। कम-बेश दस वर्ष चल जाएगी। जन्म लेते समय जो बीजाणु हमें निर्मित करता है, उसके भीतर की घड़ी नियत कर देती है सत्तर वर्ष, अस्सी वर्ष। विज्ञान सारी सुविधाएँ बना ले, घड़ी कम चलायी जाय, श्रम कम हो, विश्राम ज़्यादा हो जाय तो थोड़ा लंबा हो सकता है। या ग़रीबी टूट पड़े, अकाल हो जाय, भारत में जन्म मिल जाय, तो जल्दी ही ख़त्म हो सकता है। लेकिन ये दुर्घटनाएँ हैं, इनको हिसाब में लेने की ज़रूरत नहीं है। जन्म के क्षण में, बीज की गारंटी है, कुछ भीतर, और अब वैज्ञानिक कहते हैं कि कुछ भीतरी प्लानिंग है क्रोमोसोम में कि वह कितने दिन चलेगा।

दो जुड़वाँ बच्चे पैदा होते हैं। दो तरह के जुड़वाँ बच्चे पैदा होते हैं—एक तो वे, जो एक ही अंडे में बड़े होते हैं; और एक वे, जो दो अंडों में बड़े होते हैं। दो अंडों में जो बड़े होते हैं, उनको जुड़वाँ कहना बहुत ठीक नहीं है। वे दो ही बच्चे हैं, एक-साथ पैदा होते हैं सिर्फ़; जुड़वाँ नहीं हैं। सहयोगी हैं, कोऑपरेटिव हैं, एक साथ पैदा हुए हैं। कोएक्जिक्टेंस हुआ है उनका, को-बर्थ हुई है, एक-साथ जन्मे हैं, जुड़वाँ नहीं हैं। जो दो बच्चे एक ही अंडे में पैदा होते हैं, वे वस्तुत: जुड़वाँ हैं। इन जुडवाँ बच्चों के बाबत जो अध्ययन हुए हैं, वे हैरान करने वाले हैं।

एक बच्चे को हिंदुस्तान में पालो, और एक को चीन में पालो क़रीब-क़रीब वे ज़िंदगी में, एक ही बीमारियों से पीड़ित होंगे, और क़रीब-क़रीब बीमारियों का वक़्त भी समान होगा। अगर वह यहाँ टी०बी० से बीमार पड़ जाय, पंद्रह वर्ष की उम्र में, तो वह जो चीन में बच्चा है जिसे इसकी कोई ख़बर नहीं है, वह भी पंद्रह वर्ष की उम्र में, टी०बी० से बीमार पड़ने की संभावना से भरा है, वह बीमार पड़ेगा। दिन-दो दिन की भूल-चूक होगी। सबसे आश्चर्य की बात यह है कि ये दोनों बच्चे कहीं भी पाले जाएं, इनके मरने में तीन महीने से ज़्यादा का फ़ासला कभी न होगा। कम-से-कम तीन दिन का फ़ासला होता है; ज़्यादा-से-ज़्यादा तीन महीने ।

इससे ख़याल आता है कि कुछ-न-कुछ जन्म के साथ गारंटी, 'इनबिल्ड' वह जो क्रोमोसोम है, उसमें अंदर भरी हुई प्लानिंग है, उसमें कुछ योजना लेकर आदमी पैदा होता है। वह घड़ी तो चल रही है। तीर चल चुका है जन्म के साथ मरने का; मरना है। इस संबंध में आश्वस्त हो सकते हैं। इसमें कोई शक करने की अभी कोई ज़रूरत नहीं है। एक बात सुनिश्चित है वह मृत्यु है; और कुछ भी जीवन में सुनिश्चित नहीं है। लेकिन जो सबसे ज़्यादा सर्टेन या सुनिश्चित है, उसे हम विचारते ही नहीं। हम शायद उससे बचते हैं, सोचने-विचारने से, क्योंकि उसके सोच-विचार से चिंता पैदा होती है, और चिंता भी साधारण पैदा नहीं होती।

एक तो चिंता ऐसी है कि रोटी न कमा पाएँ तो पैदा हो जाती है। एक चिंता है ऐसी है कि जिस पत्नी को चाहें, वह न मिल पाए। एक चिंता वह है कि जैसा मकान बनाना चाहें और वह न बन-मिल पाए। एक चिंता यह है कि जो हम जीते हैं उसके बाहर के संबंधों से जुड़ी है। एक और एंग्ज़ाइटी है, एक और चिंता है, जिसको धार्मिक चिंता कहें, रिलीजस एंग्ज़ाइटी कहें, जो इस बात से पैदा होती है कि मौत आ रही है।

अगर दुनिया धार्मिक होगी तो मरघट गाँव के बाहर नहीं बनाएँगे, बीच गाँव के बनाएँगे, ताकि बच्चा-बच्चा जाने कि यह मौत आ रही है।

अभी तो बाहर अर्थी निकलती है, तो बेटे को घर बुला लेती है माँ, कि अंदर आ, दरवाज़ा बंद कर, कोई अर्थी निकलती है। अगर माँ समझदार हो, तो जब अर्थी निकलती है, तो बच्चे को बाहर ले आए, और कहे कि अर्थी निकलती है और तेरी भी कहीं-न-कहीं तैयार होती होगी। आने में देर लग सकती है।

मौत का तीर तो चल चुका है। अगर हम इस एक ही आयाम में एक ही डायमेंशन में जी रहे हैं, जिस आयाम में; जिस रास्ते पर मौत चली आ रही है, तो हमें जीवन का कभी पता नहीं चलेगा। बहुत बार हम इस तरह जीते और मरते हैं

कि जीवन का पता नहीं चल पाता है। क्या एक ओर डायमेंशन भी है ? क्या एक और यात्रा-पथ भी है ? क्या कोई एक और आयाम भी है, जहाँ हमारी चेतना यात्रा करे ? जहाँ मृत्यु न हो, क्योंकि,

जीवन वहीं हो सकता है, जहाँ मृत्यु न हो।

जहाँ मृत्यु है वहाँ जीवन का सिर्फ़ भ्रम हो सकता है।

जैसे पानी में किसी वृक्ष की छाया बनती है। पानी ज़रा कँप जाता है तो छाया खो जाती है। खो जाना बताता है कि मीडियम, जिसमें प्रतिबिंब बनता है, वह कँप गया, असमर्थ हो गया, टूट गया, बिखर गया और प्रतिबिंब फ़ौरन खो जाता है। जैसे एक चाँद, एक झील में, झलक रहा हो। कई बार तो ऊपर के चाँद से भी झील का चाँद सुंदर लगता है। असल में, प्रतिबिंब बड़े सुंदर लगते हैं। जितना झूठ हो, उतना सुंदर लगता है। जितना असत्य हो, उतना सुंदर लगता है। इसलिए तो कविताएँ इतनी सुंदर लगती हैं। इसलिए तो सपने इतने प्यारे और मीठे लगते हैं। इसीलिए तो कुछ लोग आँख बंद करके सपने देखने में ही जीवन बिता देते हैं। लेकिन कितना ही सुंदर चाँद का प्रतिबिंब झील की छाती पर बने, प्रतिबिंब ही है, रिफ़्लेक्शन ही है। ज़रा झील कँप जाएगी, भाप में उड़ जाएगी और प्रतिबिंब खो जाएगा। अगर हम इसको ही चाँद समझ लें, तो समझो कि चाँद खो गया, चाँद नष्ट हो गया। एक चाँद और भी है, जो आकाश में है—दूर है।

जिसे हम शरीर कहते हैं, वह केवल मीडियम है, जीवन की अभिव्यक्ति का माध्यम है। वह मरेगा, उसकी घड़ी चल रही है उसका यंत्र चल रहा है, वह यंत्र ही है। शरीर एक मैकेनिज़्म ही है। बिल्कुल यंत्र है, प्रकृति से पैदा हुआ यंत्र। आज नहीं कल, हम भी वैसा यंत्र बना लेंगे, और हो सकता है, प्रकृति से अच्छा बना लें। क्योंकि प्रकृति को हज़ारों-लाखों वर्ष लगते हैं प्रयोग करने में, तब सुधार कर पाती है। आदमी जल्दी कर लेता है। हम उससे अच्छा यंत्र बना लें, जो ज़्यादा चले, यह हो सकता है; लेकिन होगा वह यंत्र ही। जो चल रहा है भीतर, जो प्रतिफलित हो रहा है, जो जीवन है, वह उस यंत्र के साथ एक नहीं है। लेकिन उसका हमें कोई स्मरण नहीं आ रहा है। हम इस यंत्र के साथ जीकर ही समाप्त हो जाते हैं। मरते वक़्त शायद समझते होंगे कि मैं मर रहा हूँ क्योंकि इस यंत्र को हमने अपना होना समझ रखा है।

तो पहली बात आपसे यह कहना चाहता हूँ कि जन्म के साथ मिलता है माध्यम, मीडियम, इंस्ट्रूमेंट, साधन जीवन का, जन्म नहीं। यह जीवन तो कहीं पीछे है। अगर हम माध्यम से ही उलझ कर व्यर्थ हो गए, तो उससे चूक जाएँगे

जिसका यह माध्यम था और जिसे पाने-खोजने के लिए सार्थक हो सकता था। तो पहला सूत्र है जन्म को जीवन नहीं मान लेना। जैसा जन्म से जीवन मिल जाय, उससे संतुष्ट मत हो जाना। लेकिन हमें संतोष की बहुत बातें सिखायी गयी हैं। संतुष्ट होने के लिए बहुत कहा गया है। जो है, उससे संतुष्ट हो जाओ।

जो आदमी जो कुछ है, उससे संतुष्ट हो गया, तो वह आदमी कोई विकास नहीं करता है।

वह बीज होने से ही संतुष्ट हो गया है।

वृक्ष कभी नहीं होता है।

एक गहरा असंतोष चाहिए, जो है, उससे।

यह बुद्ध या महावीर या कृष्ण या क्राइस्ट या लाओत्से, इनको संतुष्ट आदमी समझने की भूल में मत पड़ जाना। इनसे ज़्यादा असंतुष्ट, इनसे ज़्यादा डिसकंटेंट से भरे हुए मनुष्य, पृथ्वी पर कभी पैदा ही नहीं हुए। हाँ, इनका असंतोष एक दिन इन्हें वहाँ ले गया जहाँ सब संतोष हो जाता है। वह दूसरी बात है। वह फल है, वह असंतोष का अंतिम फल है। वे असंतुष्ट हो गए अपने से इतना असंतुष्ट हो गए कि यह जो जीवन दिखायी पड़ता है, यह उन्हें ज़रा भी रसपूर्ण और अर्थ पूर्ण न रहा। जो बहुत बुद्धिमान हैं, उनको दिखायी पड़ जाता है कि कुछ छूट गया। देर की बात है, धोखे का सवाल नहीं है। जो मिट ही जाना है, वह मिट ही गया। इसमें फ़ासला सिर्फ़ समय का है। समय भागा चला जा रहा है। जल्दी ही वह घड़ी आ जाएगी, बात पूरी हो जाएगी।

बहुत असंतुष्ट लोग, अपने से असंतुष्ट, तथाकथित जीवन से असंतुष्ट, एक दिन उस जगह पहुँच जाते हैं, जहाँ परम तुष्टि मिलती है। लेकिन परम तुष्टि मानकर जो बैठ गए हैं। वे कहीं भी नहीं पहुँचते। वे अपनी परम तुष्टि में सिर्फ़ नष्ट होते हैं, समाप्त होते हैं और मरते हैं। संतोष कर लेना सुसाइडल है, आत्मघाती है। असंतुष्ट होकर एक दिन उस जगह पहुँच जाना है, जहाँ संतोष बरस जाता है, सारे जीवन पर। करना नहीं पड़ता; आ जाता है। बनाना नहीं पड़ता, साधना नहीं पड़ता, निर्मित नहीं करना पड़ता, घट जाता है। वीणा बजने लगती है; बजानी नहीं पड़ती। फूल खिल जाते हैं, खिलाने नहीं पड़ते। काग़ज़ के बाज़ार से ख़रीदकर नहीं लाने पड़ते; सुगंध उनकी फैलने लगती है। उस दिन हैपनिंग है। संतोष हैपनिंग है। संतोष प्रयास नहीं है; संतोष सदा असंतोष है। उपलब्धि, अंतिम उपलब्धि असंतोष की, अंतिम यात्रा पर, संतोष के फूल खिलते हैं। उनकी बात ही करने की ज़रूरत नहीं है, वे अपने-आप ही खिल जाते हैं।

लेकिन, सारी दुनिया को संतोष के पाठ ने मार डाला है। बिल्कुल मार डाला

है। हर आदमी संतुष्ट है। जो है, उससे संतुष्ट है। इसलिए जो हो सकता है, वह नहीं हो पा रहा है। तो पहली हुई यह बात कि जन्म से संतुष्ट नहीं होना है।

दूसरी बात यह है कि जीवन को बनाने की चेष्टा में, जीवन की खोज में सिद्धांत पकड़ लेने वाला आदमी बहुत उपद्रव में पड़ जाता है। जिस आदमी ने भी जीवन के बँधे-बँधाए, रेडीमेड सिद्धांत पकड़ लिए, वह आदमी उधार हो जाता है, वह आदमी कभी भी असंतुष्ट नहीं रह जाता। किसी ने अगर महावीर को पकड़ लिया तो चूक गया वह आदमी; ज़िंदगी उसे कभी नहीं मिलेगी। किसी ने बुद्ध को पकड़ लिया, तो मर गया वह आदमी; उसको ज़िंदगी कभी मिलनेवाली नहीं है। क्योंकि बुद्ध को, जीवन का अनुभव, नितांत उनका अनुभव है। वह अनुभव आप नहीं दोहरा सकते हैं।

आपका अनुभव नितांत आपका होगा।

कोई बुद्ध उसको नहीं दोहरा सकता।

जीवन का अनुभव रिपीट, पुनरुक्त नहीं होता।

जीवन का अनुभव सदा मौलिक और औरिजनल है। जब आपको होगा, तो वह ऐसा होगा जैसा न कभी हुआ, न कभी हो सकता है। सिद्धांत सिखाए होते हैं कि अगर जीवन पाना हो, तो ऐसे नियम ऐसे सिद्धांत, उनको मानकर चलें।

सिद्धांत बड़े धोखे की दुनिया है। सिद्धांतवादी आदमी से थोथा आदमी होता ही नहीं। झूठा आदमी होता है। वह आदमी होता ही नहीं असली, क्योंकि वह सिद्धांतों को पकड़कर, ज़िंदगी को एक ढाँचे में ढाल लेता है। ज़िंदगी असली हो, तो किसी ढाँचे में कभी नहीं ढलती। वह चूक जाता है। सिद्धांतवादी आदमी पैटर्न में, ढाँचे में मुर्दा हो जाता है। लेकिन हम तो सिद्धांतवादी आदमी का बड़ा आदर करते रहे हैं। हमारे मन में बड़ा भाव है कि सिद्धांत होने चाहिए, कि ज़िंदगी को पाने के सिद्धांत क्या हैं, ध्यान रहे सिद्धांतों की कुछ बुनियादी ख़ूबियाँ हैं, ख़तरनाक ख़ूबियाँ हैं।

पहली ख़ूबी तो यह है कि सिद्धांत सीधे-साफ़ होते हैं, और ज़िंदगी बहुत जटिल है। सीधे-साफ़ बिल्कुल नहीं हैं। एक दार्शनिक के पास कोई आदमी गया। उसे कार चलाने का शौक़ है, और तेज़ी से चलाने का शौक़ है। जब ज़िंदगी में और कोई तेज़ी न रह जाय तो इस तरह की फ़िज़ूल तेज़ियाँ आदमी खोज लेता है। जब ज़िंदगी में कोई कुछ तेज़ी न हो, ज़िंदगी मुर्दा हो, तो ड्राइव करने में तेज़ी का मज़ा ले लेता है। ये बेमानी तेज़ियाँ हैं, कहीं पहुँचाती नहीं हैं। कितनी ही तेज़ कार चलाओ, कहाँ पहुँच जाना है ?

वह, उस दार्शनिक से पूछने गया, 'मुझे बड़ा डर लगता है, मैं बहुत तेज़ गाड़ी

चलाता हूँ। आप बड़े ज्ञानी हैं। मैं आपसे पूछने आया हूँ कि कोई ख़तरा तो नहीं है?'

उस दार्शनिक ने कहा, 'ख़तरा कोई भी नहीं है। सिद्धांत तुम्हें समझा देता हूँ। अगर तुम तेज़ गाड़ी चलाओगे, तो दो संभावनाएँ हैं—या तो टकराओगे, या नहीं टकराओगे। अगर नहीं टकराए, तो कोई ख़तरा नहीं है। अगर टकराए, तो दो संभावनाएँ हैं— या तो चोट खाओगे, या नहीं खाओगे अगर नहीं चोट खायी तो ख़तरा नहीं है, अगर चोट खायी तो दो संभावनाएँ हैं— या तो मर जाओगे या बच जाओगे। अगर बच गए तो कोई ख़तरा नहीं है, अगर मर गए तो ख़तरे का सवाल ही नहीं है।'

लेकिन ज़िंदगी इतनी सरल नहीं है। आदमी चोट खा सकता है और बच सकता है। गणित के फ़ार्मूले में सोचनेवाले ऐसा ही सोच लेते हैं। इस तरह ज़िंदगी को तोड़ देते हैं, काले अँधेरे में, 'अ' और 'ब' में, और दो हिस्से खड़े कर देते हैं। ज़िंदगी में न सिर्फ़ अँधेरा है, न सिर्फ़ उजाला है। ज़िंदगी ग्रे (न काली, न गोरी) है। ज़िंदगी में न 'अ' है, न 'ब' है। ज़िंदगी में 'अ' और 'ब' एक ही चीज़ के दो नाम हैं। ज़िंदगी बहुत जटिल है, बहुत कंपलेक्स है। ज़िंदगी बहुत गहरा उलझाव है। इतनी सीधा-साफ़ नहीं है, जितने गणित के फ़ार्मूले होते हैं कि दो और दो चार होते हैं। ज़िंदगी में कभी दो और दो चार होते भी हैं, और कभी नहीं भी होते हैं। कभी दो और दो पाँच भी हो जाते हैं, और कभी दो और तीन भी रह जाते हैं। ज़िंदगी बहुत कठिन है। ज़िंदगी सीधा गणित नहीं है।

लेकिन सिद्धांत ज़िंदगी को बिल्कुल सीधा, साफ़-सुथरा बना देते हैं और हमें बहुत जंच जाते हैं। बुद्धि को बहुत जँच जाते हैं कि सिद्धांत बिल्कुल ठीक है पाँच बजे सुबह उठ जाओ, ब्रह्म-मुहूर्त में, तो ब्रह्म ज्ञान हो जाएगा। अभी तक किसी को हुआ नहीं है कि यह खा लो, यह मत खाओ, कि ये कपड़े पहनो, ये मत पहनो, कि घर में रहो, कि आश्रम में रहो, कि यह किताब पढ़ो, वह मत पढ़ो। सिद्धांत बहुत तोड़कर साफ़-साफ़ नक्शे में खड़ा कर देते हैं कि यह करो, यह मत करो। और जो सिद्धांतों को पकड़ लेता है, बाहर के और सिद्धांतों में अपने को ढालने लग जाता है, वह धीरे-धीरे आटोमेटा हो जाता है, एक यंत्र हो जाता है, आदमी नहीं रह जाता है। इसीलिए जिसको हम डिसिप्लिंड आदमी कहते हैं, एक बिल्कुल अनुशासित आदमी, वह मुर्दा आदमी होता है; ज़िंदा आदमी नहीं होता। वह घड़ी पर चलता है, घड़ी पर उठता है, घड़ी पर बैठता है, उसका सब काम बँधा-बँधा है। सब पटरी पर दौड़ता है, जैसे रेलगाड़ी के डब्बे दौड़ते हैं। कभी भी नीचे नहीं उतरते हैं। पटरी पर दौड़ते चले जाते हैं। पर ज़िंदगी की कोई पटरी

नहीं है। लोहे की पटरियाँ नहीं हैं वहाँ। ज़िंदगी नदी की धारा की तरह है। पटरियाँ बिल्कुल नहीं हैं। अनजान-अपरिचित रास्तों से गुज़रना पड़ता है। मार्ग भी बदल जाता है। वर्षा आती है, नदी बड़ी हो जाती है; धूप आती है, नदी छोटी भी हो जाती है। सूख भी जाती है? समुद्र भी बन जाती है। सब है ज़िंदगी में और बँधी पटरियाँ नहीं हैं लोहे की, लोहे के डब्बे नहीं हैं।

लेकिन सिद्धांतवादियों ने ज़िंदगी को एक ढाँचा और एक पैटर्न देने की कोशिश की है। इसकी वजह से बहुत लोग ज़िंदगी से टूट जाते हैं। ख़याल ही नहीं रहता कि हम यह क्या कर रहे हैं? जितना आदमी आदतों को मज़बूत कर लेता है और सुनिश्चित हो जाता है, उतना ही एक ढाँचे में घूमने लगता है, कोल्हू के बैल की तरह। रोज़ वक़्त पर उठ जाता है, रोज़ वक़्त पर सो जाता है, वक़्त पर किताब पढ़ लेता है, वक़्त पर प्रार्थना कर लेता है, वक़्त पर प्रेम कर लेता है। सब बँधा हुआ हिसाब है। सब वक़्त पर कर लेता है। सब काम ढंग से कर लेता है, नियम से कर लेता है और सोचता है कि पा ली ज़िंदगी बहुत बढ़िया है।

मगर ज़िंदगी बहुत अराजक है। ज़िंदगी बहुत अनार्किक है। जीवन ऐसी सुनिश्चित बात नहीं है। ऐसा लकीर का फ़कीर, ऐसे कोई ज़िंदगी को नहीं चाहता। फिर भी सिद्धांत, पहली बात, हमेशा सरल है। ज़िंदगी जटिल है और सिद्धांत सदा उधार हैं। ज़िंदगी हमेशा अपनी है सिद्धांत सदा दूसरे के हैं। ज़िंदगी मेरी है और ध्यान रहे, जो एक आदमी के लिए अमृत है वह सिद्धांत दूसरे के लिए अक्सर ज़हर होगा। क्योंकि एक आदमी जैसे दो-चार आदमी नहीं है। अब महावीर को नग्न खड़ा होना आनंदपूर्ण होगा। उनकी मौज; खड़े रहे। लेकिन कुछ पागल, दो-तीन हज़ार वर्षों से नग्न खड़े होने का अभ्यास कर रहे हैं।

मेरे एक मित्र हैं। वह भी नग्न मुनि होने के किसी क्षण में संलग्न थे। मैं एक बार उनके आश्रम के पास से गुज़र रहा था, तो गाड़ी रोककर कहा कि जाऊँ, उनको देख आऊँ, कहाँ तक गति हुई? झोंपड़ा जंगल में है। उनको पता नहीं होगा कि कोई आता है। खिड़की से मैंने देखा, वे नंगे टहल रहे हैं। दरवाज़े पर दस्तक दी तो चादर लपेटकर आए।

मैंने उनसे पूछा, 'खिड़की से मेरा ख़याल पड़ता है आप नंगे थे, और अब आप चादर लपेटकर आ गए। बात क्या है?'

उन्होंने कहा, 'मैं नंगे होने का अभ्यास कर रहा हूँ। पहले अपने ही कमरे में नंगे होने का अभ्यास करूँगा, फिर दो-चार मित्रों के बीच, फिर गाँव में, फिर बड़े राजपथ पर। मुश्किल पड़ती है नंगा होने में।'

मैंने उनसे पूछा, 'तुमने कभी सुना है कि महावीर ने नंगे होने का अभ्यास

किया हो ? कब वस्त्र गिर गए हैं, यह पता भी नहीं चला होगा। नग्नता आदी होगी, यह दूसरी बात है। एक आदमी इतना सरल हो गया होगा, इतना इन्नोसेंट हो गया होगा, इतना निर्दोष हो गया होगा कि वस्त्रों की ज़रूरत न रही होगी; वे गिर गए होंगे किसी दिन और पहनना भूल गया होगा, यह दूसरी बात है। लेकिन यह आदमी कनिंग है। यह आदमी चालाक है। यह व्यवस्था कर रहा है, नंगा होने का भी अभ्यास कर रहा है। तो, यह आदमी भी नंगा हो जाएगा, और हो सकता है महावीर से भी ज़्यादा व्यवस्थित नंगा हो जाय। उसके नंगेपन में एक मैथड होगा, सिस्टम होगा। निश्चित ही, उसके नंगेपन में एक ढंग होगा। महावीर का नंगापन बिल्कुल बेढंगा रहा होगा। न सोचा होगा, न सुना होगा, न विचारा होगा। ज़िंदगी हो गयी सरल। कपड़े किसी दिन छूट गए होंगे। पाया होगा, क्या ज़रूरत है ? बात ख़त्म हो गयी होगी। उस पर लौटकर सोचा भी नहीं होगा। इस आदमी का नंगापन बहुत व्यवस्थित होगा। अगर महावीर और इसको, दोनों का कंपीटीशन कराया जाय, यह जीत जाएगा। इसका अभ्यास है, इसने ट्रेनिंग ली है।

लेकिन कोई अभ्यास से नंगा हो सकता है ? अभ्यास किस बात का कर रहे हैं आप ? अभ्यास इसी बात का कर रहे हैं कि वह कपड़े जिसे छिपाते थे, अब अभ्यास से, अकड़ से, संकल्प से, कपड़ों का काम लेने की कोशिश कर रहे हैं। और क्या कर रहे हैं ? अब संकल्प के द्वारा कपड़ा जिसको छिपाता था, अब संकल्प से, हिम्मत से, अकड़ से, साहस से उसे छिपाने की कोशिश कर रहे हैं। लेकिन छिपाने की कोशिश जारी रहेगी। और यह हो सकता है कि नंगा कोई अभ्यास से हो जाएगा। लेकिन यह सर्कस का नंगापन होगा, यह संन्यासी का नंगापन न होगा।

महावीर के लिए नग्नता एक मौज रही होगी, नग्नता एक आनंद रहा होगा। बुद्ध को नंगापन नहीं है मौज। तो कोई ज़रूरी है कि बुद्ध नंगे खड़े हों ? बुद्ध का जो ठीक है, वह वैसा जीते हैं। क्राइस्ट को जो ठीक है, वह वैसा जीते हैं। अपना-अपना जीवन है, अपनी-अपनी आत्मा है, अपना-अपना भीतर गहरा व्यक्तित्व है।

सिद्धांत मारे डालते हैं व्यक्ति को। सिद्धांत होते हैं दूसरों के व्यक्तित्व पर निर्मित, और मैं बिल्कुल अलग आदमी हूँ। मैं किसी को अगर आधार बनाकर जीने की कोशिश करूँगा तो मैं नक़ली हो जाऊँगा, कार्बन कॉपी हो जाऊँगा। मैं असली नहीं रह जाने वाला हूँ। वैसे तो कार्बन कॉपी भी पढ़ने में बड़ी तकलीफ़ देती है और कार्बन कॉपी बड़े दिल को दुखाती है। कोई कार्बन कॉपी करके पत्र

आपको भेज दे, तो फाड़ देने का मन होता है। तब कार्बन कॉपी होना आदमी को बहुत ही दुःखद हो जाता है, बहुत ऊबानेवाला हो जाता है।

सारी मनुष्यता को धीरे-धीरे कार्बन कॉपी होने का रोग पकड़ा हुआ है। किसी-न-किसी को कहाँ से कैसा जिएँ, किससे हम सीखें, किस महात्मा को हम पकड़ें, किस गुरु को पकड़ें किस तीर्थंकर को, किस अवतार को, और पकड़ कर हम कैसे जिएँ? हम सबको ख़याल ही नहीं है कि कृष्ण एक तरह के आदमी हैं। अगर कृष्ण बुद्ध को पकड़ लें तो मर जाएं। अगर बुद्ध कृष्ण को पकड़ लें तो क्या हालत हो, पता है? हम सोच ही नहीं सकते!

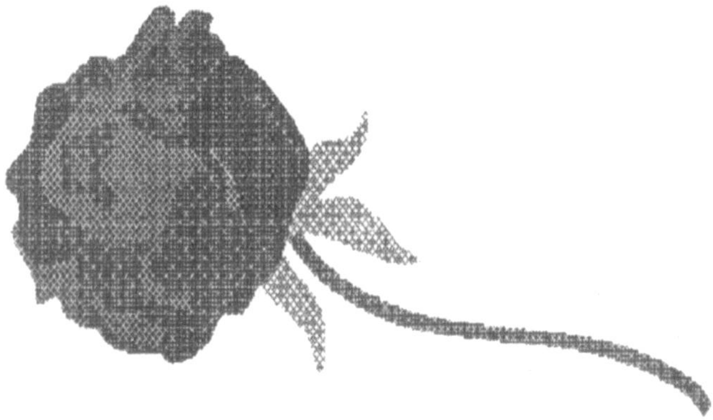

५. सामूहिक जीवन

सामूहिक जीवन निर्मित नहीं होता, अकारण यह ख़याल बहुत लोगों को है।

एक मुहल्ला है, जिसमें दो सौ परिवार रहते हैं। तो दो सौ क़िस्में बनाए हुए हैं, जो निहायत मूर्खता है। दो सौ परिवारों का काम तो दस-पाँच स्त्रियाँ कर सकती हैं, लेकिन दो सौ स्त्रियाँ पूरी ज़िंदगी इसमें ख़राब कर रही हैं। जो दस या पाँच स्त्रियाँ— अगर सम्मिलित स्थिति हो, सामूहिक क़िस्म हो तो पाँच स्त्रियाँ, दस स्त्रियाँ सम्हाल लेंगी और एक सौ नव्वे स्त्रियों का श्रम बचेगा। उन्हें किसी दूसरे विषयों में उपयोग में लाया जा सकेगा। लेकिन आधी ज़िंदगी, हमारा आधा टुकड़ा स्त्रियों का तो सिर्फ़ खाना बनाने, बर्तन साफ़ करने में व्यय होता है। क्योंकि हर आदमी ने घर-घर में प्राइवेट इंतज़ाम करने की फ़िक्र कर रखी है—जबकि प्राइवेट इंतज़ाम करना महँगा है बहुत। अगर दो सौ परिवार का इकट्ठा हो सके इंतज़ाम तो बहुत सस्ता होगा। दो सौ परिवारों का अलग-अलग होगा तो बहुत महँगा होनेवाला है। इसी तरह बहुत-सी मूर्खताएँ हैं।

आज से कोई हज़ार साल पहले, पाँच सौ साल पहले, एक-एक घर में आदमी अपने बच्चे के पढ़ने का इंतज़ाम करता था। वह बहुत महँगा था। कभी भी सारी

दुनिया शिक्षित नहीं हो सकती थी उस ढंग से, क्योंकि ग़रीब आदमी तो इंतज़ाम कर ही नहीं सकता था। जो आदमी एक शिक्षक को घर में लगा सके, दो-चार शिक्षकों से घर पर ट्यूशन लगवा सके, वही बच्चे को पढ़ा सकता था। तो राजाओं के लड़के, पैसे वालों के लड़के पढ़ सकते थे, ग़रीब का लड़का कैसे पढ़ सकता था ? तभी तो कम्यूनिटी टीचिंग शुरू हो गयी। एक स्कूल में सारे गाँव के लड़के पढ़ने लगे, इसलिए संभव हुआ कि ग़रीब का लड़का भी पढ़ ले। जिस दिन कम्यूनिटी किचिन शुरू होगी, उसी दिन यह संभव होगा कि सबका पेट भर जाय क्योंकि वह बहुत सस्ता पड़ सकता है। रहने की भी सारी व्यवस्था अत्यंत अवैज्ञानिक है। नगर जो हैं, वे भी अवैज्ञानिक हैं। उनकी बनावट का ढंग जो है, वह व्यर्थ है। समय को जाया करवाने वाला, परेशान करने वाला है।

इस तरह की कल्पनाओं पर काफ़ी ज़ोर दिया जाना चाहिए। नगर की व्यवस्था तो ऐसी होनी चाहिए कि कहीं से भी कोई चले वह कम-से-कम समय में कहीं भी पहुँच सके। आज की वैज्ञानिक दुनिया में यह संभव है। इसकी प्लानिंग पर सारी बात निर्भर करेगी। अगर सामूहिक इंतज़ाम किया जा सके तो बहुत बड़े परिवर्तन होंगे। अब बच्चों को स्कूल में पढ़ाने की हमें कोई दिक़्क़त नहीं है। लेकिन, आज भी यह बात हमारी कल्पना के बाहर है कि बच्चे सामूहिक रूप से बड़े भी हों। अभी यह हमारी कल्पना के बाहर है। सामूहिक रूप से शिक्षा देने लगे हैं तो सबको शिक्षा मिल गयी। लेकिन जिस दिन बच्चे सामूहिक रूप से बड़े हों, उस दिन सैकड़ों तरह की बीमारियों से उन्हें बचाया जा सकता है, जो कि अलग-अलग पालकर हम नहीं बचा सकते हैं, क्योंकि माँ-बाप इतने शिक्षित नहीं हैं। सामूहिक रूप से बच्चों के लिए अच्छे-से-अच्छे डॉक्टर का इंतज़ाम हो सकता है, जोकि अलग-अलग इंतज़ाम करना असंभव है।

और भी बहुत-से मनोवैज्ञानिक प्रश्न हैं। जब हम बच्चों को अपने-अपने घरों में पालते हैं तो जाने-अनजाने परिवार उनके जीवन का केंद्र बन जाता है। राष्ट्र केंद्र नहीं बनता, न समाज केंद्र बनता है। उन्हें चिंता इस बात की होती है कि मेरे पिता को अगर सुविधा मिल जाय तो पर्याप्त है। पड़ोसी का पिता भी उतना ही बूढ़ा हो गया है और उसको भी कोई सुविधा मिले, इसका सवाल नहीं है। मेरी माँ को अच्छा कपड़ा मिल जाय, ठीक है। पड़ोसी की माँ भी बूढ़ी हो गयी है, उसको भी ज़रूरत है सहारे की, सहयोग की, कपड़े की, रोटी की; उसकी कोई सुनता नहीं है। असल में जो कांशसनेस है हमारी वह संकीर्ण हो जाती है। यह हम तभी तोड़ पाएँगे, जब हम बच्चों को ऐसे सामूहिक ढंग से बड़ा करें कि उनमें जो भाव पैदा हो, अगर वह पिता के प्रति भाव पैदा हो तो नगर के सब वृद्ध लोगों के प्रति पैदा

हो। अगर माँ के लिए भाव पैदा हो तो नगर की सब वृद्धाओं के प्रति पैदा हो, अगर बहन का भाव पैदा हो तो नगर की सब स्त्रियों के लिए पैदा हो। अगर भाई-भाव पैदा हो नगर के सारे लोगों के प्रति पैदा हो। लेकिन वह तभी होगा। अभी कैसे हो सकता है ! अगर हम पचास साल पीछे लौट जाएँ तो संयुक्त परिवार था। उसमें काका के पाँच काकाओं के लड़के थे। खुद के भाई थे, काकाओं के लड़के थे, लड़कियाँ थीं। उन सबके बीच एक भाईचारे का भाव था। वह फ़ैमिली में और छोटा हो गया। आज काका के लड़के के साथ वह संबंध नहीं है जो आज से पचास साल पहले था, क्योंकि तब बच्चे उनके साथ बड़े होते थे। उसे पता ही नहीं चलता था कि कौन अपना-पराया है, वे सब हमारे हैं।

अगर आज नहीं कल कम्यूनिज़्म पर ज़ोर हो और एक हिस्से के हज़ार लोगों का परिवार अपने बच्चों को इकट्ठा पाले और इकट्ठा बड़े होने दे तो फ़ैमिली कांपैक्ट की जो बीमारियाँ हैं हमारे दिमाग़ की, वे ख़त्म हो जाएँगी। तभी समाज की पूरी धारणा पैदा हो सकती है, नहीं तो समाज की धारणा ही पैदा नहीं होगी। समाज की धारणा तभी पैदा हो सकती है जब समाज के प्रत्येक वृद्ध के प्रति मेरे मन में वह भाव हो, जो मेरा अपने पिता के प्रति है। प्रत्येक नए बच्चे के प्रति पूरे समाज का वह भाव हो जो किसी को अपने बच्चे के प्रति है।

यह अभी संभावना है। यह अभी कल्पना में कोई दो-तीन सौ वर्षों से अनेक लोगों के दिमाग़ में यह बात चल रही है। लेकिन वह पूरी नहीं हो पाती, क्योंकि उसके पीछे जो वैचारिक पृष्ठभूमि चाहिए और वह जो दृष्टि चाहिए कि दोष कहाँ पैदा हो रहा है। वह पैदा नहीं हो पा रही ।

कल ही मैं बात कर रहा था। मनौवैज्ञानिक कहते हैं कि अगर एक बच्चे को एक ही स्त्री के पास पाला जाय, और आमतौर से पाला जाता है। अपनी माँ के पास बच्चा बड़ा हो, तो वह बचपन से एक स्त्री को जानता है। एक ही स्त्री के शरीर को जानता है, एक ही स्त्री के प्रेम को जानता है। बड़ा होते-होते एक उसी स्त्री की प्रतिगा और उसका प्रेम, दोनों उसके चित्त में संयुक्त हो जाते हैं। मनौवैज्ञानिक कहते हैं, उसके अचेतन चित्त में वह इस तरह छा जाती है कि वह जीवन-भर जिस पत्नी की तलाश कर रहा है, वह ऐसी होनी चाहिए जैसी उसकी माँ थी। यह होना असंभव है, क्योंकि उसकी माँ-जैसी कोई दूसरी स्त्री पृथ्वी पर नहीं है। जो भी पत्नी उसे मिलेगी, उसी पत्नी से कलह शुरू होनेवाली है। क्योंकि, उसकी अपेक्षा की जो स्त्री है, उस स्त्री को उसने माँ जाना है। उसके दिमाग़ में (नियत बिंब) उस स्त्री की फ़िक्स्ड इमेज है। वह उसी स्त्री की तलाश कर रहा है। अब वह स्त्री मिलनी नहीं है। इसीलिए पति और पत्नी सारी दुनिया में धक्के खा रहे

हैं। उनके धक्के का बुनियादी कारण यही है कि बच्चे को एक स्त्री के पास पालेंगे, तब तक स्त्री और पुरुष के बीच हम कभी भी अच्छे संबंध पैदा नहीं करवा सकते। क्योंकि, बच्चे की एक स्त्री की माँग निश्चित हो गयी है। वही स्त्री उसको तृप्ति नहीं दे सकती। माँ-जैसी स्त्री खोजी कहाँ से जाय? उसे भी पता नहीं है कि वह अपनी पत्नी से माँ की अपेक्षाएँ कर रहा है। फिर माँ की अपेक्षा में बड़ी गहरी ख़तरनाक बातें हैं।

बच्चा पैदा हुआ तो बच्चा इतना छोटा होता है कि उससे तो प्रेम माँगा नहीं जा सकता, सिर्फ़ दिया जा सकता है। तो माँ सिर्फ़ प्रेम देती है और बच्चा प्रेम लेता है, बच्चे की ओर से देने का सवाल ही नहीं उठता कभी। जब वह बड़ा होता है, तो शादी करता है और अपनी पत्नी से भी प्रेम माँगता है, देता-वेता नहीं है। पत्नी भी प्रेम माँगती है। प्रेम माँगने वाले दो जहाँ इकट्ठे हो जाएं, वहाँ कलह होनी निश्चित है। यहाँ सवाल तो है देने वाले का। और अगर मैं भी मागूँ और आप भी माँगें और दोनों में से कोई देने को राज़ी नहीं है और माँगने को दोनों तैयार हैं, तो कलह होनी निश्चित है। तो माँ के पास बच्चे को पालना बड़ा ख़तरनाक है। अब इसका मतलब यह हुआ कि हमें और कोई दूसरा इंतज़ाम करना चाहिए, नहीं तो पति और पत्नी का जीवन कभी सुखी होने वाला है ही नहीं। वह हो ही नहीं सकता। संयोग से सौ में एकाध घटना घट जाय, वह बिल्कुल दूसरी बात है। उससे कोई नियम नहीं बनता। लेकिन निन्यानवे मौक़ों पर पति-पत्नी का जीवन कलह का, संघर्ष का, परेशानी का है। वजह यही है। कि दोनों की समझ में नहीं आता कि क्या परेशानी है क्या कठिनाई है।

इधर मेरी दृष्टि इस बाबत है और मैं ऐसा सोचता हूँ कि—और अभी मैंने किबुल्ज का नाम लिया इज़रायल में। वहाँ उन्होंने थोड़ी फ़िक्र की है इस बात के लिए कि छोटे बच्चे नर्सरीज़ में पाले जाएं। और नर्सरीज़ में एक नर्स को तीन महीने से ज़्यादा किसी बच्चे की देख-रेख में नहीं रहने देते। हर तीन महीने में नर्स बदल जाएगी और यह सिस्टम बदलता रहेगा। सिर्फ़ इसलिए कि बच्चे के दिमाग़ में एक स्त्री की इमेज तय न हो जाय। उसको बड़े होते-होते दस-पचास सौ स्त्रियों का प्रेम मिलना चाहिए। यानि, उसके मन में स्त्री के प्रति प्रेम तो पैदा हो, लेकिन किसी ख़ास स्त्री के प्रति प्रेम का बंधन न हो जाय। तो, बदलती हुई इमेज चाहिए, ताकि जब वह शादी करे तो उसके मन में जो धुँधला-सा चित्र था, वह इस पत्नी को घेर न ले और इस पत्नी से उसका तय हो जाय। लेकिन माँ के पास पले हुए बच्चे के हृदय में बहुत सुनिश्चित धारणा स्त्री की बनती है और यह बड़ी ख़तरनाक है।

तो यह जो हमारे जीवन की—चाहे परिवार की, चाहे दांपत्य की, जितनी उलझनें हैं, उन उलझनों को बहुत रूपों में जब तक वैज्ञानिक ढंग से हल करने की कोई कोशिश नहीं करते, तब तक बहुत मुश्किल है। जैसे, जो, हम खाना खा रहे हैं, वह अवैज्ञानिक है, जबकि वह वैज्ञानिक हो सकता है। उससे हम कितनी तकलीफ़ें झेल रहे हैं जिनका कोई हिसाब नहीं है, लेकिन उनपर कोई विचार करने को भी राज़ी नहीं है। शरीर में अगर एक तत्त्व कम हो जाय तो सारे व्यक्तित्व में, जिसको आत्मा कहते हैं, उस तक में परिणाम होने वाले हैं।

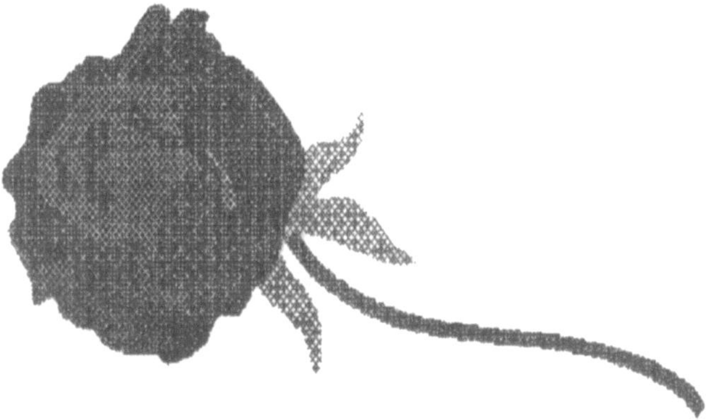

६. अंतर की खोज

मेरे प्रिय आत्मन्,

एक बहुत बड़ी राजधानी में, बड़े राजपथ पर हज़ारों लोगों की भीड़ थी। एक बड़े महल में आग लग गयी थी और महल जलने की आख़िरी हालत में था। उसकी लपटों ने सारे नगर के लोगों को उस महल के आस-पास इकट्ठा कर दिया है। महल का मालिक द्वार के पास खड़ा है, क़रीब-क़रीब बेहोश। सैकड़ों लोग मकान के भीतर से समान ला रहे हैं। अंततः सामान लाने वाले लोगों ने मकान के मालिक को पूछा, 'और कुछ तो भीतर नहीं रह गया है?' अंततः हम एक बार और जा सकते हैं। लपटें आख़िरी जगह पहुँच गयी हैं, दुबारा मकान के भीतर जाना संभव नहीं होगा। तिजोरियाँ निकल आयी हैं, कीमती काग़जात निकल आए हैं, फ़र्नीचर निकल आया है, छोटी-छोटी चीज़ें भी निकल आयी हैं।'

उस भवनपति ने कहा, 'मुझे कुछ भी याद नहीं पड़ता। तुम जाओ और जो और बचा स्रको, बचा लो।'

वे लोग भीतर गए और छाती पीटते हुए, रोते हुए बाहर आए। साथ में एक लाश लेकर आए। उस भवनपति का इकलौता बेटा भीतर ही सोता रह गया। वे

सब सामान बचाने में लग गए और इस सामान का असली मालिक भीतर ही रह गया। वह जल गया और मर गया।

हज़ारों लोगों की भीड़ में एक संन्यासी भी खड़ा था। उस संन्यासी ने अपनी डायरी में लिखा है कि जैसा आज मकान में हुआ है, वैसा आज सभी मकानों में हो रहा है। मकान में रहने वाला तो मरता जा रहा है, मकान का सामान बचाया जा रहा है। सारी ज़मीन पर ऐसा हो रहा है। सामान बढ़ रहा है, और आदमी मर रहा है। सामान बच रहा है और आदमियत समाप्त हो रही है। संपति बढ़ रही है और संपति को बढ़ाने वाला व्यक्ति नष्ट होता चला जा रहा है।

अभी एक मित्र ने कहा, 'हम चाँद पर पहुँच रहे हैं।' चाँद पर हम ज़रूर पहुँच गए हैं लेकिन आदमी जितनी दूर पहुँचता जा रहा है उतना ही स्वयं से दूर निकलता जा रहा है। ज़मीन पर ही हम अपने से बहुत दूर निकल गए हैं। चाँद पर अगर पहुँच गए हैं तो यह फ़ासला अपने से और दूर ले-जाने वाला होने को है। सब कुछ है आज पृथ्वी पर, सिर्फ़ आदमी नहीं है। हम पृथ्वी पर सब चीज़ें जमा लें, सब व्यवस्था कर लें, अगर आदमी खो गया तो हमारी व्यवस्था कोई भी काम में आने वाली नहीं है।

मैंने सुना है एक छोटे-से स्कूल में भूगोल का एक अद्‌भुत अध्यापक था। उसने दुनिया के नक़्शे के बहुत-से टुकड़े काट रखे थे। वह उन टुकड़ों को मिला देता और बच्चों से कहता कि दुनिया का नक़्शा जमाओ। बड़ा कठिन है दुनिया का नक़्शा जमाना। दुनिया बड़ी चीज़ है। एक घर को जमाना ही मुश्किल हो जाता है कि सारी दुनिया का नक़्शा जमाना बहुत ही मुश्किल है। कहीं मेडागास्कर कामस्चाटका पर पहुँच जाता, कभी टिंबकटू पेकिंग पहुँच जाता। छोटे-छोटे टुकड़े थे, जमाना तो बहुत मुश्किल था। लेकिन एक लड़का बहुत होशियार रहा होगा। उसने उन टुकड़ों को उलटकर देखा, और देखकर हैरान हुआ। इस तरफ़ दुनिया का नक़्शा था, उस तरफ़ आदमी की एक तस्वीर थी। उसने सब टुकड़े उलट दिए, आदमी की तस्वीर जमा दी। वह आदमी की तस्वीर कुंजी थी। पीछे आदमी की तस्वीर जम गयी, दूसरी तरफ़ दुनिया का नक़्शा जम गया। हम सारे लोग भी दुनिया का नक्शा जमाने में लगे हुए हैं। लेकिन वह जो कुंजी है, वह जो 'की' है दुनिया के नक़्शे को जमाने की, आदमी—वह आदमी बिल्कुल अस्त-व्यस्त हो गया है। उसका जमाना हम भूल गए हैं।

आदमी जम जाय तो दुनिया जम सकती है। आदमी ठीक हो जाय तो दुनिया ठीक हो सकती है। अगर आदमी भीतर से अराजक हो जाय, खंड-खंड हो जाय, अस्त-व्यस्त हो जाय तो हमारी दुनिया के जमने का कोई भी अर्थ नहीं हो सकता। न आज तक अर्थ हुआ ही है। हम ज़िंदगी का ज़्यादा समय दुनिया को जमाने में

नष्ट कर देते हैं। एक आदमी जितना अपने घर के फ़र्नीचर को जमाने के लिए चिंता उठाता है, उतनी उसने अपनी आत्मा को जमाने की भी चिंता कभी नहीं उठायी है। हैरानी होती है यह बात जानकर कि आदमी क्षुद्र के साथ कितना समय नष्ट करता है और स्वयं को बिल्कुल ही भूल जाता है जो विराट् है। क्या फ़ायदा? अगर सारी दुनिया भी जम जाय और आदमी न हो तो उस दुनिया का हम क्या करेंगे? जीसस ने पूछा है बाइबिल में—

सारी दुनिया का राज्य मिल जाय,
और अगर मैं स्वयं खो जाऊँ उस राज्य को पाने में,
तो ऐसी दुनिया को पाकर भी क्या करूँगा।

यही हुआ है। आदमी ने स्वयं को बेच दिया है। चीज़ें ख़रीद ली हैं बदले में। एक बड़ा महँगा सौदा हो गया है। हम सब भी वही महँगा सौदा किए चले जाते हैं। जन्म से लेकर मरने तक यह सौदा चलता है। अपने को बेचते हैं और सामान इकट्ठा करते हैं। एक दिन ऐसा हो जाता है कि सामान इकट्ठा हो जाता है, पड़ोस के लोग इकट्ठे होकर अर्थी को उठाकर मरघट ले जाते हैं। वह आदमी मर जाता है, जिसने इंतज़ाम किया था और उसके बेटों को भी यह नहीं दिखायी पड़ता। वे भी फिर उसी सामान को बढ़ाने में लग जाते हैं, और उनकी अर्थी भी एक दिन उठ जाती है।

जिसे हम मकान समझ रहे हैं।
वह सराय से ज्यादा नहीं है।

वहाँ थोड़ी देर ठहरना है और आगे निकल जाना है। कोई नासमझ ही होगा कि सराय को जमाने में इतना लग जाय कि खुद को खो दे और आगे मंज़िल भटक जाय। हममें से कई लोग सरायों में ठहरे होंगे, धर्मशालाओं में। लेकिन कोई धर्मशालाओं को जमाने में नहीं लग जाता। धर्मशालाओं में जाता है और आगे निकल जाता है। अकबर ने फ़तेहपुरसीकरी के एक पुल पर, पुल के द्वार पर लिखवाया था कि 'यह पुल है, यह पार हो जाने के लिए है, रुकने के लिए नहीं।' 'दिस इज़ दि ब्रिज, दिस इज़ टु पास, नाट टु स्टे।' यहाँ से पार हो जाना है, यहाँ रुक नहीं जाना है। जिसे हम ज़िंदगी समझ रहे हैं, वह सिर्फ़ एक सेतु है, एक ब्रिज है, जिससे हमें पार हो जाना है। और आगे; और आगे; उस पर रुक नहीं जाना है। लेकिन हम सब मकान बनाकर उस पर रुक गए हैं। हमने मज़बूत मकान बनाए हैं सीमेंट के, कंक्रीट के, पत्थरों के, कि हिल न सकें। हमें जाना पड़ेगा और मकान वहीं ठहरे रह जाएँगे। उन मकानों के साथ सारी व्यवस्था भी ठहरी रह जाएगी। लेकिन यह ख़याल नहीं आ पाता।

मैंने सुना है, एक सुबह एक सम्राट् के द्वार पर द्वारपाल से एक आदमी बहुत

झगड़ा कर रहा है। वह द्वारपाल से कह रहा है, 'मैं इस धर्मशाला में, इस सराय में ठहरना चाहता हूँ।'

वह द्वारपाल कह रहा है, 'आप पागल हो गए हैं? यह सराय नहीं है। सराय कहीं और खोजिए जाकर। यह राजा का महल है। राजा का निवास-स्थान है। इसे अगर दुबारा सराय कहा तो हथकड़ियाँ पड़ जाएँगी। यह कोई साधारण मकान नहीं है कि अपमान कर सको।'

मकान भी साधारण-असाधारण होते हैं। मकानों का भी अपमान-सम्मान होता है। लेकिन वह आदमी ज़िद्दी है। वह कहता है, 'तुम बीच से हटो। कौन है जिसे तुम कहते हो इस मकान का मालिक है? मैं उससे मिल लूँ।' वह द्वारपाल को धक्का देकर भीतर चला गया। सम्राट् ने उसकी आवाज़ सुन ली है, वह अपने दरबार में बैठा है। उसके दरबारी बैठे हैं। वह फ़क़ीर जाकर खड़ा हो गया है और कहता है, 'कौन वह पागल है जिसने इस मकान को अपना मकान समझ रखा है? वह ज़रा उठकर खड़ा हो जाय!'

उस सम्राट् ने कहा, 'तुम कैसी बदतमीज़ी की बातें कर रहे हो? थोड़ा शिष्टाचार का व्यवहार करो। तुम द्वारपाल से भी अभद्रता से पेश आए हो। लेकिन, वह बर्दाश्त किया जा सकता है। मैं सम्राट् हूँ!'

तो उसने कहा, 'आप ही शायद वह आदमी मालूम होते हैं जो इस भ्रम में पड़ गया है कि यह मकान उसका निवास-स्थान है। लेकिन मैं कुछ साल पहले आया था, तब इसी सिंहासन पर मैंने दूसरे आदमी को बैठे देखा था। वह आदमी इतने ही दावे से कहता था कि मैं इस मकान का मालिक हूँ।'

सम्राट् ने कहा, 'वह मेरे पिता थे। उनका इंतक़ाल हो गया है। वे जा चुके हैं दुनिया से।'

फ़क़ीर ने कहा, 'मैं उनके भी पहले आया था, तब एक दूसरा बूढ़ा, इसी सिंहासन पर बैठकर यह दावा करता था कि यह मेरा मकान है। वह कहां है? सम्राट् ने कहा, वह मेरे पिता के पिता थे। वे भी जा चुके हैं।

फ़क़ीर ने कहा, 'कुछ दिनों बाद मैं आऊँगा तो क्या पक्का भरोसा है कि तुम्हीं मुझे मिलोगे कि कोई और मिलेगा जो कहेगा कि यह मेरा मकान है? जिसके दावेदार बदल जाते हैं वह सराय है, वह धर्मशाला है, वह मकान नहीं है। वह मकान कैसे हो सकता है?'

मालकियत से ज़्यादा झूठी चीज़ इस पृथ्वी पर दूसरी नहीं है।

मालिक होने से ज़्यादा बड़ा पागलपन इस पृथ्वी पर दूसरा नहीं है। जो किसी भी चीज़ को अपना मालिक समझ रहा है, वह व्यर्थ के पागलपन में पड़ गया है। मालिक कोई भी नहीं है। एक समय था जब हम नहीं थे और सब था। वह भी

समय आएगा जब हम नहीं होंगे, और सब होगा। हमारे न रहने से कहीं भी एक पत्ता भी नहीं हिलेगा। कहीं भी कोई पीड़ा नहीं होगी। कहीं कुछ कमी नहीं हो जाएगी। सब चलता रहेगा—चलता रहेगा। लेकिन हम इतने ज़ोर से—जहाँ हमारी कोई मालकियत नहीं है—वहाँ मालकियत बनाने में लग जाते हैं कि सच में जो भीतर मालिक है, वह खो जाता है और भूल जाता है। उसका हमें पता नहीं रहता।

ठीक ही हुआ था उस राजधानी में। उस घर के लोगों ने सामान बचा लिया था और मालिक जल गया था। हम भी उसी राजधानी के निवासी हैं और हमारे मकानों में भी आग लगी है। ध्यान रहे, यह मत सोचना कि मकानों में आग दूसरों के लगती है। आदमी की बुनियादी भूलों में एक भूल यह भी है कि वह हमेशा यह सोचता है कि मकान जब जलता है, तब दूसरे का ही जलता है। हम तो कभी जलते नहीं।

आदमी की बुनियादी भूलों में से एक यह है कि
उसको लगता है कि जब कोई मरता है, तब दूसरा ही मरता है।
मैं तो कभी मरता नहीं।

आदमी सदा इस ख़याल में होता है कि सारी आग दूसरों के आस-पास लगी है, मैं बिल्कुल निश्चिंत हूँ। लेकिन, ज़िंदगी ही एक आग है और जन्म के बाद एक क्षण को भी आग बुझती नहीं है, लगी ही रहती है। आग दिन-रात जलाकर ज़िंदगी को राख करती चली जाती है। ऐसा नहीं है कि किसी एक दिन अचानक मौत आ जाती है और हम मर जाते हैं। मौत उसी दिन से आने लगती है जिस दिन हम पैदा होते हैं। जो हमारा जन्म का दिन है, वह मृत्यु का दिन भी है। मृत्यु कोई आकस्मिक घटना नहीं है। ग्रेजुअल एव्युलूशन है। वह भी ग्रोथ है, वह भी विकास है। जन्म के साथ ही बढ़ती रहती है, बढ़ती रहती है। जिसे हम जन्म-दिन कहते हैं, वह हमारी नासमझी का सबूत है। एक आदमी कहता है कि मेरा पचासवाँ जन्म दिन है। सच बात यह है कि उसे कहना चाहिए कि मेरा पचासवाँ मृत्यु-दिवस है। पचास साल मैं मर चुका। अब बीस साल और बचे हैं। इक्यावनवें साल एक साल और मर चुकूँगा और रोज़-रोज़ मरता जाऊँगा। फिर एक दिन मौत पूरी हो जाएगी।

मौत एक विकास है, जो रोज़ बढ़ता चला जा रहा है।
मौत बढ़ती है और हम समझते हैं कि ज़िंदगी बढ़ रही है।

मौत आती है और हम जन्मदिन मनाते चले जाते हैं। शायद आदमी अपने को धोखा देने की कोशिश करता है और सफल भी हो जाता है। रोज़ मौत क़रीब आती है और मनुष्य हर साल नया जन्मदिन मनाता चला जाता है। आदमी बहुत

धोखेबाज़ है। अपने आँसुओं के ऊपर मुस्कान छा देता है। गंदगी के ऊपर फल लगा देता है। झूठ के ऊपर सफ़ेद कपड़े पहना देता है। अँधेरे के चारों तरफ़ दीए जला देता है। हम ज़िंदगी-भर यह धोखा देते रहते हैं। लेकिन यह धोखा किसको हम दे रहे हैं? कौन इस धोखे में पड़ेगा? इस धोखे में मैं ही खो जाऊँगा।

दुनिया में दो ही तरह के लोग हैं—एक वे, जो अपने को धोखा दे रहे हैं; और दूसरे वे, जो अपने को धोखा नहीं दे रहे हैं। मैं उन लोगों को धार्मिक लोग कहता हूँ जो अपने को धोखा नहीं दे रहे हैं, जो ज़िंदगी के तथ्यों को सीधा और साफ़ देख रहे हैं। उन लोगों को अधार्मिक कहता हूँ, जो अपने को धोखा देने में लगे हुए हैं। आपने सदा सुना होगा, हम उस आदमी को अधार्मिक कहते हैं, जो दूसरे को धोखा देता है। मैं उस आदमी को अधार्मिक कह रहा हूँ, जो अपने को धोखा देता है। मज़े की बात यह है कि जो अपने को धोखा नहीं देता, वह दूसरे को धोखा दे ही नहीं सकता। दूसरे को धोखा तो बाद में ही दिया जा सकता है, जब अपने को धोखा दे दिया गया हो। दूसरे को धोखा देना तभी संभव है, जब अपने को धोखा दिया गया हो, नहीं तो संभव नहीं है।

बड़े-से-बड़ा धोखा क्या है? बड़े-से-बड़ा धोखा यह है कि हमने समझा है कि ज़िंदगी बाहर है। इसलिए मकान बनाते हैं, बग़ीचा लगाते हैं, सामान इकट्ठा करते हैं। हम सोचते हैं कि ज़िंदगी बाहर है तो बाहर फूल खिलें, इसकी व्यवस्था करते हैं। हमें पता ही नहीं कि ऐसे भी फूल हैं, जो भीतर भी खिलते हैं। हमें पता ही नहीं है कि ऐसी भी हवाएँ हैं जो भीतर भी बहती हैं। प्रकाश के लट्टू हम बाहर ही लटकाते रहेंगे और हमें ऐसा पता ही नहीं है कि ऐसा भी प्रकाश है, जो भीतर भी जलता है।

बाहर का प्रकाश हमारी ज़िंदगी के साथ ही समाप्त हो जाता है।

भीतर का प्रकाश हमारी मौत के साथ भी यात्रा करता है।

वही आदमी संपत्तिवान् है, जिसने कुछ ऐसा भी कमा लिया हो जिसे मौत छुड़ा न सकती हो। संपत्ति का अर्थ ही यही है कि जो विपत्ति में काम आए। और क्या अर्थ हो सकता है संपत्ति का? और मौत से बड़ी कोई विपत्ति है?

जो संपत्ति मौत में काम नहीं आती,

उसको संपत्ति कहना नासमझी है।

मौत के वक़्त कौन-सी संपत्ति काम पड़ती है? है कोई ऐसी संपत्ति जो मौत के वक़्त भी काम पड़ती है? ज़रूर है। लेकिन वैसी संपत्ति भीतर खोजनी होती है। मगर हम जो संपत्ति खोज रहे हैं, वह बाहर खोजते हैं।

ध्यान रहे, बाहर संपत्ति के कितने ही ढेर लग जाएं, भीतर का ग़रीब आदमी

मिटता नहीं। क्योंकि, भीतर की ग़रीबी का बाहर की संपत्ति से कोई मेल ही नहीं होता।

एक फ़क़ीर था—फ़रीद। उसके गाँव के लोगों ने उससे कहा कि 'फ़रीद! अकबर तुम्हें बहुत मानता है। कभी तुम जाओ और अकबर से कहो कि हमारे गाँव में एक मदरसा बना दे, एक स्कूल बना दे।'

फ़रीद ने कहा, 'मैंने किसी से माँगा नहीं। लेकिन तुम कहते हो तो चला जाऊँगा।'

फ़रीद गया राजधानी में। सम्राट् अकबर के द्वार पर जल्दी ही सुबह-सुबह पहुँच गया। भीतर गया तो देखा, अकबर मस्जिद में नमाज़ पढ़ रहा है। घुटने टेके हुए है, हाथ जोड़े हुए है। नमाज़ का आख़िरी चरण है, प्रार्थना की आख़िरी कड़ी है, और अकबर कह रहा है कि हे परमात्मा! मुझे और संपत्ति दे, मुझे और राज्य दे, मेरे राज्य को और बड़ा कर, मेरी सीमाओं को और फैला, मुझपर कृपा कर, मुझपर दया कर, मेरी संपत्ति को बढ़ा। मेरे राज्य को बड़ा कर।

फ़रीद एकदम लौट पड़ा। अकबर उठा तो फ़रीद को सीढ़ियाँ उतरते देख वहीं से चिल्लाया, 'कैसे आए और कैसे लौट चले?'

फ़रीद ने कहा, 'बड़ी ग़लती में आ गया। मैं समझता था, तुम बादशाह हो। यहाँ पाया कि तुम भी भिखारी हो। तुम भी अभी माँग ही रहे हो। जब तुम्हीं माँग रहे हो तो तुमसे माँगकर मैं कष्ट तुम्हें नहीं दूँगा। माँगने आया था। भिखारी से माँगना बड़ी कठोरता है। क्योंकि, भिखारी अभी खुद ही माँग रहा है। अभी उसके खुद के पास ही बहुत कम है। मैं माँगकर उसमें कमी नहीं करूँगा। मैं लौट चला। फिर मैं सोचता था कि जिससे तुम माँगते थे, माँगना ही होगा तो अब उसी से माँग लेंगे, बीच में एक दलाल को और क्यों ले लूँ?'

अकबर—जैसा आदमी भी माँग रहा है! तो फिर बाहर की संपत्ति से भीतर की दरिद्रता मिटती नहीं होगी। भीतर की दरिद्रता छिप जाती है बाहर की संपत्ति से, मिटती नहीं है। छिप जाने को मिट जाना मत समझ लेना। कोई आदमी फोड़े के ऊपर पट्टी बाँध ले, और फोड़े को ढाँप दे तो फोड़ा मिट नहीं जाता, बल्कि पट्टी बाँधने से जल्दी बड़ा होगा। क्योंकि, जब सूरज की रोशनी भी नहीं लगेगी। अब ताज़ी हवाएँ भी नहीं लगेंगी। अब फोड़े की बढ़ने की संभावना ज़्यादा है, कम होने की कम।

हमारे भीतर एक दरिद्रता का भाव है। उस दरिद्रता के भाव को मिटाने के दो रास्ते हैं एक रास्ता तो यह है कि बाहर हम संपत्ति इकट्ठी करते चले जाएं। यह बिल्कुल ही शूडो, बिल्कुल ही मिथ्या, बिल्कुल ही झूठा रास्ता है। संपत्ति तो

इकट्ठी हो जाएगी, भीतर की दरिद्रता छिप जाएगी; मिटेगी नहीं। जब मौत सामने आएगी तो संपत्ति छूट जाएगी और दरिद्रता हाथ में रह जाएगी। वह जो भीतर है वह साथ जाएगा। इसलिए हर बार हममें से अनेक लोगों ने जन्म लिए हैं, सभी ने लिए हैं, सभी ने लिए हैं। बहुत बार हमने संपत्ति इकट्ठी की है और बहुत बार हम फिर ग़रीब हो गए हैं। फिर वही दुनिया शुरू होती है। फिर ग़रीब, फिर संपत्ति का इकट्ठा करना, फिर मौत का आना, संपत्ति छिप जाना और ग़रीब-का-ग़रीब खड़े रह जाना। यह मकान बहुत दफ़े जल चुका है और हर बार जल चुका है, लेकिन हम फिर-फिर भूल जाते हैं और ख़याल में नहीं रह जाता कि यह मकान जो हम बना रहे हैं, फिर जलेगा।

क्या ऐसी भी संपत्ति हो सकती है जो आग में जलती न हो? क्या ऐसी भी संपत्ति हो सकती है जो मरने से मरती न हो? क्या ऐसी भी संपत्ति हो सकती है जिसे दुनिया में कोई छीन न सके? अगर ऐसी कोई संपत्ति है, तो ही कोई आदमी सपत्तिवान् हो सकता है, अन्यथा दरिद्रता के मिटने का कोई उपाय नहीं है।

ऐसी संपत्ति है। किसी बुद्ध में कभी दिखायी पड़ती है। किसी महावीर में कभी झलक मिलती है। कभी क्राइस्ट की आँखों में दिखती है। कभी कृष्ण के गीतों में दिखती है। कभी दिखती है वह संपत्ति। वह ऐसे लोगों के पास दिख जाती है, जिनके पास शायद बाहर कुछ भी नहीं है।

बुद्ध पहली बार ज्ञान को उपलब्ध हुए। अपने पाँच मित्रों की तलाश में निकले जो कभी उनके साथ थे, फिर छोड़कर चले गए थे। तो सोचा, पहले उन मित्रों को जाकर ख़बर कर दूँ कि मुझे ज्ञान मिल गया। वह आए काशी और काशी के बाहर एक वृक्ष के नीचे उन्होंने डेरा डाला। डेरा क्या था, कुछ और तो था नहीं साथ, भिक्षा का एक पात्र था। उस भिक्षा के पात्र को पीठ की तरफ़ टिकाकर, तकिया लगाकर लेट गए। साँझ का वक़्त है, सूरज डूब रहा है। और डूबते सूरज की किरणें बुद्ध के ऊपर पड़ रही हैं

काशी का नरेश, काशी का सम्राट्, अपने रथ पर बैठकर बाहर हवाख़ोरी के लिए निकलता है। सोने के मुकुट हैं, बहुमूल्य करोड़ों के वस्त्र हैं, क़ीमती घोड़े हैं। उसी मार्ग पर, उसी वृक्ष के पास वह रथ भी निकलता है। सूरज की किरणें दोनों पर पड़ रही हैं—उस आदमी पर भी, जिसके पास बाहर सब-कुछ है, लेकिन उस आदमी की आँखों में कोई जीवन की ख़बर नहीं है। चिंता और उदासी के सिवाय कुछ भी नहीं है। वहीं उस झाड़ के पास एक भिखारी भी बैठा हुआ है, अपने भिक्षा-पात्र को तकिया बनाकर। उसके पास कुछ भी नहीं है। सूरज की किरणें उस पर भी पड़ रही हैं लेकिन उसकी आँखों में कोई ख़बर है, कुछ मिल

गया है, कुछ पा लिया है, कुछ ऐसा जो अब खो नहीं सकता है। कभी-कभी ऐसा होता है कि एक ही जगह ऐसे दो लोग मिल जाएं। सम्राट् का तेज़ घोड़ा भागा चला जा रहा है।

जो जितनी चिंता में होते हैं, उतने ही तेज़ घोड़ों पर सवार हो जाते हैं कि घोड़ों की टाप में चिंता भूल जाय। स्पीड आदमी इसलिए पकड़ लेता है; और कोई कारण नहीं है। ज़ोर की गति में भूल जाय कि भीतर परेशानी है, चिंता है, उदासी है कठिनाई है, दु:ख है, पीड़ा है। दुनिया में यह जो इतने ज़ोर से स्पीड (गति) बढ़ी है, वह दु:ख के कारण बढ़ी है। दु:ख स्पीड में शायद भूल जाय। इसलिए आपने देखा होगा कि दु:खी आदमी कार चलाए, क्रोधी, चिंतित आदमी कार चलाए तो उसका एक्सीलेटर ज़ोर और ज़ोर से दबता चला जाता है। अगर आपने भी कभी क्रोध में गाड़ी चलायी है तो मत चलाना। क्योंकि क्रोध एक्सीलेटर को दबाने का काम करेगा। आप नहीं दबा रहे हैं एक्सीलेटर को, क्रोध दबाएगा। क्रोध किसी भी चीज़ को दबाना चाहता है—किसी की गर्दन को दबा दे, या एक्सीलेटर को दबा दे, दबाने से उसका काम है।

भागा जा रहा है घोड़ा तेज़ी से। सम्राट् बैठा है उसमें। तेज़ी में भूल जाय, गति में भूल जाय कि भीतर बड़ी बेचैनी है। तभी बुद्ध दिखायी पड़ गए हैं उस वृक्ष के नीचे। उसने अपने सारथी को कहा है, 'रोकना ! यह आदमी कौन है ?'

उस सारथी ने कहा, 'मैं नहीं जानता।'

सम्राट् ने कहा, 'ले चलो मुझे उसके पास। ऐसा मालूम होता है, जिसकी मैं खोज में हूँ वह मुझे मिल गया।'

सम्राट् उतरकर बुद्ध के पास गया और कहा, 'भिक्षु ! क्या मैं पूछ सकता हूँ कि तुम्हें क्या मिल गया है ? क्योंकि तुम्हारे पास कुछ भी दिखायी नहीं पड़ता है, सिवाय भिक्षा-पात्र के। तुम इतने आनंदित, इतने शांत, इतने प्रकाशित, इतने सुगंधित और तुम इतने संगीत से भरे हो कि चारों तरफ़ की हवाओं ने तुम्हारी सुगंध को पकड़ लिया है और चारों तरफ़ वृक्षों में तुम्हारा संगीत गूँज रहा है। यह सूरज का प्रकाश भी तुम्हारे सामने फीका लगता है। क्या हो गया है तुम्हें ? क्या मिल गया है ? कौन-सी संपदा पा ली है ? मैं उदास हूँ, दु:खी हूँ। सब मेरे पास है, फिर भी रोज़ दिन-रात विचार करता हूँ, कि आत्महत्या कर लूँ। सोचता रहा हूँ कि क्या न करूँ ? मर जाऊँ ? आज इस रथ को जोड़कर इसीलिए निकला हूँ कि जाऊँ और कहीं मर जाऊँ। मेरे पास सब है, और तुम्हारे पास कुछ भी नहीं है।'

बुद्ध ने कहा, 'तुम्हारे पास कुछ भी नहीं है और मेरे पास सब कुछ है क्योंकि, जिसके पास भीतर कुछ है, उसी के पास कुछ है। जिसके पास बाहर कुछ भी हो,

उसके पास कुछ भी नहीं है। तुम अगर बाहर और जोड़ते चले गए तो भीतर तुम खोते ही चले जाओगे। तुमने कभी वहाँ भी झाँका भीतर, जहाँ चिंता है, दुःख है, बेचैनी है? वहाँ भी तुमने कभी झाँका, जहाँ उदासी है, विषाद है, संताप है? वहाँ भी तुमने कभी झाँका, जो तुम भीतर हो?' सम्राट् ने कहा, 'भीतर? यानि क्या? भीतर का क्या मतलब होता है?'

हम भी सुन लेते हैं कि भीतर, लेकिन भीतर का कोई मतलब नहीं होता है हमारे सामने। भीतर सब बिल्कुल ख़ाली मालूम पड़ता है। उसमें कोई कंटेंट नहीं है। बाहर? सब मालूम पड़ता है कि बाहर सब है। भीतर? ऐसा लगता है कि कोई मिस्टीरियस बात है। भीतर का कुछ पता नहीं है कि भीतर क्या है? हम कभी भीतर झाँकते नहीं हैं। उसने भी कभी नहीं झाँका था।

बुद्ध ने कहा, 'भीतर झाँको, तो तुम जिस संपत्ति को खोज रहे हो, वहाँ मौजूद है। जिस मालकियत को खोज रहे हो, वहाँ है। तुम जिसकी तलाश में निकल चुके हो, वह वहाँ है। लेकिन अगर उसे खोजने तुम पृथ्वी के कोने-कोने तक भी गए तो नहीं पा सकोगे, क्योंकि वह तुम्हारे भीतर है, और तुम बाहर खोज रहे हो।'

जो भीतर है,
उसे अगर हम बाहर खोजेंगे तो कभी भी नहीं पा सकते।
हमारी खोज की यही बुनियादी भूल है।
जो भीतरी है,
उसे भीतर ही खोजना पड़ेगा।

मैंने सुना है, एक महानगरी में एक पथ के किनारे एक भिखारी भीख माँगता रहा था चार वर्षों तक। हाथ फैलाए रोज़ सुबह सूरज ने उसे देखा। हाथ फैलाए रोज़ डूबते सूरज ने उसे देखा। उस नगर में शायद ही कोई एक आदमी था, जो न जानता हो उस भिखारी को, उसके फैले हुए हाथों को। उस भिखारी ने सोचा था कि माँग-माँग-कर बहुत इकट्ठा कर लूँगा। फिर एक दिन भीख माँगना बंद कर दूँगा।

सभी भिखारी ऐसा ही सोचते हैं कि बहुत इकट्ठा हो जाएगा, तो फिर माँगना बंद कर देंगे। लेकिन, किसी भिखारी को यह पता नहीं होता कि निरंतर अभ्यास से भिखमंगापन और बढ़ता है, कम नहीं होता। चालीस साल का अभ्यास हो जाता है भीख माँगने का, तो चालीस साल का अभ्यासवान् भिखारी भीख माँगना नहीं छोड़ सकता। थोड़ा इकट्ठा भी हो गया था, लेकिन भीख बढ़ती चली गयी थी। क्योंकि, जो इकट्ठा होता है, वह दिखायी नहीं पड़ता। जो दूर है, दूसरे के पास है, वही दिखायी पड़ता है। जो अपने पास है, वह भूल जाता है। इसलिए

दुनिया में ग़रीब भी ग़रीब होता है और अमीर भी ग़रीब होता है। भिखारी तो भिखारी होता ही है। जो भीख दे रहे होते हैं, वे भी भिखारी होते हैं, क्योंकि जो अपने पास है, वह दिखायी नहीं पड़ता।

फिर वह भिखारी मरा। जब वह मरा तो पास-पड़ोस के लोगों ने उसके गन्दे कपड़े फेंक दिए, उसके बर्तन-भाँडे फेंक दिए। किसी ने सलाह दी कि चालीस साल से यह आदमी ज़मीन गंदी कर रहा था। इस ज़मीन का भी थोड़ा-सा मिट्टी का टुकड़ा निकालकर बाहर फेंक दो। खुदाई शुरू हुई। और वहाँ लाखों लोग इकट्ठे हो गए, जब खुदाई हुई, क्योंकि ऐसी ही घटना घट गयी। जैसे ही खोदा तो हैरान हो गए कि कुछ ही इंच नीचे बड़ा ख़जाना निकला। सारे गाँव में यह चर्चा हो गयी कि कैसा पागल आदमी था? उसी ज़मीन पर बैठा रहा जहाँ ख़ज़ाना गड़ा रहा! व्यर्थ भीख माँगता रहा। अगर ज़रा ज़मीन खोद लेता तो सम्राट् हो जाता। उस भीड़ में मैं भी खड़ा था। हो सकता है, आप भी खड़े रहे हों। उस भीड़ में बहुत लोग इकट्ठे थे। उस भीड़ में हर आदमी उस भिखारी के लिए कह रहा था—कैसा नासमझ था! मैं ख़ूब ज़ोर से हँसने लगा। मैंने लोगों से कहा कि 'तुम भिखारी पर हँस रहे हो? तुम्हें पता नहीं कि तुम जहाँ खड़े हो, वहाँ भी बहुत ख़ज़ाना गड़ा है, लेकिन तुम भी भीख माँग रहे हो।'

जहाँ हम खड़े हैं, जो हम हैं, वहाँ बड़े ख़ज़ाने गड़े हैं। वहाँ परमात्मा ने सब-कुछ छिपाकर रख दिया है। लेकिन वहाँ हम खोजने नहीं जाते हैं। हम खोजने बाहर जाते हैं और भटक जाते हैं, और जीवन नष्ट हो जाता है। बाहर पर्याप्त नहीं है जीवन के लिए, भीतर आना ज़रूरी है। बाहर हम कितना ही खोजते रहें और कितना ही पा लें, हम उसे नहीं पा सकेंगे जिससे तृप्ति मिलती है और प्राण शांत हो जाते हैं।

नहीं, वह बाहर है ही नहीं। एक छोटी-सी कहानी और अपनी बात मैं पूरी करूँगा।

मैंने सुना है कि भगवान् ने दुनिया बनायी, और जब तक उसने आदमी नहीं बनाया था, तब तक बड़ी शांति थी, भगवान् को भी बड़ी शांति थी। भगवान् भी तब से शांत नहीं हो सका जब से आदमी बनाया। बहुत शांत था; दुनिया अच्छी थी। फूल खिलते थे, पक्षी गीत गाते थे। न हत्याएँ थीं, न आत्महत्याएँ थीं, न चिंता का नाम सुना था, न प्रार्थनाएँ थीं। मंदिर बनाएं हों पक्षियों ने, पौधों ने, और भगवान् की खोपड़ी खाते हों और प्रार्थना करते हों—ऐसा भी कुछ न था। बड़ी शांति थी।

फिर आदमी बनाया और मुश्किल शुरू हो गयी। और आदमी रोज़ उसके

दरवाज़े पर पहुँचने लगा। आदमी को पता था कि भगवान् कहाँ है। दिन-रात न भगवान् सो सकता था, न खाना खा सकता था, न पानी पी सकता था। दिन-रात शिकायत करनेवाले लोग खड़े थे कि यह ग़लत है। मज़े की बात यह थी कि जो आदमी एक बात को ग़लत कहता था, दूसरा कहता था कि यह होना चाहिए, यह बिल्कुल ठीक है। किसी को वर्षा ठीक मालूम पड़ती थी, क्योंकि उसको खेत में दाने बोने थे। दूसरा उसके पीछे आता और वह कहता, वर्षा अभी बंद रखो, क्योंकि मैंने घड़े बनाए हैं, मिट्टी के, वे सब गड़बड़ हो जाएँगे, अभी वर्षा बंद रहनी चाहिए। सब मुश्किल था, हर आदमी की अलग इच्छा थी।

भगवान् ने देवताओं को बुलाया और कहा कि मुझे कुछ सलाह दो, मैं आदमी से कैसे बचूँ? मैं कहीं छिप जाऊँ कि आदमी मेरा पता न पा सके? नहीं तो मेरी जान ले लेंगे ये। मैं घबरा जाऊँगा। मैं तो आत्महत्या करने का विचार करने लगा हूँ।

तब देवताओं ने बड़ी सलाहें दीं। किसी देवता ने कहा कि हिमालय पर, एवरेस्ट पर, गौरीशंकर पर छिप जाओ। भगवान् ने कहा तुम्हें पता नहीं, जल्द ही तेनसिंह और हिलेरी वहाँ चढ़ जाएँगे। एक दफ़ा पता लग गया तो बस, फिर मुश्किल है। आदमी रास्ता बना लेगा। वहाँ से काम नहीं चलेगा। तब किसी देवता ने कहा, फिर तो चाँद पर बैठ जाओ। भगवान् ने कहा तुम्हें वह भी पता नहीं। वहाँ भी बहुत जल्दी आर्मस्ट्रॉंग पहुँच जानेवाला है, देर नहीं लगने वाली है। देवता थक गए। तब एक बूढ़े देवता ने भगवान् से कान में कहा कि एक ही तरकीब है कि तुम आदमी के भीतर छिप जाओ। वहाँ आदमी कभी नहीं जाएगा। और भगवान् वहाँ छिपकर बैठ गया। अब आदमी सब जगह जाता है, बस, एक जगह नहीं जाता है, जहाँ वह स्वयं है। जब तक हम वहाँ नहीं जाते हैं तब तक जीवन के आनंद का, जीवन के सत्य का हमें कोई पता नहीं चल सकेगा।

हम हैं मंदिर

और हम बाहर के पत्थर के मंदिरों में खोजते हैं उसे।

हम हैं मंदिर उसके, और हम उसकी मूर्तियाँ बनाते हैं। वह अमूर्त हमारे भीतर छिपा है। हम वीणा पर संगीत उठाते हैं, जबकि उसका संगीत हमारे भीतर बिना वीणा के निरंतर बज रहा है। हम बाहर घी के दिए जलाते हैं, जबकि उसने ऐसा दीया जलाया है भीतर जो कभी बुझता ही नहीं है। लेकिन हम वहाँ जाते ही नहीं। चाँद पर जाना बड़ा आसान है, हिमालय पर जाना बड़ा आसान है, अपने भीतर जाना शायद सबसे ज़्यादा आरडुअस, सबसे ज़्यादा कठिन है। शायद इसीलिए तो कोई आदमी वहाँ नहीं जाता है।

लेकिन, मैं आपसे कहना चाहता हूँ, वह कठिनाई झूठी है। हम गए नहीं,

बस इतनी ही कठिनाई है। हम जाना चाहें, तो कोई कठिनाई नहीं है। अगर भीतर ही जाना कठिन होगा तो फिर और कहाँ जाना सरल हो सकता है ? अगर अपने को ही जानना कठिन होगा तो फिर और क्या जानना सरल हो सकता है ? अगर मैं स्वयं को नहीं जान सकता तो मेरे और सब जानने की दौड़ व्यर्थ है। अगर मैं स्वयं को ही नहीं पा सकता तो मैं और सब पाकर भी क्या कर सकता हूँ।

इन थोड़ी-सी बातों में एक ही बात मैंने कही है कि अपने को खोजें। बाहर से थोड़ी आँख बंद करें—पूरी न बन्द कर सकें तो कम-से-कम आधी ही बंद करें। कुछ आँख झपकाएँ कुछ पलक बंद करें। भीतर खोजें, वह है। खोज की कमी है। खोजेंगे तो मिल जाएगा। जैसे एक आदमी आँख बंद करके बैठा हो, कहे कि रोशनी कहाँ है ? तो हम उससे कहेंगे, थोड़ी आँख खोलो, रोशनी है। तू आँख खोलेगा तो मिल जाएगी। आँख ही न खोले तो रोशनी कैसे मिलेगी ? ठीक इससे उल्टी बात है। भीतर वह मौजूद है—संपत्ति, सत्य सौंदर्य, जो भी हम उसे कहें, प्रभु, परमात्मा जो नाम हम उसे दें, निर्वाण, मोक्ष जो हम उसे कहना चाहें, वह मौजूद है। लेकिन, जैसे बाहर की रोशनी देखने के लिए आँख खोलनी पड़ती है, जबकि भीतर की रोशनी को देखने के लिए आँख बंद करनी पड़ती है। हम हैं कि सोते में भी आँख बंद नहीं करते। सोते में ऊपर की पलकें बंद हो जाती हैं। लेकिन सपने हम बाहर के ही देखते रहते हैं। हम रहते बाहर ही हैं। सपने में भी, सोते में भी आदमी अपने घर नहीं है, अपने भीतर नहीं है, कहीं बाहर है। सोया है बंबई में, और हो सकता है मास्को में, हो सकता है कलकत्ते में। बाहर मित्र देख रहा है, शत्रु देख रहा है, बाहर है। भीतर आँख करने का मतलब है, चौबीस घंटों में कुछ क्षणों के लिए बाहर को बिल्कुल भूल जाएँ। उसकी स्मृति भी न रह जाय, उसका विचार भी न रह जाय, उसका ख़याल भी न रह जाय। बस, अकेले भीतर रह जाएं, 'टोटल लोनलीनेस' में भीतर रह जाएं, एकांत में, तो उसकी झलक मिलनी शुरू हो जाएगी। और तब, जिसे उसकी झलक मिल जाय, वैसा आदमी संपत्ति को, धन को उपलब्ध हो जाता है। वही धन है, जो वास्तविक है। और धन है काग़ज़ का, सिक्कों का, चाँदी के सिक्कों का, झूठा है, बनाया हुआ है भीतर की दरिद्रता को छिपाता है, भुलाता है, मिटाता नहीं है। परमात्मा करे, आप छिपाने में न लगें, मिटाने में लग जाएं।

जो आदमी प्रभु की तरफ़ एक क़दम चलता है,
प्रभु उसकी तरफ़ हज़ार क़दम चलने को हमेशा तैयार है।

मेरी बातों को इतने प्रेम और शांति से सुना, उससे बहुत अनुगृहीत हूँ, और अंत में सबके भीतर बैठे परमात्मा को प्रणाम करता हूँ। मेरे प्रणाम स्वीकार करें।

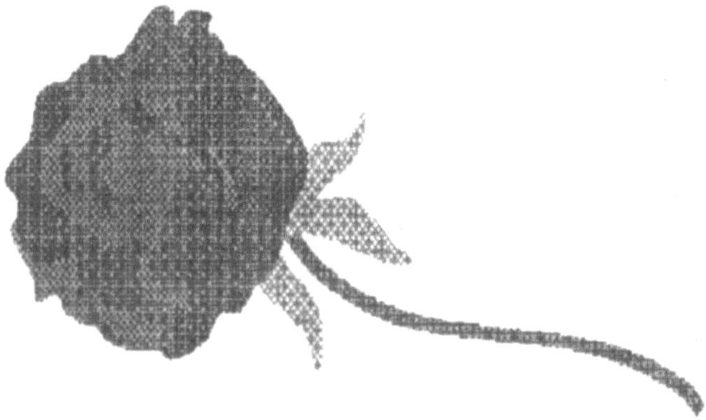

७. सत्य की झलक

मेरे प्रिय आत्मन्,

एक राजकुमार था बचपन से ही सुन रहा था कि पृथ्वी पर एक ऐसा नगर भी है जहाँ कि सभी लोग धार्मिक हैं। बहुत बार उस धर्म नगर की चर्चा, बहुत बार उस धर्म नगर की प्रशंसा उसके कानों में पड़ी थी। जब वह युवा हुआ और राजगद्दी का मालिक बना तो सबसे पहला काम उसने यही किया कि कुछ मित्रों को लेकर, वह उस धर्म नगरी की खोज में निकल पड़ा। उसकी बड़ी आकांक्षा थी, उस नगर को देख लेने की, जहाँ कि सभी लोग धार्मिक हों। बड़ा असंभव मालूम पड़ता था यह। बहुत दिन की खोज, बहुत दिन की यात्रा के बाद, वह एक नगर में पहुँचा, जो बड़ा अनूठा था। नगर में प्रवेश करते ही उसे दिखायी पड़े ऐसे लोग, जिन्हें देखकर वह चकित हो गया और उसे विश्वास भी न आया कि ऐसे लोग भी कहीं हो सकते हैं। उस नगर का एक खास नियम था, उसके ही परिणामस्वरूप ये सारे लोग अपंग हो गए हैं। देखो, द्वार पर लिखा है, कि अगर तेरा बायाँ हाथ पाप करने को संलग्न हो तो उचित है कि तू अपना बायाँ हाथ काट देना, बजाय कि पाप करे। देखो, लिखा है द्वार पर कि अगर तेरी एक आँख तुझे

ग़लत मार्ग पर ले जाय तो अच्छा है कि उसे तू निकाल फेंकना, बजाय इसके कि तू ग़लत रास्ते पर जाय। इन्हीं वचनों का पालन करके यह गाँव अपंग हो गया है। छोटे-छोटे बच्चे, जो अभी द्वार पर लिखे इन अक्षरों को नहीं पढ़ सकते हैं, उन्हें छोड़ दें तो इस नगर में एक भी ऐसा व्यक्ति नहीं है जो धर्म का पालन करता हो और अपंग न हो गया हो।

वह राजकुमार उस द्वार के भीतर प्रविष्ट नहीं हुआ, क्योंकि वह छोटा बच्चा नहीं था और द्वार पर लिखे अक्षरों को पढ़ सकता था। उसने घोड़े वापस कर लिए और उसने अपने मित्रों को कहा, हम वापस लौट चलें, अपने अधर्म के नगर को, कम से कम आदमी वहाँ पूरा तो है!

इस कहानी से इसलिए मैं अपनी बात शुरू करना चाहता हूँ कि सारी ज़मीन पर धर्मों के तथाकथित रूप ने आदमी को अपंग किया है। उसके जीवन को स्वस्थ और पूर्ण नहीं बनाया बल्कि उसके जीवन को खंडित, उसके जीवन को अस्वस्थ, पंगु और कुंठित किया है। उसके परिणामस्वरूप सारी दुनिया में, जिनके भीतर भी थोड़ा विचार है, जिनके भीतर भी थोड़ा विवेक है, जो थोड़ा सोचते हैं और समझते हैं, उन सबके मन में धर्म के प्रति एक विद्रोह की तीव्र भावना पैदा हुई है। यह स्वाभाविक भी है कि यह भावना पैदा हो। क्योंकि धर्म ने, तथाकथित धर्म ने जो कुछ किया है, उससे मनुष्य आनंद को तो उपलब्ध नहीं हुआ, वरन् और उदास, और चिंतित और दुखी हो गया है।

निश्चित ही, मेरे देखे, मनुष्य को कुंठित और पंगु करने वाले धर्म को मैं धर्म नहीं कहता हूँ। मैं तो यही कहता हूँ कि अभी तक धर्म का जन्म नहीं हो सका है। धर्म के नाम से जो कुछ प्रचलित है, धर्म के नाम से जो मंदिर और मस्जिद और ग्रंथ और शास्त्र और गुरु हैं, धर्म के नाम पर पृथ्वी पर जो इतनी दुकानें हैं, उन सबसे धर्म का कोई भी संबंध नहीं है। और यदि हम ठीक-ठीक धर्म को जन्म न दे सके तो इसका एक ही परिणाम होगा कि आदमी अधार्मिक होने को मजबूर हो जाएगा।

आदमी विवशता में अधर्म की ओर गया है। धर्म ने आकर्षण नहीं दिया, बल्कि दूर किया है। और अगर, इसी तरह के धर्म का प्रचलन भविष्य में भी रहा, तो हो सकता है कि मनुष्य के बचने की कोई संभावना भी न रह जाय। धर्मों ने ही धर्म को जन्म लेने से रोक दिया है, और उनके रोकने का जो बुनियादी कारण है, वह यही है कि अब तक हमने, मनुष्य-जाति ने मनुष्य को उसकी परिपूर्णता में स्वीकार करने का साहस नहीं दिखलाया। मनुष्य के कुछ अंगों को खंडित करके ही हम मनुष्य को स्वीकार करने की बात सोचते रहे। समग्र मनुष्य को, टोटल

मनुष्य को विचार में लेने की अब तक हमने हिम्मत नहीं दिखायी है। मनुष्य को काट कर, छांट कर, ढाँचे में ढालने की हमने कोशिश की है। उसके परिणाम में, मनुष्य तो पंगु हो गया और जिनमें थोड़ा भी विचार है, वे उन ढाँचों से दूर रहने के लिए मजबूर हो गए।

मैंने सुना है, एक नगर के द्वार पर एक राक्षस का निवास था। और बड़ी अजीब उसकी आदत थी। वह जिन लोगों को भी द्वार पर पकड़ लेता, उनसे कहता कि मेरे पास एक बिस्तर है, अगर तुम ठीक-ठीक उस बिस्तर पर सो सके तो मैं तुम्हें छोड़ दूँगा। अगर तुम बिस्तर से छोटे साबित हुए तो मैं तुम्हें खींचकर बिस्तर के बराबर करने की कोशिश करूँगा। उसमें अकसर लोग मर जाते हैं, तुम भी मर सकते हो, और अगर तुम बड़े साबित हुए तो तुम्हारे हाथ पैर काट करके बिस्तर के बराबर करने की कोशिश करूँगा और उसमें भी अकसर लोग मर जाते हैं। और मैं तुम्हें बताए देता हूँ, अब तक एक भी मनुष्य उस बिस्तर से वापस नहीं लौट पाया, फिर मैं उसका भोजन कर लेता हूँ।

उस बिस्तर के बराबर आदमी खोजना मुश्किल था। या तो आदमी थोड़ा छोटा पड़ जाता, या थोड़ा बड़ा, और उसकी हत्या सुनिश्चित हो जाती।

धर्मों ने भी मनुष्य को बनाने के ढाँचे कर रखे हैं। आदमी या तो उनसे छोटा पड़ जाता है या बड़ा। और तब पंगु होने के अतिरिक्त, अंग-भंग हो जाने के अतिरिक्त कोई मार्ग नहीं रह जाता है। ऐसे पंगु करने वाले धर्मों ने जितना नुकसान किया है उतना, जिन्हें हम नास्तिक कहें, अधार्मिक कहें, उन लोगों ने भी नहीं किया है। मनुष्य को सब तरह से जैसे जकड़ दिया गया है ज़ंजीरों में। बात मुक्ति की और स्वतंत्रता की है। लेकिन स्वतंत्रता और मुक्ति की बात करने वाले लोग ही कारागृह को खड़ा करने वाले लोग भी हों, तो बड़ी कठिनाई हो जाती है।

जीवन की धारा को सब तरह से बाँधकर एक सरोवर बनाने की कोशिश की जाती है, जबकि सरोवर बनते ही सरिता के प्राण सूखने लगते हैं, उसकी मृत्यु होनी शुरू हो जाती है। सरिता का जीवन है अबाध बहे जाने में—नए-नए रास्तों पर, नवीन-नवीन मार्गों पर, अज्ञात की दिशा में खोज करने में सरिता की जीवंतता है, उसकी लिविंगनेस है और उसी अज्ञात के पथ पर, कभी उसका मिलन उस सागर से भी होता है, जिसके लिए उसके प्राण तड़पते हैं। कभी उस प्रेमी से उसका मिलना हो जाता है। सरोवर है सब तरफ़ से बंद दीवारें खड़ी करके रह जाता है। फिर उसके प्राण सूखते तो ज़रूर हैं, कचरा उसमें इकट्ठा भी होता है, गंदगी उसमें भरती है, कीचड़ पैदा होती है। पानी तो धीरे-धीरे उड़ जाता है, धीरे-धीरे कीचड़ का घर ही वहाँ शेष रह जाता है। और उस सरोवर की, सागर

से मिलने की सारी संभावनाएँ फिर समाप्त हो जाती है।

जो भी लोग अपने आस-पास कृत्रिम ढाँचों की, आर्टिफीशियल पैटर्न की दीवारें खड़ी कर लेते हैं और सोचते हों कि वे धार्मिक हैं वे भूल में हैं। धर्म का ढाँचों से संबंध नहीं। धर्म का तो सहज जीवन के प्रवाह से संबंध है। धर्म सरोवर बनाने को नहीं, एक गतिमान अबाध गति से बहती हुई स्वतंत्र सरिता बनाने को है, तभी कभी सागर से मिलन हो सकता है।

प्रत्येक मनुष्य की जीवन-धारा किसी अनंत सागर की खोज में निरंतर प्यासी है। उसे हम परमात्मा कहें, उसे हम कोई और नाम दें, उसे हम कुछ और शब्द दें, दूसरी बात है। लेकिन हर जीवन की धारा किसी प्रीतम के सागर को पाने को जैसे व्याकुल है और भागी जाना चाहती है। इसे हम जितना बाँध लेंगे, जितना सब तरफ़ से दीवारें खड़ी करके कारागृह में बंद कर देंगे, उतनी ही कठिन यह यात्रा हो जाएगी और असंभव। धर्मों ने अब तक यही किया है, मनुष्य को स्वतंत्र नहीं किया बल्कि बाँधा, मनुष्य को मुक्त नहीं किया, बल्कि ज़ंजीरें और कारागृह बनाए। और हज़ारों वर्ष से यह क्रम चला। हज़ारों वर्ष की प्रचारित बातें धीरे-धीरे फिर हमें सत्य भी प्रतीत होने लगती हैं, क्योंकि सामान्य जन प्रचारित असत्य को सत्य मान लेने को सहज ही राज़ी हो जाता है।

एडाल्फ हिटलर ने अपनी आत्मकथा में लिखा है कि मैंने सत्य और असत्य में एक ही फ़र्क़ पाया। ठीक से प्रचारित असत्य सत्य मालूम होने लगता है। और उसने लिखा कि मैं अपने अनुभव से कहता हूँ कि कैसे भी असत्य को ढंग से प्रचारित किया जाय, थोड़े दिन में लोग उसे सत्य मान लेने को राज़ी हो जाते हैं। तो हज़ारों वर्ष तक अगर कोई एक असत्य प्रचारित किया जाय तो वह हमें सत्य जैसा दिखायी पड़ने लगता है।

तो जो हमारे बन्धन हैं, वे भी हमें ऐसे प्रतीत हो सकते हैं, जैसे हमारी मुक्ति हों। जो हमें रोकते हैं पहुँचने से, प्रतीत हो सकते हैं कि हमारी सीढ़ियाँ हैं और हमें ले जा सकते हैं।

मैंने सुना है, एक पहाड़ी सराय पर एक युवक एक रात मेहमान हुआ। जब वह पहाड़ी में प्रवेश करता था तो घाटियाँ उसने किसी बड़ी अद्‌भुत और मार्मिक आवाज़ से गूँजती हुई सुनीं। घाटियों में कोई बड़े मार्मिक, बड़े आँसू-भरे, बहुत प्राणों की पूरी ताक़त से रोता और चिल्लाता था। यह आवाज़ गूँज रही थी घाटियों में स्वतंत्रता, स्वतंत्रता। वह हैरान हुआ कि कौन स्वतंत्रता का प्रेमी इन घाटियों में इतने ज़ोर से आवाज़ करता होगा। लेकिन जब वह सराय के निकट पहुँचा तो आवाज़ और निकट सुनाई पड़ने लगी, शायद सराय से ही आवाज़

उठती थी। शायद कोई वहाँ बंदी था। उसने अपने घोड़े की रफ़्तार और तेज कर ली। वह सराय पर पहुँचा तो हैरान हो गया। यह किसी मनुष्य की आवाज़ न थी। सराय के द्वार पर पिंजड़े में एक तोता बंद था और जोर से स्वतंत्रता-स्वतंत्रता चिल्ला रहा था। उस युवक को बड़ी दया आयी उस तोते पर। वह युवक भी अपने देश की आजादी की लड़ाइयों में बंद रहा था, कारागृहों में और वहाँ उसने अनुभव किया था परतंत्रता का दुःख। वहाँ उसने आकांक्षा अनुभव की थी, मुक्त आकाश की। वहाँ उसकी आकांक्षा ने, वहाँ उसके स्वप्नों ने स्वतंत्रता के जाल गूँथे थे। आज उसे तोते की आवाज़ में अपनी उस सारी पीड़ा से कराहती हुई आत्मा का अनुभव हुआ, और सराय का मालिक अभी जागता था। सोचा उसने रात में इस तोते को स्वतंत्र कर दूँ।

रात जब सराय का मालिक सो गया, वह युवक उठा। उसने जाकर पिंजड़े का द्वार खोला। सोचा था स्वतंत्रता का प्रेमी तोता उड़ जाएगा, लेकिन द्वार खोलते ही तोते ने सीख़चे पकड़ लिए पैरों से और जोर से चिल्लाने लगा— स्वतंत्रता, स्वतंत्रता, स्वतंत्रता। वह युवक हैरान हुआ। द्वार खुले थे, उड़ जाना चाहिए था, न उड़ जाने की कोई बात न थी। लेकिन शायद उसने सोचा, मुझसे भयभीत हो, इसलिए उसने हाथ भीतर डाला लेकिन तोते ने उसके हाथ पर चोट की। पिंजड़े के सीख़चों को और ज़ोर से पकड़ लिया। युवक ने यह सोचकर कि कहीं उसका मालिक न जाग जाय, चोट भी सही और किसी तरह बमुश्किल उस तोते को निकाल कर आकाश में उड़ा दिया।

वह युवक बड़ी शांति से सो गया, एक आत्मा को स्वतंत्र करने का आनंद उसे अनुभव हुआ था। लेकिन सुबह, जब उसकी नींद खुली तो उसने देखा, तोता वापस अपने पिंजड़े में आकर बैठ गया है। द्वार खुला पड़ा था, और तोता चिल्ला रहा है स्वतंत्रता, स्वतंत्रता, स्वतंत्रता। वह बहुत हैरान हुआ, वह बहुत ही मुश्किल में पड़ गया। यह आवाज़ कैसी, यह प्यास कैसी, यह आकांक्षा कैसी ! यह तोता पागल तो नहीं है। वह तोते के पिंजड़े के पास खड़े होकर यही सोचता था कि सराय का मालिक वहाँ से निकला, और उसने कहा, बड़ा अजीब है तुम्हारा तोता। मैंने इसे मुक्त कर दिया था, लेकिन यह तो वापस लौट आया। उस सराय के मालिक ने कहा, तुम पहले आदमी नहीं हो, जिसने इसे मुक्त किया हो। जो भी यात्री यहाँ ठहरता है, उसकी आवाज़ के धोखे में आ जाता है। रात इसे मुक्त करने की कोशिश करता है। सुबह खुद ही हैरानी में पड़ जाता है, तोता वापस लौट आता है। उसने कहा, बड़ा अजीब तोता है तुम्हारा। उस बूढ़े मालिक ने कहा, तोता ही नहीं, हर आदमी इसी तरह अजीब है। जीवन-भर चिल्लाता है,

मुक्ति चाहिए, स्वतंत्रता चाहिए, और उन्हीं सीख़चों को पकड़े बैठा रहता है, जो उसके बंधन हैं और उसके कारागृह हैं।

मैंने जब यह बात सुनी तो मैं भी बहुत हैरान हुआ। फिर मैंने आदमी को बहुत ग़ौर से देखने की कोशिश की, तो मैंने पाया कि ज़रूर यह बात सच है। आदमी का पिंजड़ा दिखायी नहीं पड़ता, यह दूसरी बात है, लेकिन हर आदमी किसी पिंजड़े में बंद है। और आदमी उन पिंजड़ो के सीख़चों को पकड़े हुए हैं, यह भी बहुत ऊपर से दिखायी नहीं पड़ता, क्योंकि तोते का पिंजड़ा बहुत स्थूल है, आदमी का पिंजड़ा बहुत सूक्ष्म है। आँख एकदम से उसे नहीं देख पाती। लेकिन थोड़े ही ग़ौर से देखने पर यह दिखायी पड़ जाता है कि हम एक ही साथ दोनों काम कर रहे हैं कि आकांक्षा कर रहे हैं मुक्ति की, आकांक्षा कर रहे हैं किसी विराट् से मिलन की, और क्षुद्र सीख़चों को इतने ज़ोर से पकड़े हुए हैं कि हम उन्हें छोड़ने का नाम भी नहीं लेते। और कुछ लोग हैं, जो हमारे इस विरोधाभास का, हमारे इस कंट्राडेक्शन का, हमारे जीवन की इस बहुत अद्‌भुत उलझन का फ़ायदा उठा रहे हैं। तोते के ही मालिक नहीं होते, आदमी के भी मालिक हैं; और वे मालिक भली-भाँति जानते हैं कि आदमी जब तक पिंजड़े के भीतर बंद है, तभी तक उसका शोषण हो सकता है। तभी तक उसका एक्सप्लाइटेशन हो सकता है। जिस दिन वह पिंजड़े के बाहर है, उस दिन शोषण की कोई दीवार, किसी भाँति का शोषण संभव नहीं रह जाएगा। और सबसे गहरा शोषण जो आदमी का हो सकता है, वह उसकी बुद्धि के और उसके विचार का शोषण, उसकी आत्मा का शोषण है।

दुनिया में उन लोगों ने, जिन्होंने आदमी के शरीर को कारागृह में डाला हो, उनका अनाचार बहुत बड़ा नहीं है। जिन्होंने आदमी के आस-पास दीवारें खड़ी की हों, उन्होंने कोई बहुत बड़ी परतंत्रता पैदा नहीं की। क्योंकि एक आदमी की देह भी बंद हो सकती है, कारागृह में और फिर भी हो सकता है कि वह आदमी बंदी न हो। उसकी आत्मा, दीवारों के बाहर उड़ान भरे, उसकी आत्मा सूरज के दूर पथों पर यात्रा करे, उसके सपने दीवारों का अतिक्रमण कर जाएं। देह बंद हो सकती है, और हो सकता है, भीतर जो बैठा हो, वह बंद न हो। जिन लोगों ने मनुष्य के शरीर के लिए कारागृह उत्पन्न किए, वे बहुत बड़े जेलर नहीं थे। लेकिन जिन्होंने मनुष्य की आत्मा के लिए सूक्ष्म कारागृह बनाए हैं, वे मनुष्य के बहुत गहरे में शोषक, मनुष्य के जीवन पर आने वाली चिंताओं, दु:खों का बोझ डालने वाले, सबसे बड़े जिम्मेदार, वे ही लोग हैं। और वे लोग कौन हैं? जिन लोगों ने भी धर्म के नाम पर धर्मों को निर्मित किया है, वे सभी लोग, जिन लोगों ने परमात्मा के नाम पर छोटे-छोटे मंदिर खड़े किए हैं और मस्जिद, और चर्च वे सभी लोग।

जिन लोगों ने भी धर्म के नाम पर शास्त्र निर्मित किए हैं और दावा किया है, उन शास्त्रों में परमात्मा की वाणी होने का, वे सभी लोग। वे सभी लोग, जिन्होंने मनुष्य के अंतस् चित्त को बाँध लेने की बड़ी सूक्ष्म ईजादें की हैं, वे सभी लोग।

वे कौन-सी सूक्ष्मतम ज़ंजीरें हैं, जो आदमी को बाँध रखती हैं? उस संबंध में अभी कहूँगा। तीन चर्चाएँ यहाँ मुझे देनी हैं, तीन चर्चाओं में कोशिश करूँगा कि बंधन समझ में आ सके, हम क्यों बंधन में बँधे हैं, यह समझ में आ सके और हम कैसे बंधन से मुक्त हो सकते हैं, यह समझ में आ सके। कौन-से बंधन मनुष्य को घेर लिए हैं, इतनी सूक्ष्मता से? शायद ख़याल में भी न आए। ख़याल में आएगा भी नहीं। उस तोते को भी ख़याल में नहीं आ सकता था कि मैं क्या चिल्ला रहा हूँ और क्या पकड़े हुए हूँ?

पहला बंधन जो मनुष्य के आस-पास कारागृह का खड़ा किया है, वह है श्रद्धा का, विश्वास का, बिलीफ का। हज़ारों वर्षों से यह समझाया जा रहा है, विश्वास करो। यह ज़हर हम बच्चे को उसके पैदा होने के साथ ही पिलाना शुरू कर देते हैं। दूध शायद बाद में पिलाते हैं, यह ज़हर पहले पिला देते हैं— 'विश्वास करो'। और जो आदमी विश्वास करने को राज़ी हो जाता है, उसके भीतर विचार की क्षमता हमेशा के लिए पंगु हो जाती है। उसके भीतर विचार के हाथ-पैर टूट जाते हैं, विचार की आँखें फूट जाती हैं, क्योंकि विचार और विश्वास में जन्मजात विरोध है। या तो विश्वास, या विचार; दोनों एक साथ संभव नहीं है। क्योंकि विश्वास की पहली शर्त है, संदेह मत करो; और विचार की पहली शर्त है, संदेह करो, ठीक-ठीक संदेह करो। विश्वास कहता है, शक मत करो, मान लो। विचार कहता है, मानने की जल्दी मत करना, हेजिटेट करना, थोड़े ठहरना, थोड़े रुकना, थोड़े सोचना। विश्वास कहता है, एक क्षण रुकने की ज़रूरत नहीं है। विचार कहता है, चाहे पूरा जीवन ही क्यों न रुकना पड़े, लेकिन प्रतीक्षा करना, जल्दी मत करना। सोचना, खोजना, चिंतन करना, मनन करना, और तभी शायद, जो सत्य है, उसकी झलक उपलब्ध हो सके।

लेकिन विश्वास बड़ा सस्ता नुसख़ा है, बहुत शार्टकट है। बहुत सीधा-सा दिखाई पड़ता है। हमें कुछ भी नहीं करना है, कोई हमसे कहता है, विश्वास कर लो, परमात्मा है। कोई हमसे कहता है विश्वास कर लो, आत्मा है। कोई हमसे कहता है, विश्वास कर लो स्वर्ग है, मोक्ष है। दुनिया के ये इतने धर्म— कोई तीन सौ धर्म ज़मीन पर हैं, इन सबमें आपस में विरोध है। ये एक-दूसरे की बात से राज़ी नहीं हैं। ये एक-दूसरे के शत्रु हैं। लेकिन एक बात पर ये सब सहमत हैं कि विश्वास करो। इस ज़हर को पिलाने में इनका कोई विरोध नहीं है। यह इन

सबकी बुनियाद है।

तो आप चाहे हिंदू हों, चाहे मुसलमान, चाहे ईसाई। अगर आप विश्वास करते हैं, इससे कोई फ़र्क़ नहीं पड़ता है कि आपने आँख पर किस रंग की पट्टियाँ बाँध रखी हैं। वे हरी हैं कि लाल कि सफेद, इससे कोई फ़र्क़ नहीं पड़ता। आँख पर पट्टियाँ हैं, बस इतना काफ़ी है। आपके जीवन में विचार का जन्म नहीं हो सकेगा। और नहीं चाहते हैं समाज के न्यस्त स्वार्थ कि मनुष्य में विचार पैदा हो। क्योंकि विचार आधारभूत रूप से विद्रोह है। विचार में रिबेलियन छिपा है, विचार में रिव्योलूशन छिपी है। वहाँ क्रांति का बीज है। जो विचार करेगा, वह आज नहीं कल, खुद तो क्रांति से गुज़रेगा ही, उसके आस-पास भी वह क्रांति की हवाएँ फेंकेगा। क्योंकि विचार झुकने को राज़ी नहीं होता, विचार अंधा होने को राज़ी नहीं होता, विचार आँख बंद कर लेने को राज़ी नहीं होता।

मैंने सुना है, एक गाँव में, एक विचारक तेली के घर तेल ख़रीदने गया। देखकर, उसे वहाँ बड़ी हैरानी हुई। तेली तो तेल तौलने लगा। उसके ही पीछे कोल्हू का बैल कोल्हू को चलाए जाता था, बिना किसी चलाने वाले के। कोई चलाने वाला न था। उस विचारक ने उस तेली से पूछा, मेरे मित्र, बड़ा अद्भुत है यह बैल। बड़ा धार्मिक, बड़ा विश्वासी मालूम होता है। कोई चलाने वाला नहीं है और चल रहा है ? उस तेली ने कहा, थोड़ा ग़ौर से देखो, देखते नहीं आँखें मैंने उसकी बाँध रखी हैं। आँखें बँधी हुई हैं, उसे दिखाई नहीं पड़ता कि कोई चला रहा है कि नहीं चला रहा है। चलता जाता है। इस ख़याल में है कि कोई चला रहा है। उस विचारक ने कहा, लेकिन वह रुककर जाँच भी तो कर सकता है कि कोई चलाता है या नहीं, उस तेली ने कहा, फिर भी तुम ठीक से नहीं देखते । मैंने उसके गले में घंटी बाँध रखी है। जब तक चलता है, घंटी बजती रहती है। जब रुक जाता है, घंटी बंद हो जाती है, मैं फ़ौरन उसे जाकर फिर से हाँक देता हूँ, ताकि उसे यह भ्रम बना रहता है कि कोई पीछे मौजूद है।

उस विचारक ने कहा, और यह भी तो हो सकता है कि वह खड़ा हो जाए और सिर हिलाता रहे ताकि घंटी बजे। उस तेली ने कहा, महाराज, मैं आपके हाथ जोड़ता हूँ, आप जल्दी यहाँ से चले जाएँ, कहीं मेरा बैल आपकी बात न सुन ले। आपकी बातें ख़तरनाक हो सकती हैं। बैल विद्रोही हो सकता है। आप कृपा करें, यहाँ से जाएँ और आगे से कोई और दुकान से तेल ख़रीद लिया करें। यहाँ आने की ज़रूरत नहीं है। मेरी दुकान भली-भाँति चलती है, मुफ़्त मुसीबत खड़ी हो सकती है।

आदमी के शोषण पर भी धर्म के नाम पर बहुत दुकानें हैं। जिन्हें हम

परमात्मा के मंदिर कहते हैं, जरा भी वे परमात्मा के मंदिर नहीं हैं, दुकाने हैं, पुरोहित की ईजाद है। परमात्मा का भी कोई मंदिर हो सकता है, जो आदमी बनाए? परमात्मा के लिए भी मंदिर की व्यवस्था आदमी को करनी पड़ेगी क्या? कैसी छोटी, कैसी अजीब बात है। हम बनाएँगे उसके लिए मंदिर? उसके निवास की व्यवस्था हम करेंगे? और हमारे छोटे-छोटे मकानों में वह विराट् समा सकेगा? प्रवेश पा सकेगा?

नहीं, यह तो संभव नहीं है। और इसीलिए ज़मीन पर कितने मंदिर हैं, कितने चर्च, कितनी मस्जिद, कितने गिरजे, कितने शिवालय, कितने गुरुद्वारे— लेकिन धर्म कहाँ है, परमात्मा कहाँ है? इससे ज़्यादा अधार्मिक और कोई स्थिति हो सकती है, जो हमारी है? और यह मंदिर ही और मस्जिद ही रोज़ अधर्म के अड्डे बन जाते हैं हत्या के, आगजनी के, बलात्कार के। इनके भीतर से ही वे आवाज़ें उठती हैं, जो मनुष्य-मनुष्य को टुकड़ों-टुकडों में तोड़ देती है। इनके भीतर से ही वे नारे आते हैं, जो आदमी के जीवन में हज़ार-हज़ार तरह के विद्वेष, घृणा फैला जाते हैं। हिंसा पैदा कर जाते हैं।

अगर किसी दिन, किसी आदमी ने यह मेहनत उठानी पसंद कीऔर यह हिसाब लगाया कि मंदिर और मस्जिदों के नाम पर कितना ख़ून बहा है, तो आप हेरान हो जाएँगे, और किसी बात पर इतना ख़ून कभी भी नहीं बहा है। और आप हैरान हो जाएँगे कि आदमी के जीवन में जितना दु:ख, जितनी पीड़ा इनके कारण पैदा हुई है और किसी के कारण पैदा नहीं हुई है। और आदमी-आदमी के बीच जो प्रेम हो सकता था, वह असंभव हो गया है, क्योंकि आदमी- आदमी के बीच चर्च और मंदिर बड़ी मजबूत दीवार की तरह आ जाते हैं। और क्या कभी हम सोचते हैं, कि जो दीवारें आदमी को आदमी से अलग कर देती हों, वे दीवारें आदमी को परमात्मा से मिलाने का सेतु बन सकती हैं, मार्ग बन सकती हैं? जो आदमी को ही आदमी से नहीं मिला पातीं, वह आदमी को परमात्मा से कैसे मिला पाएँगी?

नहीं, ये मस्जिद और मंदिर कोई भी परमात्मा के मंदिर नहीं हैं। परमात्मा का मंदिर तो सब जगह मौजूद है, क्योंकि जहाँ परमात्मा मौजूद है, वहाँ उसका मंदिर भी मौजूद है आकाश के तारों में और ज़मीन के आस-पास में और वृक्षों में, और मनुष्य की और पशुओं की आँखों में और सब तरफ़ और सब जगह कौन मौजूद है? किसका मंदिर मौजूद है? इतने बड़े मंदिर को, इतने विराट् मंदिर को जो नहीं देख पाते, वे छोटे-छोटे मंदिर में, उसे देख पाएँगे? खुद उसके ही बनाएँ हुए भवन में जो उसे नहीं खोज पाते, वे क्या आदमी के द्वारा बनायी गयी ईंट-चूने के

मकानों में उसे खोज पाएँगे ? जिनकी आँखें इतने बड़े को भी नहीं देख पातीं, जो इतना ओबियस है, जो इतना प्रगट है और चारों तरफ़ मौजूद है, चेतना के इस सागर को भी जिनका जीवन स्पर्श नहीं कर पाता, वह आदमी के बनाए हुए ईंटों की दीवारों, कारागृहों में, बंद मूर्तियों में उसे खोज पायेगा ? नासमझी है, निपट नासमझी है। जो इतने विराट् मंदिर में नहीं देख पाता, वह उसे और कहीं भी देखने में समर्थ नहीं हो सकता।

लेकिन, यह हमने खड़े किए, और हमने दावा किया कि ये परमात्मा के मंदिर हैं। और हमने लोगों से कहा, विश्वास करो, और हमने दावा किया कि आदमियों की लिखी हुई किताबें परमात्मा के वचन हैं, और हमने लोगों को कहा, विश्वास करो, और हमने जो भी ठीक समझा, वह कहा, और लोगों से कहा, विश्वास करो असंदिग्ध, संदेह न करना। संदेह भटका देता है संदेह भ्रम में ले जाएगा। संदेह का परिणाम नर्क होगा। हमने भयभीत किया मनुष्य को, डर दिखलाया दंड का। प्रलोभन दिखलाया स्वर्ग का कि मान लोगे तो स्वर्ग है, न मानोगे तो नर्क है और ऐसे, हमने मनुष्य के लोभ और भय को उत्प्रेरित किया और हज़ार-हज़ार वर्षों से एक शिक्षा दी, विश्वास कर लेने की। और विश्वास में फिर हम बड़े होते गए, और परिणाम यह है, कितने लोग हैं, जिन्हें जीवन में परमात्मा की किरण का बोध हो पाता है !

पाँच हज़ार या दस हज़ार साल विश्वास की शिक्षा कितने लोगों को ईश्वर के निकट ले गयी ? कहाँ हैं वे लोग ? वे तो खोजे से भी दिखायी नहीं पड़ते। क्या दस हज़ार साल का यह परीक्षण, काफी लंबा परीक्षण नहीं हो गया ? क्या यह काफ़ी मौक़ा नहीं था कि विश्वास के द्वारा जीवन बदल जाता ? और अगर दस हज़ार वर्षों में यह नहीं हुआ तो यह कब होगा ?

मैं आपसे निवेदन करूँगा, विश्वास असफल हो गया है, पूरी तरह असफल हो गया है। बहुत समय हम दे चुके उसके लिए। उससे कुछ भी नहीं हुआ है, सिवाय इसके कि आदमी और अंधा हुआ हो, आदमी और नीचे गिरा हो, आदमी ने और आत्मबल खो दिया हो। आदमी के जीवन में कोई आनंद की लहर न तो पैदा हुई, न कोई अमृत का दर्शन हुआ, न किसी परमात्मा की सन्निधि मिली।

मैं निवेदन करना चाहता हूँ, विश्वास पिंजड़े का सीख़चा है। क्योंकि जब भी हम बिना जाने किसी बात को मान लेते हैं तो हम अपने को अंधा करने को तैयार होते हैं। जब भी हम बिना अनुभव किए किसी बात को स्वीकार कर लेते हैं तब हम अपने भीतर जो विवेक की ऊर्जा थी, उसकी हत्या कर देते हैं, और यह सवाल नहीं है कि हम क्या मानने को राज़ी हो जाएं। अगर हिंदुस्तान में आप पैदा

हुए हैं तो आप मान लेंगे कि ईश्वर है और अगर रूस में पैदा हुए हैं तो वहाँ का कम्युनिस्ट धर्म लोगों को समझाता है, ईश्वर नहीं है । वहाँ का बच्चा इसको मान लेता है । तो वह भी कहते हैं, विश्वास करो । हम कहते हैं गीता पर, वे कहते हैं दास कैपिटल पर । लेकिन विश्वास के मामले में उनका भी कोई झगड़ा नहीं है । यह कम्युनिज्म सबसे नया धर्म है । और यह, चाहे रूस में विश्वास दिलाया जाय कि ईश्वर नहीं है, चाहे भारत में कि ईश्वर है, लेकिन दोनों ही बातों को जो लोग स्वीकार कर लेते हैं, वे लोग अपने जीवन में कभी सत्य की खोज नहीं कर सकेंगे ।

सत्य की खोज के लिए पहली ज़रूरत है कि जो मैं नहीं जानता हूँ, जो मेरा अनुभव नहीं है, जो मेरी प्रतीति नहीं है, उसे मैं स्पष्ट रूप से कह सकूँ कि मैं नहीं जानता हूँ । मैं कह सकूँ कि मुझे पता नहीं है । मैं अपने अज्ञान को स्वीकार कर सकूँ । सत्य के खोजी की पहली शर्त, पहला लक्षण है अपने अज्ञान का स्वीकार, लेकिन विश्वासी अज्ञान को स्वीकार नहीं करता । वह यह मानने को राज़ी नहीं होता कि मैं नहीं जानता हूँ । उसे तो दूसरे लोग जो सिखाते हैं, वह मान लेता है कि यह मेरा जानना है । अगर मैं आपसे पूछूँ, आप ईश्वर को जानते हैं ? और आपके भीतर से कोई कहेगा, हाँ, ईश्वर है । नहीं तो दुनिया किसने बनायी ? ये बातें सिखायी हुई हैं । ये दलीलें सुनी हुई हैं और इनको हम पकड़कर बैठ गए हैं । तो हम रुक गए हैं, हमारी खोज बंद हो गयी है । हमने आगे जाने की फिर कोशिश नहीं की । विश्वास कभी भी आगे नहीं ले जाता, संदेह आगे ले जाता है ।

क्योंकि संदेह से पैदा होती है जिज्ञासा, इनक्वायरी और इनक्वायरी गति देती है—प्राणों को— नए-नए द्वार खोलने की, नए-नए मार्ग छान लेने की, दूर-दूर , कोनों-कोनों तक खोज-बीन कर लेने की कि कहीं कुछ हो, मैं उसे जान लूँ । जो जानना चाहता है धर्म को, परमात्मा को, प्रभु को या सत्य को, उसे अपने अज्ञान को स्वीकार कर लेने के लिए तैयार होना चाहिए । लेकिन हम तो झूठे ज्ञान को मान लेने को तैयार हैं । और फिर उस ज्ञान में, उस विश्वास में यह भ्रम पैदा हो जाता है हमारे भीतर कि हम जानते हैं । और जिसको हम जानते हैं, उससे हमारा संबंध समाप्त हो जाता है । क्योंकि उसके प्रति फिर हमारी कोई जिज्ञासा नहीं, कोई खोज नहीं उसके प्रति हमारे भीतर कोई ऊहा-पोह नहीं, कोई चिंतन नहीं । फिर हमारा बंद हो गया मन वहाँ, और हमारे भीतर, जो विचार की बड़ी ऊर्जा थी, कुंठित पड़ी रह जाएगी ।

स्मरण रखें, विचार तो प्रत्येक का जन्मजात हिस्सा है । विश्वास ? विश्वास सिखाए जाते हैं । विश्वास लेकर कोई पैदा नहीं होता । बिलीफ्स लेकर कोई पैदा

नहीं होता। सब विश्वास सिखाए जाते है, लेकिन विचार लेकर हर एक पैदा होता है। विचार परमात्मा से मिलता है, विश्वास धर्म-पुरोहित से विश्वास मिलते हैं समाज के अगुओं से, समाज के न्यस्त स्वार्थ-शोषकों से, समाज के ढाँचे क़ायम रखने वाले लोगों से।

और विचार ? विचार प्रत्येक की आत्मा की अपनी शक्ति है। जो विचार से चलेगा, वह तो पहुँच सकता है। जो विश्वास पर रुक जाता है, उसका पहुँचना असंभव है।

पहला सीख़चा है, हमारे बंधन का, वह है श्रद्धा।

नहीं, श्रद्धा नहीं चाहिए। चाहिए, सम्यक् संदेह, राइट डाउट। चाहिए स्वस्थ संदेह। इन मुल्क़ों में हम देखें, जहाँ श्रद्धा का प्रभाव रहा, वहाँ विज्ञान का जन्म नहीं हो सका। आगे भी नहीं हो सकेगा, क्योंकि जहाँ श्रद्धा बलवती है, वहाँ खोज ही पैदा नहीं होती। जिन मुल्क़ों में विज्ञान का जन्म हुआ, वह तभी हो सका, जब श्रद्धा के सिंहासन पर संदेह विराजमान हो गया। आज भी जो क़ौमें विज्ञान की दृष्टि से पिछढी हैं, वे ही क़ौमें हैं, जिनका विश्वास पर आग्रह है। और न केवल विज्ञान के लिए यह बात सच है, धर्म के लिए भी उतनी ही सच है, क्योंकि धर्म तो परम विज्ञान है, वह तो सुप्रीम साइंस है।

वैज्ञानिक तो फिर भी हाइपोथीसिस को मानकर चलता है, थोड़ा बहुत। एक अनुमान स्वीकार करता है, एक परिकल्पना स्वीकार करता है। लेकिन धर्म का खोजी परिकल्पना को भी स्वीकार नहीं करता। कुछ भी स्वीकार नहीं करता। निपट, सहज जिज्ञासा को लेकर गतिमान होता है। प्रश्न तो उसके पास होते हैं, उत्तर उसके पास नहीं होते। पूछता है जीवन से। खोजता है, बाहर और भीतर और बिना कुछ स्वीकार किए खोजता चला जाता है, खोजता चला जाता है, जब स्वीकार नहीं करता है तो उसकी खोज की मेधा तीव्रतर होती चली जाती है, इनटेंस से इनटेंस होती चली जाती है। और एक दिन उसकी यह प्यास और खोज इतनी गहनतम, इतनी चरम तीव्रता को उपलब्ध हो जाती है कि उसी चरम तीव्रता में, उसी चरम तीव्रता के उत्ताप में एक द्वार खुल जाता है ओर वह जानने में समर्थ होता है।

जिज्ञासा चाहिए, विश्वास नहीं।

और विश्वास हमारा पहला बंधन है, जो हमें चारों तरफ़, से बाँधे हुए हैं। ठीक उसके साथ ही बँधा हुआ दूसरा बंधन है, जिसने हमारा कारागृह बनाया और वह है अनुगमन, फालोइंग, किसी दूसरे के पीछे चलना। किसी को मान लेना विश्वास किसी के पीछे चलन अंधानुकरण है। और इधर हजारों वर्षों से हमें यह

सिखाया जाता रहा है कि दूसरों के पीछे चलो, दूसरे जैसा बनो— राम जैसे बनो, कृष्ण जैसे बनो, बुद्ध जैसे बनो। और अगर पुराने नाम फीके पड़ गए हैं तो हमेशा नए नाम मिल जाते हैं कि गाँधी जैसे बनो, विवेकानंद जैसे बनो। लेकिन आज तक किसी ने नहीं कहा कि हम अपने जैसे बनें।

किसी दूसरे जैसा कोई क्यों बनें ? और क्या यह संभव है कि कोई किसी दूसरे जैसा बन सके। क्या यह आज तक कभी संभव हुआ है कि दूसरा राम पैदा हो ? कि दूसरा बुद्ध , कि दूसरा क्राइस्ट। क्या तीन-चार हज़ार वर्ष की नासमझी भी हमें दिखाई नहीं पड़ती ? क्राइस्ट को हुए दो हज़ार साल हो गए, और कितने पागलों ने यह कोशिश नहीं की कि वह क्राइस्ट जैसे बन जाएँ। लेकिन क्या कोई दूसरा क्राइस्ट बन सका ? नहीं बन सका। क्या इससे कुछ बात स्पष्ट नहीं होती है ? क्या यह स्पष्ट नहीं होता कि हर मनुष्य एक अद्वितीय, युनीक व्यक्तित्व है ? कोई मनुष्य किसी दूसरे जैसा बनने को पैदा भी नहीं हुआ ?

परमात्मा के घर कोई कारख़ाना नहीं है फोर्ड जैसा कि एक-सी कारें निकालता चला जाय। परमात्मा कोई कारख़ाना नहीं है, कोई ढाँचा नहीं है। शायद परमात्मा एक कवि है, शायद एक चित्रकार है जो नए चित्र बनाता है, रोज़ नयी कविता लिखता है। शायद इतना जीवंत है उसका उत्पादन, उसका सृजन कि वह रोज़ नई प्रतिमाएँ गढ़ लेता है। पुरानी प्रतिमाओं पर लौटने-योग्य स्थिति अभी तक उसकी नहीं आयी। अभी भी नए के सृजन की क्षमता उसकी मौजूद है, इसलिए रोज़ नया-नया। — हर व्यक्ति नया है, और अलग , और पृथक्। और जिस दिन यह संभव होगा कि सारे व्यक्ति एक जैसे हो जाएँ, उस दिन आदमी नहीं होगा ज़मीन पर, मशीनें होंगी। उस दिन से ज़्यादा दुर्भाग्य का कोई दिन न होगा।

तो मैं यह निवेदन करना चाहता हूँ कि अंधानुकरण, किसी दूसरे जैसे बनने की कोशिश में आदमी बहुत गहरे बंधन में पड़ता है। ओर बंधन में इसलिए पड़ता है कि दूसरे जैसा तो वह कभी बन ही नहीं सकता है, इसलिए कि असंभावना है, यह इम्पोसिबिलटी है। लेकिन इस कोशिश में, अभिनय कर सकता है दूसरे जैसा। उसकी आत्मा अलग हो जाती है, अभिनय अलग हो जाता है। राम तो बन नहीं सकता है कोई, लेकिन रामलीला का राम बन सकता है। रामलीला का राम बिल्कुल झूठा आदमी है। ऐसे आदमी की ज़मीन पर कोई भी ज़रूरत नहीं है। रामलीला का राम एक अभिनय है, एक एक्टिंग है। ऊपर से हम कुछ ओढ़ ले सकते हैं, भीतर आत्मा होगी पृथक्, ये ओढ़े हुए वस्त्र होंगे अलग। इन दोनों के बीच एक द्वंद्व होगा, एक कांफिलक्ट होगी, एक सतत कलह

होगी, और अभिनय कभी भी आनंद नहीं ला सकता। देखने वालों को लाता हो, यह दूसरी बात है, लेकिन जो अभिनय कर रहा है, वह निरंतर यह पीड़ा अनुभव करता है कि मैं किसी और जगह खड़ा हूँ, मैं अपनी जगह नहीं हूँ। मैं कोई और हूँ, मैं वही नहीं हूँ, जो हूँ। वैसा आदमी कभी आत्मस्थित नहीं हो पाता, क्योंकि वह निरंतर दूसरे के अभिनय में व्यस्त होता है।

यह भी हो सकता है कि कोई राम का अभिनय इतनी कुशलता से करे कि खुद राम भी मुसीबत में पड़ जाएं, यह हो सकता है। क्योंकि अभिनेता को भूल-चूक नहीं करनी पड़ती है, उसका सब पार्ट रटा हुआ तैयार होता है। खुद राम से भूल-चूक हो सकती है, क्योंकि पाठ तैयार नहीं है, पहले सब सिखाया हुआ नहीं है। ज़िंदगी रोज़ सामने आती है। असली आदमी भूल-चूक कर सकता है, नक़ली आदमी कभी भूल-चूक नहीं कर सकता। इसलिए जो आदमी कभी भूल-चूक न करता हो, समझ लेना, उस आदमी में कुछ नक़ली मौजूद है। वह किसी ढाँचे में ढला हुआ आदमी है, ज़िंदा नहीं है।

ज़िंदगी में भूल-चूकें हैं। यह हो सकता है, रामलीला का अभिनय किसी ने बीस बार किया हो, राम को तो विचारों को एक ही बार मौक़ा मिला है, बीस बार मौक़ा नहीं मिला। यह हर बार ज़्यादा कुशल होता चला जाएगा और ऐसा भी हो सकता है, एक दिन अगर असली राम के सामने उसे खड़ा कर दें, तो जनता उस नक़ली को पूजे, असली को छोड़ दे। अक्सर ऐसा होता है। क्योंकि यह होगा बहुत कुशल। इसकी एफिसिएंसी, इसकी कुशलता का मुक़ाबला राम नहीं कर सकते।

ऐसा एक दफ़ा हुआ, ऐसी एक घटना घटी। चार्ली चेप्लिन को उसके जन्मदिन पर, एक विशेष जन्मदिन पर, पचासवीं वर्षगाँठ पर, कुछ मित्रों ने चाहा कि एक अभिनय हो। सारी दुनिया से कुछ अभिनेता आएँ और चार्ली चेप्लिन का अभिनय करें और उनमें जो प्रथम आ जाए, ऐसे तीन लोगों को पुरस्कार इंग्लैंड की महारानी दें। सारे यूरोप में प्रतियोगिता हुई। सौ प्रतियोगी चुने गए। चार्ली चेप्लिन ने मन में सोचा, मैं भी किसी दूसरे गाँव से जाकर, मैं भी क्यों न सम्मिलित हो जाऊँ। मुझे तो प्रथम पुरस्कार मिल ही जाना है। इसमें कोई शक- सुबहा की बात नहीं। मैं खुद चार्ली चेप्लिन हूँ। और जब बात खुलेगी तो लोग हँसेंगे, एक मज़ाक़ हो जाएगी। मज़ाक़ हुई जरूर, लेकिन दूसरे कारण से हुई, चार्ली चेप्लिन को द्वितीय पुरस्कार मिला। और जब बात खुली कि खुद चार्ली चेप्लिन भी उन सौ अभिनेताओं में सम्मिलित था तो सारी दुनिया हँसी और हैरान हो गई कि यह कैसे हुआ ? एक दूसरा आदमी बाज़ी ले गया चार्ली चेप्लिन होने की प्रतियोगिता

में और चार्ली खुद नंबर दो रह गए।

तो हो सकता है, राम हार जाएँ। महावीर के साधुओं से महावीर हार जाएँ, बुद्ध के भिक्षुओं से बुद्ध हार जाएँ, क्राइस्ट के पादरियों से क्राइस्ट हार जाएँ। इसमें कोई हैरानी नहीं। लेकिन यह जानना चाहिए कि चाहे कितना ही कुशल अभिनय करें, उसके जीवन में सुबास नहीं हो सकती, वह काग़ज़ का ही फूल होगा। वह असली फूल नहीं हो सकता। और इस चेष्टा में कि वह दूसरे का अंधानुकरण करे, वह एक बहुमूल्य अवसर खो देगा जो स्वयं की निजता को पाने का था। ऐसी ही हो जाएगी बात।

आपकी बगिया में मैं आऊँ और आपके फूलों को समझाऊँ गुलाब को कहूँ कि तू कमल हो जा, चमेली को कहूँ तू चंपा हो जा। पहली तो बात है, फूल मेरी बात सुनेंगे नहीं, क्योंकि फूल आदमियों जैसे नासमझ नहीं कि हर किसी की बात सुनें। कोई उपदेशक वगैरह उनके बीच नहीं होता। पर हो सकता है, आदमियों के साथ रहते-रहते कुछ फूल बिगड़ गए हों। आदमी के साथ रहकर कोई भी बिगड़ सकता है। जानवर जो जंगल में रहते हैं उनको बीमारियाँ नहीं होतीं, आदमी के साथ रहने लगते हैं, उन्हीं बीमारियों से ग्रस्त हो जाते हैं। फिर आदमी की नक़ल में विटनेरी डॉक्टर को भी हमें तैयार करना पड़ता है। हो सकता है, आपके साथ रहते-रहते बगिया के फूलों की आदत बिगड़ गयी हो, वे सुनने को राज़ी हो जाएं और उपदेश उन पर काम कर जाय। सीधे-सादे फूल हैं, हो सकता है, मान लें, और गुलाब कमल होने की कोशिश करने लगे, और चंपा चमेली होने की। फिर क्या होगा?

उस बगिया में फिर फूल पैदा नहीं होंगे। एक बात तय है, और कुछ भी हो, उस बगिया में फिर फूल पैदा नहीं होंगे। क्योंकि गुलाब के भीतर कमल होने का कोई व्यक्तित्व नहीं है। लाख कोशिश करे वह, कमल नहीं हो सकता। लेकिन कमल होने की कोशिश में सारी ताक़त व्यय हो जाएगी और गुलाब भी नहीं है। लाख कोशिश करे वह, कमल नहीं हो सकता। लेकिन कमल होने की कोशिश में सारी ताक़त व्यय हो जाएगी और गुलाब भी नहीं हो सकेगा। गुलाब का फूल भी उसमें पैदा नहीं होगा।

आदमी की बगिया ऐसी ही वीरान हो गयी है। सोचें कभी अगर हम बीस-पच्चीस लोगों के नाम दुनिया से अलग कर दें, तो आदमी के दस हज़ार वर्षों में कितने फूल लगे हैं? बुद्ध को, महावीर को, कृष्ण को, क्राइस्ट को, लाओत्से को, कंफ्यूशियस को छोड़ दें। बीस नाम अलग कर दें, मनुष्य-जाति के दस हज़ार साल में, तो बाक़ी किन आदमियों के जीवन में फूल लगे हैं? और क्या यह

अत्यंत दुर्भाग्यपूर्ण नहीं है कि अरबों लोग पैदा हों, एक-दो आदमी के जीवन में फूल आएँ और बाक़ी लोग बिना फूल के बाँझ रह जाएं ?

कौन है इसके लिए जिम्मेवार ? मेरी दृष्टि में, अनुकरण इसके लिए जिम्मेवार है । क्या आपको पता है, क्राइस्ट ने किसका अनुकरण किया ? क्राइस्ट किसकी कार्बन कॉपी बनना चाहे थे ? क्या कहीं उल्लेख है कि कृष्ण ने किसी का अनुकरण किया हो ? क्या कहीं यह लिखा है किसी किताब में और किसी धर्म-ग्रंथ में कि बुद्ध किसी के पीछे चले हों । नहीं, वे ही थोड़े-से लोग इस जमीन पर सुगंध को उपलब्ध हुए जो अपनी निजता की खोज किए, किसी के पीछे नहीं गए । लेकिन हम अजीब पागल हैं । हम उन्हीं लोगों के पीछे जा रहे हैं, जो किसी के पीछे कभी नहीं गए । और जब तक हम किसी का अनुसरण करने की कोशिश करेंगे तब तक हमारे व्यक्तित्व में वह मुक्ति, वह स्वतंत्रता पैदा नहीं हो सकती ।

दूसरे का अनुकरण गहरी से गहरी परतंत्रता है ।

मैं बाँधता हूँ फिर अपने को । दूसरा हो जाता है मेरे लिए आदर्श और उसके अनुकूल मैं अपने को बाँधने लगता हूँ, फाँसने लगता हूँ । फिर एक पिंजड़ा तैयार हो जाता है और उस पिंजड़े के सीख़चों को पकड़ कर मैं चिल्लाता हूँ, स्वतंत्रता । तो बहुत हँसी जैसी बात हो जाती है ।

न तो चाहिए मनुष्य में विश्वास, और न चाहिए मनुष्य में अंधानुकरण । चाहिए मनुष्य में विचार, चाहिए मनुष्य में निजता की खोज । सवाल बुद्ध और महावीर होने का नहीं है, सवाल जो भी आप हैं, उसके पूरी तरह खिल जाने का है । और जिस दिन आप पूरी तरह खिलते हैं, उसी दिन आपके जीवन में धर्म का अनुभव शुरू होता है । उसके पहले नहीं । पंगु और कुंठित व्यक्तित्व, जीवन के सत्य से कोई संपर्क नहीं साध सकता । परिपूर्ण स्वस्थ और खिले हुए फूल की भाँति व्यक्तित्व, जो अपने सारे प्राणों को विकसित कर सके, तब जीवन के चारों तरफ़ के संदेश उसे मिलने उपलब्ध हो जाते हैं ।

मैं यह अंत में निवेदन करूँगा कि मनुष्य के बंधन, गहरे अर्थों में दो हैं—विश्वास के और अनुकरण के । जो व्यक्ति इन बंधनों से अपने को मुक्त कर लेता है, वह क़दम रख रहा है सत्य की तरफ़, वह धार्मिक होने की तरफ़ क़दम रख रहा है । उसके भीतर धार्मिक चित्त पैदा हो गया है । धार्मिक चित्त वह नहीं है, जो किन्हीं मंदिरों में जाकर सिर टेकता हो, किन्हीं शास्त्रों को सिर पर लेकर घूमता हो । नहीं, धार्मिक चित्त वह है जो अपने आस-पास अपनी चेतना पर, किसी तरह के बंधनों को, किसी तरह पोषण नहीं देता, सब तरह के बंधनों को शिथिल करता है, तोड़ता है और तब चेतना के भीतर जो छिपा है, उसके प्रगट होने का द्वार

खोजता है।

यह मैंने थोड़ी-सी बातें आपसे कहीं। ये बातें बिल्कुल नकारात्मक हैं, निगेटिव हैं। लेकिन कोई माली बगीचा बनाना चाहे तो पहले पुराने पौधों को निकाल अलग कर देता है, घास-पात उखाड़ देता है, जड़ें निकालकर बाहर फेंक देता है, पत्थर, कंकड़ अलग कर देता है, ताकि भूमि तैयार हो जाय, ताकि फिर नए बीज बोए जा सकें। तो मेरी इस पहली चर्चा में, कुछ चीज़ों को मैंने तोड़-फोड़ करने की कोशिश की है, उसे अलग कर देने की, ताकि आप तैयार हो सकें उन बातों के लिए, जिन्हें मैं बीज कहता हूँ और जो अगर भीतर पहुँचे तो उनसे आपके जीवन में एक अनुकरण हो सकता है, एक पल्लवन हो सकता है। कुछ आ सकती है सुवास। हर आदमी पैदा हुआ है एक फूल बन सके, एक सुवास उसके जीवन में आ सके। और जो आदमी बिना ऐसा बने विदा हो जाता है, उसके जीवन में कोई धन्यता, कोई कृतार्थता नहीं होती।

धन्य हैं वे थोड़े-से लोग ही, जो जीवन के इस अवसर को सरिता की भाँति, सागर तक दौड़ने का अवसर बना लेते हैं। धन्य हैं वे लोग, जो सरिता की भाँति, सागर को उपलब्ध हो जाते हैं। जीवन की इस परिपूर्णता का आनंद, जीवन के इस अमृत का बोध केवल उन्हीं को उपलब्ध हो पाता है। यह हम सबका जन्मसिद्ध अधिकार है, अगर हम माँग करें तो। लेकिन अगर हम माँग भी न करें, या हम माँग भी करें, चिल्लाएँ स्वतंत्रता, स्वतंत्रता और किन्हीं सीखचों को पकड़े रहें, तो कौन जिम्मेवार हो सकता है। प्रत्येक व्यक्ति ही अपने लिए, जिम्मेवार है, अपने बंधन के लिए, अपने कारागृह के लिए। और जिस दिन सोचेगा, तोड़ सकेगा उस कारागृह को। एक अंतिम कहानी और मैं अपनी चर्चा को पूरी करूँगा।

रोम में एक बहुत अद्भुत लोहार हुआ। उसकी बड़ी कीर्ति थी, सारे जगत् में। दूर-दूर के बाज़ारों तक उसका सामान पहुँचा। उसने बहुत धन अर्जित किया। लेकिन जब वह अपनी प्रतिष्ठा के चरम शिखर पर था और रोम के सौ बड़े प्रतिष्ठित नागरिकों में उसकी स्थिति बन गयी थी, तभी रोम पर हमला हुआ। दुश्मन ने रोम को रौंद डाला और सौ बड़े नागरिकों को गिरफ़्तार कर लिया। उनके हाथ-पैरों में बहुत मज़बूत ज़ंजीरें पहना दी गयीं और उन्हें फिंकवा दिया गया जंगलों में, ताकि जंगली जानवर उन्हें खा जाएं। वे ज़ंजीरें बहुत मज़बूत, बहुत वजनी थीं। उसके रहते एक क़दम चलना भी मुश्किल था, असंभव था। वे निन्यानवे लोग तो रो रहे थे छार-छार। उनके हृदय आँसुओं से भरे थे। उनके सामने मृत्यु के सिवाय कुछ भी नहीं था, लेकिन वह लोहार बहुत कुशल कारीगर

था। वह हँस रहा था, वह निश्चिंत था। उसे ख़याल था, कोई फ़िक्र नहीं, कैसी ही ज़ंजीरें हों, मैं खोल लूँगा। अपने बच्चों को, अपनी पत्नी को विदा देते वक़्त उसने कहा, घबराओ मत, सूरज डूबने के पहले मैं घर वापस आ जाऊँगा। पत्नी ने भी सोचा, बात ठीक ही है। वह इतना कुशल कारीगर था। जब उन सबों को जंगलों में फिंकवा दिया गया, वह लोहार भी एक जंगली खड्ड में डाल दिया गया। गिरते ही उसने पहला काम किया, अपनी ज़ंजीरें उठाके देखीं कि कहीं कोई कमज़ोर कड़ी हो, लेकिन ज़ंजीरों को देखते ही वह छाती पीट-पीटकर रोने लगा। उसकी हमेशा से आदत थी, जो भी बनाता था, कहीं हस्ताक्षर कर देता था। ज़ंजीरों पर उसके हस्ताक्षर थे। वह उसकी ही बनायी हुई ज़ंजीरें हैं। उसने कभी सोचा भी न था कि जो ज़ंजीरें मैं बना रहा हूँ, वे एक दिन मेरे ही पैरों में पड़ेंगी ओर मैं ही बंदी हो जाऊँगा। अब वह रोने लगा। रोने लगा इसलिए कि अगर ये ज़ंजीरें किसी और की बनायी हुई होतीं तो तोड़ भी सकता था। वह भली-भाँति जानता था, कमज़ोर चीज़ें बनाने की उसकी आदत नहीं, यही तो उसकी प्रतिष्ठा थी। ज़ंजीरें उसकी बनायी हुई थीं। उन्हें तोड़ना मुश्किल था, वे कमज़ोर थीं ही नहीं।

उस कुशल कारीगर को जो मुसीबत अनुभव हुई होगी, हर आदमी को, जिस दिन वह जागकर देखता है, ऐसी ही मुसीबत अनुभव होगी। तब वह पाता है, हर ज़ंजीर पर मेरे हस्ताक्षर हैं और हर ज़ंजीर मैंने इतनी मज़बूती से बनायी है, क्योंकि मैंने तो इसे स्वतंत्रता सोचकर बनाया था, कभी सोचा भी न था कि यह ज़ंजीर है। तो स्वतंत्रता को ख़ूब मज़बूती से बनाया था। मैंने इसे धर्म समझा था, ख़ूब मज़बूती से तैयार किया था। मैंने इसे मंदिर समझा था, मैंने कभी सोचा भी न था कि यह कारागृह है। तो ख़ूब मज़बूत बनाया था। उस लोहार की जो हालत हो गयी, वह क़रीब-क़रीब हर आदमी को अनुभव होती है, जो जागकर अपनी ज़ंजीरों की तरफ़ देखता है। लेकिन, वह लोहार साँझ को घर पहुँच गया। वह कैसे पहुँचा, वह मैं रात आपसे बात करूँगा।

मेरी बातों को इतने प्रेम और शांति से सुना है, इसलिए बहुत अनुगृहीत हूँ। सबके भीतर बैठे हुए परमात्मा को अंत में प्रणाम करता हूँ, मेरे प्रणाम स्वीकार करें।

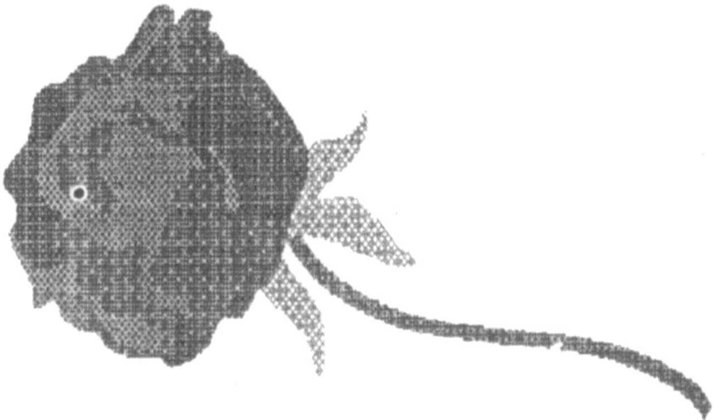

८. आकाश का आनंद

मेरे प्रिय आत्मन्,

मैं अत्यंत आनंदित हूँ, लायंस इंटरनेशनल के इस सम्मेलन में कि शांति के संबंध में थोड़ी-सी बातें आपसे कर सकूँगा। इसके पहले कि मैं अपने विचार आपके सामने रखूँ, एक छोटी-सी घटना मुझे स्मरण आती है, उसी से मैं शुरू करूँगा।

मनुष्य-जाति के अत्यंत प्राथमिक क्षणों की बात है। अदम और ईव को स्वर्ग के बगीचे से बाहर निकाला जा रहा था। दरवाज़े से अपमानित होकर निकलते हुए अदम ने ईव से कहा, हम बड़े संकट से गुज़र रहे हैं। यह पहली बात थी, जो दो मनुष्यों के बीच संसार में हुई, लेकिन पहली बात यह थी कि हम बड़े संकट से गुज़र रहे हैं। और तब से अब तक कोई बीस लाख वर्ष हुए, मनुष्य-जाति और बड़े, और बड़े संकटों से गुज़रती रही है। यह वचन सदा के लिए सत्य हो गया। ऐसा कोई समय न रहा, जब हम संकट में न रहे हों, और संकट रोज़ बढ़ते चले गए हैं। एक दिन अदम को स्वर्ग के राज्य से निकाला गया था, धीरे-धीरे हम कब नर्क के राज्य में प्रविष्ट हो गए, इसका भी पता लगाना कठिन है।

आज तो यह कहा जा सकता है, इधर तीन हज़ार वर्षों का इतिहास ज्ञात है। तीन हज़ार वर्षों में साढ़े चार हज़ार युद्ध हुए हैं। यह घबराने वाली और आश्चर्य कर देने वाली बात है। तीन हज़ार वर्षों में मनुष्य ने साढ़े चार हज़ार लड़ाइयाँ लड़ी हों तो यह जीवन शांति का जीवन नहीं कहा जा सकता। अब तक हमने कोई शांतिकाल नहीं जाना है। दो तरह के हिस्सों में हम मनुष्य के इतिहास को बाँट सकते हैं—युद्ध का समय, और युद्ध के लिए तैयारी का समय। शांति का कोई समय, कोई खंड अभी तक ज्ञात नहीं है। निश्चित ही, कोई बहुत गहरी विक्षिप्तता, कोई बहुत गहरा पागलपन मनुष्य को पकड़े होगा। कोई रास्ता अब खोज लेना ज़रूरी है। पुरानी लड़ाइयाँ बहुत छोटी लड़ाइयाँ थीं और उनके बाद भी हम बचते चले आए हैं। लेकिन अब शायद जो युद्ध होगा, उसमें मनुष्य को बचने का भी कोई उपाय न हो।

अल्बर्ट आइंस्टीन से मरने के पहले किसी ने पूछा, तीसरे महायुद्ध में किन शस्त्रों का उपयोग होगा? आइंस्टीन ने कहा, तीसरे के प्रति कहना कठिन है, लेकिन चौथे के संबंध में कहा जा सकता है। सुनने वाला, पूछने वाला हैरान हुआ। उसने पूछा चौथे में किन शस्त्रों का उपयोग होगा? अगर मनुष्य बचा रहा— क्योंकि बचने की कोई संभावना नहीं है, अगर बचा रहा, तो फिर से पत्थर के हथियारों से लड़ाई शुरू करनी पड़ेगी। चूँकि तीसरा महायुद्ध, बहुत संभावना इस बात की है कि सारी मनुष्य-जाति को ही नहीं, बल्कि समस्त जीवन-मात्र को समाप्त कर दे।

पिछले महायुद्ध में पाँच करोड़ लोगों की हत्या हुई। पाँच करोड़ लोग छोटी संख्या नहीं है। दोनों पिछले युद्धों में मिलाकर दस करोड़ लोग मारे गए। शायद हमें ख़याल भी नहीं है कि इन दस करोड़ लोगों की हत्या करने में हमारा भी हाथ है। हम जो यहाँ बैठे हैं; हम जिम्मेवार हैं। कोई भी मनुष्य इस जिम्मेवारी और उत्तदायित्व से बच नहीं सकता। जो भी ज़मीन पर हो रहा है, उस सब में हमारे हाथ हैं। दो महायुद्ध हमारे भीतर से पैदा हुए और हमने इतनी बड़ी हत्या की। और अब तो हमारी तैयारी बहुत बड़ी है। मैं उस तैयारी के संबंध में भी दो शब्द कहना चाहूँगा।

१९४५ में हिरोशिमा और नागासाकी पर जो अणु बम गिराए गए, वे बहुत घातक थे। एक लाख के क़रीब लोग उन अणु बमों के गिराने से नष्ट हुए। इधर बीस वर्षों में बहुत विकास हुआ है और हिरोशिमा पर जो बम गिराया गया था, बच्चों के खिलौनों से ज़्यादा नहीं है, अब। अब हमारे पास उससे बहुत

शक्तिशाली बम हैं। ऐसा उद्जन बम कोई चालीस हज़ार वर्ग मील घेरे के समस्त जीवन को नष्ट कर सकता है। और ऐसे उद्जन बमों की संख्या हमारे पास में १९६० में पचास हज़ार थी। निश्चित ही छः वर्षों में यह संख्या और बहुत ज़्यादा बढ़ गई होगी, हम रुके नहीं हैं।

पचास हज़ार उद्जन बम क्या अर्थ रखते हैं, शायद आपको ख़याल न हो। यह ज़मीन बहुत बड़ी है। पचास हज़ार उद्जन बमों को नष्ट करने के लिए यह ज़मीन बहुत छोटी है। इस तरह की सात ज़मीनें हों तो पचास हज़ार उद्जन बम उन्हें नष्ट कर सकेंगे। अभी आदमी की संख्या कोई तीन अरब है। इक्कीस अरब आदमियों को मारने के लिए हमारे पास व्यवस्था है। यह थोड़े हैरानी की बात है कि इतनी बड़ी व्यवस्था से हम क्या करेंगे! शायद यह डर हो कि कोई आदमी मरने से बच जाय तो उसे दुबारा मारा जा सके, तीसरी बार मारा जा सके या सात बार मारा जा सके। हालाँकि भगवान् का कुछ ऐसा इंतज़ाम है कि एक आदमी एक ही बार में मर जाता है, लेकिन फिर भी हमने सात बार मारने का इंतज़ाम कर रखा है कि कोई बच जाय, कोई अपवाद हो जाय तो व्यवस्था पूरी होनी ज़रूरी है। ये पचास हज़ार उद्जन बम किसी भी दिन, किसी भी एक पागल राजनीतिज्ञ के दिमाग़ में ख़राबी आ जाने से ख़तरा बन सकते हैं। कोई एक आदमी का दिमाग़ ख़राब हो जाय तो सारी मनुष्य जाति नष्ट हो सकती है। और जैसे हमारे दिमाग़ हैं, हम क़रीब-क़रीब वैसे ही पागल हैं, इसलिए पागल होने की कोई बहुत ज़्यादा ज़रूरत नहीं है।

आम आदमी इतना अशांत है, इतना दुःखी है, इतना परेशान है कि उसके द्वारा बहुत डर है कि वह कभी भी युद्ध के ख़तरे को मोल ले सकता है। हम छोटी-छोटी बात पर लड़ने को तैयार हो जाते हैं, बहुत छोटी-छोटी बातों पर, और हमारे भीतर से हमारा राजनीतिज्ञ भी पैदा होता है। उसकी बुद्धि भी हमसे ज़्यादा बड़ी और हमसे श्रेष्ठ नहीं होती है। उसकी आत्मा भी हमसे ज़्यादा विकसित नहीं होती है। अक्सर तो यह होता है, जो हमसे निम्नतम है, वे राजनीति में श्रेष्ठतम हो जाते हैं, और तब, तब ख़तरा और भी बढ़ जाता है। राजनीतिज्ञों के हाथ में दुनिया का होना एक ज्वालामुखी के ऊपर जैसे हम बैठे हों, ऐसी स्थिति में है।

क्या आपको पता है, ट्रूमेन की आज्ञा से हिरोशिमा और नागासाकी में एक एटम बम गिरा। दूसरे दिन सुबह पत्रकारों ने ट्रूमेन से पूछा, आप रात को ठीक से सो सके? एक लाख आदमी मर गए थे, स्वाभाविक था कि ट्रूमेन की नींद रात में ख़राब हुई होती, लेकिन ट्रूमेन ने कहा, मैं बहुत आनंद से सोया! सच तो यह है, उसने कहा, इधर तीन हज़ार वर्षों में इतनी शांति से मैं कभी नहीं सोया। एक लाख

आदमियों को मारकर अगर हमारे राजनीतिज्ञ शांति से सो सकते हैं तो इन राजनीतिज्ञों के हाथ में दुनिया का होना शुभ नहीं कहा जा सकता। और राजनीतिज्ञ के हाथ में दुनिया हज़ारों वर्ष से है और राजनीति बिना युद्ध के न तो जी सकती है और न जी है।

जिस दिन दुनिया से युद्ध समाप्त होंगे, उस दिन राजनीति का भाव भी समाप्त हो जाएगा। इसलिए यह बहुत स्वाभाविक है कि राजनीतिज्ञ युद्ध को जारी रखे, युद्ध को बनाए रखे, उसे ज़िंदा रखे। इस संबंध में विचार करना इसलिए बहुत-बहुत आवश्यक हो गया है, क्योंकि पिछले दिनों में राजनीतिज्ञ युद्ध से जो नुकसान पहुँचा सकते थे, वे इतने बड़े नहीं थे, लेकिन अब तो वे पूरी मनुष्य-जाति को नष्ट कर सकते हैं। एक छोटी-सी कहानी कहूँ और फिर अपनी चर्चा को शुरू करूँ। यह कहानी मैंने मुल्क़ के कोने-कोने में कही है। एक बिल्कुल झूठी कहानी है।

एक बहुत बड़े महल के बाहर बड़ी भीड़ थी। भीतर कुछ हो रहा था, उसे जानने को सैकड़ों लोग इकट्ठे थे, लेकिन वे साधारणजन नहीं थे। जो बाहर इकट्ठे थे, वे स्वर्ग के देवी और देवता थे और जो महल था वह खुद भगवान् का महल था। भीतर वहाँ कोई बात चली थी, जिसको सुनने के लिए सारे लोग उत्सुक थे। उस बात पर बहुत कुछ निर्भर था। मैंने कहा, कहानी बिल्कुल झूठी है, लेकिन फिर भी बहुत अर्थपूर्ण है। भीतर ईश्वर का दरबार लगा हुआ था और तीन आदमी दरबार में खड़े हुए थे। ईश्वर ने उन तीन आदमियों से पूछा, मैं बहुत हैरान हो गया हूँ, मनुष्य को बनाकर मैं बहुत परेशान हो गया हूँ। मैंने सोचा था, मनुष्य को बनाकर दुनिया में एक आनंद, एक शांति, एक संगीतपूर्ण विश्व का जन्म होगा। ज़मीन एक स्वर्ग बनेगी। लेकिन मनुष्य को बनाकर भूल हो गयी। ज़मीन रोज़ नर्क के क़रीब होती जा रही है और ऐसा वक़्त आ सकता है, नर्क में जो लोग पाप करें, उन्हें हमें ज़मीन पर भेजना पड़े। इसलिए ईश्वर ने कहा, मैं बहुत परेशान हूँ और तुम्हें इसलिए बुलाया है कि तुमसे पूछ सकूँ कि क्या कोई उपाय मैं कर सकता हूँ जिससे कि दुनिया ठीक हो जाय?

वे तीन लोग तीन बड़े देशों के प्रतिनिधि थे—अमरीका, रूस और ब्रिटेन के। अमरीका के प्रतिनिधि ने कहा, दुनिया अभी ठीक हो जाय। एक छोटी-सी आकांक्षा हमारी पूरी कर दें। ईश्वर ने उत्सुकता से कहा, कौन-सी आकांक्षा? अमरीका के प्रतिनिधि ने कहा, हे परमात्मा! ज़मीन तो रहे, लेकिन ज़मीन पर रूस का कोई निशान न रह जाय। इतनी सी आकांक्षा पूरी हो जाय, फिर और कोई तकलीफ़ नहीं, फिर और कोई कष्ट नहीं, फिर सब ठीक हो जाएगा और जैसा

आपने चाहा है दुनिया वैसी हो सकेगी।

ईश्वर ने बहुत वरदान दिए थे। ऐसे वरदान देने का उसे कोई मौक़ा नहीं आया था। उसने रूस की तरफ़ देखा, रूस के प्रतिनिधि ने कहा कि महानुभाव, एक तो हम मानते नहीं कि आप हैं। १९१७ के बाद हमने अपने मंदिरों और मस्जिदों और चर्चों से निकालकर आपको बाहर कर दिया है। लेकिन हम पुनः आपकी पूजा शुरू कर देंगे और फिर आपके मंदिरों में दिए जलाएँगे और फूल चढ़ाएँगे। एक छोटी-सी आकांक्षा अगर पूरी हो जाय तो वही प्रमाण होगा ईश्वर के होने का। ईश्वर ने कहा, कौन-सी आकांक्षा ? उसने कहा, हम चाहते हैं कि ज़मीन का नक़्शा तो रहे, लेकिन अमरीका के लिए कोई रंग न रह जाय। ईश्वर ने हैरानी में और घबराकर ब्रिटेन की तरफ़ देखा। ब्रिटेन के प्रतिनिधि ने कहा हे परमपिता, हमारी अपनी आकांक्षा नहीं। इन दोनों की आकांक्षाएँ एक साथ पूरी हो जाएँ तो हमार आकांक्षा पूरी हो जाय।

यह तो बिल्कुल ही झूठी कहानी मैंने आपसे कही। लेकिन दुनिया की स्थिति क़रीब-क़रीब ऐसी हो गयी है। सारी दुनिया के राजनीतिज्ञ एक-दूसरे के विनाश के लिए उत्सुक हैं। सारे दुनिया के लोग एक-दूसरे की हत्या के लिए तत्पर हैं। सारी दुनिया की शक्ति—इतनी बड़ी शक्ति जिससे हम ज़मीन को न मालूम क्या बना सकते थे ! जिससे ज़मीन की सारी दरिद्रता मिट सकती थी, सारी अशिक्षा मिट सकती थी, सारे दुःख और बीमारियाँ मिट सकते थे, जिससे मनुष्य एक अद्‌भुत रूप से स्वस्थ शांत और सुखी संसार का निर्माण कर सकता था, वह सारी शक्ति इस बात में लगी है कि हम एक-दूसरे को कैसे नष्ट कर दें। वह सारी शक्ति इस बात में लगी है कि एक मनुष्य दूसरे मनुष्य की हत्या करने में कैसे समर्थ हो जाय। यह कहानी तो झूठी है, लेकिन यह कहानी क़रीब-क़रीब हमारी दुनिया के संबंध में सच हो रही है। हम सारे लोग विनाश के लिए तत्पर हैं। क्यों ? इसका जिम्मा, इसका उत्तरदायित्व किस पर है ? और ये सारे राजनीतिज्ञ शांति की बातें भी करते हैं। यह भी आपको पता होगा, दुनिया के सारे युद्ध शांति के नाम पर हुए हैं। इसलिए शांति के संबंध में भी विचार करना बहुत ज़रूरी है।

शांति के लिए भी युद्ध हो सकता है। और जब भी कोई लड़ता है तो शांति के लिए लड़ता है। अच्छे नाम, बुरे कामों को करने का कारण बन जाते हैं। अच्छे नामों की ओट में दुनिया में बुरे से बुरे पाप, बुरे से बुरे काम हुए हैं। धर्मों की ओट में हत्याएँ हुई हैं। शांति के नाम पर युद्ध हुए हैं। इसलिए राजनीतिज्ञ जब शांति की बातें करता हो तो बहुत विचार करना ज़रूरी है। हो सकता है, शांति की आवाज़ें उठाकर वह केवल युद्ध की तैयारियाँ करवाना चाहता हो। अंत में वह

कहेगा अब तैयार हो जाओ, शांति के लिए लड़ना ज़रूरी है। शांति की रक्षा के लिए युद्ध आवश्यक हो गया है।

ये जो सारे, राजनीति की भाषा में सोचने वाले लोग हैं, यदि मनुष्य इस भाषा से, इस वृत्ति से सचेत नहीं होता है तो युद्ध से नहीं बचा जा सकेगा। मेरी दृष्टि में कोई राजनीतिक उपाय स्थायी रूप से शांत विश्व को जन्म देने में असमर्थ है। इसलिए असमर्थ है कि राजनीति मूलत: आकांक्षा है, एम्बीशन है। जहाँ राजनीति है, वहाँ दूसरे से आगे निकलने की होड़ है। प्रतिद्वंद्विता है और जहाँ आगे निकलने की दौड़ है, वहाँ आज नहीं कल, युद्ध अवश्यंभावी है। जब एक राष्ट्र दूसरे राष्ट्र से आगे निकलना चाहे, एक राष्ट्र दूसरे राष्ट्र से ऊपर निकलना चाहे तो अंत में युद्ध आ जाना स्वाभाविक है।

पहले महायुद्ध में हेनरी फोर्ड कुछ मित्रों का एक जत्था लेकर युद्ध की समाप्ति के लिए यूरोप की तरफ़ आया। अमरीका से उसने एक जहाज़ लिया। कुछ मित्र इकट्ठे किए जो शांतिवादी थे और उस जहाज़ में उनको लेकर वह यूरोप की तरफ़ गया, ताकि वहाँ शांति की बातें और ख़बरें पहुँचायी जा सकें शांति का मिशन लेकर वह आया। लेकिन हेनरी फोर्ड, जैसे ही जहाज़ शुरू हुआ, पछताने लगा मन में। उसने भूल कर ली थी। जिन लोगों को लेकर वह जहाज़ में चला था शांति के लिए, वे सब आपस में लड़ने लगे। उसमें कई-कई तरह के राजनीतिज्ञ थे। उसमें एक तरह का शांतिवादी था, उसमें दूसरी तरह के शांतिवादी थे। उसमें प्रजातंत्रवादी थे। उसमें साम्यवादी थे। उसमें कैथोलिक थे, उसमें प्रोटेस्टेंट्स थे। उसमें इस आइडियोलाजी को मानने वाले थे, उस आइडियोलाजी को मानने वाले थे। वह जहाज़ जैसे ही बंदरगाह से छूटा, वे आपस में लड़ने लगे। हेनरी फोर्ड मन में पछताया और उसने सोचा, इन लोगों को ले जाकर शांति की बात करनी असंभव है। जो आपस में लड़ते हों, वे शांति के लिए क्या कर सकेंगे!

हम सारे लोग, जो मनुष्य के भविष्य के लिए विचार करते हों और जिनके मन में यह ख़याल आता हो कि जीवन को बचाना और सुरक्षित करना आवश्यक है, उन्हें कुछ बातों पर विचार करना होगा। सबसे पहली बात तो यह विचार करनी होगी कि हम जो व्यक्तिगत रूप से छोटी-छोटी बातों में लड़ते हैं और संघर्ष करते हैं; कहीं वही संघर्ष, कहीं वही लड़ाई। अंतत: बड़े पैमाने पर राष्ट्रों का युद्ध तो नहीं बन जाती है? हम जो व्यक्तिगत रूप से करते हैं, छोटे-छोटे रूपों में वही इकट्ठा होकर बड़े पैमाने पर युद्ध बन जाता है। कोई राजनीतिक, कोई समाज-सुधार मूलत: अंतर नहीं ला सकेगा, अगर व्यक्तियों के चित्त इस बात को समझने में

समर्थ न हो जाएँ कि उनके भीतर जब तक द्वंद्व है, जब तक संघर्ष है, जब तक प्रतियोगिता है, एम्बीशन है, महत्त्वाकांक्षा है, तब तक मनुष्य-जाति युद्ध से मुक्त नहीं हो सकती। इसलिए मैं मनुष्य के, सामान्य मनुष्य के भीतर, जो युद्ध के मूल कारण हैं, उसके संबंध में बात करूँगा और कैसे मनुष्य के चित्त में शांति स्थापित हो सके, उसकी भी बात करूँगा।

मनुष्य के हृदय में युद्ध का मूल कारण क्या है ? यह तो आपने अनुभव किया होगा कि विनाश में हम सबकी उत्सुकता है। रास्ते पर कोई आदमी किसी को छुरा मार दे तो हम हज़ार महत्त्वपूर्ण काम छोड़कर उसे देखने को खड़े हो जाते हैं। क्यों ? रास्ते पर कोई लड़ रहा हो, हम हज़ार महत्त्वपूर्ण काम छोड़कर उसे देखने को रुक जाते हैं। क्यों ? दुनिया में जब भी युद्ध चलते हैं, लोग प्रसन्न हो जाते हैं। लोग सुबह से ही अख़बार और रेडियों की प्रतीक्षा करते हैं और युद्ध के समाचार पढ़कर उनकी आँखों में चमक आ जाती है। और जब युद्ध चलता है तो लोगों में बड़ा उत्साह और बड़ी ताज़गी और बड़ी चहल-पहल और बड़ी गति मालूम होती है। उनमें बड़ी ज़िंदगी मालूम होती है। और जब युद्ध शांत हो जाता है, लोग फिर बोझिल हो जाते हैं, फिर उदास हो जाते हैं, फिर ढीले मन से चलने लगते हैं।

क्या आपको यह पता है, जब पहला महायुद्ध हुआ, तो मनोवैज्ञानिक बहुत परेशान हुए। पहला महायुद्ध जितने दिनों तक चला उतने दिनों तक यूरोप में चोरियाँ कम हो गयीं, हत्याएँ कम हो गयीं, आत्महत्याएँ कम हो गयीं, लोग कम पागल हुए। हैरानी की बात है। मनोवैज्ञानिक समझ नहीं पाए कि इसका क्या कारण है ? फिर दूसरा महायुद्ध हुआ। तब तो और बड़े पैमाने पर यह हुआ। हत्याओं की संख्या एकदम कम हो गयी, आत्महत्याओं की संख्या कम हो गयी। लोगों ने युद्ध के समय में पागल होना बंद कर दिया। कम लोग पागल हुए। और क्यों ? लोग इतने उत्साहित हो गए, लोग इतने आनंदित हो गए कि उन्हें हत्या करने की ज़रूरत नहीं पड़ी, आत्महत्या करने की ज़रूरत नहीं पड़ी। ऊब और बोर्डम कम हो गयी। उदासी कम हो गयी, लोग प्रफुल्लित थे।

युद्ध ऐसी क्या प्रफुल्लता लाता है ? अगर युद्ध इतनी प्रफुल्लता लाता है तो उसका अर्थ है, हमारे भीतर, हमारे मन में युद्ध की कहीं चाह होगी। हम कहीं चाहते होंगे। हमारे भीतर कहीं कोई आकांक्षा होगी, जिससे युद्ध पैदा होता है और अगर सतत युद्ध चलता रहे तो हम बहुत प्रसन्न हो जाएँगे। यह बात अपने ख़याल से आप निकाल दें कि युद्ध से आप उदास होते हैं। आप ख़ुद विचार करें—अभी हिंदुस्तान में चीन और पाकिस्तान की लड़ाइयाँ चलीं, तो आप

ख़याल करें, आप ज़्यादा प्रसन्न थे। आप ज़्यादा प्रफुल्लित थे, आप ज़्यादा ताज़गी से भरे थे। आप ख़बरों के लिए आतुर थे। आपकी ज़िंदगी में एक रस मालूम हो रहा था। क्यों ? कुछ कारण है।

जो मनुष्य सामान्य जीवन से ऊबा हुआ है, वह मनुष्य युद्ध को चाहेगा, हिंसा को चाहेगा। बोर्डम जो हमारे जीवन की है, रोज़ सुबह से साँझ तक हमारे जीवन में न तो कोई रस है, न तो कोई आनंद है, न कोई प्रसन्नता है। जब तक कोई संशेसनल, जब तक कि कोई बहुत तीव्र संवेदना करने वाली बात न घट जाय, हमारे जीवन में कोई प्रफुल्लता, कोई ज़िंदगी नहीं आती। बर्नाड शॉ से किसी ने पूछा कि किस बात को आप समाचार कहते हैं, न्यूज़ किसे कहते हैं ? बर्नाड शॉ ने कहा, अगर एक कुत्ता आदमी को काट खाए तो इसे मैं न्यूज़ नहीं कहता। लेकिन एक आदमी कुत्ते को काट खाए तो इसे मैं न्यूज़ कहता हूँ। इसे मैं समाचार कहता हूँ, एक आदमी अगर कुत्ते को काट खाए।

यह हमारी ज़िंदगी की जो ढीली-ढीली रफ़्तार है, वह उसको चौंका देती है बात। हम चौंकाने के लिए उत्सुक हैं, हम चौंकाए जाएँ। इसलिए डिटेक्टिव फ़िल्में हम देखते हैं, जासूसी उपन्यास और कथाएँ पढ़ते हैं जिनमें हत्याओं का ज़ोर हो। ज़िंदगी में भी युद्ध और लड़ाइयाँ चाहते हैं, संघर्ष और कलह चाहते हैं, ताकि हमारे भीतर वह जो उदासी, ऊब ज़िंदगी में छा गयी है, वह टूट जाए। केवल वही मनुष्य का समाज युद्ध से बच सकता है, जो मनुष्य का समाज अत्यधिक आनंदित और प्रफुल्लित हो। स्मरण रखें, अगर हम उदास हैं, दुःखी हैं, रसहीन हमारा जीवन है तो हम भीतर अनजाने भी, अचेतन, अनकांसेस भी युद्ध के लिए, तीव्र युद्ध के लिए प्यासे रहेंगे। हमारे भीतर कोई आग्रह कोई आकांक्षा बनी रहेगी कि जीवन को चौंका देनेवाली कोई बातें हो जाएँ। युद्ध सबसे ज़्यादा जीवन को चौंका देता है। इसलिए जीवन में एक लहर आ जाती है, एक गति आ जाती है। इसलिए सारी मनुष्य-जाति बहुत गहरे में युद्ध को प्रेम करती है, युद्ध की आकांक्षा करती है।

अभी हिंदुस्तान में जब चीन और पाकिस्तान से उपद्रव चला तो आपने देखा, हिंदुस्तान भर में कविताएँ लिखी जाने लगीं, गाँव-गाँव में कवि पैदा हो गए। युद्ध के गीत गाए जाने लगे, लोगों की आँखों में रौनक और चेतना आ गयी। कैसा पागलपन है ! कैसा पागलपन है ! हम कितने उत्साहित हो गए। हमारा नेता कितने ज़ोर से बोलने लगा और हमारी तालियाँ कितनी ज़ोर से पिटने लगीं और हमारे प्राणों में जैसे गति और कंपन आ गया। ऐसा लगा जैसे मुर्दे जाग गए हों।

ये सारी की सारी स्थिति यह बताती है कि सामान्य जीवन हमारा बहुत दुःखी

और बहुत पीड़ित है। और यह भी स्मरण रखें, अगर सामान्यरूपेण हम दुःखी हैं तो जो आदमी दुःखी होता है, वह आदमी दूसरे को दुःख देने में आनंद अनुभव करता है। इसे मैं फिर दोहराता हूँ, जो आदमी दुःखी होता है वह दूसरे को दुःख देने में आनंद अनुभव करता है। जो आदमी आनंदित होता है वह दूसरे को आनंद देने में आनंद का अनुभव करता है। जो हमारे पास होता है, उसपे निर्भर होता है, हम दूसरे के साथ क्या करेंगे। चूँकि हम सारे लोग दुःखी हैं, इसलिए हमारे जीवन में एक ही सुख है कि हम किसी को दुःख दे पाएँ। इसलिए जब भी हम किसी को दुःख देते हैं, सताते हैं, परेशान करते हैं तो हमें सुख मिलता है।

एक मुसलमान फ़क़ीर था, बायज़ीद। वह बहुत परेशान था इस बात से कि ईश्वर ने नर्क बनाया ही क्यों? उसे यह परेशानी थी कि ईश्वर जो इतना दयालु है, उसने भी नर्क क्यों बनाया! उसने एक रात ईश्वर से प्रार्थना की कि मैं तो समझने से असमर्थ हूँ, अगर तू ही मुझे बता सके कि तूने नर्क क्यों बनाया, इतना बुरा नर्क क्यों बनाया! वह रात सोया, उसे एक सपना आया। निरंतर सोचने के कारण ही वह सपना उसे आया होगा। उसने सपना देखा, वह स्वर्ग में गया है। वहाँ चारों तरफ़ संगीत ही संगीत है और आनंद ही आनंद है। वहाँ दरख़्तों के ऊपर सुंदर फूल हैं, वहाँ चारों तरफ़ सुगंध है। लोग बड़े स्वस्थ हैं।

वह जब पहुँचा तो स्वर्ग के लोग भोजन कर रहे थे, घरों-घरों में भोजन चल रहा था। उसने कई घरों में झाँककर देखा, एक बात से बहुत परेशान हुआ। लोगों के हाथ बहुत लंबे हैं, लोगों के शरीर तो बहुत छोटे हैं, लेकिन हाथ बहुत लंबे हैं, इसलिए भोजन करने में उन्हें बड़ी तकलीफ़ होती है। उठते हैं तो उनको मुँह तक ले जाने में बड़ी अड़चन है, मुँह तक खाना जा नहीं पाता। लेकिन फिर लोग स्वस्थ हैं तो वह हैरान हुआ। उसने जाकर देखा, उसने देखा, घर-घर में लोग एक-दूसरे को खाना खिला रहे हैं। खुद तो खा नहीं सकते, उनके हाथ बहुत लंबे हैं, तो एक आदमी दूसरे आदमी को खाना खिला रहा है।

फिर वहाँ से वह नर्क गया। नर्क में देखा उसने, वहाँ भी हाथ उतने ही लंबे हैं, दरख़्त उतने ही सुंदर हैं और फूल खिले हुए हैं। वहाँ भी सुगंध है, वहाँ भी सब ठीक है, लेकिन लोग बिल्कुल दुर्बल और परेशान और पीड़ित हैं। वह हैरान हुआ। उसने देखा, वहाँ हर आदमी अपना खाना खाने की कोशिश कर रहा है और बग़ल वाला न खा पाए, इसकी कोशिश भी कर रहा है। खुद के हाथ लंबे हैं, इसलिए खुद के मुँह तक नहीं पहुँचते इसलिए कोई आदमी खाना नहीं खा पा रहा है और किसी तरह थोड़ा-बहुत खाना पहुँच भी जाए तो दूसरे लोग उसे धक्का दे रहे हैं। उसकी वज़ह से उसके पास खाना नहीं पहुँच पा रहा है। उसने देखा,

स्वर्ग और नर्क तो बिल्कुल एक जैसे हैं, लोग थोड़े अलग-अलग हैं। नर्क में कोई आदमी दूसरे आदमी को सुखी देखने के लिए उत्सुक नहीं है। हर आदमी दूसरे आदमी को दुःख देना चाह रहा है।

हम सारे लोग भी एक दूसरे को दुःख देना चाह रहे हैं। फोसडेग का नाम सुना होगा, एक बहुत विचारशील व्यक्ति है। वह एक थियोलाजिकल कालेज में बच्चों को पढ़ा रहा था, वह स्कूल, जहाँ ईसाई मिशनरी तैयार किए जाते हैं, उपदेश के लिए। वहाँ वह कालेज में उन लड़कों को पढ़ा रहा था। उसने पढ़ाते वक़्त उनको कहा कि जब तुम स्वर्ग का वर्णन करने लगो, तुम कहीं उपदेश करने जाओ और बाइबिल में स्वर्ग का वर्णन आ जाए तो तुम प्रसन्नता ज़ाहिर करना, चेहरे पर हँसी ले आना, आँखों में ताज़गी ले आना, रोशनी ले आना। एकदम प्रफुल्लित हो जाना, ताकि लोग समझ सकें कि स्वर्ग के वर्णन से तुम्हारा हृदय प्रफुल्लित हो गया। एक युवक ने खड़े होकर पूछा, और जब नर्क का वर्णन करना पड़े ? तो फोसडेग ने कहा, तुम्हारी जो सूरत है, उससे ही काम चल जाएगा और कुछ सूरत बनाने की कोशिश मत करना।

हम सबकी सूरतें जैसी हैं, वैसे से नर्क का काम चल जाएगा। उसके लिए कोई और विशेष सूरत बनाने की ज़रूतर नहीं है। ज़मीन क़रीब-क़रीब दुःखी, उदास, पीड़ित, उस स्थिति में पहुँच गयी है कि किसी मनुष्य को भीतर जीवन में न तो कोई रस है, न कोई आनंद है। फिर एक ही रस है कि वह दूसरे को सताए, दूसरे को परेशान करे।

चंगेज दिल्ली आया। उसने आते ही दस हज़ार बच्चों के सिर कटवा दिए और उनको भालों पर लगवाकर जुलूस निकलवाया आगे। लोगों ने पूछा, यह तुम क्या करते हो ? उसने कहा, ताकि दिल्ली में लोगों को याद रहे कि कोई आया था। वह खुश था उन दस हज़ार बच्चों के सिर कटवाकर।

यह आदमी ज़रूर बहुत दुःखी रहा होगा। इसके दुःख का अंत न होगा। इसके भीतर नर्क ही रहा होगा, तभी तो इसे खुशी मिल सकी। जब हिंदुस्तान से वापस लौटा, बीच के एक गाँव में रुका। कुछ वेश्याएँ, रात को उसके दरबार में नाचने आयीं। आधी रात में, दो बजे जब वेश्याएँ लौटने लगीं तो उन्होंने कहा, हमें डर लगता है, रास्ते में अंधेरा है। चंगेज ने कहा अपने सैनिकों को, रास्ते में जितने गाँव पड़ते हैं, सबमें आग लगा दो ताकि इन वेश्याओं को याद रहे कि चंगेज के दरबार में नाचने गयी थीं तो आधी रात में भी उसने दिन करवा दिया। सारे गाँव में आग लगा दी गई, कोई बीस गाँव जला दिए गए। उसमें सोए लोग वहाँ जल गए। लेकिन वेश्याओं के रास्ते पर प्रकाश कर दिया।

यह आदमी ज़रूर भीतर गहरे नर्क में रहा होगा। चंगेज सो नहीं सकता था। हिटलर भी नहीं सो सकता था, स्टेलिन भी नहीं सो सकता था। भीतर एक गहरी पीड़ा रही होगी, कितना गहरा दुःख रहा होगा कि दूसरे दुःख का दुःख तो अनुभव नहीं हुआ, बल्कि दूसरे को दुःख देने में एक खुशी अनुभव हुई। हम सारे लोग दुःखी हैं। अगर आप दुःखी हैं, तो आप स्मरण रखिए, आपका हाथ युद्ध में है। अगर आप दुःखी हैं तो आप युद्ध की आकांक्षा कर रहे हैं। अगर आप दुःखी हैं तो आप दूसरों के लिए दुःख पैदा कर रहे हैं। हम सारे लोग मिलकर दुःख पैदा कर रहे हैं—सामूहिक रूप से, व्यक्तिगत रूप से, राष्ट्रों के रूप से। और जब सारी दुनिया बहुत दुःख से भर जाती है, दस-पंद्रह वर्ष में, दुःख के सिवाय हमारे दुःख के रिलीफ़ का, निकास का कोई रास्ता नहीं रह जाता। युद्ध राजनैतिक घटना-मात्र नहीं है, हमारे पूरे मानसिक नर्क का निकास है, रिलीफ़ है। जब भीतर बहुत पीड़ा इकट्ठी हो जाती है, एक दुःख सारी दुनिया में हम पैदा कर देते हैं, पागलपन पैदा कर देते हैं। दस-पंद्रह वर्ष के लिए फिर एक हल्की शांति छा जाती है। दस-पंद्रह वर्ष में हम फिर इकट्ठा कर लेते हैं।

अगर कोई व्यक्ति इस बात के लिए उत्सुक है कि दुनिया में शांति हो और युद्ध न हो, हिंसा न हो तो सबसे पहले उसे इस बात पर विचार करना होगा कि उसके स्वयं के जीवन में दुःख न हो। यह पहली बात है जो मैं आपसे निवेदन करना चाहता हूँ। अगर आप प्रफुल्लित और आनंदित हैं, अगर आप अपने जीवन में चौबीस घंटे खुशी बिखेर रहे हैं, फूल बिखेर रहे है, खुशबू और सुगंध बिखेर रहे हैं तो आप युद्ध के खिलाफ़ काम कर रहे हैं। आप एक ऐसी दुनिया के बनाने के काम में लगे हुए हैं, जहाँ युद्ध नहीं हो सकेंगे। अगर दुनिया में अधिक लोग खुश हों तो युद्ध असंभव हो जाएगा। युद्ध को रोकने के लिए कोई रास्ता नहीं है, सिवाय इसके कि दुनिया में आनंद की गहरी से गहरी पर्तें बिखेरी जाएँ।

मैडम ब्लावड्स्की जिस गाँव में गयी, जिस रास्ते से निकली, अपने साथ हमेशा एक झोले में बहुत से फूलों के बीज लिए रहती थी। बस मैं बैठी हो, कार में बैठी हो, ट्रेन में बैठी हो, रास्तों के किनारे, खेत में फूल के बीज फेंकती जाती थी। लोगों ने पूछा, तुम पागल हो। उसने लाखों रुपयों के फूलों के बीज अनजान रास्तों पर फेंक दिए। लोगों ने कहा, तुम पागल हो इन बीजों को फेंकने से फ़ायदा? उस महिला ने कहा, जरूर वर्षा आएगी जल्दी ही, ये बीज फूटेंगे, इनमें फूल लगेंगे और कोई उन फूलों को देखकर खुश होगा। लोगों ने कहा, लेकिन तुम दुबारा इस रास्ते से न निकल सकोगी और न उन लोगों को खुश देख सकोगी। उसने कहा, इससे कोई फ़र्क़ नहीं पड़ता। अगर एक बेहतर दुनिया

बनानी है तो उसमें मुस्कराहट बिखेरना ज़रूरी है, बहुत फूल फैला देने ज़रूरी हैं।

तो मैं आपसे कहूँगा, अगर आप प्रसन्न हैं और आपके जीवन से काँटे नहीं, फूल गिरते हैं, अगर आपके व्यवहार से, आपके विचार से, आपके संबंधों से खुशी बिखरती है तो आप एक ऐसी दुनिया के निर्माण में भागीदार हो रहे हैं, जिसमें युद्ध नहीं हो सकेंगे। जिसमें हिंसा नहीं हो सकेगी। यह बात अजीब लगेगी कि मैं युद्ध के रोकने के लिए यह कहूँ। लेकिन मैं जानता हूँ, सिवाय इसके कोई उपाय नहीं है। दुःखी लोग युद्ध से नहीं बच सकते। दुःखी लोग हिंसा से नहीं बच सकते, क्योंकि दुःखी लोग दूसरों को दुःख देने से नहीं बच सकते हैं। यह तो पहली बात है। और यह प्रत्येक व्यक्ति को स्मरण रखनी ज़रूरी है तो उसके जीवन से एक आनंद की फुआर, आनंद की गंध निरंतर उठती रहे। उसके सोते, उठते, बैठते उसके जीवन में एक आनंद प्रगट हो।

लेकिन यह आनंद कैसे प्रगट हो ?

अगर यह भीतर न हो तो यह प्रगट कैसे होगा ? झूठीं खुशियों का कोई अर्थ नहीं है और झूठी मुस्कराहटें बेमानी हैं। अगर मैं झूठा मुस्कराऊँ, कोशिक करके हँसूं और कोशिश करके सुखी और प्रसन्न दीखने की चेष्टा करूँ तो वह सब झूठ होगा, वह अभिनय होगा, वह सब एक्टिंग होगी। उसका कोई बहुत अर्थ नहीं है। मेरे प्राणों से आनंद उठना चाहिए। लेकिन मेरे प्राण तो उदास और अंधकार में डूबे हुए हैं। उससे आनंद कैसे उठेगा ?

ज़रूर कोई रास्ता है कि सारा जीवन आनंद का एक संगीत हो जाय, एक गीत हो जाय और प्राणों की धड़कनें निरंतर सतत एक अपूर्व आनंद में धड़कने लगें। रास्ता है। मार्ग है। कुछ लोगों ने इसी जीवन में वैसे आनंद को उपलब्ध किया है। कुछ लोगों ने वैसे जीवन में संगीत को उपलब्ध किया है और तब फिर—तब फिर उनके जीवन से जो प्रगट हुआ प्रेम, उनके जीवन से जो प्रगट हुई अहिंसा, उसके वे आधार रखे हैं, जिससे मनुष्य का—नए मनुष्य का जन्म हो सके।

बुद्ध एक पहाड़ के क़रीब से गुज़रते थे। एक हत्यारे ने वहाँ प्रतिज्ञा कर रखी थी, एक हज़ार लोगों को मारने की। उसने नौ सौ निन्यानवे लोग मार डाले थे, लेकिन अब रास्ता चलना बंद हो गया था। लोगों को पता हो गया था और रास्ता चलना बंद हो गया था। अब उस रास्ते पर कोई भी नहीं निकलता था। बुद्ध उस रास्ते पर गए। गाँव के लोगों ने, जो अंतिम गाँव था, उन्होंने कहा मत जाओ, क्योंकि हत्यारा वहाँ अंगुलीमाल है। वह आपका भी सिर काट डालेगा। वह रास्ता निर्जन है, वहाँ कोई भी नहीं जाता।

बुद्ध ने कहा, अगर वहाँ कोई भी नहीं जाता तो वह बेचारा हत्यारा, अकेला

बहुत दु:ख में और पीड़ा में होगा। मुझे जाना चाहिए। अगर मेरी गर्दन कट जाय तो भी उसे खुशी होगी। उसका एक हज़ार का व्रत पूरा हो जाएगा। दूसरी बात, जो आदमी एक हज़ार आदमियों को मार कर भी दु:खी नहीं हुआ है, उसके प्राण पत्थर हो गए होंगे। उसके पत्थर-प्राण उसे कितनी पीड़ा नहीं देते होंगे। बुद्ध ने कहा, मुझे उन नौ सौ निन्यानवे लोगों के मर जाने की उतनी पीड़ा नहीं जितनी उस आदमी के हृदय की पीड़ा है, जिसके हृदय पर कितना बड़ा पत्थर होगा। मुझे जाने दें। बुद्ध वहाँ गए। वहाँ एक छोटी-सी घटना घटी।

बुद्ध को आते देखकर, उनकी सीधी और शांत आकृति देखकर अंगुलीमाल को थोड़ी-सी दया आयी। सोचा, भिक्षु है, भूल से आ गया। और तो कोई आता नहीं है। उसने दूर से चिल्लाकर कहा कि भिक्षु, वापस लौट जाओ। क्या तुम्हें पता नहीं, अंगुलीमाल का नाम नहीं सुना? और सभी हत्यारे चाहते हैं कि उनका नाम सुना जाए, उसी के लिए हत्या करते हैं। उसने चिल्लाकर कहा, अंगुलीमाल का नाम नहीं सुना? बुद्ध ने कहा, सुना है, और उसी की खोज में मैं भी आया हूँ। अंगुलीमाल थोड़ा हैरान हुआ। क्या तुम्हें पता नहीं कि मैं तुम्हारी गर्दन काट दूँगा? नौ सौ निन्यानवे लोगों को मैंने मारा है। बुद्ध ने कहा, मैं भी मरूँ, क्योंकि मृत्यु तो निश्चित है। आज नहीं कल मर जाऊँगा। लेकिन तुम्हें अगर थोड़ी खुशी मिल सके और तुम्हारा व्रत पूरा हो जाय तो मृत्यु मेरी सार्थक हो जाएगी। अंगुलीमाल थोड़ा परेशान हुआ। इस तरह की बातें उसने जीवन में कभी सुनी नहीं थीं।

उसने दो तरह के लोग देखे थे—वे जो उसकी तलवार को देखकर भाग जाते हैं और वे जो उसकी तलवार को देखकर तलवार निकाल लेते थे। इस आदमी के पास न तो तलवार थी और न यह आदमी भाग रहा था, क्योंकि आ रहा था। यह बिल्कुल तीसरी तरह का आदमी था जो अंगुलीमाल ने नहीं देखा था। बुद्ध क़रीब आए, अंगुलीमाल से उन्होंने कहा कि तुम इसके पहले कि मुझे मारो, क्या एक छोटा सा काम मेरा कर सकोगे? और एक मरते हुए आदमी की याचना कौन इंकार करेगा? अंगुलीमाल भी इंकार नहीं कर सका। बुद्ध ने कहा, यह जो सामने वृक्ष है, इसके थोड़े पत्ते तोड़कर मुझे दे दो। उसने अपनी तलवार से एक शाखा काटकर बुद्ध के हाथ में दे दी। बुद्ध ने कहा, तुमने मेरी बात मानी। क्या एक छोटी-सी बात और मान सकोगे? इस शाखा को वापस जोड़ दो।

वह अंगुलीमाल हैरान हुआ। उसने कहा, यह तो असंभव है। वापस जोड़ देना असंभव है। बुद्ध हँसने लगे और उन्होंने कहा, फिर तोड़ना तो बच्चे भी कर सकते थे, पागल भी कर सकते थे। इसमें कोई बहादुरी नहीं, इसमें कोई पुरुषार्थ

नहीं कि तुमने तोड़ी। जोड़ो तो कुछ बात है। तोड़ना तो कोई भी कर सकता है। और बुद्ध ने कहा, स्मरण रखना, जो तोड़ता है वह निरंतर दुःखी होता जाता है। और जितना ज़्यादा दुःखी होता है, उतना ज़्यादा तोड़ता है और जितना ज़्यादा तोड़ता है, उतना दुःखी होता जाता है। अंगुलीमाल ने पूछा, सच, मैं तो बहुत दुःखी हूं। क्या कोई रास्ता भी है कि मनुष्य आनंदित हो सके? बुद्ध ने कहा, जो जोड़ता है, वह आनंद को उपलब्ध होता है। अंगुलीमाल ने वह तलवार फेंक दी। उसने कहा कि मैं जोड़ने का विज्ञान सीखूँगा।

मैं आपसे यह कहना चाहता हूँ, जीवन में जो भी जोड़ता है, वह आनंद को उपलब्ध होता है। जो भी क्रिएट करता है, जो भी सृजन करता है, जो भी बनाता है, वह आनंद को उपलब्ध होता है। अगर आप दुःखी हैं तो उसका अर्थ है, आपने केवल तोड़ना सीखा होगा, जोड़ना नहीं। अगर आप दुःखी हैं तो आपने मिटाना सीखा होगा, बनाना नहीं। आपने जीवन में कुछ बनाया, कुछ सृजन किया, कुछ क्रिएट किया? आपके जीवन से कुछ निर्मित हुआ? कुछ सृजित हुआ, कुछ बना, कुछ पैदा हुआ? कोई एक गीत, जो आपके मरने के बाद भी गाया जा सके, कोई एक मूर्ति, जो आपके बाद भी स्मृति बनी रहे, कोई एक पौधा, जो आपके न होने के बाद भी छाया दे? आपने कुछ बनाया, कुछ निर्मित किया? जो आपसे बड़ा हो। जो आप मिट जाएँ और रहे, जो आप न हों और फिर भी हो। जो मनुष्य सृजन करता है, वही मनुष्य शांति को और आनंद को उपलब्ध होता है। जिसके जीवन में जितनी सृजनात्मकता, जितनी क्रिएटिविटी होती है, उसके जीवन में उतनी ही शांति और उतना ही आनंद होता है। जो लोग केवल मिटाते और तोड़ते हैं, वे आनंदित नहीं हो सकते।

क्यों सृजन करने से मनुष्य को आनंद उपलब्ध होता है? जो व्यक्ति जितने दूर तक सृजन करता है, वह उतने दूर तक ईश्वर का भागीदार हो जाता है। ईश्वर है सृष्टा, और जब भी हम कुछ सृजन करते हैं, ईश्वर का अंश हममें काम करने लगता है और जो व्यक्ति सारे जीवन को सृजनात्मक बना देता है, सारे जीवन को एक सजृनात्मक सेवा में समर्पित कर देता है, उसके जीवन में संपूर्ण रूप से ईश्वर प्रगट होने लगता है। उसका जीवन आनंद से, प्रेम से भर जाता है।

सुख के लिए, आनंद के लिए सृजनात्मकता चाहिए।

कुछ निर्मित करें, कुछ बनाएँ, जो आपसे बड़ा हो। आपका जीवन केवल समय का गुज़रना न हो, बल्कि एक सृजन हो। वह सृजन चाहे छोटा-सा क्यों न हो, वह आपके प्रेम का कृत्य हो। जो लोग जीवन में सृजनात्मक हो पाते हैं, जो लोग भी जीवन में छोटे-से प्रेम के कृत्य को निर्माण दे पाते हैं। फिर वह आनंद

ऊपर से थोपा हुआ नहीं होगा। फिर वह आनंद उनके प्राणों के अंतिम केंद्र से उठता है, फिर उनके प्राणों के केंद्र से उठता है और उनके सारे जीवन को भर देता है।

जो व्यक्ति निर्मित करने में संलग्न हो, स्मरण रखना होगा...क्योंकि सामान्यतया, हमें इस बात का स्मरण भी नहीं है कि सुख केवल उनका भाग्य बनता है, जो सृजन करते हैं। सुख तो हम सब चाहते हैं, लेकिन सृजन हम कोई भी नहीं करते। इसलिए सुख से हमारा कभी भी कोई संबंध नहीं हो पाता। कोई संबंध नहीं हो पाता सुख से हमारा। यदि हम सृजन कर पाएँ, तो सुख बाई प्रोडक्ट है सजृन की। सुख सीधा नहीं मिलता।

आनंद सीधा उपलब्ध नहीं होता। जो सृजन करता है, उसे उपलब्ध होता है। जैसे फूल सीधे नहीं मिलते। जो पौधा लगाता है, बीज बोता है, पानी डालता है, पौधे की रक्षा करता है, पौधे पर श्रम करता है, उसे फूल उपलब्ध होते हैं। फूल सीधे उपलब्ध नहीं होते। वैसे ही आनंद के फूल भी सीधे उपलब्ध नहीं होते। जो सीधा फूल ही चाहता हो, फूलों को बिना बोए, फूलों को बिना पानी डाले, उसे फूल नहीं मिलेंगे, उसके हाथ के फूल भी सड़ जाएँगे। फूल तो उपलब्ध होते हैं, बीज को बोने से। वैसे ही जो सृजन के बीज बोता है, उसे आनंद के फूल उपलब्ध होते हैं। कभी सृजन का कोई काम करके देखें, और स्मरण रखें, सृजन करने की शर्त क्या है ? कौन लोग सृजन कर सकते हैं ? एक आदमी मंदिर बनाता है और अपना नाम उसके ऊपर लगा देता है। बस फिर वह एक्ट क्रिएटिव नहीं रहा। फिर वह मंदिर का बनाना सृजनात्मक नहीं रहा, वह अहंकार का हिस्सा हो गया। उसे फिर कोई आनंद नहीं मिलेगा।

एक आदमी दान करता है और भागा हुआ अख़बार के दफ़्तर में जाता है, फिर वह कृत्य सृजनात्मक नहीं रहा, फिर वह केवल अहंकार की तृप्ति हो गयी। और स्मरण रखें, अहंकार से ज़्यादा डिस्ट्रकटिव और कुछ भी नहीं है। अहंकार से ज़्यादा विनाशात्मक कुछ भी नहीं है। अहंकार से ज़्यादा हिंसात्मक, वायलेंट और कुछ भी नहीं है। अहंकार की पूर्ति के लिए किए गए काम सृजनात्मक नहीं रह जाते। अहंकार के द्वारा, इगो के द्वारा, मैं की तृप्ति के लिए, मैं कुछ हूँ—दिखायी पड़े, इसके लिए जो कुछ किया जाता है, वह सृजन नहीं है। सृजन तो तभी है जब मैं भूल जाता है। तब मैं कोई भी नहीं रह जाता।

रवींद्रनाथ मर रहे थे। एक मित्र मिलने गया। और उसने पूछा कि रवीबाबू, आपने छः हज़ार गीत गाए। अब तक मनुष्य-जाति में किसी कवि ने गीत नहीं गाए, जो संगीत में बाँधे जा सकें। शैली, जो कि महाकवि है उसके भी दो हज़ार

सानेट हैं, जो संगीत में बाँधे जा सकते हैं। रवींद्रनाथ ने छ: हज़ार गीत गाए, जो सभी संगीत में वद्ध हो सकते हैं। किसी मित्र ने पूछा, मरते वक्त रवींद्रनाथ को, आपने छ: हज़ार गीत गाए। रवींद्रनाथ ने कहा, क्षमा करो। जब उन्हें गाता था, तब मैं मौजूद ही नहीं था। जब वे पैदा हुए, तब मैं नहीं था। बाद में मेरा नाम उनसे जुड़ गया, लेकिन जब वे पैदा हुए, तब मैं बिल्कुल भी नहीं था। जब मैं बिल्कुल मिट जाता था और भूल जाता था, जब मुझे स्मरण भी नहीं रहता था कि मैं कौन हूँ तब उनका जन्म हुआ। तब वे पैदा हुए। तब वे मेरे भीतर से आए और फैले, इसलिए मेरा...हाँ, कोई भूल-चूक हुई होगी तो मेरी होगी। लेकिन गीत परमात्मा के हैं, मेरे नहीं हैं।'

जिसने भी जीवन में कुछ सृजन किया है, उसे सदा ऐसा लगेगा कि वह उससे आया, लेकिन उसका नहीं है। वह माध्यम बना। वह रास्ता बना, कोई चीज़ उससे पैदा हुई, लेकिन वह उसकी नहीं है। अहंकार की छाप और हस्ताक्षर उस पर नहीं होंगे। जहाँ-जहाँ अहंकार जुड़ जाता है, वहीं-वहीं सृजन भी विनाशात्मक हो जाता है। इसीलिए तो इतने सारे मंदिर हैं दुनिया में, इतनी मस्जिदें हैं, इतने चर्च हैं, लेकिन मंदिर, मस्जिद और चर्च अगर सृजन से पैदा हुए होते तो मनुष्य की दुनिया में प्रेम भर गया होता। लेकिन मंदिर और मस्जिद चर्च घृणा से पैदा हुए तो घृणा के अड्डे बने हुए हैं। इनसे ज़्यादा ख़तरनाक तो अड्डे नहीं हैं दुनिया में। इन्होंने तो मनुष्य को लड़ाने में और हत्या करवाने में भाग लिया। निश्चित ही ये प्रेम से पैदा नहीं हुए होंगे। निश्चित ही ये अहंकार से आए होंगे और अहंकार लड़ाता है, इसलिए मंदिर और मस्जिद लड़ते हैं। वह अहंकार पर निर्मित हैं। उनके भीतर सृजनात्मक पवित्रता, सृजनात्मक प्रेम प्रकट नहीं हुआ। तो एक अंतिम बात यह कहना चाहता हूँ:

पहली बात मैंने यह कही कि यदि आप दु:खी हैं तो दुनिया से हिंसा का अंत नहीं होगा। आपका आनंदित होना ज़रूरी है। दूसरी बात मैंने आपसे यह कही कि अगर आप आनंदित होना चाहते हैं तो आपका सृजनात्मक होना ज़रूरी है और तीसरी और अंतिम बात मैं आपसे यह कहना चाहता हूँ कि अगर आप सृजनात्मक होना चाहते हैं तो आपका अहंकार-शून्य होना ज़रूरी है। आपको यह जो ख़याल हमारे भीतर पैदा हुआ है कि मैं कुछ हूँ, यह भ्रम टूट जाना चाहिए, छूट जाना चाहिए। यह भ्रम मनुष्य को अंत तक पीड़ा ही देता है और इस भ्रम के कारण ही वह सत्य को भी नहीं जान पाता, जो उसके भीतर छिपा था, और उस स्वर से भी वंचित रह जाता है, जिसके वह द्वार पर ही खड़ा था।

यह मैं का अहंकार अद्‌भुत है। श्वास पर भी हमारा कोई वश नहीं लेकिन

हम कहते हैं, मैं श्वास लेता हूँ। अगर मैं श्वास लेता हूँ तो फिर तो मुझे मरने की कोई ज़रूरत नहीं है। मैं जब श्वास लेना चाहूँगा, लेता चला जाऊँगा। लेकिन एक दिन पाया जाता है, श्वास बाहर गयी और अंदर नहीं आयी, और फिर मैं नहीं ले पाता हूँ। तो यह कहना पागलपन ही होगा कि मैं श्वास लेता हूँ। श्वास आती है, जाती है। यहीं तक ठीक है। उसके साथ मैं को जोड़ देना ग़लत है।

हम कहते हैं, मेरा जन्म—मेरा जन्मदिन, जैसे उसपर ही हमारा कोई अधिकार हो। न हमारा जन्म पर कोई अधिकार है, न मृत्यु पर हमारा कोई अधिकार है, न हमारी श्वासों पर हमारा कोई अधिकार है, फिर यह मैं को ठहरने की जगह कहाँ है? इस मैं को खड़े होने का स्थान कहाँ है? लेकिन जीवन-भर इस मैं को खड़ा करते हैं। अनेक-अनेक रूपों में इस मैं को मज़बूत करते हैं। और फिर जब यह मैं मज़बूत हो जाता है, जितना मज़बूत हो जाता है, उतना बग़ल वाले मैं से इसकी टक्कर शुरू हो जाती है। व्यक्तियों के मैं लड़ते हैं, राष्ट्रों के मैं लड़ते हैं।

ये सारे झंडे जो हर राष्ट्र अपना ऊँचा किए हुए हैं, ये सब राष्ट्रों के अहंकार के झंडे हैं और लड़ाते हैं। ये टक्कर करवाते हैं। व्यक्तियों के झंडे हैं, वे लड़ाते हैं, राष्ट्रों के झंडे हैं, वे लड़ाते हैं। हम कहते हैं, हमारे मुल्क में कहते हैं कि भारत बड़ा महान् देश है। पागलपन की बातें हैं। जब तक क़ौमें इस तरह की बातें पत्थर पड़े रहे। क्या कहते! उन सबने कहा, तुम अपनी आत्मकथा लिखो। आटोबायग्राफी लिखो। तुम जैसा पत्थर हमारे पत्थरों में कभी पैदा ही नहीं हुआ। तुम तो ज़रूर ईश्वर-पुत्र हो। तुम तो महात्मा हो। तुम तो धन्य हो, ज़रूर कोई ईश्वरी शक्ति काम कर रही है। तभी तो तुम आकाश में उड़े, शत्रु का विनाश किया, राजमहलों के अतिथि बने।

फिर आटोबायग्राफी लिखनी पड़ती है आदमी को, और पत्थर से ज़्यादा उसकी कहानी नहीं है। एक पत्थर से ज़्यादा, यह जो पत्थर ने यात्रा की, इससे ज़्यादा हमारी यात्रा है? इस पर थोड़ा विचारें, इसे थोड़ा सोचें। इस पत्थर से ज़्यादा कथा नहीं दिखेगी और सब आत्मकथाएँ बचकानी और चाइल्डिश मालूम होंगी, सब मनुष्य की अहंकार मालूम होंगी।

यह अहंकार सबसे बड़ी डिसट्रेक्टिव फोर्स है, सबसे बड़ी विनाशात्मक शक्ति है। अगर यह सोच-विचार आपको दिखायी पड़े, मैं तो कुछ भी नहीं हूँ, अगर यह अनुभव में आए, मैं तो न कुछ हूँ। प्रकृति के हाथ का एक खेल, या परमात्मा के द्वारा फेंका गया एक पत्थर, और सारी यात्रा और सारी कथा, और फिर पत्थर का वापस गिर जाना, इससे ज़्यादा मैं कुछ भी नहीं हूँ। ऐसा अगर

दिखाई पड़े तो आपके जीवन से अहंकार विलीन हो जाएगा। और जैसे ही अहंकार विलीन हुआ वैसे ही उसका जन्म होता है, जो प्रेम है, जो आनंद है। उसका जन्म होता है, जो आत्मा है। उसकी प्रतीति होती है, जो भीतर छिपा हुआ सत्य है, जो वास्तविक हमारी सत्ता है। और उसकी उपलब्धि होते ही सारे जीवन की दृष्टि कुछ और हो जाती है। फिर होता है सृजन। फिर आप उठते हैं तो सृजन होता है, फिर आप श्वास लेते हैं तो सृजन होता है, फिर आप प्रेम करते हैं तो सृजन होता है। आपका गुज़र जाना, आपका होना मात्र एक सृजनात्मक सेवा हो जाती है।

ये तीन छोटी-सी बातें मैंने कहीं। हैरानी होगी कि इनको मैं विश्वशांति से कैसे जोड़ता हूँ। निश्चित ही, इन्हें मैं विश्वशांति से जोड़ता हूँ। इसलिए जोड़ता हूँ कि एक-एक व्यक्ति से मिलकर हमारा यह सारा मनुष्य का विश्व बना है। एक-एक छोटे-छोटे व्यक्ति का जोड़ है। विश्व कहीं है नहीं। हम सारे लोग मिलकर इस विश्व को बनाते हैं, बनाए हुए हैं। हम सारे लोगों ने इसे निर्मित किया है। हम सारे लोगों के प्राण यदि बदलें, हमारे चित्त यदि बदलें, हमारे सोचने और जीने का ढंग यदि बदले तो ही संभव है कि हम एक-दूसरे तरह की मनुष्यता को जन्म देने में समर्थ हो सकें। और स्मरण रखें, यह जिम्मा प्रत्येक व्यक्ति के ऊपर है, इसे टाला नहीं जा सकता। इसे किसी और पर टाला नहीं जा सकता। अगर मनुष्य की समाप्ति होगी तो मैं जिम्मेदार रहूँगा, आप जिम्मेदार रहेंगे। और अगर मनुष्य को बचाना है तो मुझे कुछ करना होगा, आपको कुछ करना होगा।

ये तीन छोटी-सी बातें, अगर थोड़े से लोग ज़मीन पर करने में समर्थ हो जाएँ तो थोड़े-से दीए जल जाएँगे अंधकार में। थोड़े-से प्रकाश के स्रोत पैदा हो जाएँगे। और जब एक दीया जलता है तो दूसरे बुझे हुए दीए के प्राणों में भी जलने की आकांक्षा पैदा होने लगती है। और जब एक दीया जलता है तो उसके आलोक में अनेक दीयों को जलने की उत्प्रेरणा मिलनी शुरू हो जाती है।

ईश्वर करे, आपके भीतर संकल्प पैदा हो। ईश्वर करे, आपके भीतर एक सृजनात्मक ऊर्जा पैदा हो, आपके भीतर एक प्रेम पैदा हो। ईश्वर करे, आपके भीतर उस प्रार्थना का जन्म हो जिससे हम एक नयी तरह की दुनिया बना सकें। अब तक मनुष्य जैसा जिया है वह एकदम ग़लत है और अब तक मनुष्य ने जो भी किया है उससे हित नहीं हुआ। बिल्कुल ही एक बड़ी क्रांति से गुज़रे-बिना कोई मार्ग नहीं है। और अगर राजनीतिज्ञों पर, राजनेताओं पर बात छोड़ दी गयीं तो दुनिया डूबेगी, दुनिया को बचने का फिर कोई मार्ग नहीं दिखायी पड़ता। लेकिन

एक-एक व्यक्ति ने अपने ऊपर बात ली तो कुछ हो सकता है। यह आशा करता हूँ कि कुछ हो सकेगा। हम सारे छोटे-छोटे लोग भी उस बहुत बड़े काम के भागीदार बन सकते हैं।

मेरी इन बातों को इतने प्रेम और शांति से सुना है उससे बहुत-बहुत आनंदित हूँ, और अंत में सबके भीतर बैठे परमात्मा को प्रणाम करता हूँ, मेरे प्रणाम स्वीकार करें।

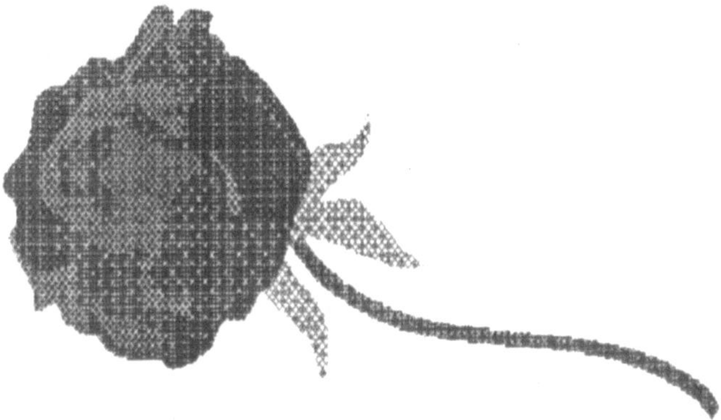

९. तुम भी परमात्मा हो

मेरे प्रिय आत्मन्,

मैं अत्यंत आनंदित हूँ और उत्साहित भी। सत्य के संबंध में थोड़ी-सी बातें आप सुनने को उत्सुक हैं यह मुझे आनंदपूर्ण होगा कि अपने हृदय की थोड़ी-सी बातें आपसे कहूँ। बहुत कम लोग हैं, जो सुनने को राज़ी हैं और बहुत कम लोग हैं जो देखने को उत्सुक हैं। इसलिए जब कोई सुनने को उत्सुक मिल जाएगा, और कोई देखने को तैयार हो तो स्वाभाविक है कि आनंद अनुभव हो। हमारे पास आँखें हैं, हमारे पास कान भी हैं, लेकिन जैसा मैंने कहा, बहुत कम लोग तैयार हैं कि वे देखें, और बहुत लोग कम तैयार हैं कि वे सुनें। यही वजह है कि हम आँखों के रहते हुए अंधों की भाँति जीते हैं और हृदय के रहते हुए भी परमात्मा को अनुभव नहीं कर पाते हैं।

मनुष्य को जितनी शक्तियाँ उपलब्ध हुई हैं, उसके भीतर जितनी संभावनाएँ हैं अनुभूति की, उनमें से न के बराबर ही विकसित हो पाती हैं। एक स्मरण मुझे आता है, उससे ही चर्चा को प्रारंभ करूँ।

किसी देश में एक साधु को कुछ लोगों ने जाकर कहा, कुछ शत्रु तुम्हारे पीछे

पड़े हुए हैं और वे तुम्हें समाप्त करना चाहते हैं। उस साधु ने कहा, अब कोई भी डर नहीं है, जब वे मुझे समाप्त करने आएँगे तो मैं अपने क़िले में जाकर छिप जाऊँगा। उस साधु ने कहा, जब वे मुझे समाप्त करने आएँगे तो मैं क़िले में जाकर छिप जाऊँगा। वह तो एक फ़क़ीर था, उसके पास एक झोंपड़ा भी नहीं था। उसके शत्रुओं को यह ख़बर पड़ी और उन्होंने यह सुना कि उसने कहा है कि जब मुझ पर कोई हमला होगा तो मैं अपने क़िले में छिप जाऊँगा, वे हैरान हुए। उन्होंने एक रात उसके झोंपड़े पर जाकर उसे पकड़ लिया और पूछा कि कहाँ है तुम्हारा क़िला? वह साधु हँसने लगा और हृदय पर हाथ रखा और कहा, यहाँ है मेरा क़िला। ओर जब तुम मुझ पर हमला करोगे तो मैं यहाँ छिप जाऊँगा। असल में मैं वहीं छिपा हुआ हूँ। ओर इसलिए मुझे किसी हमले का कोई डर नहीं है। लेकिन यहाँ है क़िला, उसका हमें कोई भी पता नहीं है।

वे लोग भी, जो धर्म की बातें करते हैं, ग्रंथ पढ़ते हैं, गीता, क़ुरान, बाइबिल पढ़ते हैं, वे लोग भी जो भजन-कीर्तन करते हैं, शिवालय और मंदिर-मस्जिद में जाते हैं उनको भी यहाँ, जो हरेक मनुष्य के भीतर एक केंद्र है, उसका उन्हें भी कोई पता नहीं है। उनकी बातें, बातों से ज़्यादा नहीं हैं, इसलिए उसका कोई परिणाम जीवन में दिखायी नहीं पड़ रहा है। सारी ज़मीन पर धार्मिक लोग हैं, लेकिन धर्म बिल्कुल ही दिखायी नहीं पड़ता है। और सारी ज़मीन पर मंदिर हैं, मस्जिद हैं, गिरजाघर हैं, लेकिन उनका कोई भी परिणाम, कोई प्रभाव, कोई प्रकाश जीवन में नहीं है। इसके पीछे एक ही वजह है कि हम उस मंदिर से परिचित नहीं हैं जो हमारे भीतर है, और हम केवल उन्हीं मंदिरों से परिचित हैं जो हमारे भीतर नहीं हैं। स्मरण रहे, जो मंदिर भीतर नहीं है, वह मंदिर झूठा है। स्मरण रखें, वे मूर्तियाँ जो बाहर स्थापित की गयी हैं और वे प्रार्थनाएँ जो बाहर हो रही हैं, झूठी हैं। असली मंदिर और असली परमात्मा प्रत्येक मनुष्य के भीतर बैठा हुआ है।

इसलिए धार्मिक आदमी वह नहीं है, जो तलाश में कहीं परमात्मा के घूमता हो। धार्मिक आदमी वह है जो सारे घूमने को छोड़कर अपने भीतर प्रवेश करता है। इसलिए धार्मिक आदमी की खोज बाहर के जगत् में नहीं है। कितनी ही बाहर यात्रा हो, वहाँ कुछ भी उपलब्ध नहीं होगा, लेकिन भीतर भी एक यात्रा होती है और वहाँ कुछ उपलब्ध होता है। धार्मिक आदमी की खोज भीतर की यात्रा की खोज है।

यह जो मैंने कहा, हम सबके भीतर कुछ केंद्रीय है जिससे हम स्वयं अपरिचित हैं और मनुष्य की सारी चिंता, सारा दु:ख इस एक ही बात से पैदा होता है। उसके जीवन का सारा मनस्ताप, सारी एंगझाइटी, सारा एंग्विश, जो भी पीड़ा

और परेशानी है वह इस बात से पैदा होती है कि हम क़रीब-क़रीब स्वय से ही अपरिचित हैं, अपने भीतर जाने का रास्ता ही भूल गए हैं। यह आश्चर्यजनक लग सकता है। हमें कितने रास्ते ज्ञात हैं। हम चाँद पर और मंगल पर पहुँचने की कोशिश में हैं। बहुत जल्दी मनुष्य के चरण वहाँ पड़ जाएँगे।

यह भी हो सकता है, एक दिन मनुष्य और भी लंबी अंतरिक्ष की यात्रा करे, मनुष्य ने समुद्र की गहराइयों में जो है, वहाँ तक प्रवेश पा लिया है और अंतरिक्ष में भी वह प्रवेश पा लेगा। लेकिन एक ऐसी भी गहराई है जो निकट है और जिससे हम बिल्कुल अपरिचित हैं। वह गहराई हमारे प्रत्येक के भीतर हमारे स्वयं की, हमारे स्वयं की सत्ता की गहराई है। इस गहराई में कैसे प्रवेश हो सकता है, उस संबंध में ही थोड़ी-सी बातें आज कहना पसंद करूँगा। हो सकता है, मेरी कुछ बातें अप्रीतिकर भी लगें। मैं जानकर कहता हूँ कि कुछ बातें अप्रीतिकर हों, क्योंकि जो अप्रीतिकर होता है, वह हिलाता है और जगाता है। हो सकता है, मेरी कुछ बातें बुरी लगें। मैं जानकर कहता हूँ कि मेरी कुछ बातें बुरी लगें, क्योंकि जो बुरा लगता है, उससे चिंतन पैदा होता है और मनुष्य का विचार सजग होता है। फिर भी मैं प्रारंभ में कहूँ कि मुझे माफ़ कर देंगे, अगर कोई बात बुरी लगती हो, अगर कोई बात चोट करती हो तो क्षमा कर देंगे। बाक़ी चोट मैं इसीलिए पहुँचाना चाहता हूँ, ताकि भीतर जब हम बिल्कुल सो गए हैं, वहाँ कोई जागरण हो।

जीवन के संबंध में, या सत्य के संबंध में बहुत-सी बातें सुनते-सुनते हम क़रीब-क़रीब आत्ममूर्छित हो गए हैं और वे शब्द अब हमारे भीतर कुछ भी पैदा नहीं करते हैं। शब्द धीरे-धीरे मर जाते हैं। और मर जाते हैं इसलिए कि हम उनके आदी हो जाते हैं, उनकी पुनरुक्ति के कारण, बार-बार रिपीटीशन के कारण वे हमें याद हो जाते हैं, हमारी आदत बन जाते हैं और हमें प्रभावित करना बंद कर देते हैं। लोग रोज़ गीता पढ़ते हैं। जो आदमी रोज़ गीता पढ़ता है वह धीरे-धीरे गीता के प्रति मर जाएगा ओर गीता उसके लिए मर जाएगी। क्योंकि निरंतर उसे पढ़ने का अर्थ ही यह होगा कि वे शब्द याद हो जाएँगे ओर स्मृति में भर जाएँगे ओर आपके भीतर कुछ भी जगाने में असमर्थ हो जाएँगे।

दुनिया में किसी धर्म ग्रंथ के साथ सबसे बुरा जो काम हो सकता है, वह उसका पाठ है। निरंतर उसका पाठ सबसे ख़तरनाक बात है। क्योंकि निरंतर उसके पाठ का एक ही अर्थ होगा कि आपमें उसके प्रति जो भी सजीवता है, जो भी सजगता है, जो भी स्फूर्ति है, जो भी जीवंत प्रतीति है वह धीरे-धीरे खो देंगे। इसलिए दुनिया में उन क़ौमों को, जिनके पास अद्‌भुत ग्रंथ हैं, अद्‌भुत विचार हैं, एक दुर्भाग्य भी सहना पड़ता है। उन्हें वह विचार और ग्रंथ स्मरण हो जाते हैं ओर

उनकी जो जीवित चोट है, वह समाप्त हो जाती है।

एक साधु हुआ है, वह तो कोई फ़क़ीर नहीं था, कोई गैरिक वस्त्रों को उसने नहीं पहना था और उसने कभी अपने घर को नहीं छोड़ा। वह साठ वर्ष का हो गया, उसका पिता भी ज़िंदा था। उसके पिता की उम्र तब नब्बे वर्ष की थी। उसके पिता ने उसे बुलाकर कहा कि देखो। मैं तुम्हें साठ वर्ष से देख रहा हूँ, तूने एक भी दिन भगवान् का नाम नहीं लिया, तुम एक भी दिन मंदिर नहीं गए, तुमने एक भी दिन सद्वचनों का पाठ नहीं किया। अब मैं बूढ़ा हो गया और मरने के क़रीब हूँ, तो मैं तुमसे कहना चाहता हूँ, तुम भी बूढ़े हो गए हो, कब तक प्रतीक्षा करोगे? नाम लो प्रभु का, प्रभु के विचार को स्मरण करो, मंदिर जाओ, पूजा करो। उसके बूढ़े लड़के ने कहा, मैं भी आपको कोई चालीस वर्षों से मंदिर जाते देखता हूँ, पाठ करते देखता हूँ मेरा भी मन होता था कि रोक दूँ यह पाठ। मंदिर और यह मस्जिद जाना व्यर्थ हो गया है। आप रोज़-रोज़ वही कर रहे हैं। अगर पहले दिन ही परिणाम नहीं हुआ तो दूसरे दिन कैसे परिणाम होगा, तीसरे दिन कैसे परिणाम होगा, चौथे दिन कैसे परिणाम होगा? जो बात पहले दिन परिणाम नहीं ला सकी है, वह चालीस वर्ष दोहराने से भी परिणाम नहीं लाएगी, क्योंकि पहले दिन के बाद निरंतर परिणाम नहीं लाएगी, क्योंकि पहले दिन के बाद निरंतर परिणाम कम होता जाएगा, क्योंकि हम उसके आदी होते जाएँगे। उसके लड़के ने कहा, मैं कभी नाम लूँगा, लेकिन एक ही बार। मैं भी स्मरण करूँगा, लेकिन एक ही बार, क्योंकि दुबारा का कोई भी अर्थ नहीं होता है। जो होना है, वह एक बार में हो जाना चाहिए, नहीं होता है, नहीं होगा।

कोई उस घटना के पाँच वर्षों के बाद, पैंसठ वर्ष की उम्र में उस साधु ने भगवान् का नाम लिया और नाम लेते ही उसकी श्वास भी समाप्त हो गयी और वह गिर भी गया, उसका निर्वाण भी हो गया।

यह अकल्पनीय मालूम होता है कि कैसे होगा? लेकिन जब भी होता है, यही होता है। एक ही घटना में, एक ही स्मरण में, एक ही प्रवेश में पर्दा टूट जाता है और अगर एक ही में न टूटे तो समझना, वही चोट बार-बार करनी बिल्कुल व्यर्थ है। तो मैं कुछ बातें, कुछ शब्द, कुछ विचार, जिनके प्रति हम मर गए हैं, जिन्हें सुनते-सुनते हम जिनके आदी हो गए हैं, जिनकी चोट विलीन हो गयी है, उनके संबंध में कुछ बातें आपको कहूँ, शायद कोई कोण आपको दिखायी पड़ जाय और कोई बात, कोई क्रांति आपके भीतर संभव हो सके।

धर्म हमेशा क्रांति से उपलब्ध होता है। क्रम से, ग्रेजुअल नहीं उपलब्ध होता है। धर्म धीरे-धीरे उपलब्ध नहीं होता, धर्म हमेशा एक क्रांति से उपलब्ध होता

है। जो सोचते हैं, हम धीरे-धीरे धार्मिक हो जाएँगे वे ग़लती में हैं। हिंसक सोचता हो, मैं धीरे-धीरे अहिंसक हो जाऊँ तो ग़लती में है। घृणा करने वाला सोचता हो कि मैं धीरे-धीरे प्रेम से भर जाऊँ तो वह ग़लती में है। अंधकार मिटाने वाला सोचता हो कि मैं धीरे-धीरे अंधकार को मिटा लूँ तो ग़लती में है। जब प्रकाश जलता है तो अंधकार एक ही क्षण में विलीन हो जाता है और जब प्रेम जाग्रत होता है तो घृणा एक ही क्षण में विलीन हो जाती है और जब अहिंसा आती है तो हिंसा एक ही क्षण में छूट जाती है।

जीवन में जो भी महत्त्वपूर्ण है, वह एक ही क्षण में घटित होता है, क्रमशः घटित नहीं होता। जो भी क्रमशः घटित होता है, वही व्यर्थ और क्षुद्र है। जो एक ही साथ, जो क्रांति घटित होती है वही मूल्यवान, वही सार्थक, वही अर्थपूर्ण है और वही व्यक्ति को परमात्मा से जोड़ती है। कोई व्यक्ति धीरे-धीरे संसार से दूर होकर परमात्मा को उपलब्ध नहीं होता। जब भी परमात्मा को कोई व्यक्ति उपलब्ध होता है तो एक छलांग में, एक क्रांति में, एक विस्फोट में उपलब्ध होता है और एक ही साथ सब कुछ परिवर्तित हो जाता है।

जैसे हम किसी सोते व्यक्ति को उठा दें, तो क्या वह धीरे-धीरे उठता है ? नींद धीरे-धीरे टूटती है ? जैसे हम किसी को उठा दें, एक क्रांति हो जाती है, सपने टूट जाते हैं और जागरण सामने आ जाता है। धर्म का जीवन भी क्रांति का जीवन है और इसलिए जो लोग धीरे-धीरे का ख़याल करते हों, वे ग़लती में हैं और धीरे-धीरे का ख़याल हमारे आलस्य का ईजाद है। हम असल में चाहते नहीं क्रांति, इसलिए कहते हैं, धीरे-धीरे। बुद्ध ने कहा है, कोई अगर आग में गिर जाय और हम उससे कहें, आग के बाहर आ जाओ और वह कहे कि मैं धीरे-धीरे बाहर आऊँगा, आपकी बात का विचार करूँगा, कोशिश करूँगा, प्रयत्न करूँगा, अभ्यास करूँगा, फिर बाहर आऊँगा। तो बुद्ध ने कहा, इसका अर्थ हुआ, वह बाहर नहीं निकलना चाहता है। अगर आग दिखाई पड़ रही हो तो कोई यह नहीं कहेगा मैं धीरे-धीरे बाहर आऊँगा। जैसे ही दिखाई पड़ेगी आग, वह बाहर आ जाएगा। यह तात्कालिक, तीव्र क्रांति से होगा।

कुछ जीवन के संबंध में ऐसे स्मरण, जिनसे क्रांति की संभावना पैदा हो जाय, वह भूमिका बन जाय, क्रांति फलित हो सके, वह मैं आपको कहना चाहता हूँ। कोई तीन बातों के संबंध में आज की संध्या विचार करने का मेरा ख़याल है।

पहला तो—जिनको भी क्रांति से गुज़रना हो, उनके लिए श्रद्धा ख़तरनाक है। उन्हें श्रद्धा नहीं, जिज्ञासा चाहिए। और जो भी व्यक्ति श्रद्धा कर लेगा, उसकी सारी प्रगति, उसका सारा विकास बंद हो जाएगा। श्रद्धा एक तरह की मृत्यु है।

श्रद्धा का स्वीकार रुक जाना है। क्रांति की तरफ़ उठने के लिए श्रद्धा नहीं, जिज्ञासा चाहिए। इसलिए पहले तो इस सूत्र पर मैं विचार करूँ कि श्रद्धा नहीं, जिज्ञासा।

साधारणत: हम सुनते हैं, विश्वास करो। साधारणत: हम सुनते हैं गीता कहती हो, क़ुरान कहता हो, बाइबिल कहती हो, उसे मान लो। साधारणत: हम सुनते हैं बुद्ध, महावीर, मुहम्मद, क्राइस्ट या कृष्ण जो कहते हैं, उसे स्वीकार कर लो। और जो स्वीकार नहीं करेगा, वह भटक जाएगा। मैं आपसे यह कहता हूँ, जो स्वीकार कर लेता है, वह भटक जाता है। मैं आपसे यह कहना चाहता हूँ, जो स्वीकार कर लेता है, भटक जाता है। इसलिए भटक जाता है कि जो भी दूसरे के सत्यों को स्वीकार कर लेता है, वह अपने सत्य की खोज से वंचित हो जाता है। चाहे वह सत्य कृष्ण का हो, चाहे बुद्ध का, चाहे महावीर का। अगर उस उधार सत्य को स्वीकार कर लिया तो आपकी अपनी खोज बंद हो जाएगी, आपका अपना अन्वेषण बंद हो जाएगा। आप रुक जाएँगे, ठहर जाएँगे। आपका अपना विकास समाप्त हो जाएगा।

स्मरण रखें, इस दुनिया में प्रत्येक व्यक्ति को अगर वास्तविक विकास करना हो तो अपना ही विकास करना होता है, किसी दूसरे का विकास काम में नहीं आ सकता है। किसी दूसरे का किया गया भोजन आपको तृप्ति नहीं देगा और किसी दूसरे के पहने वस्त्र आपके शरीर को नहीं ढकेंगे। किसी दूसरे के द्वारा अनुभव किया गया सत्य आपका सत्य नहीं हो सकता है। इस जगत् में कोई भी मनुष्य किसी से उधार सत्य को नहीं पा सकता, लेकिन हम सब उधार सत्यों को पाए हुए हैं और हमें सिखाया जाता है कि हम उधार सत्यों को स्वीकार कर लें। हमें निरंतर समझाया जाता है कि हम दूसरों के सत्यों को मान लें, अंगीकार कर लें।

हमें संदेह से बचने को कहा जाता है और विश्वास करने को कहा जाता है। मैं आपसे संदेह करने को कहना चाहूँगा। जिसे भी सत्य जानना हो, उसे संदेह करने का साहस करना होता है। और संदेह इस जगत् में सबसे बड़ा साहस है। स्मरण रखें, जब मैं कह रहा हूँ संदेह करना पड़ता है तो यह भी कह रहा हूँ कि अविश्वास करें। अविश्वास भी विश्वास का ही एक रूप है। जो आदमी कहता है, मैं ईश्वर को मानता हूँ, एक विश्वास है। जो आदमी कहता है, मैं ईश्वर को नहीं मानता, यह भी एक विश्वास है, जो आदमी कहता है, आत्मा है, यह भी एक विश्वास है, जो आदमी कहता है, आत्मा नहीं है, यह भी एक विश्वास है। ये दोनों ही विश्वास हैं।

आस्था और अनास्था, श्रद्धा और अश्रद्धा, सब श्रद्धा के रूपांतर हैं। दोनों ही स्थिति में हम दूसरे लोगों को मान लेते हैं, खुद खोज नहीं करते हैं। संदेह का

अर्थ है, न श्रद्धा , न अश्रद्धा। संदेह का अर्थ है, न स्वीकार, न अस्वीकार। संदेह का अर्थ है जिज्ञासा । संदेह का अर्थ है, मैं जानना चाहता हूँ, क्या है ? मैं जानना चाहता हूँ, सत्य क्या है ?

और जब तक कोई व्यक्ति सजग न हो, इस सत्य के प्रति कि मुझे जानना है कि सत्य क्या है, तब तक उसकी स्वीकृतियाँ, उसकी श्रद्धाएँ, उसके विश्वास उसे कहीं भी ले जाने में समर्थ नहीं होंगे, बल्कि धीरे-धीरे क्रमशः, जैसे-जैसे उसकी उम्र ढलती जाएगी वैसे-वैसे वह विश्वास को ज़ोर से पकड़ने लगेगा, क्योंकि साहस कम होता जाएगा। इसलिए बूढ़े जल्दी विश्वास कर लेते हैं । जवान मुश्किल से विश्वास करते हैं। बूढ़ों का विश्वास कोई क़ीमत नहीं रखता। साहस जैसे-जैसे कम होता जाता है, विश्वास को पकड़ लेते हैं, भय के कारण, सुरक्षा के लिए, डर के कारण, मृत्यु के बाद न मालूम क्या होगा ? अगर नही स्वीकार किया तो न मालूम किन नर्कों में पीड़ा भोगनी पड़ेगी। अगर परमात्मा को नहीं माना, परमात्मा न मालूम क्या बदला लेगा, यह भय जैसे-जैसे घना होता है वैसे-वैसे आदमी विश्वास करने लगता है।

विश्वास कमज़ोरी है।

और जो कमज़ोर है, वह सत्य को उपलब्ध नहीं हो सकता।

विश्वास भय है। विश्वास आपके किसी न किसी रूप में भय पर, घबराहट पर, डर पर खड़ा हुआ है। और जो डरा हुआ है, भयभीत है, वह सत्य को कैसे पा सकेगा ? सत्य को पाने की पहली शर्त तो अभय है। उसे पाने की पहली बुनियाद तो भय को छोड़ देना है। लेकिन हमारे धर्म, हमारे संप्रदाय, हमारे पुरोहित, हमारे पादरी, हमारे धर्म-गुरु, हमारे संन्यासी भय सिखाते हैं। उनके भय सिखाने के पीछे ज़रूर कोई कारण है। छोटे-छोटे बच्चों के मनों में भी हम भय को भर देते हैं, और छोटे-छोटे बच्चों के मनों में भी हम श्रद्धा को पैदा करना चाहते हैं। इसके पहले कि वे विचार में सजग हो सकें, हम किसी तरह के विश्वास में उनको आबद्ध कर देना चाहते हैं।

दुनिया के सारे धर्म, बच्चों के साथ जो अनाचार करते हैं, उससे बड़ा कोई अनाचार नहीं है। इसके पहले कि बच्चे की जिज्ञासा जाग सके, वह पूछे कि क्या है, हम उसके दिमाग़ में वे बातें भर देते हैं जिनका हमें भी कोई पता नहीं है। हम उसे हिंदू, मुसलमान, जैन या ईसाई बना देते हैं। हम उसे क़ुरान या बाइबिल या गीता रटा देते हैं। हम उसे कह देते हैं, ईश्वर है या ईश्वर नहीं है। फिर ये ही विश्वास जीवन-भर कारागृह की तरह उसकी चेतना को बंद किए रहेंगे और वह कभी साहस नहीं कर सकेगा कि सत्य को जान सके।

बच्चों के साथ, अगर किन्हीं माँ-बापों को, किन्हीं गुरुओं को, किन्हीं अभिभावकों को प्रेम हो, तो उन्हें पहला काम करना चाहिए कि उन्हें अपना प्रेम तो दें, लेकिन अपने विश्वास न दें, अपनी श्रद्धाएँ न दें, अपने विचार न दें। उन्हें उन्मुक्त रखें, उनकी जिज्ञासा को जगाएँ, लेकिन जिज्ञासा को समाप्त न करें।

श्रद्धा जिज्ञासा को तोड़ देती है और नष्ट कर देती है। हम सारे लोग ऐसे ही लोग हैं, जिनकी जिज्ञासाएँ बचपन में तोड़ दी गयी हैं, और जो किसी न किसी तरह की श्रद्धा, अपने किसी न किसी तरह के विश्वास , किसी न किसी तरह के बिलीफ को पकड़ के बैठ गए हैं। वह विश्वास ही हमें ऊपर नहीं उठने देता। वह विश्वास ही हमें विचार नहीं करने देता। वह विश्वास कहीं ग़लत न हो, इसलिए हमें जिज्ञासा नहीं करने देता।

जैसा आस्तिक देशों में होता है, वैसा ही ज़मीन के कुछ हिस्सों पर नास्तिक विचार का प्रचार और प्रोपेगेंडा हो रहा है। उन्हें समझाया जा रहा है, ईश्वर नहीं है, आत्मा नहीं है, स्वर्ग नहीं है, नर्क नहीं है। छोटे-छोटे बच्चों को ये बातें समझायी जा रहीं है। धीरे-धीरे वे उनके अचेतन मन में प्रविष्ट हो जाती हैं और फिर वे विचार करने में असमर्थ हो जाते हैं। हम क़रीब-क़रीब ऐसे लोग हैं जो विचार करने में बहुत पहले पंगु बना दिए गए हैं। अब हम क्या करें ?

सबसे पहली बात होगी कि हम इस पंगुता को छोड़ दें। माँ-बाप ने, समाज ने, परिस्थितियों ने, प्रोपेगेंडा ने जो कुछ आपको दिया हो उसे एकबारगी अलग कर दें। जो कचरे को अलग नहीं करेगा, वह कभी भी अपने भीतर की अग्नि को उपलब्ध नहीं हो सकता। एक बार उसे हटा ही देना होगा। संन्यासी हैं, जो समाज को छोड़कर भाग जाते हैं। लेकिन मैं वास्तविक संन्यासी उसे कहता हूँ जिसने समाज ने जो-जो सिखाया हो, उसे फेंक दिया हो। समाज को छोड़कर भागना वास्तविक संन्यास नहीं है। समाज ने जो सिखाया हो, समाज ने जो टीचिंग्स दी हों, समाज ने जो विश्वास दिए हों, उन सबको जो फेंक दे वह वास्तविक संन्यासी है और वैसे के लिए बहुत साहस चाहिए।

इसलिए मैं आपसे कहूँ, श्रद्धा नहीं जिज्ञासा धार्मिक आदमी का पहला लक्षण है। और जहाँ श्रद्धा पहला लक्षण होगा वहाँ आदमी धार्मिक नहीं हो सकता। और ऐसे ही श्रद्धा वाले धार्मिकों ने सारी दुनिया को नष्ट किया है। उनका पूरा इतिहास ख़ून-ख़राबी, बेईमानी , अत्याचार, आक्रमण और हिंसा से भरा हुआ है। वह इन श्रद्धा वाले धार्मिकों के कारण भरा हुआ है। क्योंकि श्रद्धा हमेशा किसी के विरोध में खड़ा कर देती है। एक मुसलमान की श्रद्धा उसे हिंदू के विरोध में कर देती है। एक हिंदू की श्रद्धा उसे ईसाई के विरोध में खड़ा कर देती है। एक

जैन की श्रद्धा उसे बौद्ध के विरोध में खड़ा कर देती है। लेकिन ख़याल करें, जिज्ञासा किसी के विरोध में किसी को खड़ा नहीं करती। इसलिए श्रद्धा किसी भी हालत में धार्मिक आदमी का लक्षण नहीं हो सकता, जिज्ञासा किसी के विरोध में किसी को खड़ा नहीं करती, यही वजह है कि साइंस, जो कि श्रद्धा पर नहीं खड़ी है, जिज्ञासा पर खड़ी है, एक है, पच्चीस तरह की साइंसेज नहीं हैं। हिंदुओं की अलग गणित-केमिस्ट्री, मुसलमानों की अलग केमिस्ट्री नहीं है। हिंदुओं का अलग गणित, जैनों का अलग गणित नहीं है। साइंस एक है, क्योंकि साइंस श्रद्धा पर नहीं, जिज्ञासा पर खड़ी है। धर्म भी दुनिया में एक होगा, अगर वह श्रद्धा पर नहीं, जिज्ञासा पर खड़ा हो। और जब तक धर्म अनेक हैं, तब तक धर्म के नाम पर झूठ बात चलती रहेगी।

(बीच में एक महिला की आवाज़ क्रोध में)

अलग-अलग धर्म होंगे, तब तक इस तरह का गुस्सा आना स्वाभाविक है। लेकिन मैं गुस्सा नहीं करूँगा, क्योंकि मेरी कोई श्रद्धा नहीं है। जिसकी श्रद्धा होती है, वह गुस्से में आ सकता है। कमज़ोरी है श्रद्धा की, और दुनिया में जितने श्रद्धालु हैं, बहुत जल्दी गुस्से में आ जाते हैं। मेरी कोई श्रद्धा नहीं है, इसलिए मुझे गुस्से में लाना बहुत मुश्किल है। और दुनिया में मैं ऐसे लोग चाहता हूँ, जो जल्दी गुस्से में न आएँ, ऐसे लोगों से धार्मिक दुनिया निर्मित होगी। अभी तक तो जो कुछ इतिहास में हुआ है, धर्म के नाम से जो कुछ हुआ है, वह सब अधर्म हुआ है। धर्म के नाम से जो भी प्रचारित किया गया, वह सब झूठ है। बिल्कुल असत्य है। और उस असत्य के जबरदस्ती लादने की हज़ार-हज़ार चेष्टाएँ की गई हैं।

लेकिन, अगर कोई मनुष्य जिज्ञासा से प्रारंभ करे तो स्वाभाविक है कि वे सारे धार्मिक लोग, जिनका व्यवसाय, जिनका धंधा केवल श्रद्धा पर खड़ा होता है, परेशान और गुस्से में आ जाएँगे। इसलिए दुनिया में जब भी कोई धार्मिक आदमी पैदा होता है तो पुरोहित और ब्राह्मण और पंडित हमेशा उसके विरोध में खड़े हो जाते हैं। क्राइस्ट को जिन्होंने सूली दी वे पुरोहित, पंडित और धार्मिक लोग थे। सुकरात को जिन्होंने ज़हर दिया वे धार्मिक, पुरोहित, विचारशील लोग पंडित थे।

दुनिया में हमेशा पंडित धार्मिक आदमी के विरोध में रहा है। दुनिया में हमेशा पुरोहित धार्मिक आदमी के विरोध में रहा है। क्यों? क्योंकि धार्मिक आदमी सबसे पहले इस बात पर चोट करेगा कि धर्म के नाम पर बना हुआ जो भी प्रचारित संगठन है, धर्म के नाम से जो भी धार्मिक संप्रदाय है, धर्म के नाम पर जो भी झूठे विश्वास, अंध श्रद्धाएँ फैलायी गयी हैं, वे नष्ट कर दी जाएँ। अगर

क्राइस्ट फिर से पैदा हों तो सबसे पहले जो उनके विरोध में खड़े होंगे, वह ईसाई पुरोहित और पादरी होंगे। अगर कृष्ण फिर से पैदा हों तो सबसे पहले उनके विरोध में जो खड़े होंगे, वे, वे ही लोग होंगे जो गीता का प्रचार करते हैं और गीता को प्रचारित हुआ देखना चाहते हैं। अगर बुद्ध वापस लौटें तो बौद्ध भिक्षु उनके विरोध में खड़े हो जाएँगे। यह बिल्कुल स्वाभाविक है, क्योंकि धर्म एक तरह का विद्रोह है।

धर्म सबसे बड़ा विद्रोह है, सबसे बड़ी क्रांति है, और वह क्रांति इस बात से शुरू होती है कि श्रद्धा नहीं, हम जिज्ञासा करें। सत्य पर विश्वास न लाएँ, क्योंकि अभी आपको सत्य पता ही नहीं है, जिस पर आप विश्वास लाएँगे। अभी तो दूसरे जो आपसे कहते हैं, उसी पर ही आप विश्वास कर लेंगे। उसके सत्य और असत्य होने का आपको कुछ भी पता नहीं है। ऐसा विश्वास अंधा होगा।

सब विश्वास अंधे होते हैं।

क्यों?

क्योंकि वे दूसरे आपको देते हैं। जो भी अभी आप माँगते हैं, वह किसी दूसरे ने आपको दिया है। आपको कुछ भी पता नहीं कि वह ठीक है या ग़लत है। सिवाय इसके कोई प्रमाण नहीं है कि हमारे माँ-बाप ने उसे दिया है। आपके माँ-बाप के पास भी यही प्रमाण है कि उनके माँ-बाप ने उन्हें दिया है। जो परंपरा से उपलब्ध होता है, वह कभी सत्य होने की संभावना नहीं है।

जो स्वयं की निज खोज से उपलब्ध होता है वही सत्य होता है और इसलिए सत्य प्रत्येक को स्वयं पाना होगा। दूसरे से उधार पाने का कोई भी उपाय नहीं है। फिर जितनी गहरी श्रद्धा होगी, उतना ही आपके भीतर विवेक का जागरण असंभव हो जाएगा। जितना तीव्र विश्वास होगा, उतना ही विवेक क्षीण हो जाएगा, क्योंकि विश्वास विवेक-विरोधी है। वह हमेशा कहता है मानो। वह यह कभी नहीं कहता, जानो। वह हमेशा कहता है, स्वीकार करो। वह यह कभी नहीं कहता, खोजो। वह हमेशा यह कहता है कि इसको बाँध लो मन में, इससे भिन्न न सोचना। इससे अन्य मत सोचना, इसके विपरीत मत सोचना। जितनी श्रद्धा गहरी होगी, उड़ना उतना मुश्किल हो जाएगा।

मेरे पड़ोस में, गाँव में एक आदमी रहता था। वह जंगल से तोतों को पकड़कर लाता और उनको पिंजड़ों में बंद कर देता। कुछ दिन वे फड़फड़ाते, उड़ने की कोशिश करते, फिर वे पिंजड़ों के आदी हो जाते। यहाँ तक वे पिंजड़ों के आदी हो जाते कि अगर उनके पिंजड़े को खोल दिया जाय तो वे थोड़ी देर बाहर जाकर वापस अपने पिंजड़े में आ जाते हैं। बाहर असुरक्षा लगती और भीतर

सुरक्षा मालूम होती।

क़रीब-क़रीब ऐसी ही हमारे मन की हालत हो गयी है। हमारा चित्त, परंपरा, संस्कार, दूसरों के दिए गए विचार और शब्दों में इस भाँति बँध गया है कि उसके बाहर हमें डर लगता है, घबराहट होती है। डर लगता है कि कहीं सुरक्षा न खो जाय। कहीं जिस भूमि को हम अपने पैर के नीचे समझ रहे हैं, वह हिल न जाय, इसलिए हम डरते हैं, इसलिए हम बाहर निकलने से घबराते हैं। और जो अपने घरों के बाहर नहीं निकल सकेगा, वह परमात्मा को कभी नहीं पा सकेगा। उससे मिलना हो तो सब घेरे तोड़ ही देने होंगे। जिसे भी सत्य को पाना है, उसे सत्य के संबंध में सारे मत छोड़ देनें होंगे। जिसे भी सत्य को पाना है, उसे सारे विश्वास को छोड़कर विवेक को जाग्रत करना होगा। जिसका विवेक जाग्रत होगा, वही केवल सत्य को, वही धर्म के मूलभूत सत्य को अनुभव कर पाता है। इसलिए मैं चाहता हूँ, विश्वास छोड़ दें और विवेक को जाग्रत करें। घबराहट क्या है? डर क्या है?

डर यह है, डर हम सब अपने भीतर जानते हैं कि जिस विश्वास को हमने पकड़ा है, अगर हमने विचार किया तो वह टिकेगा नहीं। यह हमारी अंतर्निहित प्रज्ञा हमें कहती हैं कि विश्वास ऊपर है। अगर हमने थोड़ा भी विचार किया तो वह हट जाएगा। और तब घबराहट लगती है। हम कोई भी बिना विश्वास के नहीं होना चाहते हैं। क्यों? क्योंकि तब हम अतल सागर में छोड़ दिए मालूम पड़ेंगे। तब हम पिंजड़े के बाहर अनंत आकाश में छोड दिए अनुभव होंगे। लेकिन जो इतना डरता है, वह स्मरण रखे, वह किसी संप्रदाय में हो सकता है, धर्म में नहीं हो सकता। वह स्मरण रखे, वह किसी परंपरा में हो सकता है, लेकिन परम प्रज्ञा को नहीं उपलब्ध हो सकेगा।

तो मैं आपको पहली बात कहूँ—विश्वास से अपनी नाव को तोड़ लें और जिज्ञासा के अनंत सागर में उसे बहने दें। उसे जाने दें और घबराएँ न। वह कहीं भी जाय, घबराने की क्या बात है, डर की क्या बात है? और जो डरा है, वह किनारे से बँधा रह जाता है। नाव को छोड़ना ही होगा और हमारी सबकी नाव किसी न किसी भाँति के विश्वास से बँधी है। अगर दुनिया में विश्वास नष्ट हो जाएँ तो धर्म का जन्म हो सकता है। अगर दुनिया में सब विश्वास राख हो जाएँ तो धर्म की अग्नि पैदा हो सकती है। ईश्वर करे कि दुनिया में कोई ईसाई न हो, हिंदु न हो, मुसलमान न हो, जैन न हो। ईश्वर करे कि यह हो जाय तो दुनिया में धर्म के होने की संभावना पैदा हो सकती है।

धार्मिक धर्म को पैदा होने नहीं दे रहे हैं, और धार्मिक धर्म के जन्म को रोके

हुए हैं। अब जिनमें साहस हो, उन्हें चाहिए कि वे धार्मिकों के इस पाखंड को नष्ट कर दें और धर्म के जन्म में सहयोगी बनें। धर्म का जन्म जिज्ञासा से होगा। धर्म का जन्म विवेक और विचार से होगा। धर्म भी वस्तुत एक विज्ञान है, साइंस है, परम विज्ञान है। वह कोई विश्वास नहीं है कि आप मान लें। वह भी जाना जा सकता है। वह भी अनुभव किया जा सकता है।

कौन यह कहता है, जो क्राइस्ट को अनुभव हुआ है, वह आपको अनुभव नहीं होगा ? जो यह कहता है, वह दुश्मन है। कौन यह कहता है, जो बुद्ध को अनुभव हुआ है, वह एक सड़क पर झाड़ू लगाने वाले को अनुभव नहीं होगा। जो यह कहता है, वह मनुष्य का दुश्मन है। हर मनुष्य के भीतर वही परम परमात्मा बैठा हुआ है, तो वह अनुभव , जो क्राइस्ट को हुआ हो, बुद्ध को हुआ हो, रामकृष्ण को हुआ हो, वह हरेक को हो सकता है, हरेक को होना चाहिए। रुकावट है, इसलिए कि हम दूसरों को स्वीकार किए हैं और अपने को जगा नहीं रहे हैं। दूसरों को हटा दें, और अपने को जगाएँ।

आपके भीतर जो बैठा है, उससे मूल्यवान और कोई भी नहीं है और आपके भीतर जो बैठा है, उससे पूज्य और कोई नहीं है, और आपके भीतर जो बैठा है, उससे श्रेष्ठ और कोई भी नहीं है। लेकिन मुश्किल यह हो गयी है, हमें सिखाया जाता है, अनुकरण करो, फॉलो करो किसी को। कोई कहता है, बुद्ध के पीछे चलो और मैं आपसे कहता हूँ, जो भी किसी के पीछे चलेगा, वह अपने भीतर बैठे परमात्मा का अपमान कर रहा है।

किसी के पीछे जाने का कारण क्या है ? किसी के पीछे जाने का कारण नहीं है। अपने पीछे चलो और अपने परमात्मा को पहचान लो, जो तुम्हारे भीतर है। और जब भी तुम किसी के चरणों में झुक रहे हो, किसी का पीछा कर रहे हो, तब तुम भीतर बैठे परम शक्ति परमात्मा का इतना बड़ा अपमान कर रहे हो, जिसका कोई हिसाब नहीं है।

बुद्ध के जीवन में एक उल्लेख है। अपने पिछले जन्म में—उन्होंने पिछले जन्मों की कथाएँ कही हैं— जब वह बुद्ध हुए, उसके पहले जन्म में वे एक गाँव में गए। वहाँ एक बुद्ध पुरुष था, उसका नाम था दीपंकर। वे गए और उन्होंने दीपंकर के पैर छुए। जब वे पैर छूकर उठे तो उन्होंने देखा कि दीपंकर उनके पैर छू रहा है। वे बहुत घबरा गए। और उन्होंने कहा कि यह क्या कर रहे हैं ? मैं एक अज्ञानी हूँ, मैं एक सामान्य जन हूँ, मैं एक अंधकार से भरी हुई आत्मा हूँ। मैंने आपके पैर छुए, एक प्रकाशित पुरुष के, यह तो ठीक था । आपने मेरे पैर क्यों छुए ?

दीपंकर ने कहा, तुमने अपने भीतर बैठी हुई प्रज्ञा का अपमान किया है, उसे बताने को। तुम मेरे पैर छू रहे हो यह सोचकर कि प्रकाश इनके पास है, और मैं तुम्हारे पैर छू रहा हूँ, यह घोषणा करने को कि प्रकाश सबके पास है। वह प्रत्येक के भीतर जो बैठा हुआ है, उसे किसी के पीछे ले जाने की कोई भी ज़रूरत नहीं है। और जब हम उसे पीछे ले जाने लगते हैं तभी हम एक कांफिलक्ट में, एक अंतर्द्वंद्व में पड़ जाते हैं।

असलियत यह है, इस ज़मीन पर, प्रकृति में, इस परमात्मा के राज्य में, दो कंकड़ भी एक जैसे नहीं होते हैं। दो पत्ते भी एक जैसे नहीं होते हैं। सारी ज़मीन को खोज आएँ दो पत्ते, दो कंकड़ एक जैसे नहीं मिलेंगे। दो मनुष्य भी एक जैसे कैसे हो सकते हैं? प्रत्येक व्यक्ति अद्वितीय है और इसलिए जब कोई व्यक्ति राम का अनुसरण करके राम बनने की कोशिश करता है, तभी भूल हो जाती है। इस जगत् में परमात्मा ने प्रत्येक को अद्वितीय बनाया है। कोई किसी का अनुकरण करके कुछ भी नहीं बन सकेगा। एक थोथा पाखंड और एक अभिनय भर होकर रह जाएगा। क्या इस बात के संबंध में इतिहास प्रमाण नहीं है?

बुद्ध को मरे पच्चीस सौ वर्ष हुए, क्राइस्ट को मरे दो हज़ार वर्ष होते हैं। इन दो हज़ार वर्षों में कितने लोगों ने बुद्ध के पीछे चलने की कोशिश की है और कितने लोगों ने क्राइस्ट के, क्या कोई दूसरा क्राइस्ट या दूसरा बुद्ध पैदा होता है? क्या यह दो हज़ार वर्ष, ढाई हज़ार वर्ष का असफल प्रयास इस बात की सूचना नहीं है कि यह कोशिश ही ग़लत है? असल में कोई मनुष्य किसी दूसरे मनुष्य जैसा नहीं हो सकता। जब भी मनुष्य किसी दूसरे जैसा होने की कोशिश करता है तभी वह अंतर्द्वंद्व में, एक कांफिलक्ट में, एक परेशानी में पड़ जाता है। जो वह है उसे तो भूल जाता है और जो होना चाहता है, उसकी कोशिश पैदा कर लेता है। इस भाँति उसके भीतर एक बेचैनी, एक अशांति और एक संघर्ष पैदा हो जाता है।

परमात्मा को तो केवल वे ही पा सकते हैं जो शांत हों। जो अशांत हैं, वे कैसे पा सकेंगे? जो व्यक्ति भी किसी दूसरे की नक़ल में कुछ होना चाह रहा है, वह अनिवार्यतया अशांत हो जाएगा। उसकी अशांति उसे परमात्मा के पास नहीं पहुँचा सकेगी। अगर जूही के फूल गुलाब होना चाहें और गुलाब के फूल कमल होना चाहें, तो जैसी बेचैनी और परेशानी में पड़ जाएँगे वैसी बेचैनी और परेशानी में हम पड़ जाते हैं, जब हम किसी का अनुकरण करते हैं।

इसलिए दूसरी बात आपसे मैं कहना चाहता हूँ, अनुकरण नहीं, आत्मखोज—अनुकरण नहीं आत्मखोज। मैंने पहली बात आपसे कही, श्रद्धा नहीं, जिज्ञासा। दूसरी बात कहना चाहता हूँ, अनुकरण नहीं, आत्मखोज। किसी

का अनुकरण नहीं करना है । कोई किसी के लिए आदर्श नहीं है । प्रत्येक व्यक्ति का आदर्श उसके अपने भीतर छिपा है, जो उघाड़ना है, और अगर हम उसे नहीं उघाड़ते और किसी के पीछे जाते हैं तो हम भूल में पड़ जाएँगे, हम भटकन में पड़ जाएँगे । और मैं आपको कहूँ कि आप लाख उपाय करें क्राइस्ट या बुद्ध या कृष्ण के पीछे जाने का, आप कभी कृष्ण, बुद्ध या क्राइस्ट नहीं हो सकेंगे । लेकिन जो मैं आपसे कह रहा हूँ, अगर आप यह उपाय छोड़ दें और अपने को खोजें, और अपने को जगाएँ तो कृष्ण क्राइस्ट और बुद्ध हो जाएँगे । अपनी निज हैसियत में, अपने ही निज व्यक्तित्व में आत्म- उपलब्धि और अनुभूति को पा लेंगे । जो पीछे जाने वाला नहीं उपलब्ध करता है, वह अपने भीतर जाने वाला उपलब्ध कर लेगा । दूसरी बात है, अनुकरण नहीं ।

अनुकरण नहीं का अर्थ हुआ, किसी मनुष्य के लिए कोई दूसरा मनुष्य आदर्श नहीं है । हो भी नहीं सकता । लेकिन हमें समझाया गया है और हमें बताया गया है कि कोई-न-कोई आदर्श बनाओ । और जब भी हमसे यह कहा जाता है कि कोई-न-कोई आदर्श बनाओ तभी हम क्या करेंगे ? हम किसी मनुष्य को आदर्श बना लेंगे, और तब हम उसके भाँति होने की कोशिश में लग जाएँगे । कोशिश झूठी होगी, इसलिए झूठी होगी कि केवल अभिनय होगा ।

मैं एक गाँव में गया । मेरे एक मित्र वहाँ साधु हो गए थे । उन्हें मिलने गया । एक पहाड़ी के किनारे एक छोटे झोंपड़े में वे रहते थे । मैं उनसे मिलने गया । उनको कोई ख़बर नहीं किया और गया । मैंने खिड़की से देखा, वे अपने कमरे में नंगे होकर टहल रहे हैं । कपड़े उतार दिए है,नग्न होकर टहल रहे हैं । मैंने जाकर दरवाज़ा खटखटाया । उन्होंने जल्दी से दरवाज़ा खोला और चादर लपेटकर दरवाज़ा खोल दिया । मैंने उनसे पूछा, अभी आप नग्न थे, फिर यह चादर क्यों पहन ली ? वे मुझसे बोले, मैं धीरे-धीरे, नग्न साधु होने का अभ्यास कर रहा हूँ । अभी मुझे भय मालूम होता है, इसलिए अकेले में नग्न होने का अभ्यास करता हूँ । फिर धीरे-धीरे मित्रों के सामने करूँगा, फिर गाँव में, फिर धीरे-धीरे मैं अभ्यस्त हो जाऊँगा । मैंने उनसे कहा, किसी सर्कस में भर्ती हो जाएं, क्योंकि नग्न होने का अभ्यास करके जो आदमी नंगा हो जाएगा, वह सर्कस के लायक है, संन्यास के लायक नहीं है । वह महावीर को अपना आदर्श बनाए हुए थे और उनको ख़याल था कि महावीर नग्न हो गए, इसलिए मैं भी नग्न हो जाऊँ । मैंने उनको कहा; पता है, महावीर नग्न अभ्यास करके नहीं हुए थे । महावीर की नग्नता सहज थी । एक वक़्त, एक प्रतीति, एक संभावना उनके भीतर उदित हुई । उन्हें वस्त्र अनावश्यक हो गए । उन्हें याद भी न रहा कि वस्त्र पहनें । वे उस सरलता को, उस निर्दोषिता

को उपलब्ध हुए, जहाँ ढाँकने का उन्हें कोई ख़याल ही न रहा । वस्त्र छूट गए। यह तो मेरी समझ में नहीं आता है कि एक आदमी नग्न होने का अभ्यास करके नग्न हो जाय, उसकी नग्नता बहुत दूसरी होगी । यह अभिनय और पाखंड होगा।

किसी आदमी के भीतर प्रेम का स्फुरण हो और वह सारी दुनिया के प्रेम से भर जाय और अहिंसा से भर जाय तो समझ में आता है । लेकिन एक आदमी चेष्टा करे, प्रयास करे, अभ्यास करे अहिंसक होने का, यह समझ में नहीं आता। हमारी जितनी चेष्टाएँ दूसरों को देखकर होंगी, वे हमें ग़लत ले जाएँगी और हमारे जीवन को व्यर्थ कर देंगी । इसी वजह से सामान्य जन भी उतना असंतुष्ट और अशांत नहीं होता, जितना तथाकथित साधु और संन्यासी होते हैं। वे सारे पागलपन में लगे हुए हैं । एक न्यूरोसिसिस उनको पकड़े हुए है, किसी दूसरे आदमी जैसा होना है । यह पागलपन है, यह विक्षिप्तता है । किसी दूसरे जैसे होने की कोशिश बिल्कुल पागलपन है। क्योंकि यह सारी चेष्टा का परिणाम होगा आत्मदमन, इसका अर्थ होगा रिप्रेशन, जो तुम हो उसे दबाओ और जो तुम नहीं हो, उसको होने की कोशिश करो । ऐसा व्यक्ति अपने ही हाथ से नर्क में पहुँच जाता है । चौबीस घंटे नर्क में जीने लगता है, जो वह है उसकी निंदा करता है, और जो उसे होना है, उसकी चेष्टा करता है ।

मैं आपसे कहना चाहूँगा, जो आप हैं, उसे परिपूर्णतया जानें और आपके जीवन में क्रांति हो जाएगी । आपको कोई और होने की कोई भी ज़रूरत नहीं है । जो आप वस्तुतः हैं, उसे ही जान लें और क्रांति हो जाएगी, और जो आप उपाय करके नहीं पा सकेंगे वह अपने ही भीतर जागकर आपको उपलब्ध हो जाएगा। इसलिए मैंने कहा, अनुकरण नहीं, आत्मखोज ।

और तीसरी बात मैं आपसे कहना चाहता हूँ, क्योंकि हमारी सारी चेतना कुछ ऐसी भ्रांत और ग़लत बातों से भर गयी हैं, जिसे ख़ाली करना बहुत ज़रूरी है । वह मैं आपसे यह कहना चाहता हूँ कि मनुष्य जितना ज़्यादा अपने को संवेदनशील बनाए, जितना ज़्यादा अपने भीतर संवेदना को पैदा करे, उतना ज़्यादा सत्य के क़रीब पहुँचेगा । इसलिए सत्य की खोज नहीं, संवेदना की उत्पत्ति । इसे समझ लें ।

अगर एक अंधा आदमी मुझसे आकर कहे कि मुझे प्रकाश को जानना है तो क्या मैं उसे सलाह दूँगा कि तुम जाओ और प्रकाश के संबंध में लोगों से समझो वह तुम्हें जो बताएँ, उसे याद कर लो तो प्रकाश का पता हो जाएगा ? मैं उससे कहूँगा, प्रकाश के संबंध में मत जानने की फ़िक्र करो, आँख ठीक हो जाएँ, आँख का उपचार हो जाय, इसकी चिंता करो। अगर आँख का उपचार हो जाय तो

प्रकाश के संबंध में कुछ भी जान लेने से कोई अनुभव नहीं होता है। आँख संवेदना है, प्रकाश सत्य है। सत्य के खोजी को भी मैं कहता हूँ, ईश्वर के खोजी को भी मैं कहता हूँ, कि ईश्वर की फ़िक्र छोड़ दो, संवेदना की फ़िक्र करो। हमारी जितनी गहरी संवेदना होगी उतनी ही दूर तक सत्य के हमें दर्शन होते हैं।

मैं आपको देख रहा हूँ। मेरी देखने की शक्ति आपके शरीर के पार नहीं जाती, इसलिए मैं आपके शरीर को देखकर वापस लौट आता हूँ। अपने को देखता हूँ, तो अपने को भी देखने में, शक्ति मेरी, मन के पार नहीं जाती , तो मन को देखकर वापस लौट जाऊँगा। मेरे देखने की शक्ति जितनी गहरी होगी उतना गहरा सत्य का मुझे अनुभव होगा। जो लोग परमात्मा को अनुभव करते हैं, उनके देखने की शक्ति इतनी तीव्र है कि प्रकृति से अलग कहीं परमात्मा नहीं बैठा हुआ है। जो चारों तरफ़ दिखाई पड़ रहा है, इसमें ही वह छिपा है। अगर हमारी आँख गहरी हो तो हम आवरण को पार कर जाएँगे और केंद्र को अनुभव कर लेंगे । इसलिए सवाल ईश्वर की खोज का नहीं, सवाल अपनी संवेदना को गहरा करने का है। हम जितना गहरा-गहरा अनुभव कर सकें, उतने गहरे सत्य हमें प्रगट होने लगेंगे। लेकिन हमें सिखाई कुछ और बातें गयी हैं।

हमें सिखाया जाता है, ईश्वर को खोजो। तब पागल कुछ हिमालय पर ईश्वर को खोजने जाते हैं, जैसे यहाँ ईश्वर नहीं है। तब कोई एकांत वन में ईश्वर को खोजने जाता है, जैसे भीड़ में ईश्वर नहीं है। तब कोई भटकता है, दूर-दूर, तीर्थों की यात्राएँ करता है कि वहाँ ईश्वर मिलेगा। जैसे इन जगहों में जहाँ तीर्थ नहीं है, वहाँ ईश्वर नहीं है। ईश्वर उसे मिलता है, जिसकी संवेदना गहरी हो। न हिमालय पर जाने से मिलता है, न तीर्थों में जाने से मिलता है, न वनों में जाने से मिलता है। संवेदना गहरी हो तो ईश्वर यहीं, इसी क्षण उपलब्ध है। जिसे देखने की शक्ति हो उसे यहाँ प्रकाश है और जिसकी आँख न हो ठीक उसे यहाँ प्रकाश नहीं है। इसलिए महत्त्वपूर्ण ईश्वर की खोज नहीं संवेदना की खोज है। और हम बहुत कम संवेदनशील हैं —हम बहुत ही कम संवेदनशील हैं।

हमें कुछ अनुभव ही नहीं होता। हम क़रीब-क़रीब मूर्छित जीते हैं। रात को अगर चाँद निकलता हो, बहुत कम लोग हैं, जो अनुभव करते हों, उसके सौंदर्य को। अगर रास्ते के किनारे फूल खिले हों, बहुत कम लोग हैं जो अनुभव करते हों उन फूलों के भीतर छिपे हुए रहस्य को। चारों तरफ़ प्रकृति का जो मिरेकल, जो चमत्कार घटित हो रहा है, बहुत कम लोग हैं, जो उसे देख पाते हैं। हम अपने में सोए हुए हैं। हम क़रीब-क़रीब सोए हुए लोग हैं।

मैं एक मित्र को लेकर, एक पहाड़ी पर गया हुआ था। पूर्णिमा की रात थी,

हमने नदी में देर तक नाव पर यात्रा की । वे मेरे मित्र स्विटजरलैंड होकर लौटे थे। जब तक हम उस छोटी-सी नदी में, उस छोटी-सी नौका पर थे, तब तक वे स्विटजरलैंड की बातें करते रहे, वहाँ की झीलों की, वहाँ के चाँद की, वहाँ के सौंदर्य की। कोई घंटे-भर बाद हम वापस लौटे तो बोले, बहुत अच्छी जगह थी जहाँ आप मुझे ले गए। मैंने उनसे कहा, क्षमा करें, आप वहाँ पहुँचे नहीं। मैं तोआपको ले गया, आप वहाँ नहीं पहुँचे। मैं तो वहाँ था, आप वहाँ नहीं थे। वे बोले, मतलब ? मैंने कहा, आप स्विटजरलैंड में रहे होंगे, तब आप वहाँ भी नहीं रहे होंगे, क्योंकि मैं आपको पहचान गया, आपकी वृत्ति को पहचान गया। तब आप कहीं और रहे होंगे।

हम क़रीब-क़रीब सोए हुए हैं। जो हमारे सामने होता है, वह हमें दिखायी नहीं पड़ता है। जो हम सुन रहे हैं, वह हमें सुनायी नहीं पड़ता। मन किन्हीं और चीज़ों से भरा रहता है। वही व्यक्ति संवेदनशील हो सकता है, जिसका मन शून्य हो। चाँद के क़रीब जिसका मन बिल्कुल शून्य है वह चाँद के सौंदर्य को अनुभव कर लेगा। फूल के क़रीब जिसका मन बिल्कुल शून्य है वह फूल के सौंदर्य को अनुभव कर लेगा। अगर मैं आपके पास हूँ और मैं बिल्कुल शून्य हूँ, तो मैं आपके भीतर जो भी है उसे अनुभव करूँगा। अगर कोई व्यक्ति परम शून्य को उपलब्ध हो गया है, तो इस जगत् के भीतर जो भी छिपा है, उसमें उसकी गति और प्रवेश हो जाएगा।

जो अपने भीतर भरे हुए हैं, वे बिल्कुल बोथले होते हैं, उनकी कोई संवेदना, सेंसिटीविटी उनमें नहीं होती। और जो अपने में ख़ाली होते हैं, उनके भीतर अद्‌भुत संवेदना का जन्म होता है।

इस जगत् में सब तरफ़ परमात्मा छिपा हुआ है, हमारे भीतर संवेदना चाहिए। लेकिन हम तो पागल हैं, हम तो अपने भीतर बहुत भरे हुए हैं। जो थोड़ी-बहुत ख़ाली जगह है उसे गीता, क़ुरान और बाइबिल से भर देते हैं। दुकान से भरे हुए हैं, बाजार से भरे हुए हैं, काम-धंधे हैं, ज़िंदगी की बातों से भरे हुए हैं। कुछ थोड़ी-बहुत ख़ाली जगह है तो गीता, क़ुरान और बाइबिल से भर लेते हैं। भीतर सब भर जाता है। भीतर कचरा ही कचरा इकट्ठा हो गया है।

अपनी खोपड़ी के भीतर देखें, कभी थोड़ी देर बैठकर देखें, वहाँ क्या चल रहा है ? तो वहाँ आप पाएँगे, वहाँ सब फिज़ूल की बातें भरी हुई हैं। वहाँ प्रवेश के लिए बिल्कुल जगह नहीं है। वहाँ कोई संवेदना गति नहीं पा सकती, वहाँ कोई द्वार नहीं है। ऐसा बंद मस्तिष्क, ऐसी क्षुद्र बातों के बोझ से भरा मस्तिष्क कैसे सत्य को, कैसे सौंदर्य को अनुभव कर सकेगा। और फिर इसी मस्तिष्क को लेकर

हम भगवान् की खोज में निकल जाते हैं, गुरुओं के चरणों में जाते हैं, मंदिरों और मस्जिदों में जाते हैं। ये दिमाग़ लेकर जाने से कहीं भी कुछ न होगा। इसे ख़ाली कर लें, फिर कहीं भी जाने की ज़रूरत नहीं है। हम जहाँ होंगे, वहीं अनुभूति आनी शुरू हो जाएगी।

सत्य की खोज नहीं, संवेदना।

परमात्मा की खोज नहीं, संवेदना का उद्‌घाटन और संवेदना का उद्‌घाटन होता है, मनुष्य जब शून्य हो। इस शून्य को ही मैं समाधि कहता हूँ। इस शून्य को ही मैं ध्यान कहता हूँ। इस शून्य को ही मैं प्रार्थना कहता हूँ। आपकी प्रार्थनाओं को मैं प्रार्थना नहीं कहता। वह तो भरे हुए मस्तिष्क के ही लक्षण हैं। उसमें भी आप कुछ बोले जा रहे हैं, कुछ कहे जा रहे हैं, कुछ रटा हुआ दोहराए जा रहे हैं। ये प्रार्थनाएँ नहीं हैं। आपके भजन-कीर्तन प्रार्थनाएँ नहीं हैं। ये तो सब भरे हुए मस्तिष्क के लक्षण हैं। आप बोले जा रहे हैं, परमात्मा को बोलने का तो मौक़ा नहीं दे रहे हैं। आप अपना उँडेले जा रहे हैं, परमात्मा अपने को डाल सके, इसके लिए तो आप ख़ाली नहीं हैं।

स्मरण रखें, जब वर्षा होती है तो जो उठे हुए हैं, टीले हैं, उन पर पानी नीचे बह जाता है , और जो गड्‌ढे हैं, वे भर जाते हैं। परमात्मा की वर्षा प्रतिक्षण हो रही है। जो ख़ाली होंगे, वह भर दिए जाएँगे, जो भरे होंगे, वह ख़ाली रह जाएँगे। और पंडित से भरा हुआ आदमी दूसरा नहीं होता। उसका मस्तिष्क तो भरा हुआ होता हैं। अपने मस्तिष्क को ख़ाली करना सीखें। और यह सरल है, यह कठिन नहीं है। थोड़े साहस, थोड़े विवेक की ज़रूरत है। यह संभव है कि आपका मस्तिष्क ख़ाली हो जाय।

शून्यता जागरूकता के परिणाम में उपलब्ध होती है।

जो व्यक्ति जितना जागरूक होकर जीवन में जीता है, वह उतना शून्य होता जाता है। समझ लें, मैं यहाँ सौ फीट लंबी और एक फीट चौड़ी लकड़ी की एक पट्टी रख दूँ और आपसे कहूँ कि उस पर चलें, तो आप गिरेंगे कि पार निकल जाएँगे। सभी पार निकल जाएँगे। छोटे बच्चे, स्त्रियाँ, बूढ़े, सभी पार निकल जाएँगे। सौ फीट लंबी, एक फीट चौड़ी लकड़ी की पट्टी रखी हुई है। आपसे मैं कहूँ, चलें और आप सभी निकल जाएँगे, कोई भी गिरेगा नहीं। फिर समझ लें कि इस ऊपर के स्थान से दीवार तक अगर सौ फीट लंबी पट्टी रख दी गयी हो और नीचे गड्‌ढा हो, और फिर आपसे कहा जाय, इस पर चलें, आप में से कितने लोग चल पाएँगे ? फ़र्क़ तो कुछ भी नहीं हुआ है। वह पट्टी सौ फीट लंबी, एक फीट चौड़ी अब भी है, जितनी ज़मीन पर रखे समय पर थी, उतनी अब दो मकानों

के ऊपर रखे हुए भी है। फिर आपको जाने में डर क्या है? घबराहट क्या है? कितने लोग उसको पार कर पाएँगे? कितने लोग पार जाने की हिम्मत करेंगे? कठिनाई क्या आ गयी? उसकी लंबाई-चौड़ाई वही की वही है, आप वही के वही आदमी हैं। इस नीचे गड्ढे से फ़र्क़ क्या पड़ रहा है? फ़र्क़ यह पड़ रहा है कि जब नीचे पट्टी रखी थी, आपको मूर्च्छित चलना संभव था, कठिनाई नहीं थी। आप अपने दिमाग़ में कुछ भी सोचते हुए चल सकते थे। अब ऊपर आपको परिपूर्ण जागरूक होकर चलना होगा। अगर ज़रा भीतर दिमाग में कुछ गड़बड़ हुई, बातें चलीं, आप नीचे हो जाएँगे।

घबराहट है आपकी मूर्च्छा। जो जागरूक है वह ऊपर भी चल जाएगा, कोई फ़र्क़ नहीं पड़ता। ज़मीन जैसे नीचे थी वैसे ऊपर भी है। कौन-सा फ़र्क पड़ रहा है। जागरूक अपने शरीर, अपने मन, अपने विचार सबके प्रति जागा हुआ होता है, मूर्च्छित सोया हुआ होता है। तो नीचे तो चल जाते हैं आप, क्योंकि वहाँ कोई मूर्च्छा के तोड़ने की जरूरत नहीं है, ऊपर चलने में घबराते हैं।

मुझसे लोग कहते हैं कि जागरूक कैसे हों? तो मेरे गाँव के पास एक छोटी-सी पहाड़ी हैं, वहाँ एक बड़े नीचे खंदक है और एक छोटी-सी पट्टी है, जिस पर चलने में प्राण कँपते हैं। मैं उन्हें वहाँ ले जाता हूँ और उनसे कहता हूँ, इस पर चलें। आपको पता चल जाएगा कि जागरूकता क्या है? उस पर दो क़दम चलते हैं और कहते हैं कि निश्चित ही, इसके भीतर जाते ही एकदम चित्त शून्य हो जाता है, हम एकदम जाग जाते हैं। जैसे किसी पहाड़ की कगार पर चलते वक़्त आप बिल्कुल होश से चलते हैं, ठीक वैसे ही चौबीस घंटे जो आदमी को सँभालता है, वह क्रमशः शून्य हो जाता है।

राइट माइंड फुलनेस का मतलब है, सम्यक जागरण, होश। बोधपूर्वक जीने का अर्थ यह है, जो भी आप करते हों, उठते हों, बैठते हों, सोते हों, भोजन करते हों, काम करते हों, सड़क पर चलते हों, होशपूर्वक करें—उठना, बैठना, चलना, शरीर की, मन की सारी गतियाँ होशपूर्वक हों। आपको दिखाई पड़ता रहे कि मैं क्या कर रहा हूँ? भीतर मूर्च्छा को तोड़ें। चौबीस घंटे ऐसे जिए जैसे कि बहुत डेंजर में हैं, बहुत ख़तरे में हैं। धार्मिक व्यक्ति इस भाँति जीता है जैसे डेंजर में हैं, और डेंजर है, ख़तरा है। मौत चौबीस घंटे घेरे हुए है। यह छोटा-सा गड्ढा तो कोई ख़तरा नहीं है। एक पहाड़ के किनारे पर चलने में ख़तरा क्या है? मौत का ही ख़तरा है न? गिर गए तो मर जाएँगे। और अभी आप सोच रहे हैं कि जिस किनारे पर आप खड़े हैं, उसके नीचे मौत नहीं है? चौबीस घंटे हर आदमी मौत के किनारे पर खड़ा हुआ है।

जो होश में नहीं है, वह पागल है, नासमझ है।

चौबीस घंटे पहाड़ की कगार पर आप चल रहे हैं और किसी भी क्षण गिर जाएँगे। रोज़ लोगों को गिरते देख रहे हैं, रोज़ लोग गिरते हैं, आप भी गिर जाएँगे। ज़िंदगी पूरे वक़्त मौत के किनारे पर है— एकदम डेंजर चारों तरफ़ है, ख़तरा चारों तरफ़ है। जो सजग नहीं है वह ग़लती कर रहा है, वह भूल कर रहा है। चौबीस घंटे की समस्त क्रियाएँ, चाहे शरीर की, चाहे मन की, सजग होनी चाहिए। जो व्यक्ति जितना सजग हो जाएगा भीतर, उतना ही पाएगा, भीतर शून्य आ जाएगा। और जब शून्य आ जाता है तो आप परमात्मा को अपने भीतर आमंत्रित करने में समर्थ हो जाते हैं। आपका द्वार खुल गया। अब सूर्य की रोशनी भीतर आ सकती है। आपकी आँख खुल गयी, अब आप प्रकाश को देख सकते हैं। अब आपके हृदय के कपाट खुल गए और परमात्मा प्रवेश कर सकता है।

जो ख़ाली है, वह परमात्मा से भर जाता है। ख़ाली हों और परमात्मा को उपलब्ध हो जाएँगे। और जब आप परमात्मा को उपलब्ध होंगे तो सब बदल जाएगा।

मैंने आपसे कहा, श्रद्धा नहीं, जिज्ञासा। और जब आप परमात्मा को उपलब्ध होंगे तो जिज्ञासा श्रद्धा में परिणत हो जाएगी। तब आप जानेंगे, और जानना आपको विश्वास से भर देगा। यह विश्वास बहुत दूसरा है। वह दूसरों का दिया हुआ विश्वास नहीं है, वह स्वयं के ज्ञान से उत्पन्न हुआ है। और मैंने कहा, ईश्वर की खोज नहीं, संवेदना। जब आपकी संवेदना परिपूर्ण होगी तो आप ईश्वर को पा जाएँगे। और मैंने कहा, अनुकरण नहीं, आत्मखोज, और जब आप स्वयं को जानेंगे तो आप पाएँगे, आप सबके अनुकरण को उपलब्ध हो गए। क्राइस्ट और बुद्ध और महावीर सबके आदर्श को आप उपलब्ध हो गए।

मैंने आपसे कहा, श्रद्धा नहीं जिज्ञासा, इसलिए कि आप वास्तविक श्रद्धा को उपलब्ध हो सकें। मैंने आपसे कहा, अनुकरण नहीं, आदर्श नहीं, आत्मखोज, ताकि आप वास्तविक आदर्श को उलब्ध हो सकें। और मैंने आपसे कहा, ईश्वर नहीं, संवेदना की तलाश, ताकि आप वस्तुत: ईश्वर को तलाश कर सकें। ये बातें उल्टी मालूम हो सकती हैं, क्योंकि मैं श्रद्धा छोड़ने को कह रहा हूँ, ताकि श्रद्धा का, वास्तविक श्रद्धा का जन्म हो सके। और मैं ईश्वर को भूलने को कह रहा हूँ और संवेदना पैदा करने को, ताकि ईश्वर पाया जा सके। और मैं सब आदर्श छोड़ने को कह रहा हूँ ताकि वास्तविक आदर्श का आपके भीतर जन्म हो सके।

अगर आप मेरी बात को समझेंगे, तो उनमें विरोध नहीं दिखायी पड़ेगा।

क्यों ? क्योंकि जो ख़ाली है वह भर दिया जाता है, इसमें विरोध कहाँ है ? ख़ाली ही भरा जा सकता है। जो शून्य है, वही केवल पूर्ण को उपलब्ध हो सकता है। इसलिए समग्र भाव से, अशेष भाव से शून्य हो जाना साधना है। अशेष भाव से शून्य हो जाना समर्पण है। अशेष भाव से शून्य हो जाना परमात्मा के मार्ग पर अपने चरणों को बढ़ा देना है। जो शून्य होने का साहस करता है, वह पूर्ण को पाने का अधिकारी हो जाता है। और प्रत्येक व्यक्ति के भीतर यह संभावना है, यह बीज है कि वह परमात्मा हो सके। अगर हम उपलब्ध नहीं हुए तो हमारे सिवाय और किसी का उत्तरदायित्व नहीं होगा। अगर हम उपलब्ध नहीं हुए तो हमारे सिवाय और कोई ज़िम्मेवार नहीं होगा। अगर हम उपलब्ध नहीं हुए तो हमारे सिवाय और किसी का भी दोष नहीं है।

इसलिए स्मरणपूर्वक इस बात को सोचें और देखें । स्मरणपूर्वक अपनी संभावनाओं को समझें, स्मरणपूर्वक अपने जीवन को परिवर्तित करें, स्मरणपूर्वक सजग हों और शून्य हो जाएँ। और यह ख़याल रखें कि कोई परमात्मा को उपलब्ध होता है तो कोई विशेषता नहीं है। हरेक मनुष्य की उतनी ही संभावना है। लेकिन अगर हम ध्यान ही नहीं देंगे, अगर हम उस तरफ़ देखेंगे ही नहीं तो हम अपनी संभावना से वंचित हो जाएँगे। अगर एक बीज वृक्ष हो सकता है तो सारे बीज वृक्ष हो सकते हैं। व्यवस्था जुटानी होगी कि बीज वृक्ष हो सके। पानी और खाद और ज़मीन और रोशनी जुटानी होगी।

क्या है पानी, क्या है खाद, क्या है रोशनी, उसकी मैंने चर्चा की। जिज्ञासा, अनुकरण नहीं आत्मखोज, ईश्वर नहीं, संवेदना की तलाश, और अपने को भरना नहीं अपने को ख़ाली कर लेना। यह भूमिका है। जो इसे पूरा करता है, आश्वासन है, सदा से आश्वासन है। वह परमात्मा को निश्चित ही उपलब्ध हो जाता है।

और अगर आप परमात्मा को उपलब्ध न हों तो अपने कर्मों को दोष मत देना, समझना कि कुछ ग़लत कर रहे थे। समझना कि जहाँ जिज्ञासा करनी थी, वहाँ श्रद्धा कर रहे थे। समझना कि जहाँ स्वयं को खोजना था वहाँ अनुकरण कर रहे थे। समझना कि जहाँ संवेदना गहरी करनी थी, वहाँ ईश्वर की तलाश में भटक रहे थे। समझना कि जहाँ शून्य होना था वहाँ दूसरों के उधार विचारों और ग्रंथों से अपने को भर रहे थे। कर्मों का दोष नहीं है। दृष्टि का दोष है। और दृष्टि के दोष को छिपाने के लिए, सारी हम बातें कर लेते हैं कि हमारे कर्म ही बुरे हैं, हमारे पिछले जन्म ही बुरे हैं, इसलिए हम नहीं पा रहे हैं। यह सबका सब अपने को समझाना है। ये सब एक्सप्लेनेशंस हैं, जो कि झूठे हैं। मैं आपको कहता हूँ,

ठीक दृष्टि हो तो परमात्मा इसी वक़्त उपलब्ध है। परमात्मा को तो कभी किसी ने खोया ही नहीं। हम उसमें ही खड़े हुए हैं। केवल दृष्टि ग़लत है, केवल दृष्टि और जगह भटक रही है। इसलिए उसे, जो कि पाया ही हुआ है, हम खोया हुआ अनुभव कर रहे हैं। दृष्टि वापस लौट आए, अपने उस क़िले पर जो सबके भीतर है, परमात्मा यहीं और अभी उपलब्ध हो जाता है।

ईश्वर करे, दृष्टि लौटे। ईश्वर करे आपकी श्रद्धा जिज्ञासा बने। ईश्वर करे, आप अन्वेषण में लगें, आपके भीतर प्यास और अभीप्सा पैदा हो और किसी दिन आप उस परम शांति को, परम सौंदर्य को जान सकते हैं, जिसे जाने-बिना जीवन झूठा है, जिसे जाने-बिना जीवन मृत्यु है और जिसे जानकर जीवन ही नहीं, मृत्यु भी अमृत हो जाती है, उनकी कामना करता हूँ।

मेरी बातों को इतने प्रेम से सुना, उसके लिए बहुत अनगृहीत हूँ। मेरी कोई बात बुरी लगी हो, फिर क्षमा-याचना करता हूँ, लेकिन कहूँगा, उसे सोचना, क्रोध मत करना, क्योंकि क्रोध से कोई हल नहीं होता। मेरी कोई बात बुरी लगी हो, उसे सोचना, क्रोध मत करना। क्रोध से कोई हल नहीं होता और क्रोध विचार का नहीं अविचार का लक्षण है। मेरी बात कोई ठीक लगी हो तो उसे मान मत लेना, प्रयोग करना, क्योंकि मान लेना छोटी बुद्धि का लक्षण है, प्रयोग करना समझदार का, विवेकशील का लक्षण है। मेरी बात बुरी लगी हो तो विचार करना, मेरी बात भली लगी हो तो मान मत लेना, उस पर प्रयोग करना। जो प्रयोग करता है, वह उपलब्ध होता है। अंततः सबके भीतर बैठे हुए परमात्मा को प्रणाम करता हूँ। मेरे प्रणाम स्वीकार करें।

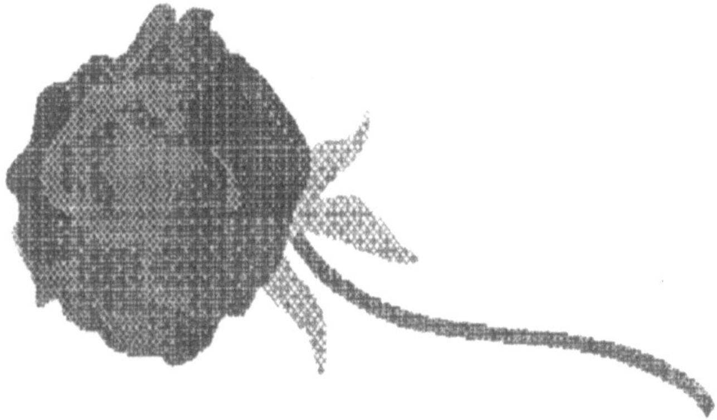

१०. मौन द्वार

मेरे प्रिय आत्मन्,

मैं सोचता था, किस संबंध में आपसे बात करूँ, यह स्मरण आया कि आपके संबंध में ही थोड़ी-सी बातें कर लेना उपयोग का होगा। परमात्मा के संबंध में बहत-सी बातें हमने सुनी हैं और आत्मा के संबंध में भी बहुत विचार जाने हैं, लेकिन उनका कोई भी मूल्य नहीं है। अगर हम उस स्थिति को न समझ पाएँ, जिसमें कि हम मौजूदा होते हैं।

आज जैसी मनुष्य की दशा है, जैसी जड़ता और जैसा मरा हुआ आज मनुष्य हो गया है, ऐसे मनुष्य का कोई संबंध परमात्मा या आत्मा से नहीं हो सकता है। परमात्मा से संबंध की पहली शर्त है, प्राथमिक सीढ़ी है कि हम अपने भीतर से जारी जड़ता को दूर कर दें। और जो-जो अनुभूतियाँ हमें ज़्यादा चैतन्य बनाती हों, उसके क़रीब पहुँच जाएँ। यह हम सुनते हैं कि मनुष्य के भीतर आत्मा है। लेकिन जैसे हम मनुष्य हैं, अगर हम विचार करें तो हमारे भीतर शायद मुश्किल से एक प्रतिशत आत्मा होगी और निन्यानवे प्रतिशत शरीर। जब तक आत्मा सौ प्रतिशत न हो जाए, तब तक कोई व्यक्ति सत्य को अनुभव नहीं कर सकता।

शरीर से मेरा अर्थ आपका जो दिखायी पड़ रहा है, उतना ही नहीं है, बल्कि जिन-जिन बातों में आपकी चेतना जड़ हो जाती है, वहीं-वहीं आप शरीर हो जाते हैं। हमें जो भी सिखाया जाता है और जैसा हमारा जीवन है, वह धीरे-धीरे मनुष्य कम और मशीन ज़्यादा बना देता है। हम क्रमशः मशीन होते जाते हैं, और जो आदमी जितनी अच्छी मशीन हो जाता है, उतना ही दुनिया में सफल और कुशल समझा जाता है। असल में जो आदमी जितना भर जाता है उतना ही यह जगत् उसे सफल मानता है।

इसलिए पहली बात आपसे कहना चाहूँगा कि अपने भीतर यह अनुभव करें कि आप कहीं मशीन तो नहीं हो गए हैं। एक आदमी चालीस वर्ष तक रोज़ सुबह उठकर अपने दफ्तर जाता है, ठीक वक़्त पर खाना खा लेता है। ठीक बातें, जो उसने याद कर ली हैं बोल देता है, ठीक समय पर सो जाता है। सुबह से लेकर दूसरे दिन की सुबह तक, उसकी क्रियाओं में सारा का सारा यांत्रिक है। धीरे-धीरे वह आदमी जड़ हो जाता है। उसके भीतर चैतन्य का सारा आविर्भाव बंद हो जाता है। और जो आदमी इस जड़ता को जितनी तीव्रता से पकड़ लेता है, हम कहते हैं, वह आदमी उतना कुशल है, उसकी उतनी ज़्यादा योग्यता है, और यह सच है कि मशीन हमेशा ज़्यादा मनुष्य से योग्य होती है, क्योंकि मशीन कोई भूल-चूक नहीं करती, और मशीन ठीक समय पर काम करती है और अपने समय पर बंद हो जाती है।

इस जगत् का जैसा विकास हुआ है वह क्रमशः इस भाँति हुआ है कि हम मनुष्य की जगह मशीन को ज़्यादा आदर देने लगे हैं और क्रमशः मनुष्य भी धीरे-धीरे मशीन होता जा रहा है। जो आदमी जितना ज़्यादा मेकेनिकल। जितना ज़्यादा यांत्रिक हो जाएगा, उतनी ही उसके भीतर की आत्मा सिकुड़ जाती है। उसके प्रगटीकरण के रास्ते बंद हो जाते हैं। हम अपने को देखेंगे तो हम पाएँगे कि हम क़रीब-क़रीब एक मशीन की भाँति हैं, जो रोज़ वही के वही काम कर लेती है। और हम इन कामों को दोहराते चले जाते हैं। और एक दिन हम पाते हैं, आदमी मर गया। मृत्यु की यांत्रिकता का अंतिम चरण है। हम धीरे-धीरे जड़ होते जाते हैं। एक छोटा बच्चा जितना चैतन्य होता है एक बूढ़ा उतना चैतन्य नहीं होता। इसलिए क्राइस्ट ने कहा है, जो छोटे बच्चे की भाँति होंगे वे परमात्मा के राज्य को अनुभव कर सकते हैं। इसका कोई यह अर्थ नहीं कि जिनकी उम्र कम होगी, इसका यह अर्थ है कि जिनके भीतर स्फुरणा, जिनके भीतर सहज चेतना जितनी ज़्यादा होगी, वे उतने जल्द परमात्मा के क़रीब पहुँच सकते हैं, वे उतने जल्दी सत्य को अनुभव कर सकते हैं।

जैसा विगत दो हज़ार, ढाई हज़ार, वर्षों में मनुष्य का विकास होता रहा है, यह संभावना कम होती गई है। हमारी सहजता, वह जो भी स्पोटेंनियस है वह हमारे भीतर कम होता गया है और हमारी जड़ता बढ़ती गयी है। जीवन जैसा है, उसमें शायद जड़ता को बढ़ा लेना उपयोगी होता है।

एक आदमी सेना में भर्ती हो जाए, अगर वह चेतन हो तो सेना उसे इंकार कर देगी, वह जितना जड़ हो उतना ही अच्छा सैनिक हो सकेगा। जड़ होने का अर्थ है, उसके भीतर अपनी कोई स्वतंत्र बुद्धि न रह जाय। उसे जो आज्ञा दी जाए, उसे वह पूरा का पूरा पालन कर ले, उसमें ज़रा भी यहाँ-वहाँ, उसके भीतर कोई कंपन चेतन का नहीं होना चाहिए। इसलिए सैनिक धीरे-धीरे जड़ हो जाता है और जितना ही जड़ हो जाता है उतना ही हम कहते हैं, वह योग्य सैनिक है, क्योंकि जब हम उससे कहते हैं, आदमी को गोली मारो तो उसके भीतर कोई विचार नहीं उठता, वह गोली मारता है। और जब हम कहते हैं, बाएँ घूम जाओ, तो वह बाएँ घूम जाता है उसके भीतर कोई विचार नहीं उठते।

डिसीप्लीन पूरी हो गयी और आदमी मर गया। आज्ञा पूरी होने लगी और आदमी भीतर समाप्त हो गया। इसलिए दुनिया में जितने सैनिक बढ़ते जाएँगे उतना धर्म शून्य और क्षीण होता जाएगा, क्योंकि वे सबके सब इतना अनुशासित होंगे कि उनके भीतर चेतना का कोई प्रवाह नहीं हो सकता। इसलिए मैं सेनाओं के विरोध में हूँ, इसलिए नहीं कि वे हिंसा करती हैं, बल्कि इसलिए कि इसके पहले कि कोई आदमी हिंसा में समर्थ हो सके, जड़ हो जाता है। और दुनिया में जितनी सेनाएँ बढ़ती जाएँगी, उतने ही लोग जड़ होते जाएँगे। और अब तो सारी दुनिया क़रीब-क़रीब एक सैनिक कैंप में परिणत होती जा रही है। अब तो हम अपने बच्चों को भी कालेजों में, स्कूलों में सेना की शिक्षा देंगे। और हमें याद नहीं है कि हम जिस आदमी को भी सेना की शिक्षा दे रहे है, हम उसे इस बात की शिक्षा दे रहे हैं कि उसके भीतर चेतना क्षीण हो जाए, वह एक मशीन हो जाए। उससे जो कहा जाए, वही वह करे, उसके भीतर अपनी कोई स्वतंत्र विचारणा न रह जाए अगर यह दुनिया में हुआ तो दुनिया में धर्म विलीन हो जाएगा।

आप सोचते हों कि नास्तिक इस दुनिया में धर्म को विलीन कर रहे हैं तो आप ग़लती में हैं। दुनिया में धर्म उन-उन बातों से विलीन हो रहा है, जिन-जिन बातों से हम जड़ होते जाते हैं, जिन-जिन बातों से हमारी चेतना क्षीण होती जाती है। हम जितने ज़्यादा अनुशासित हो जाएँगे, जितने ज़्यादा डिसिप्लींड हो जाएँगे, जितनी ज़्यादा हम आज्ञाओं के अनुकूल चलने लगेंगे, उतने ही ज़्यादा हमारे भीतर मृत्यु की घटना घट जाएगी।

विलियम जेम्स ने एक उल्लेख किया है। उसने लिखा है, एक आदमी सेना से संघातक चोट लगने के कारण मुक्त हो गया। एक दिन सुबह, गाँव के बाजार से कुछ सामान लिए सिर पर, लौटता था। विलियम जेम्स अपने किसी मित्र से कह रहा था कि लोग सेना में बिल्कुल जड़ हो जाते हैं। यह आदमी जा रहा है, यह बिल्कुल जड़ है। उसके मित्र ने कहा, इसका प्रमाण क्या है ? विलियम जेम्स ने कहा, तुम ज़ोर से कहो, अटेंशन, वह अपने सामान को छोड़ देगा, अटेंशन में खड़ा हो जाएगा। उसने कहा, यह तो मुझे संभव नहीं मालूम होता, लेकिन यह प्रयोग किया गया। ज़ोर से, उस होटल में बैठे हुए उसके मित्र ने चिल्ला कर कहा, अटेंशन, और वह आदमी अपने सिर पर सामान रखे था, उसके हाथ छूट गए। उसे सेना से मुक्त हुए दो साल हो गए थे। वह सामान गिर गया, वह अटेंशन में खड़ा हो गया। तब उसे ख़याल आया कि मैंने यह क्या किया ? जेम्स ने कहा, यह आदमी जड़ हो गया है। इसके भीतर कुछ भी नहीं है जो चेतन हो, जो विचार करता हो। जिसमें बोध हो।

सेनाएँ दुनिया को जड़ बनाए दे रही हैं। जितनी ज़्यादा टेक्नोलाजिकल, जितनी ज़्यादा यांत्रिक व्यवस्था विकसित हो रही है, यंत्रों के साथ प्रतियोगिता करने के लिए मनुष्य को भी यंत्र हो जाना पड़ेगा। उसे भी ऐसी आदतें बना लेनी होंगी जहाँ कि उसे सोचने का कम-से-कम मौक़ा रह जाए। जो आदमी जितना ज़्यादा सोचता है उतना ही असफल हो जाएगा। जो आदमी बिल्कुल नहीं सोचता है और चला जाता है, वह हमें दुनिया में सफल दिखायी पड़ेगा। दुकानें और दफ्तर और हमारे काम और हमारी मशीनें और औद्योगिक विकास मनुष्य को धीरे-धीरे जड़ किए दे रहा है।

अगर आपके मन में कोई भी धार्मिक होने की उत्सुकता है तो इस जड़ता के बाहर जाना एकदम ज़रूरी है। जो इस भाँति जड़ हो जाएगा उसके भीतर चेतना की लौ बुझ जाएगी। फिर आप कितना ही मंदिर जाएँ और कितनी ही प्रार्थनाएँ-पूजाएँ करें, वे सब व्यर्थ हैं। और सच तो यह है कि व्यवसायियों ने उनको भी जड़ता का रूप दे दिया है। एक आदमी रोज़ बैठकर पंद्रह मिनट या आधा घंटा एक मंत्र को दोहरा लेता है, वह भी जड़ता है। वह भी एक मेकेनिकल रिपीटीशन है, वह रोज़-रोज़ वैसा ही दोहराता रहेगा, पूरे जीवन दोहराता रहेगा। जिस दिन नहीं दोहरायेगा, उस दिन उसको ज़रा अड़चन लगेगी। वह कहेगा, आज ज़रा तकलीफ़ मालूम होती है। आज मैंने सुबह अपना मंत्र नहीं पढ़ा, आज सुबह मैंने गायत्री या बाइबिल नहीं पढ़ा, आज मैंने सुबह नमाज़ नहीं की, आज मुझे कुछ बेचैनी मालूम होती है। यह बेचैनी कोई अच्छी बात नहीं है। यह इस

बात की सूचना है कि तुम एक आदत के ऐसे जड़ीभूत हो गए हो, उस आदत को छोड़ने की तुम्हारी हिम्मत नहीं। यह आदत —एक आदमी सिगरेट पीता है, शराब पीता है और नहीं उसे सिगरेट मिले, नहीं उसे शराब मिले तो जैसी बेचैनी होती है, उससे भिन्न नहीं है। यह वैसी-की-वैसी आदत है।

आदतें मनुष्य की चेतना को दबा देती हैं।

जिस मनुष्य को आत्मा को उपलब्ध करना हो, उसकी उतनी ही कम आदतें होनी चाहिए, उसके उतने ही कम बंधन होने चाहिए, उसमें उतनी ही कम जड़ता होनी चाहिए। रात जो मैंने कहा, संवेदना का क्या अर्थ है, सेंसेटिव होने का क्या अर्थ है, उसका प्रयोजन यह था, जितनी कम जड़ता हो उतनी ज़्यादा मनुष्य के भीतर संवेदन की शक्ति जाग्रत होगी। और जितनी ज़्यादा जड़ता हो उतनी संवेदन की शक्ति शून्य हो जाती है। और संवेदन की शक्ति जितनी गहरी हो, हम सत्य को उतनी ही गहराई तक अनुभव कर पाएँगे, और संवेदन की शक्ति जितनी क्षीण हो जाएगी, उतना ही हम सत्य से दूर हो जाएँगे।

तो मैं आपको कहूँगा, जो धार्मिक हैं, वे स्मरण रखें कि धर्म उनकी आदत न बन जाय। कहीं धर्म भी उनकी एक जड़ आदत न बन जाय कि वह सुबह रोज़ मंदिर जाएँ, नियत समय पर मंदिर जाएँ, एक नियत मंत्र पढ़ें, एक नियत देवता के सामने हाथ झुकाएँ, यह कहीं उनकी जड़ आदत न हो। और यह सच है कि सौ में निन्यानवे मौक़े पर यह एक जड़ आदत है। और यह आदत बेहतर नहीं है और यह आदत ठीक नहीं है। फिर यह भी स्मरण रखें, आपने दूसरों की आज्ञाएँ स्वीकार कर ली हैं और आप उनके अनुकूल वर्तन कर रहे हैं, उनके अनुकूल आचरण कर रहे हैं। यह भी जड़ता का अंगीकार कर लेना है।

जब भी मैं कोई आज्ञा दूँ और आप स्वीकार कर लें तो आपकी चेतना भीतर क्षीण हो जाती है। जब भी दूसरा कुछ कहे और आप स्वीकार कर लेते हैं, आपके भीतर की चेतना जड़ होने लगती है। समाज कहता है, संस्कार कहते हैं, पुरोहित कहते हैं, हज़ारों वर्षों की उनकी परंपरा है, उसके वजन पर कहते हैं। उद्धरण करते हैं शास्त्रों का कि यह ठीक है और हम उसे मान लेते हैं और उसे स्वीकार कर लेते हैं। धीरे-धीरे हम स्वीकार मात्र पर टिके रह जाएँगे, और हमारे भीतर जो स्फुरण होना चाहिए था, जीवन का, वह बंद हो जाएगा।

जीवन के स्फुरण के लिए ज़रूरी है कि वह व्यक्ति आज्ञाओं के पीछे नहीं, बल्कि स्वयं के विवेक के पीछे चले। और जीवन के स्फुरण के लिए ज़रूरी है कि जो-जो चीज़ें जड़ करती हों, व्यक्ति उनसे अपने को मुक्त कर ले। स्वाभाविक यह प्रश्न उठेगा तब तो इसका यह अर्थ हुआ कि अगर मैं एक दफ्तर में चालीस

वर्षों तक काम करने जाता हूँ तो मैं उस दफ्तर को छोड़ दूँ, उस दुकान को छोड़ दूँ, उस घर को छोड़ दूँ। इसका तो यह अर्थ होगा—और यह अर्थ बहुत लोगों ने लिया है।

दुनिया में जो संन्यासी होते रहे हैं, समाज को, घर को छोड़कर वह इसलिए होते रहे हैं कि उन्हें यह लगा कि यह सब तो जड़ किए दे रहा है, इसलिए उसको छोड़ दो। लेकिन वे एक जड़ता को छोड़ते हैं और दूसरी जड़ता को पकड़ लेते हैं। इससे कोई बहुत भेद नहीं पड़ता। संसार को छोड़कर भागते हैं और संन्यास में जाते हैं, और संन्यास उन्हें और भी जड़ कर देता है।

मेरा सपना देखना यह है कि मैंने अभी कोई संन्यासी ऐसा नहीं देखा, जिसकी संवेदना की शक्ति गृहस्थ की संवेदन की शक्ति से अधिक हो। वह और भी जड़ हो गया है। उसके अनुभव करने की सीमाएँ और संकुचित हो गयी हैं। उसने और इतना दमन किया है और एक पैटर्न पर, एक ढाँचे पर अपने जीवन को ढाला है कि उसके भीतर और भी चैतन्य के विकास की संभावना कम हो गयी है।

जो संसार से भागकर संन्यासी होगा, वह एक जड़ता से दूसरी जड़ता में गिर जाएगा। इससे कोई बहुत भेद नहीं पड़ता इसलिए सवाल संसार से भागने का नहीं है, दफ्तर से भागने का नहीं है, घर से भागने का नहीं है। सवाल यह है कि जो भी आप कर रहे हैं वह तो करना होगा, लेकिन यह स्मरण रखने का है कि वह आपके भीतर जड़ता न लाए। और यह हो सकता है, आप जहाँ हैं वहीं रहते हुए यह हो सकता है कि आपके भीतर जड़ता पैदा न हो; और आपके भीतर संवेदना की शक्ति तीव्र हो, चेतना की ज्योति जले।

यह कैसे होगा? इसके होने के कुछ नियम हैं। वे नियम ही धर्म के मूल नियम हैं, वे नियम ही योग की मूल शर्तें हैं।

सबसे पहला नियम तो यह है कि जिस व्यक्ति को सत्य जानना हो वह पलायन की प्रवृत्ति को छोड़ दे, एस्केप की प्रवृत्ति छोड़ दे कि यहाँ तकलीफ़ है, इसलिए यहाँ से भाग जाऊँ। इससे कोई भेद नहीं पड़ता आप जहाँ जाएँगे वहाँ तकलीफ़ शुरू हो जाएगी, क्योंकि आप जैसे आदमी हैं, वही-का-वही आदमी दूसरी जगह पहुँच जाएगा।

मैंने सुना है, एक गाँव में सुबह-ही-सुबह सर्दी के दिन थे और गाँव का परकोटा था। एक बूढ़ा आदमी गाँव के बाहर बैठा था। दूसरे गाँव से आते हुए राहगीर ने उससे पूछा कि क्या मैं यह पूछ सकता हूँ कि इस गाँव के लोग कैसे हैं। मैं यहाँ बसने का इरादा रखता हूँ। उस बूढ़े आदमी ने कहा, मैं यह बताऊँगा ज़रूर कि इस गाँव के लोग कैसे हैं? लेकिन मैं पहले यह पूछ लूँ कि तुम जिस

गाँव में बसते थे, वहाँ के लोग कैसे थे? उसके बाद ही कुछ बताना संभव हो सकता है। वह आदमी हैरान हुआ, उसने कहा, इससे क्या संबंध है कि उस गाँव के लोग कैसे थे? उस बूढ़े ने कहा, फिर भी मैं पूछ लूँ, जीवन-भर का अनुभव मेरा यह कहता है कि पहले मैं पूछ लूँ कि उस गाँव के लोग कैसे थे? उसने कहा, उस गाँव के लोगों का नाम भी मत लो। उन्हीं दुष्टों के कारण तो मुझे वह गाँव छोड़ना पड़ा है। उस बूढ़े ने कहा, फिर और कोई गाँव खोजो । इस गाँव के लोग बहुत बुरे हैं, बहुत दुष्ट हैं और यहाँ रहने से कोई सार नहीं होगा। और उस बूढ़े आदमी ने ठीक ही कहा। और उस आदमी के जाने के बाद ही एक दूसरा आदमी आया और उसने पूछा कि मैं इस गाँव में बसना चाहता हूँ। यहाँ के लोग कैसे हैं? उसने फिर वही कहा कि पहले मैं यह पूछ लूँ कि उस गाँव के लोग कैसे थे, जहाँ से तुम आते हो? उस आदमी ने कहा, उसका नाम मुझे आनंद से भर देता है। उतने बेहतर लोग मैंने कहीं देखे नहीं। वह बूढ़ा बोला, आओ स्वागत है, बसो। इस गाँव में तुम्हें उस गाँव से बेहतर लोग मिल जाएँगे।

हम जो हैं, अपने को सदा अपने साथ ही ले जाते हैं। तो जो आदमी गृहस्थी में दुःखी और पीड़ित और परेशान था वह संन्यासी होकर कभी आनंदित नहीं हो सकता, क्योंकि वह आदमी तो वही का वही है। कपड़े बदलने से क्या होगा? जो आदमी दुकान पर परेशान और पीड़ित है, वह मंदिर में जाकर आनंद को उपलब्ध नहीं हो सकता, क्योंकि वह आदमी तो वही-का-वही है। दुकान थोड़ी परेशान कर रही है। मकान थोड़ी परेशान कर रहा है मंदिर, थोड़ी आनंद देगा। वह आदमी जैसा है, अपने साथ ही ले जाएगा। वह बड़े आश्चर्य की बात है, अपने से भागना संभव नहीं होता। कोई अपने से नहीं भाग सकता। आप सारी दुनिया को छोड़कर भाग जाएँ लेकिन आप तो अपने साथ होंगे और आप जैसे आदमी हैं, ठीक वैसी दुनिया जहाँ आप होंगे फिर आप पैदा कर लेंगे। इसलिए जब गृहस्थ भागकर संन्यासी हो जाते हैं तो वे नयी गृहस्थियाँ बसाने लगते हैं, शिष्यों की, शिष्याओं की नयी दुनिया बसनी शुरू हो जाती है। जब वे घर को छोड़कर भाग जाते हैं तो आश्रम बसने लगते हैं। इधर का राग छोड़ते हैं तो वहाँ का नया राग पैदा कर लेते हैं। इधर एक तरफ़ से जो छोड़कर गए हैं नयी शक्लों में फिर का फिर वही खड़ा हो जाता है। और यह बिल्कुल स्वाभाविक है। इसमें कोई अस्वाभाविकता नहीं कि आदमी वे, वे ही के वे हैं जो कि घर थे, जो कि दुकान में थे।

इसलिए जब कोई आदमी दुकान को छोड़कर संन्यासी होता है तो वह धर्म की नयी दुकानें शुरू कर देता है। और दुनिया में जो धर्म की दुकानें शुरू हुई हैं,

वे उन दुकानदारों के कारण हुई हैं जो कि दुकानदार थे और संन्यासी हो गए। उनकी बुद्धि, उनके सोचने के ढंग, उनके गणित और हिसाब वही-के-वही हैं। उनकी वृत्ति, उनकी पकड़, उनकी एप्रोच वही-की-वही है। वे, वही-के-वही आदमी हैं, और इसलिए जितने ज़्यादा दुकानदार संन्यासी होते जाते हैं उतना ज़्यादा संन्यास दुकानदारी में परिणत होता जाता है।

दुनिया में संन्यासियों की ज़रूरत नहीं है, दुनिया में संन्यास की ज़रूरत है, संन्यासियों की कोई ज़रूरत नहीं। मैं आपसे कहूँ, दुनिया में संन्यास की ज़रूरत है, संन्यासियों की कोई ज़रूरत नहीं है। दुनिया में संन्यास जितना ज़्यादा होगा, दुनिया उतनी बेहतर होगी और दुनिया में संन्यासी जितना ज़्यादा होंगे दुनिया उतनी मुश्किल में पड़ती जाएगी। यह कल्पना करिए, सारे लोग संन्यासी हो गए हैं, इस दुनिया का क्या होगा? इसकी स्थिति कैसी बदतर हो जाएगी। लेकिन यह कल्पना करिए कि दुनिया में संन्यास बढ़ता जाता है, यह दुनिया बहुत बेहतर हो जाएगी।

तो मैं आपको नहीं कहता कि पलायन करें, लेकिन हमारी प्रवृत्ति हमेशा पलायन करने की होती है। जहाँ हमें तकलीफ़ दिखायी पड़ती है, हम सोचते हैं, इस स्थान को बदल दें, हम इस जगह को छोड़ दें। लेकिन हमेशा ख़याल रखें, स्थान कभी तकलीफ़ नहीं देता, आपकी भीतर की स्थिति तकलीफ़ देती है। इसलिए स्थान को बदलने को जो सोचता है वह पागल है और जो स्थिति बदलने को सोचता है, उसको कोई समझ का अंकुरण शुरू हुआ। इसलिए मैं कहता हूँ, पलायन नहीं, परिवर्तन। भागें मत, जहाँ हैं, अपने को बदलें। और जहाँ आप हैं, उससे बेहतर स्थिति दुनिया में आपको कहीं भी नहीं मिलेगी, जब तक कि आप बेहतर आदमी न हो जाएँ और जब आप बेहतर आदमी हो जाएँगे तो जहाँ आप हैं, वहीं बेहतर स्थिति है।

एक विदेशी यात्री पूरब के मुल्क़ों में यात्रा को आया और उसने सोचा कि मैं देखूँ और समझूँ कि योग क्या है? उसने भारत के और तिब्बत के और जापान के, पूर्वी मुल्क़ों में जाकर आश्रम देखे। फिर वह बर्मा गया और वहाँ लोगों ने तारीफ़ की कि एक आश्रम यहाँ भी है, उसे भी देखो। उसने जो आश्रम भारत में देखे थे, वे पहाड़ों पर थे, रम्य झीलों के किनारे थे, सुंदर उपवन थे, वहाँ थे। भारत में जो संन्यासी देखे थे, वे घर छोड़े हुए लोग थे, नए-नए वस्त्रों के लोग थे। उसने सोचा, वैसा ही कोई रम्य स्थल होगा। वह तीन सप्ताह का निर्णय करके बर्मा के उस आश्रम के लिए गया। लेकिन जब जिस गाड़ी में वह गया और पहुँचाया गया आश्रम के सामने, तो वह दंग रह गया। वह तो एक बाज़ार था,

जहाँ आश्रम था और रंगून का सबसे रद्दी बाज़ार था और वहाँ तो बड़ी भीड़-भाड़ थी बड़ा शोर-गुल था। और वहीं वह छोटी-सी तख़्ती लगी थी और एक गंदे रास्ते के अंदर जाकर एक आश्रम था।

आश्रम बड़ा था, पाँच सौ भिक्षु वहाँ थे। लेकिन कोई सौ डेढ़ सौ कुत्ते वहाँ घूम रहे थे और लड़ रहे थे और बड़ा परेशान हुआ कि यह कैसा आश्रम है। और साँझ का वक़्त था और सैकड़ों हज़ारों कौवे इकट्ठ हो रहे थे, झाड़ों पर। इतना शोर-गुल वहाँ मचा था, उसने सोचा, यह आश्रम है या बाज़ार है। यहाँ रहने से क्या फ़ायदा होगा ? लेकिन आ गया था और रात भर रुकना ही पड़ेगा, सुबह के पहले वापस लौटने के लिए कोई गाड़ी भी नहीं थी। तो उसने जाकर प्रधान से मिलना चाहा। प्रधान ने कहा, मैं तो हैरान हो गया। मैं तो सोचता था, आश्रम किसी पहाड़ के किनारे या किसी झील के पास किसी सुंदर जगह में होगा। वह तो गंदा बाज़ार है और यहाँ इतने कुत्ते किसलिए हैं और ये कौवे इतने किसलिए इकट्ठे कर लिए हैं।

उस साधु ने कहा, ये कुत्ते जो हैं, ये हमारे पाले हुए हैं और कौवे जो हैं, हमारे आमंत्रित हैं। इन्हें हम रोज़ चावल देते हैं, इसलिए आते हैं, और कुत्ते तो हमने पाले हुए हैं। यह शोर-गुल व्यवस्थित है। यह बाज़ार हमने चुना है, जानकर। ज़मीन बहुत थी, हमारे मुल्क़ में सुंदर, लेकिन बाज़ार हमने जानकर चुना है। क्योंकि हमारी मान्यता यह है कि जो इस भीड़-भाड़ में, इस उपद्रव में शांत हो सकता है, उसकी शांति ही सच्ची है। और जो पहाड़ के पास जाकर बैठकर शांत हो जाता है उस शांति में, उसके पास कोई शांति नहीं है। वह सारी शांति पहाड़ की है, और पहाड़ से नीचे उतरते अशांति शुरू हो जाएगी। इसलिए संन्यासी पहाड़ से बस्ती में आने से डरता है। इसलिए संन्यासी अकेलेपन से भीड़ में आने से डरता है। इसलिए संन्यासी लोगों से डरने लगता है कि उनके पास गया कि मेरी सब शांति नष्ट हो जाएगी।

अगर आप किसी संन्यासी से कहें, दुकान पर बैठो, वह घबरायेगा, वह कहेगा, मेरी सब शांति नष्ट हो जाएगी। अगर आप किसी संन्यासी से कहें, नौकरी करो, वह कहेगा, मैं घबराऊँगा, मेरा परमात्मा छूट जाएगा। जो परमात्मा नौकरी करने से छूट जाता हो और जो परमात्मा दुकान पर बैठ जाने से अलग हट जाता हो, ऐसे परमात्मा की कोई क़ीमत नहीं है। ऐसे परमात्मा का कोई मूल्य नहीं है। जीवन की सहजता में, और सामान्यता में जो उपलब्ध हो, वही सत्य है। जीवन की सत्य स्थितियों में जो उपलब्ध हो, उन स्थितियों का परिणाम होता है, आपके चित्त का परिवर्तन नहीं होता। इसलिए आप जितने संन्यासियों को देखते

हैं, उनको वापस ले आइए और सामान्य ज़िंदगी में डाल दीजिए और फिर पहचानिए कि उनके भीतर क्या है तो आप पाएँगे कि ये आदमी आपसे गए बीते, बदतर लोग हैं। ये आपसे नीचे साबित होंगे। ज़िंदगी में ये नहीं टिक सकते। वहाँ कसौटी है, वहाँ परीक्षा है। यह एक कोने में बैठे हुए हैं। इनकी सारी शांति आरोपित और पलायन की शांति है इसलिए इनके भीतर भय और डर बना रहता है। इनके भीतर घबराहट बनी रहती है। इनके भीतर हमेशा डर बना रहता है कि अगर मैं गया तो सब गड़बड़ हो जाएगा।

मैंने सुना है, एक संन्यासी पहाड़ पर था, हिमालय पर था, बीस वर्षों तक वहाँ, और तब उसे लगा, अब तो मैं परम शांत हो गया हूँ। कुछ भक्त भी उसके वहाँ आने शुरू हो गए। फिर नीचे एक मेला था बड़ा और उसके भक्तों ने कहा, नीचे चलें। और मेले के लोगों को दर्शन दें। संन्यासी ने सोचा, अब तो मैं शांत हो गया हूँ, अब यहाँ रहने का प्रयोजन भी क्या ? चलूँ और वह पहाड़ से उतर कर नीचे आया। और जब वह उस मेले में गया तो वहाँ तो उसे लोग जानते भी नहीं थे। भीड़ बहुत थी, एक आदमी का जूता उसके पैर पर पड़ गया। जैसे ही उसके पैर में पैर दबा, उसका सारा क्रोध, जिसे वह सोचता था, विलीन हो गया है बीस वर्ष पहले, वह वापस खड़ा हो गया। वह वही-का-वही आदमी था जो बीस वर्ष पहले पहाड़ पर गया था। वह दंग रह गया कि क्रोध वापस खड़ा हो गया। अशांत फिर हो गया है मन, और उसने कहा, आश्चर्य है, पहाड़ जो बीस वर्षों में न बता सके, वह आदमी के संपर्क ने एक क्षण में बता दिया।

मैं आपको कहूँगा, पलायन से कोई आदमी धार्मिक नहीं होता है, परिवर्तन से आदमी धार्मिक होता है। इसलिए पलायन की प्रवृत्ति को छोड़ दें, स्थानों से भागें नहीं, अपने को बदलें, और देखें कि आपकी बदलाहट के साथ स्थान बदल जाते हैं। लोगों से भागें नहीं, अपने को बदलें, और आप पाएँगे कि आपकी बदलाहट के साथ लोग बदल जाते हैं। जो पति पत्नी को छोड़कर भाग रहा है, वह ग़लती में है। अपने को बदले और पाएगा कि पत्नी विलीन हो गयी। अपने को परिवर्तित करे और पाएगा, जिस पत्नी से भागने का ख़याल था, वह विलीन हो गयी है। वह अब कहीं भी नहीं है।

जीवन आत्मपरिवर्तन से उपलब्ध होता है, स्थानों के बदलने से नहीं। लेकिन हमारी जड़ता हमें कहती है, स्थान बदल लें। तो मैं आपको कहूँगा कि जहाँ-जहाँ जीवन में जड़ता पैदा हो रही है, वहाँ कुछ आंतरिक प्रयोग हैं जो जड़ता को पैदा नहीं होने देंगे और आप निरंतर एक नयी ताज़गी और एक इनोसेंस को, एक निर्दोष-चित्तता को बचाकर रख सकते हैं। और जो नहीं वैसा बचाएगा,

उसके लिए धर्म में कोई गुंजाइश, कोई गति नहीं है। कैसे यह होगा? किस भाँति मनुष्य के भीतर कुछ चीज़ डैड हो जाती है, मर जाती है, चेतना कैसे जड़ हो जाती है?

चेतना जड़ हो जाती है, क्योंकि अतीत का भार हम पर भारी हो जाता है। हम ऐसे लोग हैं जो निरंतर पीछे से दबे रहते हैं। आप हैरान होंगे, अगर आप चालीस साल जी लिए हैं या पचास साल, तो पचास साल का कचरा और धूल आपके चित्त पर इकट्ठी हो गयी है। मकान तो आप रोज़ साफ़ कर लेते हैं, लेकिन चित्त को रोज़ साफ़ नहीं करते। मकान से कचरा अगर कोई पचास साल से न फेंके, तो उस मकान की क्या गति होगी? वह आपके चित्त की हो गयी है।

हम रोज़ इकट्ठा करते जाते हैं, जो भी आता है, वह भीतरा इकट्ठा हो जाता है। उसके भार के नीचे चेतना की लौ दब जाती है, मद्धिम हो जाती है। फिर वह भार ही भार रह जाता है और चेतना विलीन हो जाती है। वही व्यक्ति चेतना की लौ को सजग रख सकता है जो साँझ को जो भी इकट्ठा हुआ है, उसे फेंक दे, ख़ाली हो जाए। बीते कल से ख़ाली हो जाए, और जब सुबह उठे तो नए दिन में उठे नयी सुबह और नया सूरज और नए लोग हों और भूल जाए कि कल भी कुछ था। और वह जो भी प्रतिक्रियाएँ करे, जो भी कर्म करे, कल से प्रभावित न हो, बिल्कुल सहज स्फूर्त हो, आज से प्रभावित हो। अगर कल एक आदमी गाली दे गया है और आज सुबह, आप को मिलता है तो आप उस आदमी को थोड़ी देखते हैं जो अभी मिल रहा है। वह आदमी कल वाला जिसने गाली दी थी, बीच में आ जाता है। और यह जो आदमी सामने खड़ा है, यह दिखाई नहीं पड़ता है। वह आदमी दिखाई पड़ता है, जिसने गाली दी थी। वह आदमी मर चुका, उसे हटा दें बीच से और इस आदमी को देखें जो सामने खड़ा है। हो सकता है, वह पश्चात्ताप करके आया हो। हो सकता है, वह रात-भर में बदलकर आया हो। हो सकता है, वह दु:खी होकर आया हो। लेकिन आपके बीच में वह आदमी खड़ा हो जाएगा जिसने गाली दी थी। वह मृत छाया बीच में आ जाएगी और इस आदमी से आप जो भी व्यवहार करेंगे, वह इस आदमी से नहीं कर रहे हैं, वह उस आदमी से कर रहे हैं, जो कल आपको दिखायी पड़ा था।

बुद्ध के ऊपर एक आदमी ने आकर थूक दिया। थूककर वह चला भी गया, फिर बाद में पछताया और दु:खी हुआ, क्योंकि बुद्ध ने तो उस थूक को सिर्फ़ पोंछ लिया था, और उस आदमी से कहा था, कुछ और कहना है? किसी भिक्षु ने पूछा, आप कहते हैं, कुछ और कहना है? और उस आदमी ने थूका है। बुद्ध ने कहा, कोई बात इतनी प्रगाढ़ रूप से कहना चाहता होगा जिसे शब्द कहने में समर्थ नहीं

हो सके, इसलिए थूककर उसने ज़ाहिर किया है। गुस्सा तेज़ है, उसने गुस्से को ज़ाहिर किया है। इसलिए मैं पूछता हूँ कुछ और कहना है? यह तो मैं समझ गया। लेकिन वह आदमी कुछ कह नहीं सका, वापस चला गया, पछताया, दूसरे दिन क्षमा माँगने आया। उसने बुद्ध के पैर छुए और उसने कहा, मुझे माफ़ कर दें। मुझसे कल भूल हो गई थी। बुद्ध ने कहा, वह भूल उतनी बड़ी नहीं थी जितनी बड़ी भूल यह है कि तुम अब तक उसे याद रखे हो। बुद्ध ने कहा, वह भूल उतनी बड़ी नहीं थी। तूने थूका, मैंने पोंछ दिया, बात समाप्त हो गयी, मामला ही क्या है, दिक़्क़त कहाँ है, कठिनाई क्या है उसमें लेकिन यह कि तुम अभी तक उसे याद रखे हो चौबीस घंटे बीत गए, यह तो बहुत बड़ी भूल है। यह तो बहुत बड़ी भूल है। मैं तुम्हें वही आदमी नहीं मानता हूँ जो थूक गया था, यह दूसरा आदमी है जो मेरे सामने आया है, क्योंकि यह तो कह रहा है कि मुझसे भूल हो गयी है, मुझे क्षमा कर दो। यह वही आदमी नहीं है जो थूक गया था, बिल्कुल दूसरा आदमी है। मैं किसको क्षमा करूँ, जो थूक गया था वह तो अब कहीं है नहीं और जो क्षमा माँग रहा है उसने मुझ पर थूका नहीं था।

बुद्ध ने कहा, जिसने मुझपर थूका था, वह अब है नहीं, कहीं भी इस दुनिया में। खोजने पर भी नहीं मिलेगा, और जो क्षमा माँग रहा है, उसने मुझपर थूका नहीं। मैं किसको क्षमा करूँ, और तुम किससे क्षमा माँग रहे हो? जिसपर थूक गए थे, वह तो बह गया। जैसे नदी बही जा रही है, हम सोचते हैं वही गंगा है, जिसपर हम कल भी आए थे। गंगा बह गयी। बहुत पानी बह गया, जब आप कल आए थे। अब यह बिल्कुल दूसरा पानी है, जिसको आप कल की गंगा समझ रहे हैं। और जैसे गंगा बह जाती है, वैसे आपका चित्त भी बह रहा है। वह प्रतिक्षण बहा जा रहा है, कुछ भी ठहराव नहीं है उस चित्त में। तो बुद्ध ने कहा, तुम किससे क्षमा माँगते हो? वह आदमी तो बह गया, मैं कैसे क्षमा करूँ। तो बुद्ध ने कहा, इतना ही स्मरण रखो, जो हो गया, उसे जाने दो, बह जाने दो, जो है, उसमें जागो।

हम, जो बीत गया है उसमें इतने चिपटे रहते हैं कि जो है उसमें नहीं जाग पाते। हम सारे लोग मुर्दा लाशों को लिए रहते हैं, इसलिए ज़िंदा आदमी नहीं हो पाते। अतीत को मर जाने दें तो आपको जीवन मिलेगा। और जो आदमी जितने अतीत को मर जाने देगा और रोज़ नया हो जाएगा, रोज़ ताज़ा हो जाएगा, वह ऐसे जागेगा जैसे पहली बार दुनिया में पैदा हुआ है। उस आदमी के भीतर जड़ता इकट्ठी नहीं होगी।

क्या आपको स्मरण है, पहले दिन जब आप अपनी पत्नी से मिले थे, उसी

भाँति अब भी मिलते हैं ? अब वह सब जड़ हो गया। अब बीस वर्षों की स्मृतियाँ बीच में खड़ी हो गयीं हैं और ये बीस वर्षों की स्मृतियाँ आपकी पत्नी को आपसे बहुत दूर किए दे रही हैं, आप बहुत दूर हो गए हैं। इसलिए जो आनंद पहले क्षण में मिलकर आपको अपनी पत्नी से मिला था, वह आज नहीं मिलेगा। लेकिन अगर ये बीस वर्षों की स्मृतियाँ बीच से गिर जाएँ और आप नए होकर और नई पत्नी को देख पाएँ तो शायद वही आनंद का क्षण फिर उपलब्ध हो जाएगा।

आप रोज़ सुबह सूरज को देखते हैं। समझते हैं, वही सूरज फिर उग रहा है ? वही सूरज दुबारा नहीं उगता। और आप फूलों के पास से गुज़रते हैं, सोचते हैं वही फूल फिर खिले हैं ? कोई फूल दुबारा नहीं खिलते और कोई तारे दुबारा नहीं निकलते। सब नया है। अगर आपको स्मृति का भार न हो तो जीवन आपको प्रतिक्षण नया मालूम होगा। और जब आप इस नवीन के प्रति जाग सकेंगे और अपनी जड़ता को छोड़ देंगे तो आपको कुछ अनुभूतियाँ मिलनी शुरू होंगी, जिन अनुभूतियों की समग्रता का नाम परमात्मा है। तब आपको कुछ अनुभव होना शुरु होगा। जो अतीत से दबा है, वह कभी परमात्मा को नहीं जान सकता है, क्योंकि परमात्मा प्रतिक्षण मौजूद है। परमात्मा अतीत नहीं है, परमात्मा प्रतिक्षण वर्तमान है। जो अतीत से दबा है, वह वर्तमान को नहीं जान सकता। आपकी सारी जड़ता अतीत पैदा करता है।

एक साधु ने अपने शिष्य को कहा था, तुम जाओ, जो तुम मेरे पास नहीं समझ सके, वह मेरा एक मित्र है, उसके पास जाकर समझो। वह उसके मित्र के पास गया है। देखकर हैरान हुआ कि जहाँ उसे भेजा गया है, वह तो एक सराय का रखवाला है। जाते से उसका मन यह हुआ कि सराय के रखवाले से मैं क्या सीखूँगा ? लेकिन फिर भी भेजा गया हूँ तो वह रुका। उसके गुरु ने कहा था कि तुम सुबह से शाम तक देखना कि वह क्या करता है। उसकी पूरी चर्या को समझना। उसकी पूरी चर्या उसने समझी। वह तो सराय का नौकर था, सराय का काम करता था। दो-चार दिन बाद वापस लौटने लगा। वहाँ तो पाने को कुछ भी नहीं था। लेकिन उसने सोचा कि मुझे पता नहीं कि रात को सोते वक़्त कुछ करता हो। सुबह अँधेरे में जाग जाता हो। उस वक़्त कुछ करता हो।

उसने चलते वक़्त उससे पूछा कि क्या मैं यह पूछूँ कि रात को सोते समय आप क्या करते हैं ? और सुबह जागकर क्या करते हैं ? उसने कहा, दिन-भर में सराय के बर्तन गंदे हो जाते हैं, रात सोते वक़्त उनको झाड़-पोंछकर साफ़ करके रख देता हूँ। फिर रात-भर में धूल जम जाती है। सुबह उठकर फिर उनको साफ़ कर देता हूँ। उसने सोचा कि कहाँ के पागल के पास मुझे भेज दिया। जो केवल

सराय का रखवाला है और बर्तन साफ़ करता है। वह वापस लौट आया। उसने अपने गुरु को कहा। गुरु ने कहा कि उसकी बात तो पूरी थी, अगर तुम समझते। उसने कहा कि दिन-भर में बर्तन गंदे हो जाते हैं, साँझ में साफ़ कर लेता हूँ, रात-भर में फिर थोड़ा- बहुत धूल जम जाती है। सुबह फिर साफ़ कर लेता हूँ। यही तो कुल जमा करना है।

वह चित्त हमारा दिन-भर में गंदा हो जाता है। उसे रात सोते वक़्त साफ़ कर लें, उसे पोंछ डालें और सुबह सपने फिर रात-भर में कुछ गंदा कर देंगे। सुबह फिर उसे पोंछ डालें। कैसे पोंछेंगे? क्योंकि मकान पोंछना तो हमे मालूम है, लेकिन चित्त को कैसे पोंछेंगे? चित्त को कैसे साफ़ करेंगे? कौन-सा जल है जो चित्त के बर्तन को साफ़ करेगा?

मैं आपको कहूँ, मौन—मौन चित्त को साफ़ करता है। जो जितना ज़्यादा मौन में प्रविष्ट होता है, उतना उसके चित्त का बर्तन साफ़ हो जाता है। मौन के जल से चित्त के बर्तन धोए जाते हैं। लेकिन हम मौन रहना भूल गए हैं। हम एकदम बोले जा रहे हैं, दूसरों से या अपने से। हम चौबीस घंटे बात-चीत में लगे हुए हैं, अपने से या दूसरों से। सोते समय तक भी हम बात-चीत करते हैं, उठते ही हम फिर बात-चीत में लग जाते हैं। हम बातों से घिरे हुए हैं। मौन हम भूल गए हैं। इस संसार में अगर कोई चीज़ खो गई है तो मौन खो गया है और जहाँ मौन खो जाएगा, वहाँ जीवन में जो भी श्रेष्ठ है, वह खो जाएगा क्योंकि सब श्रेष्ठ मौन से जन्मता है, साइलेंस से पैदा होता है।

रात को सोते वक़्त घड़ी-भर को बिल्कुल साइलेंस में उतर जाएँ, बिल्कुल चुप हो जाएँ। सब तरह से मौन हो जाएँ। सुबह उठते वक़्त सब भाँति मौन होकर थोड़ी देर पड़े रहें और फिर उठें। और दिन में भी चौबीस घंटे का ख़याल रहे कि जहाँ तक बन पड़े, मेरे भीतर मौन हो। जो अति आवश्यक है, वह बोला जाए। जो अति आवश्यक है, वह सोचा जाए, अन्यथा मेरे भीतर मौन होगा। और अगर कोई सजग होकर इसे स्मरण रखे कि मेरे भीतर मौन हो तो धीरे-धीरे मौन का अवतरण शुरू हो जाता है।

अगर रास्ते पर चलते वक़्त आप यह ख़याल रखें कि मैं मौन चलूँ—पहले तकलीफ़ होगी, जीवन-भर की आदत है, शायद अनेक जीवन की आदत है, लेकिन धीरे-धीरे स्मरणपूर्वक, अगर भोजन करते वक़्त स्मरण रखें कि मैं मौन रहूँ। मौन का अर्थ यह नहीं है कि ओंठ बंद हों। मौन का अर्थ है, भीतर चलन-हलन बंद हो। भीतर वहाँ चुप्पी हो। जब भी मौक़ा मिले, मौन हो जाएँ। जिस क्षण आप मौन में हैं, उसी क्षण आप मंदिर में हैं। चाहे फिर वह दुकान हो,

चाहे फिर वह बाज़ार हो, चाहे वह दफ्तर हो।

जीवन का अधिकतम क्षण मौन में व्यतीत हो, इसका स्मरण रखें और आप क्रमश: एक नए आदमी अपने भीतर आते हुए अनुभव करेंगे। क्रमश: आपके भीतर एक नए मनुष्य का जन्म होने लगेगा और आप बिल्कुल नयी चेतना को अनुभव करेंगे, और आपके भीतर जड़ता टूटनी शुरू हो जाएगी। एक समय आएगा, आपके भीतर कोई जड़ता नहीं होगी और केवल चैतन्य रह जाएगा।

जिस क्षण पूर्ण मौन में स्थापित व्यक्ति, अपनी चेतना में प्रवेश करता है। उसी क्षण उसके भीतर शरीर विलीन हो जाता है और केवल आत्मा का अनुभव शेष रह जाता है। जिस क्षण आप पूरे मौन में हैं, उसी क्षण आप संसार में नहीं हैं, परमात्मा में हैं। इसको मैं संन्यास कहता हूँ। ऐसा व्यक्ति, जो सारी भीड़ के बीच मौन है, संन्यासी है। ऐसा व्यक्ति जो सारे कामों के बीच मौन है, संन्यासी है। ऐसा व्यक्ति, जो सब करते हुए मौन है, संन्यासी है। जिसके भीतर मौन है, वह संन्यास को पा गया। क्योंकि मौन ही द्वार खोलता है, परमात्मा का। मौन ही द्वार खोलता है, अनंत चेतना का। मौन ही द्वार खोलता है, पदार्थ के पार जो है उसके लिए।

स्मरण रखें, जो भी साधने जैसी बात है, जो कभी पाने जैसी बात है, जो भी उपलब्ध करने जैसी बात है, वह है साइलेंस, वह है मौन। संसार चौबीस घंटे आपके भीतर मौन को तोड़ रहा है। आप चौबीस घंटे अपने मौन को तोड़ रहे हैं। फिर चाहे आप शास्त्र पढ़ें, ग्रंथों को याद करें, तत्त्व ज्ञान को स्मरण कर लें, वह भी मौन को तोड़ रहा है। उससे भी आप मौन में नहीं जा रहे हैं। वह सब तत्त्व ज्ञान भी आपके भीतर बात-चीत बन रहा है।

चुप हो जाएँ, इससे बेहतर और कुछ भी नहीं है। और चुप्पी को अनुभव करें अपने भीतर और उस घड़ी में जब आपके भीतर कोई भी नहीं बोलता होगा, जब निपट सन्नाटा होगा, जैसे कोई दूर एकांत वन में सब शांत हो, कोई पक्षी भी जब न बोलता हो वैसा जब निपट सन्नाटा आपके भीतर होगा तो आप अनुभव करेंगे, आप सामान्य व्यक्ति नहीं हैं। आप देह के घेरे में बँधे हुए व्यक्ति नहीं हैं, आपकी चेतना तब आकाश को छूने में समर्थ हो जाती है। उस मौन को आपको दिखायी पड़ता है, अनुभव होता है, सुनायी पड़ता है, वही जो परमात्मा का है।

इस मौन को ही मैं प्रार्थना कहता हूँ, इस मौन को ही ध्यान कहता हूँ, इस मौन को ही समाधि कहता हूँ। और इसे साधने के लिए किसी के पास सीखने जाने की ज़रूरत नहीं है। क्योंकि जो भी आप सीखेंगे वह आपके भीतर बात-चीत बन जाएगा। इसे साधने के लिए किन्हीं ग्रंथों को पढ़ने की ज़रूरत नहीं है और इसे

साधने के लिए किन्हीं पहाड़ों पर जाने की ज़रूरत नहीं है । आप जहाँ हैं, वहाँ भी स्मरणपूर्वक इतना ही ध्यान रखें कि मेरे भीतर व्यर्थ की बात न चले । और जब भी व्यर्थ की बात-चीत चले तब शांत होकर उसे देखें, और कुछ न करें । और आप हैरान होंगे, अगर आप अपने भीतर चलती हुई बकवास को शांत होकर देखें तो आपके भीतर एक नए तत्त्व का अनुभव होगा जो केवल देख रहा है । बात-चीत चल रही है और वह दूर खड़ा है ।

और तब, आपको यह अनुभव होगा कि चित्त बात-चीत में लगा हुआ है लेकिन आत्मा अभी भी मौन है और शांत है । वह जो देखने वाला तत्त्व है, वह आपकी आत्मा है वह निरंतर मौन में और निरंतर साइलेंस में है ।

उसका थोड़ा-सा अनुभव जैसे-जैसे गहरा होगा, बात-चीत गिरती जाएगी, बात-चीत विलीन होती जाएगी । एक समय आएगा, आपके भीतर कुछ भी विचार चलते हुए नहीं रह जाएँगे, और जब कोई नहीं चलते हैं तो विचार-शक्ति का जन्म होता है । और जब तक विचार चलते हैं तब तक विचार-शक्ति का जन्म नहीं होता । जितने ज़्यादा विचार हो जाएँगे आप उतने विक्षिप्त हो जाएँगे, पागल के विचार ही विचार रह जाते हैं, विवेक बिल्कुल नहीं रह जाता ।

इसलिए दुनिया के बहुत बड़े-बड़े विचारक पागल होते देखे जाते हैं । यह इस बात का सबूत है कि विचारक सत्य का अनुभव नहीं कर सकता है । और आज तक दुनिया में किसी विचारक ने सत्य का अनुभव नहीं किया है और न कभी कर सकेगा । जब हम बुद्ध को, महावीर को विचारक कहते हैं तो हम ग़लती करते हैं । ये विचारक नहीं हैं । इन्होंने तो विचार को छोड़ दिया । ये तो सब विचार छोड़कर चुप हो गए हैं, ये द्रष्टा हैं । और जो द्रष्टा हो जाता है, वह सब पा लेता है । एक छोटी-सी कहानी, अपनी चर्चा को मैं पूरा करूँगा—

उपनिषदों के समय में युवक सत्य की तलाश में गया । उसने अपने गुरु के चरणों में सिर रखा और उसने कहा कि मैं सत्य को पाने आया हूँ । उसके गुरु ने कहा, सत्य को पाना चाहते हो या सत्य के संबंध में कुछ पाना चाहते हो ? उसके गुरु ने कहा, सत्य को जानना चाहते हो या सत्य के संबंध में कुछ जानना चाहते हो । अगर सत्य के संबंध में कुछ जानना है तो फिर मेरे पास रुक जाओ, अगर सत्य को जानना है तो फिर मामला कठिन है । उस युवक ने कहा, मैं सत्य को जानने आया, संबंध में जानने को नहीं आया । संबंध में ही जानना होता तो मेरे पिता खुद बड़े पंडित थे । सभी शास्त्र वे जानते थे । लेकिन जब मैंने उनसे कहा कि मैं सत्य को जानना चाहता हूँ तो उन्होंने कहा, मैं असमर्थ हूँ, तू कहीं और खोज । मैं सत्य के संबंध में जानता हूँ । मैं शास्त्रविद हूँ, मुझे सत्य का कोई पता

नहीं। मैं सत्य को ही जानने आया हूँ।

उसके गुरु ने कहा, तब ऐसा करो, इस आश्रम में जितने गाय-बैल हैं, वे चार सौ के क़रीब हैं, इन सबको ले जाओ, दूर ऐसे जंगल में ले जाना, जहाँ कोई आदमी न हो, और जब ये गाय-बैल हज़ार हो जाएँ, इनके बच्चे होंगे, और ये हज़ार हो जाएँगे, तब तुम लौट आना। और तब तक एक शर्त याद रखो, जो भी बात करनी हो, इन्हीं गाय-बैलों से कर लेना, जो भी बात करनी हो इन्हीं से कर लेना। किसी आदमी से मत बोलना जो भी तुम्हारे दिल में आए, इन्हीं से कह देना। इतने दूर चले जाना कि कोई आदमी न हो, और जब ये हज़ार हो जाएँ तो वापस लौट आना।

वह युवक, उन चार सौ गाय-बैलों को खदेड़कर जंगल में गया। दूर से दूर गया, जहाँ कोई भी नहीं था। वहाँ वे जानवर और वह अकेला रह गया। उनसे ही बातें करनी पड़ती हैं। जो भी कहना होता है, उन्हीं से कहना होता है। उनसे क्या कहता? उनसे क्या बात करता? उनकी आँखों में तो कोई विचार न थे। गाय की आँख कभी देखी है? जब आपकी भी आँख वैसी हो जाय तो समझना कि कहीं पहुँच गए। उस आँख में कोई विचार नहीं है, ख़ाली और शून्य। उन आँखों में देखता, उन्हीं के पास रहता और उन्हीं को चराता, पानी पिलाता और अकेला उन्हीं के बीच सो जाता।

वर्ष आए और गए। कुछ दिन तक पुरानी घर की स्मृतियाँ चलती रहीं। लेकिन नया भोजन न मिले तो पुरानी स्मृतियाँ मर जाती हैं। हम रोज़ नई स्मृतियों को भोजन दे देते हैं, इसलिए रिप्लेस होती चली जाती हैं। पुरानी मरती हैं, नयी भीतर पहुँच जाती हैं। अब नए का तो कोई कारण नहीं था। गाय-बैल थे, उनके बीच रहना था, कोई नयी स्मृति का कारण न था। नई स्मृतियाँ पैदा न हुई, पुरानी को भोजन न मिला, वह क्रमशः मरती गयीं, वह गाय-बैल के पास रहते-रहते ख़ुद गाय-बैल हो गया। वह तो संख्या भी भूल गया। गुरु ने कहा था, हज़ार जब हो जाएँ तो इनको लिवा ले आना, लेकिन वह तो भूल गया। बड़ी मीठी कहानी है, उन गायों ने कहा, हम हज़ार हो गए। वापस लौट चलो। यह तो काल्पनिक ही होगा, लेकिन इसका मतलब केवल इतना था कि उसे पता नहीं था कब गाय-बैल हज़ार हो गए। और जब गायों ने कहा हम हज़ार हो गए लौट चलो, गुरु ने दूर से देखा, वह हज़ार गाय-बैल का झूंड आता था। उसने अपने शिष्यों को कहा, देखो, एक हज़ार एक—एक हज़ार एक गाय-बैल आ रहे हैं। शिष्य बोले एक हज़ार एक? और बीच में वह जो युवा है? उसने कहा, उसकी आँखों को देखो। वह अब आदमी नहीं रहा। अब वह आदमी नहीं है। और जब वह क़रीब आया तो

गुरु ने उसे गले लगा लिया और गुरु ने कहा, कहो मिल गया ? वह युवक चुप रहा। उसने कहा, केवल आपके चरण छूने आया हूँ। उसने गुरु के चरण छूए और वापस लौट गया।

उस मौन में, उसने जान लिया जो जानने जैसा था। अब तक, जो सद्गुरु है वह मौन देता है और जो असद्गुरु है, वह शब्द देता है। जो सद्गुरु है, वह आपके ग्रंथ छीन लेता है, जो असद्गुरु है वह आपको ग्रंथ दे देता है। जो सद्गुरु है, वह आपके विचार अलग कर लेता है, जो असद्गुरु है, वह आपके भीतर विचार डाल देता है। यही होता रहा है। और अगर सत्य को जानना हो, सत्य के संबंध में नहीं, तो मौन हो जाएँ, चुप हो जाएँ और चुप्पी को साधें, मौन को साधें। हमने स्मरणपूर्वक नहीं साधा। इसलिए नहीं साध पाए हैं। साधेंगे, निश्चित ही साधा जा सकता है। क्यों ? क्योंकि विचार को साधना ही कठिन है, मौन तो हमारा स्वभाव है। अगर हमने थोड़ा-सा भी प्रयास किया तो स्वभाव के झरने फूट पड़ेंगे, जड़ता टूट जाएगी, बह जाएगी और चैतन्य का प्रवाह हो जाएगा।

तो स्मरण रखें, जब चैतन्य का प्रवाह होता है तो सारा जीवन आमूल परिवर्तित हो जाता है। तब जो भी होता है वह शुभ है। तब कोई डिसीप्लीन, कोई अनुशासन अपने ऊपर से नहीं लादना पड़ता, कोई चर्या ऊपर से नहीं लादनी पड़ती। तब जो भी होता है, वह शुभ और सद् होता है। चैतन्य की धारा को जड़ता से न रोकें। जीवन ऐसा है कि वह जड़ कर रहा है। आपको प्रयास करना होगा कि जीवन की जड़ता आप पर आरोपित न हो। अगर आप इस प्रयास में संलग्न हैं तो आप एक धार्मिक आदमी हैं। हिंदु, मुसलमान, ईसाई होने से आप धार्मिक नहीं हैं। जड़ता के विरोध में अगर अपने भीतर लड़ रहे हैं तो आप धार्मिक हैं। और चैतन्य की आशा में, अपेक्षा में और प्रार्थना में अगर संघर्षशील हैं तो धार्मिक हैं।

ईश्वर करे, आपको धार्मिक बनाए, आप तथाकथित धर्मों से मुक्त हों और धार्मिक बनें। आप तथाकथित मंदिर, शिवालय और मस्जिदों से मुक्त हों और धार्मिक बनें। इस दुनिया में अगर धार्मिक आदमी का अवतरण हो जाए तो हम मनुष्य को बचाने में सफल हो जाएँगे, अन्यथा, थोड़े ही दिनों में सारे मशीन—मशीनें ही मशीनें दिखायी पड़ेंगी, कोई आदमी कहीं दिखाई नहीं पड़ेगा। आदमी मर रहा है और मशीनें जीती जा रही हैं। धीरे-धीरे हम सब मशीनों की भाँति हो जाएँगे। और यह सब-से बड़ी दुर्घटना होगी। एटम बम और हाईड्रोजन बम इतनी बड़ी दुर्घटनाएँ नहीं हैं। अगर वे गिर जाएँ तो कोई हर्जा नहीं है उतना। लेकिन अगर सारे मनुष्य जड़ मशीनों की भाँति हो गए तो सब

समाप्त हो जाएगा—प्रेम और सौंदर्य और सत्य और शुभ, सब विलीन हो जाएँगे। इन सबका जन्म चैतन्य के विकास से होता है।

जड़ता को न आने दें अपने भीतर और चैतन्य को विकसित करें। चैतन्य के विकास का नियम है, मौन को, शून्य को, ध्यान को, जागरूकता को अपने भीतर जो जितना विकसित करता है, वह उतना मौन को उपलब्ध हो जाता है।

परमात्मा आपके सब शब्द छीन ले, परमात्मा आपके सब विचार छीन ले, परमात्मा आपको निपट मौन कर दे, निरीह कर दे, आपको एकदम दरिद्र कर दे। आपकी आत्मा एकदम दरिद्र हो जाए विचारों से तो आप एकदम समृद्ध हो जाएँगे। और आपको अनंत सम्पत्ति के द्वार उपलब्ध हो जाएँगे। यही प्रार्थना करता हूँ। मेरी बातों को इतनी गर्मी में बैठकर सुना है, इतने प्रेम से, उसके लिए बहुत अनुगृहीत हूँ। सबके भीतर बैठे हुए परमात्मा को मेरा प्रणाम स्वीकार करें।

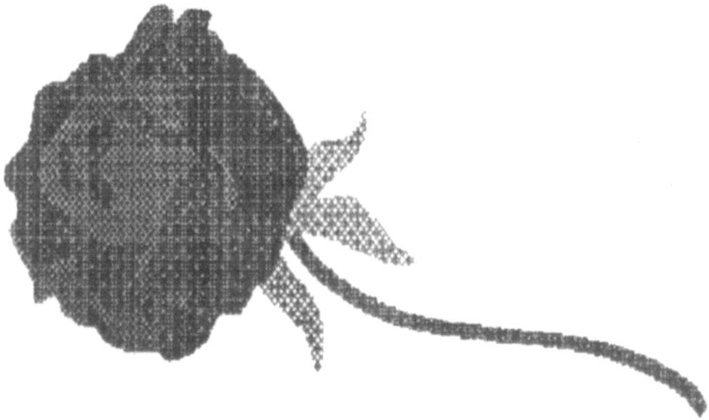

११. बूँद में सागर

मेरे प्रिय आत्मन्,

बोलते समय, बोलने के पहले मुझे यह सोच उठता है हमेशा— किसान सोच लेता है कि जिस ज़मीन पर हम बीज फेंक रहे हैं, उस ज़मीन पर बीज अंकुरित होंगे या नहीं। बोलने के पहले मुझे भी लगता है, जिनसे कह रहा हूँ, वे सुन भी सकेंगे या नहीं, उनके हृदय तक बात पहुँचेगी या नहीं पहुँचेगी। उनके भीतर कोई बीज अंकुरित हो सकेगा या नहीं हो सकेगा। और जब इस तरह सोचता हूँ तो बहुत निराशा मालूम होती है। निराशा इसलिए मालूम होती है कि विचार केवल उनके हृदय में बीज बन पाते हैं जिनके पास प्यास हो और केवल उनके हृदय सुनने में समर्थ हो पाते हैं जिनके भीतर गहरी अभीप्सा हो। अन्यथा हमारे हृदय पर विचार जाते हुए मालूम पड़ते हैं, लेकिन पहुँच नहीं पाते। और उनमें कभी अंकुरण नहीं होता है।

प्यास के बिना कोई भी सुनना संभव नहीं है।

इसलिए ज़रूरी नहीं है कि जितने लोग बैठे हैं, वे सभी सुनेंगे। यह भी ज़रूरी नहीं है कि उन तक मेरी बात पहुँचेगी। लेकिन इस आशा में कि शायद

किसी के पास पहुँच जाए तो परिणाम होगा, निश्चित होगा। पर मैं आशा करूँ कि सबके पास पहुँच सकेगी और मैं विश्वास करूँ कि सब प्यास लेकर इकट्ठे हुए होंगे।

हुआ ऐसा है कि दुनिया में प्यास सत्य के लिए, परमात्मा के लिए कम होती जा रही है। सत्य के लिए, हमारी अभीप्सा कम होती जा रही है। यह मैं क्यों कह रहा हूँ? यह मैं इसलिए कर रहा हूँ, धर्म के लिए, हमारी प्यास कम होती जा रही है, यह मैं क्यों कह रहा हूँ? यह मैं इसलिए कह रहा हूँ कि अगर आपकी धर्म के लिए प्यास हो तो आप किसी धर्म के सदस्य नहीं हो सकते।

अगर आपकी धर्म के लिए प्यास हो तो आप हिंदू, जैन, मुसलमान और ईसाई नहीं हो सकते। जिसके भीतर प्यास होगी, वह खोज करेगा, वह साहस करेगा, अनुसंधान करेगा, वह साधना करेगा और सत्य तक पहुँचने के लिए संघर्ष करेगा। जिनके भीतर प्यास नहीं होती है, वह माँ-बाप जो विचार दे देते हैं उन्हें स्वीकार कर लेते हैं और उनको ढोते रहते हैं। जिनका धर्म जन्म से निश्चित होता है, जानना चाहिए उन्हें धर्म की कोई प्यास नहीं है। अन्यथा हम दूसरों के लिए भोजन से तृप्त नहीं होते और हम दूसरों के पहने हुए कपड़ों को पहनने के लिए राज़ी नहीं होते, लेकिन हम दूसरों के उधार विचार स्वीकार कर लेते हैं। और हम परंपरा से सहमत हो जाते हैं और जन्म का आकस्मिक संयोग हमें जिस घर में पैदा कर देता है, हम उस धर्म को अंगीकार कर लेते हैं।

यह हमारे भीतर बुझी हुई प्यास के लक्षण हैं। जिनके भीतर परंपरा के प्रति संदेह नहीं उठता, जिनके मन में प्रचलित धारणाओं और मान्यताओं के प्रति जिज्ञासा और प्रश्न खड़े नहीं होते, उनके भीतर कोई प्यास नहीं है। अगर उनके भीतर प्यास हो तो प्यास की अग्नि उन्हें विद्रोह में ले जाएगी।

धर्म बुनियादी रूप से, या सत्य, या धर्म—और सत्य की खोज एक विद्रोह है। वह एसेंशियली रिबेलियन है। तो आपके भीतर अगर विद्रोह पैदा नहीं होता है और आप चुपचाप सबको स्वीकार कर लेते हैं, जो परंपरा ने और अतीत ने आपको दिया है तो आप कभी धार्मिक नहीं हो सकते। महावीर ने वह स्वीकार नहीं किया, जो उन्हें दिया गया था और न बुद्ध ने स्वीकार किया था और न क्राइस्ट ने। दुनिया में जो भी लोग सत्य को उपलब्ध हुए हैं, उन्होंने परंपरा से दिए गए सत्यों को स्वीकार नहीं किया। उन्होंने कहा, हम खोजेंगे, हम जानेंगे, हम पहचानेंगे। हम अनुभूति करेंगे तो स्वीकार करेंगे। अनुभूति के पहले जो स्वीकार करने को तैयार है उसकी प्यास झूठी है। और भी प्यास इसलिए झूठी मालूम होती है, अगर कोई आदमी कहे कि मुझे बहुत प्यास लगी है और पानी शब्द से

ही तृप्त हो जाए तो हम क्या कहेंगे। हम कहेंगे, प्यास नहीं है।

हम आत्मा, परमात्मा और इन सारे शब्दों से तृप्त हो जाते हैं। इसका अर्थ है हमारे भीतर कोई जलती हुई प्यास नहीं है। अन्यथा प्यास हो तो पानी चाहिए। पानी शब्द से कोई कैसे तृप्त होगा। लेकिन मैं देखता हूँ, जो धार्मिक दिखायी पड़ते हैं, वे शास्त्रों को पढ़ते हैं और तृप्त हो जाते हैं! यह प्यास ज़रूर झूठी है।

शास्त्र जिसकी प्यास को बुझा देते हों, वह प्यास सच्ची नहीं हो सकती, क्योंकि शास्त्र में सिवाय शब्दों के और क्या है? शास्त्र में सिवाय शब्दों के और कुछ भी नहीं है। सत्य तो मेरे और आपके भीतर है। सत्य तो जगत्-सत्ता के भीतर है। जो अपने भीतर और जगत्-सत्ता के भीतर प्रवेश नहीं करेगा, वह सत्य को उपलब्ध नहीं हो सकता। इसलिए जिसकी प्यास गहरी होती है, इसलिए जिसकी अभीप्सा तीव्र होती है, वह सहमत नहीं होता। वह किसी मान्यता से बँधता नहीं, सारी मान्यताओं को तोड़ देता है।

और जब कोई मनुष्य सारी मान्यताओं को, सारी धारणाओं को तोड देता है तो उसके भीतर एक इतनी घबराहट, इतनी बेचैनी, इतनी अशांति, इतने असंतोष का जन्म होता है कि जिसकी हम कल्पना भी नहीं कर सकते। और जब वैसा असंतोष भीतर पैदा हो जाए और भीतर लपटें जलने लगें खोज के लिए, जीवन के लिए तभी कोई व्यक्ति सामान्य चेतना के ऊपर उठकर परम चेतना से संबंधित हो पाता है। इसलिए अगर किसी ने कहा कि धर्म संतोष है, तो मैं कहना चाहता हूँ, ग़लत है वह बात। धर्म बहुत गहरा असंतोष है। इसलिए अगर कोई सिखाता हो कि धार्मिक आदमी वह है जो संतुष्ट है तो मैं कहूँगा, बिल्कुल ही, बिल्कुल ही ग़लत बात है। धार्मिक आदमी वह है जो सबसे असंतुष्ट है, उसे कुछ भी संतुष्ट नहीं कर पाता है। और जब असंतोष तीव्र होता है तो उस तीव्र असंतोष की ज्वाला में ही उसकी चेतना ऊपर उठनी शुरू होती है। आरोहण गहरे असंतोष से शुरू होता है।

पता नहीं आपके भीतर ऐसी प्यास और ऐसा असंतोष है या नहीं, लेकिन ईश्वर से मैं कामना करूँगा कि ऐसी प्यास पैदा हो। और अपने जन्म की बातों और विचारों से मुक्त हो जाएँ। क्योंकि जो उनसे ही सहमत रहेगा, वह उनसे ही सहमत मर जाएगा। उसकी अपनी कोई अनुभूति नहीं हो सकती। कृपा करें, परंपरा को दूर हटा दें। जो दूसरों ने दिया है उसे अलग रख दें, और पूछें अपने से कि मेरी उपलब्धि क्या है? अनुभूति के जगत् में आपकी अपनी उपलब्धि क्या है?

मैंने सुना है, एक संन्यासी बहुत दिन तक अपने गुरु के आश्रम पर था। बहुत

दिन उसने अपने गुरु की बातें सुनीं। लेकिन उसकी बातें सुनकर उसे ऐसा लगने लगा कि यह तो वही-वही बातें रोज़-रोज़ दोहरा देता है। कहीं और जाऊँ और खोजूँ। और उसके मन में जब यह संकल्प घना हो रहा था कि मैं कहीं और जाऊँ और खोजूँ, तभी एक और संन्यासी का आगमन उस आश्रम में हुआ। उस संन्यासी ने आते ही इतनी सूक्ष्म और बारीक़ बातें कीं, इतनी तत्त्व-चिंतन, इतने तत्त्व की गहरी-गहरी बातों का ऊहापोह किया कि उस युवा संन्यासी, जो आश्रम छोड़ने को था, उसके मन में हुआ कि अगर कोई गुरु हो तो ऐसा होना चाहिए। और उसका मन हुआ कि मेरा जो बूढ़ा गुरु है, वह ये बातें सुनकर कैसा संकोच, कैसी हीनता और कैसी दीनता नहीं अनुभव करता होगा।

कोई दो घंटे तक आगुन्तक संन्यासी ने अपनी बातें समझायीं, और जब अपनी बातें समझा चुका तो उसने अभिमान से सबकी तरफ़ देखा कि कैसा लगा, लोगों को कैसा लगा! उसने उस बूढ़े संन्यासी की तरफ़ देखा जिसका कि आश्रम था, वह बूढ़ा संन्यासी हँसने लगा। और उसने कहा वह मन में रख लेने जैसा है। उसने कहा, मेरे मित्र, मैं दो घंटे तक संपूर्ण हृदय से तल्लीन होकर सुनता रहा कि तुम कुछ बोलो, लेकिन तुम तो कुछ बोलते नहीं। वह संन्यासी हैरान हुआ। उसने कहा आप पागल हैं मै दो घंटे तक बोलता ही था, और क्या करता था। उस बूढ़े संन्यासी ने कहा, तुम बोले, मैं यह सुनता रहा, लेकिन तुम नहीं बोलते, तुम्हारे भीतर से दूसरे बोल रहे हैं। शास्त्र बोल रहे हैं, संस्कार बोल रहें है, परंपरा बोल रही है, समाज बोल रहा है, लेकिन तुम नहीं बोल रहे हो।

और निश्चित ही अपने भीतर खोजें कि जो भी आपको प्रतीत होती हैं बातें, जो आपको सत्य मालूम होती हैं अनुभूतियाँ, वे आपकी हैं या दूसरे लोग बोल रहें है। और उस आदमी से दरिद्र आदमी इस ज़मीन पर कोई भी नहीं है, जिसके भीतर अपना कोई स्वर न हो, सब स्वर पराए हों, और उस आदमी से कमज़ोर और दीन-हीन आदमी कोई भी नहीं है, जिसके पास अपनी कोई अनुभूति न हो, सब अनुभूतियाँ दूसरों की हों। ऐसा आदमी केवल एक प्रतिध्वनि मात्र है, जिसमें दूसरों की आवाज़ें गूँज रही हैं और प्रतिध्वनि हो रही हैं। जिस पर मैं बोल रहा हूँ, एक यंत्र पर बोल रहा हूँ, ये मेरी आवाज़ को प्रतिध्वनित कर रहा है।

क्या आपको ख़याल नहीं आता कि आपके भीतर भी महावीर, बुद्ध, कृष्ण, क्राइस्ट और मुहम्मद की आवाज़ें प्रतिध्वनित हो रही हैं? क्या आपकी अपनी कोई आवाज़ है, आपकी अपनी कोई ध्वनि है? अगर सब प्रतिध्वनियाँ हैं, तो आप कोरे हैं, ख़ाली हैं और आप मुर्दा हैं और आप जीवित नहीं हैं। आपकी अपनी कोई अनुभूति ही आपको जीवन दे सकेगा। न कोई शास्त्र जीवन देता है,

न कोई गुरु जीवन देता है, अपनी अनुभूति ही जीवन देती है। और जिसके पास जितनी ज़्यादा अनुभूतियाँ हों, वह उतना ही समृद्ध, वह उतना ही धनी, वह उतना ही संपदाशाली होगा। लेकिन हम किसी ऐसी संपदा की तलाश में नहीं हैं। हम तो उस संपदा की तलाश में हैं जिससे बड़े मकान बनते हैं, बड़ा यश बनता है, बड़े भवन बनते हैं, बड़े पद उपलब्ध होते हैं, हम उस संपदा की तलाश में है। हम क्षुद्र संपदा को तो खुद खोजते हैं, लेकिन विराट् संपदा को दूसरों की मान लेते हैं। क्या यह इस बात की सूचना नहीं है कि विराट संपदा की हमें प्यास ही नहीं है ?

हम यह नहीं मानते कि महावीर और बुद्ध के पास बहुत संपत्ति थी तो हमें क्या करना है संपत्ति से। हम अपनी संपत्ति खोजते हैं। लेकिन जब सत्य का सवाल उठता है तो कहते हैं, महावीर, बुद्ध, गीता और कुरान, बाइबिल। और हम कहते हैं, सत्य उनमें है। जब सत्य का सवाल उठता है तो हम दूसरों के सत्य को मान लेते हैं, और जब संपत्ति का सवाल उठता है तो हम अपनी संपत्ति खोजते हैं। इससे ज़्यादा बेईमानी और कोई मनुष्य अपने साथ दूसरी नहीं कर सकता है। अगर संपत्ति अपनी खोजनी है, क्षुद्र संपत्ति अपनी खोजनी है तो विराट् और सत्य की संपत्ति भी अपनी ही खोजनी होगी। और यह खोज शुरू हो सके, इसके पहले यह समझना होगा कि मेरे पास कुछ है ?

मैं देश के कौने-कौने में घूमा, न मालूम कितने तत्त्वज्ञानियों को देखा और सुना और मैंने पाया, वे सब शास्त्र बोल रहे हैं। उनके पास अपना कुछ भी नहीं है। उनसे बड़ी-बड़ी तात्त्विक बातें निकल रहीं हैं, लेकिन सब झूठी हैं, क्योंकि जो दूसरे से ली गयी हैं, उनकी सचाई उस दूसरे आदमी के साथ रही होगी, आपके साथ नहीं है। जिसकी आप प्रतिध्वनि कर रहे हैं, जिसे आप केवल प्रतिध्वनित कर रहे हैं, वह सत्य आपके लिए सत्य नहीं हो सकता। सत्य तभी सत्य होता है, जब वह मेरी अनुभूति हो। जब वह दूसरे की अनुभूति हो तो असत्य हो जाता है। और यही वजह है कि सारे धर्म, जब उन्हें जन्म मिलता है तो जीवित होते हैं। वे उस आदमी के साथ जीवित रहते हैं, जिसके पास सत्य था। और उसके हटते ही मुर्दा होने शुरू हो जाते हैं और फिर लाशें रह जाती हैं। और फिर लकीरें रह जाती हैं, मुर्दा, जिन्हें हम पीटते रहते हैं।

दुनिया इस तरह के मुर्दा धर्मों से परेशान हो गई है। ये सब मरे हुए धर्म हैं। ये मरे हुए इसलिए हैं कि इनको मानने वाले के पास अपना सत्य नहीं है। अपना सत्य सबसे बड़ी बात है। और मैं आपसे कहूँ, वही सबसे बड़ी संपत्ति भी है। और जो ऐसे किसी सत्य को स्वयं उपलब्ध नहीं होता है, वह आज नहीं कल पछतायेगा और तब उसे दिखायी पड़ेगा कि उसकी खोज किए हुए पद, उसकी

इकट्ठी की गयी संपदाएँ सब व्यर्थ हो गयी हैं। मृत्यु सब छीन लेती है, केवल सत्य को छोड़कर। मृत्यु सब छीन लेती है, केवल सत्य को छोड़कर और हम ऐसे पागल हैं कि जीवन-भर में हम शेष सब खोजते हैं, केवल सत्य को छोड़कर।

मैंने सुना और मुझे प्रीतिकर रहा, और मैंने जगह-जगह लोगों को कहा। नानक एक गाँव से निकले थे। उस गाँव में एक रात वे रुके। उस गाँव में जो बहुत समृद्ध और धनी-मानी व्यक्ति था, उसने आकर उनके चरणों में कहा कि मेरी सारी संपत्ति ले लें और इस सारी संपत्ति को किसी अच्छे काम में लगा दें। आपसे अच्छा आदमी और कौन मिलेगा, आप इशारा करें और मैं करूँ। जो आज्ञा देंगे वह पूरा कर दूँगा। नानक ने उसे नीचे से ऊपर तक देखा और नानक नीचे ही देखते रहे। उस आदमी ने पूछा, आप कहते क्यों नहीं? नानक ने कहा, मुझे तुम्हारे पास कुछ भी दिखाई नहीं पड़ता। तुम बिल्कुल दरिद्र आदमी मालूम होते हो। उस आदमी ने कहा, मेरे कपड़ों को देखकर भूल में न पड़ें। मैं सीधा-सादा आदमी हूँ, इसलिए मेरी संपत्ति का पता नहीं चलता। इस इलाके में मेरे से ज़्यादा संपत्ति और किसी के पास नहीं है। नानक ने कहा, मुझे तो कुछ भी दिखाई नहीं पड़ता कि तुम्हारे पास कुछ भी हो। मुझे बहुत दरिद्र लोग मिले हैं, लेकिन तुम दरिद्रतम हो। फिर भी तुम नहीं मानते तो एक छोटा-सा काम कर दो। अगर वह काम कर सके तो फिर और बड़ा काम बताऊँगा, परीक्षा हो लेगी। और उसने कहा, आज्ञा दें, मैं कर दूँगा, चाहे मेरी समग्र संपत्ति क्यों न लग जाए। नानक ने अपने कपड़े से एक सुई निकाली, सीने की सुई और उस आदमी को कहा, इसे रख लो और जब हम और तुम दोनों मर जाएँ तो इसे वापस लौटा देना। उस आदमी ने देखा, ज़रूर आदमी पागल है। मैं ग़लत आदमी के पास आ गया। पहले तो उसने कहा, दरिद्र हो तुम और अब यह कह रहा है कि यह सुई जब हम दोनों मर जाएँ तो वापस लौटा देना। फिर भी एकदम से अभी वापस करूँ, अभी मैंने कहा था, जो कहेंगे, कर दूँगा, ठीक नहीं मालूम होगा।

वह सुई लेकर वापस चला गया। उसने मित्रों से सलाह ली। उसने रात भर सोचा, वह तो समझ नहीं पाया। कोई रास्ता नहीं मिला। उसने सब तरह से मुट्ठी बाँधने की कोशिश की उस सुई के ऊपर, लेकिन मुट्ठियाँ इसी पार रह जाती हैं। उसने सब भाँति सुई को ले जाने के विचार किए, लेकिन सब विचार यहीं रह जाते हैं। कोई पकड़ मृत्यु के भीतर नहीं जा सकती। सुबह-सुबह जल्दी वह आया और उसने नानक के पैर छुए, ताकि इसके पहले कि लोग आ जाएँ, मैं अपनी दरिद्रता स्वीकार कर लूँ, यह आप वापस ले लें। कहीं ऐसा न हो कि मैं मर जाऊँ और सुई वापस न कर सकूँ, नहीं तो ऋण मेरे ऊपर रह जाए। इसे मैं मरने के बाद

वापस नहीं लौटा सकूँगा, इसलिए ज़िंदगी में लौटा रहा हूँ। नानक ने कहा, जिस चीज़ को मरने के पीछे न ले जा सको, उसे ज़िंदगी में इकट्ठा करने की भूल में मत पड़ना। और जिसे ज़िंदगी में लौटाने का ख़याल आता है कि मृत्यु के बाद नहीं लौटा सकेंगे उस सबको लौटा दो, ज़िंदगी को वापस, उसे इकट्ठा मत करो। सुई ही मुझे मत लौटाओ, सब लौटा दो जो इकट्ठा हो, जो कि मृत्यु के पार न जा सके।

असल में, हम समृद्धि के थोथे झूठे रूप में अपने भीतर की दरिद्रता छिपा लेते हैं। जितना ग़रीब आदमी होगा उतनी संपत्ति की उसकी आकाँक्षा होती है और जितना नीचा आदमी होगा उतने बड़े पद पर होने की उसकी मँशा होती है। जो बहुत बड़े पद पर होने की उसकी मँशा होती है। जो बहुत बड़े पद पर होते हैं, वह बहुत साधारण, हीन लोग होते हैं। वे अपनी हीनता भुलाने को बड़े पदों को खोजते हैं। और जो बहुत संपत्ति को खोज लेते हैं, वह बहुत दरिद्र लोग होते हैं, अपनी दरिद्रता छिपाने को संपत्ति का आवरण इकट्ठा कर लेते हैं। इसलिए दुनिया में जो दरिद्र हैं, वह संपत्तिशाली दिखायी पड़ता है और जो बहुत दीन-हीन है, वह बहुत बड़े पदों पर अनुभव होता है।

क्राइस्ट ने कहा है, धन्य हैं वे लोग जो अंतिम हो सकते हैं—क्राइस्ट ने कहा है, धन्य हैं वे लोग जो अंतिम हो सकते हैं, क्योंकि ज़रूर उनमें प्रथम होने की क्षमता है। धन्य हैं वे लोग जो दरिद्र हो सकते हैं, क्योंकि निश्चय ही इस बात की दरिद्रता उनकी सूचना है कि वे दरिद्र नहीं है, इसलिए उन्हें संपत्ति से अपनी दरिद्रता छिपाने का कोई कारण नहीं है। धन्य है वे लोग जो निम्न हो सकते हैं, क्योंकि उन्हें ऊँचे उठने का कोई ख़याल पैदा नहीं होता है, क्योंकि उनके भीतर कोई नीचा है ही नहीं कि ऊपर उठने का ख़याल पैदा हो। इसलिए इस दुनिया में समृद्ध दरिद्र देखे जाते हैं और दरिद्र समृद्ध देखे जाते हैं। और भिखारी हुए हैं, जो सम्राट् थे और सम्राट् रहे है, जो कि भिखारी थे।

नानक ने उस सुबह उससे कहा कि सोचो तुम्हारे पास क्या है। नानक ने उससे कहा, मैं उस चीज़ को विपत्ति कहता हूँ जो मृत्यु के पार न जा सके और उसे संपत्ति कहता हूँ, जो मृत्यु के पार चली जाए।

मैं भी आपसे यह कहूँ, वही संपत्ति है जो मृत्यु के पार चली जाए, और ऐसी संपत्ति केवल सत्य की है, और कोई संपत्ति नहीं है। और कोई संपत्ति नहीं है, जिसे मृत्यु की लपटें नष्ट न कर देंगी। एक ही संपत्ति है सत्य की और वह आपकी उधार है, वह आपकी दूसरों से ली हुई है। वह आपकी महावीर, कृष्ण और क्राइस्ट से मिली हुई है। वह आपने गीता, कुरान और बाइबिल से ली हुई है। वह संपत्ति आपकी नहीं है जो कि संपत्ति है। और जिसे आप संपत्ति समझ रहे हैं,

वह बिल्कुल आपकी न है, न हो सकती है। उसे आपको छोड़ ही देना होगा। जिसे छोड़ देना होगा उसे इकट्ठा कर रहे हैं, और जो साथ हो सकती है, उसे अपने से दूर रखे रहे हैं और बड़े-बड़े नामों का सहारा ले रहे हैं।

स्मरण रखें, सत्य आपका हो, तो ही आपका हो सकता है। इसलिए समाज और परंपरा और शिक्षा आपको जो देती है, उसे सत्य मत मान लेना।

मैं एक गाँव में गया। वहाँ एक अनाथालय मुझे दिखाने को ले गए। वहाँ उन्होंने कहा, हम छोटे-छोटे बच्चों को धर्म की शिक्षा देते हैं। मैं हैरान हुआ। क्योंकि मेरी बुद्धि कुछ गड़बड़ है। मुझे ऐसा लगता है कि धर्म की कोई शिक्षा हो नहीं सकती। और जब भी कोई शिक्षा होगी तो धर्म के नाम पर किसी न किसी ग़लत चीज़ की होगी। असल में धर्म की साधना होती है, शिक्षा होती ही नहीं। मैंने कहा, मैं हैरान हूँ, धर्म की शिक्षा कैसे होगी। फिर भी मैं देखूँ, क्या शिक्षा देते हैं ? उन्होंने कहा, आप इन बच्चों से कुछ भी पूछें, इन्हें सब उत्तर मालूम हैं। मैंने कहा, आप ही पूछें तो मैं सुनूँ, क्योंकि मुझे यह भी ठीक पता नहीं कि कौन-सा प्रश्न है, जो धार्मिक है। क्योंकि जितने प्रश्न हमें धर्म की किताबों में लिखे दिखायी पड़ते हैं, मुझे थोथे मालूम होते हैं। उनमें कोई भी प्रश्न धार्मिक नहीं मालूम होते। और उनके उत्तर तो उनसे भी ज़्यादा थोथे होते हैं।

मैंने कहा, आप ही पूछें, तो उन्होंने पूछा लड़कों से कि आत्मा कहाँ हैं ? उन सारे लड़कों ने छाती पर हाथ रखे, कहा कि यहाँ। मैंने एक लड़के से पूछा कि यहाँ तुम कह रहे हो, क्या मतलब है तुम्हारा ? उसने कहा कि हमें बताया गया है कि आत्मा हृदय में है और मैंने कहा; हृदय कहाँ है ? वह लड़का बोला, यह हमें बताया नहीं गया। मैंने उनको कहा, इन बच्चों के साथ दुर्व्यवहार कर रहे हैं, अन्याय कर रहे हैं। इन्हें एक साथ सिखा रहे हैं कि आत्मा यहाँ है, यह सीख लेंगे, और जब भी जीवन में इनके सामने प्रश्न खड़ा होगा, आत्मा कहाँ है ? यह हाथ यांत्रिक रूप से छाती पर चला जाएगा और कहेगा, यहाँ। यह उत्तर बिल्कुल झूठा होगा, यह दूसरों ने सिखाया है।

इस उत्तर के कारण इनका प्रश्न दब जाएगा, इनके भीतर जिज्ञाया पैदा न हो सकेगी कि आत्मा की खोज में जाए। इनके लिए उत्तर दे दिया रेडीमेड, बना बनाया। ये उसे स्वीकार कर लिए, बालपन में, अबोध चित्त की अवस्था में जब कि कुछ सोच समझ और विवेक जाग्रत नहीं है, तभी दुनिया के सारे धार्मिक लोग निरीह, निर्दोष बच्चों के मन में अपनी शिक्षा डाल देना चाहते हैं। इससे बड़ा और कोई अनाचर, कोई बड़ा पाप नहीं है, न हो सकता है। क्योंकि उनके दिमाग़ में जो बातें आपने भर दी हैं, वे जीवन भर उन्हीं को प्रतिध्वनित करते रहेंगे और इस

भ्रम में रहेंगे कि उन्हें ज्ञान उपलब्ध हो गया। जब कि ज्ञान उन्हें उपलब्ध नहीं हुआ। उन्होंने कुछ बातें और कुछ शब्द सीख लिए हैं।

आप भी शब्द सीखे हुए होंगे। ख़याल करके देखें, किसी के सिखाए हुए शब्द हैं या ये अपनी अनुभूति है। और अगर ऐसा मालूम पड़े कि दूसरों के सिखाए हुए शब्द हैं तो कृपा करना, उन्हें छोड़ देना और भूल जाना। इससे पहले कि कोई सत्य को उपलब्ध हो सके, सत्य के संबंध में जो भी सीखा है उसे भूल जाना अत्यंत अपरिहार्य और अनिवार्य है। सत्य के संबंध में जो भी जानते हैं, उसे भूल जाना ज़रूरी है।

अगर सत्य को जानना है, अगर परमात्मा को जानना है, तो परमात्मा के संबंध में, जो भी जानते हैं, कृपा करें, उसे छोड़ दें। वह कचरे से ज़्यादा नहीं है जो आपके मन को घेरे हुए है। और मन अगर सारे कचरे से मुक्त हो जाए, जो हमें सिखाया गया है तो उसका जन्म होगा, जो ज्ञान है। ज्ञान सिखाया नहीं जाता, वह हमारा स्वरूप है। जो सिखाया जाता है वह कभी ज्ञान नहीं हो सकता। जो बाहर से भीतर डाला जाता है, वह कभी ज्ञान नहीं होता, जो भीतर से बाहर आता है, वह ज्ञान होता है।

अगर ज्ञान हमारा स्वरूप है, अगर वह हमारी अंतर्निहित क्षमता है तो बाहर से नहीं डाली जाएगी, वह भीतर से आएगी और भीतर से आने में वह सब, जो बाहर से डाला गया है बाधा हो जाता है। एक तो हौज में पानी भर देते हैं ऊपर से, वह भी पानी हैं। पंडित के मस्तिष्क में जो ज्ञान भरा होता है, वह हौज के पानी की तरह है। और एक कुएँ में भी पानी के जल स्रोत निकलते हैं, वह भी पानी है। लेकिन ज्ञानी का जो ज्ञान होता है, वह कुएँ की भाँति होता है। उसमें पानी ऊपर से नहीं डाला जाता, मिट्टी, कंकड़, पत्थर बाहर निकाले जाते हैं और पानी नीचे पाया जाता है। और पंडित का जो ज्ञान होता है, उसमें ऊपर से पानी डाला जाता है। निकाला कुछ भी नहीं जाता।

तो जो ज्ञान आपके ऊपर से डाला जाता है वह हौज की तरह आकर भीतर भर जाएगा। वह कोई वास्तविक बात नहीं है। आपके जल स्रोत नहीं उससे खुलते हैं और भरा हुआ पानी जल्दी गंदा हो जाता है। इसलिए पंडित के मस्तिष्क से ज़्यादा गंदा मस्तिष्क इस ज़मीन पर दूसरा नहीं होता। इसलिए पंडित सारी दुनिया में उपद्रव और जड़, उपद्रव की जड़, झगड़े- फसादों की बुनियाद हैं। दुनिया में पंडितों ने जितना उपद्रव करवाया है, उतना बुरे लोगों ने बिल्कुल नहीं करवाया है। लेकिन बुरे लोग अपराधियों की तरह बंद हैं और पंडित पूजे जा रहे हैं।

दुनिया में जितनी ख़ून ख़राबी हुई हैं, मनुष्य के साथ जितने अत्याचार हुए हैं, मनुष्य और मनुष्य के बीच में जितनी दीवारें खड़ी की हैं, वे पंडित ने खड़ी की हैं। लेकिन वे अपराधी नहीं हैं वे पूज्य हैं। वे समादृत हो रहे हैं। जरा मनुष्य के इतिहास को उठाकर देखें, उसमें जितने ख़ून के धब्बे हैं, उसमें निन्यानवे पंडित के पास पड़ेंगे, एक प्रतिशत अपराधियों के पास जाएगा। दुनिया में मनुष्य और मनुष्य के बीच जितनी भी खाईयाँ और लड़ाईयाँ और उपद्रव खड़े किए गए हैं, वह पंडित ने खड़े किए हैं। और मैं मानता हूँ इसके पीछे कारण हैं। जो भी पानी ऊपर से भर दिया जाता है, वह गंदा हो जाता है। उसमें कोई जीवित स्रोत नहीं होते। तो पंडित चाहे वह किसी धर्म का हो उसके भीतर बाहर से भरा हुआ ज्ञान धीरे-धीरे गंदगी और सडांध पैदा कर देता है। और वह सड़ांध फिर नए-नए रूपों में निकलनी शुरू हो जाती है, घृणा और विद्वेश फैलाने का कारण हो जाती है। मनुष्य को मनुष्य से तोड़ने का कारण हो जाती है।

ज्ञान तो वास्तविक भीतर से आता है, बाहर से नहीं आता है।

और वह तभी आएगा जब बाहर के ज्ञान को हम अलग कर दें, क्योंकि वह कंकड़ पत्थर की तरह भीतर के ज्ञान को दबा लेता है। जो भी हमने बाहर से सीख लिया है वह हमारे आत्मा के जागरण में बँधा है। अगर हम बाहर से सीखे हुए को बाहर वापस लौटा दें तो वह जाग जाएगा जो हमारे भीतर है और निरंतर मौजूद है। उसकी स्फुरणा हो जाएगी।

सत्य को खोजने कहीं जाना नहीं है।

जो-जो असत्य हमने सीख लिया है उसे अलग कर लेना है। और सत्य हमारे भीतर होगा। परमात्मा को खाजने कहीं जाना नहीं है। जो-जो हमने अपने ऊपर आवरण डाल लिए हैं, वह अलग कर दें, और परमात्मा उपलब्ध हो जाएगा।

एक रात, एक बहुत सर्द रात को एक पहाड़ के पास, एक छोटे-से मंदिर में जाकर, एक आदमी ने दस्तक दी। आधी रात होने को थी और बहुत ठंडी रात थी। अंदर से पूछा गया, कौन है, इतनी रात को ? सुबह आओ। उस आदमी ने कहा, मैं बहुत पापी हूँ, मैं बहुत बुरा आदमी हूँ। मैंने बहुत बार सोचा कि दिन में आपके पास आऊँ, लेकिन वहाँ और बहुत से लोग होते हैं, इसलिए मैं रात को आया हूँ। वह मंदिर एक साधु का था। दरवाज़ा खोला गया। वह साधु अंतिम सोने की तैयारी कर रहा था। उसकी सिगड़ी की आग भी बुझ गयी थी और आधी रात थी। उसने उससे पूछा कि तुमने यह कैसे कहा कि तुम पापी हो ? ज़रूर किसी पंडित ने तुम्हें ने समझाया होगा कि तुम पापी हो। क्योंकि पंडित का

एक ही काम है कि वह दुनिया में लोगों को समझाए कि वह पापी है। और मेरी दृष्टि में, किसी को यह समझा देना कि तुम पापी हो इससे बड़ा कोई पाप नहीं हो सकता। क्योंकि उसके पापी होने की बुनियाद रख दी गयी है।

ज्ञानी समझाता है, तुम परमात्मा हो, पंडित समझाता है, तुम पापी हो। ज्ञानी कहता है, तुम्हारे भीतर परमात्मा छिपा है, पंडित कहता है, तुम्हारे भीतर पाप ही पाप है।

उस साधु ने कहा, जरूर किसी पंडित से तुम्हारा मिलना हो गया है। किसने तुम्हें कहा कि तुम पापी हो ? मैं तो देखता हूँ, तुम परमात्मा हो। उस आदमी की आँखें नीचे झुकीं थी, उसने ऊपर उठायीं। यह पहली दफ़ा कोई आदमी मिला था, जिसने कहा था कि तुम परमात्मा हो। उसने कहा, लेकिन मैं चोरी करता हूँ, लेकिन मैं दूसरों की संपत्ति पर बुनी नज़र डालता हूँ, लेकिन मेरे मन में क्रोध आता है और मैं लोगों की हत्या तक के विचार कर लेता हूँ।

उस साधु ने कहा कि तुम पागल हो कि पाप-पाप की बातें कर रहे हो और परमात्मा की तरफ़ नहीं देख रहे हो। देखो और पाप विलीन हो जाएगा। पाप इसलिए है कि परमात्मा की तरफ़ दृष्टि नहीं है। पाप नहीं होगा, परमात्मा की तरफ़ दृष्टिभर होने की बात है। पापी से कहा बैठो। वह आदमी जो कह रहा था, मैं पापी हूँ उससे कहा बैठो। उस आदमी ने कहा, लेकिन मुझे तो कोई परमात्मा दिखायी नहीं पड़ता, मेरे भीतर सब पाप ही पाप दिखायी पड़ता है। सिगड़ी रखी थी, आग बुझने के क़रीब थी, सर्द रात थी। उस साधु ने कहा, देखो रात बहुत ठंडी है। शायद सिगड़ी में एकाध अँगारा हो। जरा उसे कुरेदो। उस आदमी ने देखा, उसने कहा, सब राख ही राख है।

वह साधु हँसने लगा। उसने कहा तुम्हारे देखने में ही ग़लती है, उसने राख को कुरेदा, एक छोटे से अँगारे को निकाला, फूँका और चमकाया और उसने कहा, देखो, इसमें इतनी ही आग है जितनी सूरज में आग है, क्योंकि एक बूँद में सारा सागर है और एक अग्नि की चिनगारी में सारा सूरज है। ऐसी भूल जैसी तुमने सिगड़ी में खोजने में की, अपने बाबत, वह राख ही राख अपने को समझ रहे हो, पाप ही पाप समझ रहे हो। थोड़ा और ठीक से खोजो तो चिनगारी मिल जाएगी, जो कि सूरज की है। और उस सिगड़ी की आग तो बुझ भी सकती है, लेकिन मनुष्य के भीतर एक ऐसी आग जल रही है, जिसका बुझना असंभव है। कितने ही पाप, कितना ही अज्ञान उसे नहीं बुझा सकता है। कोई भी रास्ता उसे बुझाने का नहीं है क्योंकि वह मनुष्य की अनंत सत्ता है और उसे मिटाने का कोई उपाय नहीं है।

मैं आपको कहूँ, हरेक के भीतर वह सत्य की अग्नि है, और वह परमात्मा मौजूद है। उसे अगर जानना है तो जो बाहर से हमने सीख लिया है, उस राख तो झाड़ देना होगा। तो अँगारा उपलब्ध हो जाएगा। और जब भीतर का अँगारा उपलब्ध होता है तो जीवन एक ज्योति बन जाता है। और जब भीतर की अग्नि उपलब्ध होती है तो जीवन एक प्रेम बन जाता है और जब भीतर की अग्नि उपलब्ध होती है तो जीवन बिल्कुल ही दूसरा जीवन हो जाता है।

हम उसी दुनिया में होते हैं, लेकिन दूसरे आदमी हो जाते हैं, उन्हीं लोगों के बीच होते हैं, लेकिन दूसरे व्यक्ति हो जाते हैं। सारा रुख, सारी पहुँच, सारी दृष्टि परिवर्तित हो जाती है, और उस नए मनुष्य का जन्म जब तक भीतर न हो जाए तब तक हमें न जीवन का पता होता है, न आनंद का, न सौंदर्य का, न संगीत का। तब तक हम भटकते हैं, जीते नहीं हैं। तब तक हम मूर्छित, अर्द्धनिद्रा में चलते हैं, होश में नहीं होते हैं। तब तक हमारा जीवन एक दुःस्वप्न है, एक नाइट मेयर है, उससे ज़्यादा नहीं है। उसके बाद ही हमें पता चलता है कि क्या है जीवन, क्या है धन्यता। क्या है कृतार्थता, और तब जो ग्रेटीट्यूड, तब जो कृतज्ञता का बाँध पैदा होता है, वह धार्मिक मनुष्य का लक्षण है।

कैसे जो हमारे ऊपर बाहर से इकट्ठा हो गया है, वह हम अलग कर दें, कौन-सा रास्ता है, जो हमें सिखाया गया है हम उसे भूल जाएँ? कौन-सा रास्ता है कि जो हमारे चित्त पर धूल इकट्ठी हो गयी है, हम उसे झाड़ दें, और चित्त के दर्पण को स्वच्छ कर लें? रास्ता है। अगर धूल के इकट्ठे होने का रास्ता है तो धूल के अलग होने का भी रास्ता होगा, जिस भाँति धूल इकट्ठी होती है, अगर हम उसके कारण को समझ लें, तो उस कारण पर ही चोट करने से धूल अलग होनी शुरू हो जाएगी। धूल कैसे इकट्ठी होती है?

जीवन में धूल इकट्ठे होने के दो कारण हैं

एक तो कारण है, हम होश में नहीं होते। जो भी आता है आ जाने देते हैं। जैसे कोई धर्मशाला हो, आवारा धर्मशाला हो जिसमें कोई पहरेदार नहीं है। कोई भी आए और ठहरे और कोई भी जाए, कोई पूछने वाला नहीं है, कोई ठहराने वाला नहीं है, कोई बताने वाला नहीं है। हमारे चित्त को हम क़रीब-क़रीब ऐसी धर्मशाला, ऐसी सराय बनाए हुए हैं कि कोई भी आए और ठहर जाए, हमें कोई मतलब नहीं है। कोई कचरा डाल दे, हमारे घर में तो हम नाराज हो जाते हैं और हमारे दिमाग़ में डाल दे तो हम धन्यवाद देते हैं कि बहुत अच्छी बातें बतायी हैं। घर में कचरे फेंकने वालों पर हम गुस्सा करते हैं और मस्तिष्क में जो कचरा डालते रहते हैं उन पर हम बिल्कुल गुस्सा नहीं करते।

चौबीस घंटे हमारे मस्तिष्क खुले हुए हैं और व्यर्थ के इन प्रश्नों को भीतर ले जा रहे हैं। हम भोजन में तो ख़याल रखते हैं कि अशुद्ध भीतर न चला जाए, लेकिन मन के भोजन में कुछ भी ख़याल नहीं रखते और कुछ भी भीतर चला जा रहा है। सुबह से उठ कर अख़बार पढ़ रहे हैं, व्यर्थ की किताबें पढ़ रहे हैं, व्यर्थ की बातें कर रहे हैं, व्यर्थ की बातें सुन रहे हैं। जो कचरा दूसरे हमारे दिमाग में डाल रहे हैं, उसके कुछ न कुछ बाँट और दान दूसरों को भी कर रहे हैं, और सारी दुनिया के मस्तिष्क अजीब पागलपन और अजीब कचरे से भर गए हैं। और हर आदमी दूसरे के दिमाग में डालता चला जा रहा है। इसके प्रति थोड़ी सजगता की ज़रूरत है, थोड़े होश की ज़रूरत है। यह जानने की ज़रूरत है कि मेरे मस्तिष्क के भीतर व्यर्थ कुछ भी न डाला जाए। अगर इसका होश हो....

मैं अभी यात्रा में था। मेरे साथ एक सज्जन थे। उन्होंने बहुत चाहा कि वे मुझसे बात-चीत करें, लेकिन मुझे बिल्कुल चुप देखकर—उन्होंने कई उपाय भी किए। मैं हाँ-हूँ करके चुप हो गया तो वे फिर उपाय किए। वे फिर थोड़ी देर चुप रहे, उन्हें बहुत बेचैनी थी। उन्हें बहुत परेशानी थी। कुछ पूछना चाहते थे।

मुझसे उन्हें कोई मतलब न था, वे मुझसे कुछ निकालना चाहते थे। जब उनकी बेचैनी बढ़ गई तो मैंने उनसे कहा, अब आप जो कुछ कहना हो, शुरू कर दें। वह थोड़े हैरान हुए। यह कोई बात-चीत का सिलसिला नहीं था। मैंने कहा, अब जो भी आपको कहना हो, शुरू कर दें। वह बहुत हैरान हुए। उन्होंने कहा, क्या मतलब आपका ? मैंने कहा, आप पूछें, छिपाएँ न। आपके भीतर कोई चीज़ उबल रही है और आप मेरे ऊपर फेंकना चाहते हैं, फेंकें। आपको बिना उसे फेंके राहत नहीं मिलेगी। मैं सुनूँगा, मजबूरी है, आपके साथ हूँ। वे कुछ हैरान हुए। मुझसे बोले, आपका मतलब क्या है ? मैंने कहा, चौबीस घंटे हम फेंक रहे हैं, एक दूसरे पर। न तो फेंकने वाले को होश है कि फेंक रहा है, न लेने वाले को होश है कि वह ले रहा है, इसलिए मस्तिष्क धीरे-धीरे क्षुद्र से क्षुद्र बातों से भरता चला जाता है। उसमें विराट् के जन्म की संभावना क्षीण हो जाती है। मन जितना ख़ाली और शांत और शून्य होगा उतना ही विराट् के अवतरण की संभावना पैदा होती है। नहीं तो विराट् अवतरित नहीं होता और न विराट् का भीतर से आविर्भाव होता है।

देखें, यह दुनिया जो है, यह हमारी दुनिया जो है, यह बीसवीं सदी जो है, अगर कोई चीज़ इस सदी के ऊपर लादी जा सकती है तो यह व्यर्थ विचारों की सदी है। इतने व्यर्थ विचार दुनिया में कभी नहीं थे, एक जमाना था, अजीब लोग थे।

मैंने सुना है चीन में लाओत्से एक बहुत बड़ा विचारक था और अद्‌भुत द्रष्टा हुआ है। वह रोज़ सुबह-सुबह अपने एक मित्र के साथ घूमने जाता था। यह वर्षों क्रम चला । जब रास्ते में वे दोनों जाते तो इतनी सी उनकी बात-चीत होती । उसका मित्र आता, और कहता, नमस्कार। आधा घंटे बाद लाओत्से कहता, नमस्कार। दोनों जब घूमने जाते तो उसका मित्र कहता नमस्कार, तो आधे घंटे बाद लाओत्से कहता, नमस्कार। यह कुल बातचीत थी। एक दिन एक मेहमान उस मित्र के घर आया और वह उसको भी घूमाने ले आया। घूमने के बाद वह मित्र आया, तो लाओत्से ने कहा, देखो उस मित्र को कल मत ले आना, बहुत बातचीत करने वाला मालूम होता है। उस आदमी ने क्या बातचीत की थी? उसने एक डेढ घंटे के बाद कहा था, आज की सुबह बहुत सुंदर है। लाओत्से ने कहा, उस आदमी को साथ मत ले आना। वह बहुत बकवासी मालूम होता है। उसने इतनी सी बात कही थी, डेढ दो घंटे के घूमने में कि आज सुबह बड़ी सुंदर मालूम होती है। ऐसे लोग थे। ऐसे लोगों को अगर सत्य का अनुभव हुआ तो आश्चर्य नहीं है और हम जैसे लोग हैं, अगर हमें सत्य का अनुभव न होता हो तो भी कोई आश्चर्य नहीं है।

महावीर बारह वर्षों तक मौन थे। क्राइस्ट बहुत दिनों तक मौन थे। मुहम्मद पहाड़ पर जाकर बहुत दिनों तक चुप थे। दुनिया से मौन ख़त्म हो गया है। हम चुप रहना भूल गए हैं और जो मनुष्य चुप रहना और मौन रहना भूल जाएगा उसके जीवन में जो भी श्रेष्ठ है, वह नष्ट हो जाएगा, क्योंकि श्रेष्ठ का जन्म ही मौन में होता है। सौंदर्य का और सत्य का अवतरण मौन होता है। इसलिए स्मरण रखें कि व्यर्थ के विचारों के प्रति सचेत हों। न तो दूसरों से लें, और कृपा करें, न दूसरों को दें। सचेत जितने आप होंगे उतने ही क्रमशः आपको बोध होने लगेगा कि व्यर्थ के विचार आ रहे हैं, इन्हें नमस्कार कर लें, इन्हें भीतर ले जाने की कोई भी ज़रूरत नहीं है। इनसे कहें कि कृपा करें, और बाहर ठहरें।

अगर परिपूर्ण होश और बोध हो और चौबीस घंटे यह बोध बना रहे तो आप थोड़े दिनों में व्यर्थ विचार के आगमन से मुक्त हो जाएँगे। और जब व्यर्थ विचार का आश्रव और आगमन बंद हो जाए तो फिर बड़ी घनीभूत शांति उत्पन्न होगी। लेकिन कुछ विचार आपने पिछले जीवन में और-और पिछले जन्मों में इकट्ठे कर लिए हैं, वे इससे बंद नहीं होंगे, वे तो भीतर घूमते ही रहेंगे। उनके लिए कुछ और करना होगा। बाहर से नए विचारों का आगमन, व्यर्थ के विचारों का भीतर संग्रह न हो, इसके लिए सचेत होना पड़ेगा, होश रखना पड़ेगा, सजग होना होगा, पहरेदार बनना होगा। और भीतर जो चार इकट्ठे हो गए हैं, उनसे तादात्म्य तोड़ना

होगा।

हमारे भीतर जो विचार चलते हैं, हम उनके साथ एक तरह की आइडेंटिटी, एक तरह का तादात्म्य कर लेते हैं। अगर भीतर आपके क्रोध आए तो आप कहते हैं, मुझे क्रोध आ गया। यह तो भूल की बात है, यह तो झूठी बात है। आपको कहना चाहिए, मुझ पर क्रोध आ गया। भीतर आपके कोई विचार आए तो आपको यह नहीं कहना चाहिए कि मैं ऐसा विचार कर रहा हूँ, आपको कहना चाहिए, मेरे सामने इस तरह के विचार घूम रहे हैं। वह मैं को जरा अलग करिए।

वह जो भीतर विचारों की और भावनाओं की दौड़ है, उससे अपने मैं को अलग करिए, वह अलग है। वह सदा दृष्टा मात्र है। भीतर जो विचारों का प्रवाह घनीभूत है, जो विचार इकट्ठे हैं, वह आपके पूरे अचेतन में बने हैं। आपका पूरा अनकांसेस उनसे भरा हुआ है। उनके प्रति सचेत हो जाइए और उनके प्रति सचेत हो जाइए और उनके प्रति अपनी आइडेंटिटी और अपना संबंध तोड़ लीजिए और समझिए, आप अलग हैं और वह अलग हैं और उनको देखिए, उनके साक्षी और दृष्टा बनिए। जब वे आए तो चुपचाप अलग खड़े हो जाइए और देखिए, जैसे कोई रास्ते पर जाती हुई भीड़ को देखता हो। या कोई आकाश में उड़ते हुए पक्षियों को देखता हो। या कोई रात में ऊग गए तारों को देखता हो। या जैसे कोई फिल्म के पर्दे पर चलती हुई तस्वीरों को देखता हो। ऐसा उनको देखिए और अपने को दूर कर लीजिए। आप केवल देखने वाले रह जाएँ और आपके सारे विचार अलग हो जाएँ तो आप हैरान हो जाएँगे, जैसे-जैसे विचारों के साथ संबंध क्षीण होगा, जैसे-जैसे विचारों की पृथक्ता स्पष्ट होगी, वैसे-वैसे विचार भीतर भी मरने शुरू हो जाते हैं।

बाहर के विचारों का आगमन बंद हो, भीतर के विचार क्रमशः मृत हो जाएँ, एक घड़ी, एक बिंदू पर आप पाएँगे, आप परिपूर्ण शून्य में खड़े हैं और जिस क्षण आपको शून्य उपलब्ध होगा, उसी क्षण आप पूर्ण को अनुभव कर लेंगे, उसी क्षण सत्य का आविर्भाव हो जाएगा। उसी क्षण आप जानेंगे, परमात्मा क्या है। फिर शास्त्रों की ज़रूरत न होगी। शास्त्रों में जो लिखा है, वह सामने आ जाएगा। शास्त्रों में जो कहा है, वह प्रत्यक्ष हो जाएगा। महावीर और बुद्ध को जो अनुभव हुआ होगा, वह आप को अनुभव हो जाएगा।

प्रत्येक आदमी हक रखता है, प्रत्येक का अधिकार है, उसे अनुभव कर ले। हम अपने हाथ से खोए हुए हैं। अगर हम थोड़े सजग हों, थोड़े जागरूक हों, थोड़े प्रयत्नशील हों, थोड़ी साधना में लगें तो निश्चित ही हम भी उन्हीं सत्यों को उन्हीं अनुभूतियों को पा सकते हैं, जो किसी भी मनुष्य ने कभी भी पायी हों। जो एक

बीज हो सकता है, वह हरेक बीज हो सकता है। और जो एक मनुष्य में संभव हुआ है, वह हर मनुष्य में संभव हो सकता है।

लेकिन, विचार बाधा है, व्यर्थ विचारणा बाधा है। सीखी हुई शिक्षा और संस्कार बाधा है। उन्हें अलग कर देना होगा और निर्दोष होना होगा और शांत और शून्य और मौन होना होगा। अगर यह हो सके तो आपके भीतर एक अभिनव सौंदर्य का जन्म होगा, एक अभिनव सत्य का संचरण होगा। कोई आपके भीतर एक नयी शक्ति और एक नयी ऊर्जा अनुभव में आएगी और वह आपका जीवन बन जाएगी। वह आपका सब कुछ बन जाएगी। वह वह संपत्ति होगी, जो मृत्यु के पार जाती है और उसे कोई भी नहीं मिटा पाता। स्मरण रखें, जो मृत्यु के पार जाती है वही जीवन है। क्योंकि जीवन अकेला है जिसकी मृत्यु नहीं हो सकती।

आपके पास अभी जीवन नहीं है, क्योंकि सत्य नहीं है आपके पास सत्य नहीं है, क्योंकि आप शांत और शून्य नहीं है। आप शांत और शून्य नहीं है, क्योंकि आप अपने मन को न तो बाहर से रोक रख रहे हैं कि उसमें कुछ भी भर जाए और न भीतर चलते हुए विचारों को अपने तादात्म्य से तोड़ रहे हैं।

अगर ठीक से कोई कारण को समझे। अगर ठीक से पूरे काजल चेन को समझे कि क्या है जो हमारे मस्तिष्क को बाँधता है और ग्रसित करता और ज़मीन पर रखता है और उठने नहीं देता है। कौन सी ज़ंजीरे हैं जो हमें बाँध लेती हैं। संसार के तट पर और सत्य तक नहीं जाने देतीं, तो निश्चित ही उसे कारण दिखायी पड़ जाएँगे। और जिसे कारण दिखाई पड़ जाएँ, अगर वह संकल्प करे और कारणों के विरोध में चले तो निश्चित ही वहाँ पहुँच सकता है जहाँ पहुँचना जीवन का लक्ष्य है।

शास्त्र जहाँ नहीं ले जा सकेंगे, वहाँ स्वयं का सत्य ले जाएगा और जब स्वयं का सत्य उपलब्ध होगा तो सब शास्त्र सत्य हो जाएँगे, और जब स्वयं के भीतर अनुभूति जगेगी तो सारे तीर्थंकर और सारे पैगंबर और सारे अवतार, सारे ईश्वर-पुत्र उस अनुभूति में प्रमाणित हो जाएँगे और तब दिखायी पड़ेगा जो उन्होंने कहा है, वह सत्य है। और तब यह नहीं दिखाई पड़ेगा कि क्राइस्ट ने जो कहा है, वह सत्य है और जो महावीर ने कहा है, वह ग़लत है। तब यह नहीं दिखायी पड़ेगा कि मुहम्मद ने जो कहा है, वह सत्य है और राम ने जो कहा है वह ग़लत है। जब तक ऐसा दिखायी पड़े तब तक समझना कि शास्त्र बोल रहे हैं, सत्य नहीं बोल रहा है। तब दिखाई पड़ेगा कि महावीर ने जो कहा है, मुहम्मद ने जो कहा है, बुद्ध ने जो कहा है, क्राइस्ट ने, कंफ्यूशियस ने जो कहा है, राम, कृष्ण ने जो

कहा है, वह सब सत्य है, और वह सत्य एक ही है। जब सत्य उपलब्ध होगा तो सब शास्त्र सत्य हो जाएँगे और जब तक सत्य उपलब्ध नहीं होगा तब तक एक शास्त्र सत्य होगा और शेष शास्त्र असत्य होंगे।

और जब तक आपको ऐसा दिखता रहे कि मैं हिंदू हूँ तब तक जानना, अभी आप धार्मिक नहीं हुए। और जब तक आपको लगता रहे, मैं जैन हूँ तब तक समझना कि धार्मिक नहीं हुए, क्योंकि धर्म तो एक है। जब सत्य उपलब्ध होगा तो आप सिर्फ़ धार्मिक होंगे, तब कोई विशेषण, कोई शास्त्रीय विशेषण नहीं रह जाता है।

ईश्वर करे, ऐसे सत्य में आपको जगाए, जो सबका है। ऐसे सत्य में आपको जगाए जो आपके भीतर तो मौजूद है, लेकिन आप उसकी तरफ़ आँख फेरे हुए हैं। ईश्वर ऐसी प्यास दे और असंतोष दे, यह कामना करता हूँ।

मेरी बातों को इतने प्रेम और इतनी शांति से सुना, उससे बहुत अनुगृहीत हूँ—बहुत आनंदित हूँ, और अंत में अपना धन्यवाद करता हूँ, और प्रणाम करता हूँ, सबके भीतर बैठे परमात्मा को, मेरे प्रणाम स्वीकार करें।

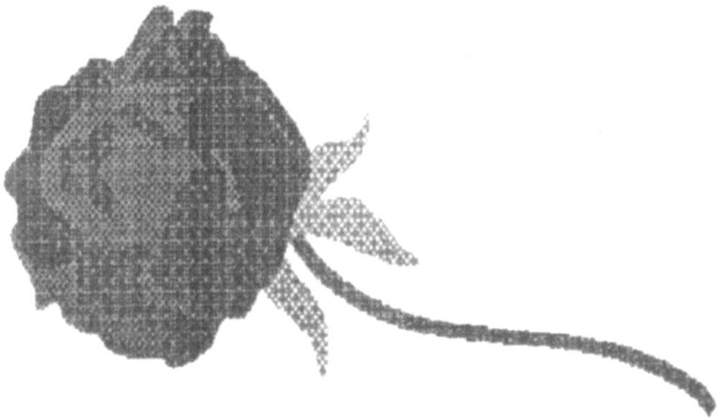

१२. अजन्मा संगीत

मेरे प्रिय आत्मन्,

फूल किसी से पूछते नहीं कि कैसे खिलें। तारे किसी से पूछते नहीं कि कैसे जलें। आदमी को पूछना पड़ता है कि कैसे वह वही हो जाए, जो होने को पैदा हुआ है। सहज तो होना चाहिए परमात्मा में होना, लेकिन आदमी कुछ अद्‌भुत है। जिसमें होना चाहिए, उससे चूक जाता है और जहाँ नहीं होना चाहिए, वहाँ हो जाता है। कहीं कोई भूल है। और भूल भी सीधी है। आदमी होने को स्वतंत्र है। इसलिए भटकने को भी स्वतंत्र है। शायद यह भी हो सकता है कि बिना भटके पता ही न चले—बिना भटके पता ही न चले क्या है हमारे भीतर। शायद भटकना भी मनुष्य की प्रौढ़ता का हिस्सा हो। मैं एक छोटी सी कहानी से समझाऊँ — फिर हम समाधि के प्रयोग के लिए बैठेंगे।

एक आदमी था, बहुत धन था उसके पास, लेकिन शांति न थी, जैसा कि अक्सर होता है। धन की तलाश करता है आदमी कि शांति मिले। धन तो मिल जाता है, पर शांति जितनी दूर थी, शायद उससे भी ज़्यादा दूर हो जाती है। सब पा लिया था, लेकिन आनंद की कोई ख़बर न मिली और वह बूढ़ा होने आ गया

था। तो उसने बहुत से लाखों करोड़ों के हीरे जवाहरात अपने घोड़े पर ले लिए और खोज में निकल पड़ा । खोजने नहीं, कहना चाहिए आनंद को ख़रीदने निकल पड़ा जो आनंद दे दे, उसे ही सारे हीरे जवाहरात दे देना चाहता था। बहुत लोगों के पास गया है। जहाँ-जहाँ ख़बर सुनी वहाँ-वहाँ गया। लेकिन किसी को आनंद की कोई ख़बर न थी। लोगों ने आनंद की बात तो की, लेकिन उसने कहा, बात नहीं, मुझे आनंद चाहिए, और मैं सब कुछ देने को तैयार हूँ।

लेकिन हर जगह उसे लोगों ने सलाह दी कि तुम कुछ ऐसा काम करने निकले हो कि सिर्फ़ एक फ़क़ीर है फलाँ-फलाँ गाँव में, अगर वह कर दे तो कर दे, और कोई न कर पाए। फिर आख़िर वह उस गाँव में भी पहुँच गया। साँझ का समय था, अमावस की रात थी, सूरज ढल गया था। गाँव के बाहर ही एक वृक्ष के नीचे वह फ़क़ीर मिल गया। उस अमीर आदमी ने घोड़े से उतर कर थैली उस फ़क़ीर के पैरों के पास पटक दी और कहा, करोड़ों रुपये के हीरे जवाहरात हैं। मुझे आनंद चाहिए, एक झलक मिल जाए, मैं सब देने को राज़ी हूँ।

उस फ़क़ीर ने कहा, पक्का इरादा करके आए हो? उस आदमी ने कहा, पक्का। महीने से घूम रहा हूँ और उदास हो गया हूँ। तुम पर ही आशा टिकी है। उस फ़क़ीर ने कहा, सच में ही आनंद चाहिए, और दुःखी हो? उस आदमी नें कहा, दुःख का कोई हिसाब नहीं। आनंद की कोई किरण भी नहीं मिलती। यह बात ही चलती थी कि अचानक उस अमीर ने देखा कि यह क्या हुआ? उस फ़क़ीर ने झोली उठाई और भाग खड़ा हुआ। एक क्षण तो अमीर सक्ते में आ गया।

अमीर सिर्फ़ उन फ़क़ीरों का विश्वास करता है, जो पैसे न छुएँ। इसलिए अमीर उनकी पूजा करता है, जो पैसे से बिल्कुल दूर रहें, क्योंकि अमीर उनसे आश्वस्त रहता है। इनसे कोई ख़तरा नहीं। यह फ़क़ीर कैसा है कि झोले को ही ले भाग गया! एक क्षण तो उसकी समझ में भी न आया। फिर वह चिल्लाया कि मैं लुट गया, मैं मर गया। मेरी सारी ज़िंदगी की कमाई लिए जा रहे हो। तुम चोर हो, तुम कैसे ज्ञानी हो? और पीछे भागा, क्योंकि अँधेरी रात थी और सन्नाटा था गाँव के बाहर। लेकिन फ़क़ीर खुद ही गाँव में चला गया भागता हुआ और अमीर पीछे गया। गली-गली में फ़क़ीर भागने लगा और अमीर पीछे चिल्लाने लगा कि पकड़ो, चोर है, बेईमान है और मैं समझा था कि ज्ञानी है। मैं लुट गया, मैं मर गया। मैं बहुत दुःखी हो गया हूँ, मेरा सब छिन गया है।

गाँव के लोग भी सम्मिलित हो लिए। गाँव के लोग भी भागने लगे। लेकिन फ़क़ीर के रास्ते जाने माने थे और अमीर रास्ते जानता न था, पराया गाँव था।

इसलिए फ़क़ीर ने बहुत चक्कर दिए। फिर आखीर फ़क़ीर उसी झाड़ के पास वापस लौट आया। झोले को पटक दिया, जहाँ से उठाया था वहीं और झाड़ के पीछे अंधेरे में खड़ा हो गया। अमीर आया पीछे हाँफता हुआ, भागता हुआ, चिल्लाता हुआ, लुट गया, मर गया। हे भगवान्, मेरा सब छिन गया। झोले को देखा, उठा लिया, छाती से लगा लिया। उस अमीर की आँखों में उस समय आनंद की झलक थी। फ़क़ीर बाहर निकला और उसने कहा, मिला कुछ आनंद ! यह भी एक तरकीब है, आनंद को पाने की। उस अमीर ने कहा, बड़ी शांति मिली, बड़ा आनंद मिला। इतना सुखी मैं कभी भी न था। लेकिन यह थैली इसके पास पहले भी थी और यह कहता है, इतना सुखी मैं पहले कभी न था। और कहता है, बड़ी शांति मिली। और यह थैली पूरी की पूरी इसके पास थी, घड़ी भर पहले भी।

इस घड़ी भर में क्या हो गया ? इस घड़ी भर में इसने खोया। जब तक हम खो न दें उसे, जो हमारे पास है, हम उसे पा नहीं सकते। जब तक हम खो न दें उसे, जो हमारे भीतर है, तब तक हम उसे पहचान नहीं सकते। शायद इसीलिए मनुष्य को खोना पड़ता है स्वयं को, ताकि वह पा सके।

हम सब ने खो दिया है। हम उस फ़क़ीर ने और अमीर की कहानी में उस जगह हैं, जहाँ थैली फ़क़ीर ले भागा है। भला फ़क़ीर था। थैली पटक गया। हमारा मन भी ले भागा है, सब कुछ। पता नहीं, पटकेगा, नहीं पटकेगा। लेकिन पटक सकता है। थोड़ी तैयारी हमें दिखानी पड़े।

उस फ़क़ीर ने थैली कब पटकी ? जब अमीर ने और दौड़ने की हिम्मत छोड़ दी। जब अमीर बिल्कुल थक गया, तो उस फ़क़ीर ने झोली पटक दी। अगर हम भी बिल्कुल थक गए हों, तो हमारा मन झोली पटक सकता है। और हम उसे उपलब्ध हो सकते हैं, जो संपदा है, समाधि है। जो सत्य है, जो परमात्मा है। अगर जिस दिन हम उसे पा लेंगे, उस दिन कहेंगे, बहुत आनंद मिला और साथ यह भी कहेंगे, बड़ी आश्चर्य की बात है। लेकिन जो मिला है, यह सदा से मेरा ही था, लेकिन मुझे कभी पता न था।

समाधि उसकी खोज है, जो हमें मिला ही हुआ है। समाधि पुर्नस्मरण है, रिमेंबरिंग है। याद है उसकी, जो हमारा ही है। लेकिन यह खो देना भी जरूरी है।

क्या करें, इस समाधि को लाने के लिए ? बहुत कुछ नहीं किया जा सकता। इतना ही कर सकते हैं कि अपने को रिसेप्टिव बना लें, ग्राहक बना लें, अपने को खुला छोड़ दें और अगर आता हो सत्य तो आ जाए, और परमात्मा अगर आता

हो तो आ जाए। इतना ही करें।

मैंने सुना है कि एक आदमी, एक रात एक झोंपड़ें में बैठकर, छोटे से दीए को जला कर, कोई शास्त्र पढ़ रहा था। फिर आधी रात गए थक गया। फूँक मार के दीया बुझा दिया। और तब बड़ा हैरान हो गया। जब तक दीया जल रहा था, पूर्णिमा का चाँद बाहर ही खड़ा था, भीतर न आया। जब दीया बुझ गया, उसकी धीमी-सी टिमटिमाती लौ खो गयी, तो चाँद की किरण भीतर भर आयी द्वार-द्वार, खिड़की-खिड़की, रन्ध्र-रन्ध्र से—चाँद भीतर नाचने लगा। वह आदमी बहुत हैरान हो गया। उसने कहा, एक छोटा-सा दीया इतने बड़े चाँद को बाहर रोके रहा।

हमने भी बहुत छोटे-छोटे दीए जलाए हैं, अपने अहंकार के, मैं के, उनकी वजह से परमात्मा का चाँद बाहर ही खड़ा रह जाता है। समाधि का अर्थ है, फूँको और बुझा दो इस दीए को। हो जाने दो अंधेरा। मिटा दो यह ज्योति, जिसे समझा है मैं। और तत्काल चारों तरफ़ से वह आ जाता है, सब तरफ़ से आ जाता है। जो हमारे इस छोटे से अहंकार ने, मैं ने, रोक रखा है। **इसलिए समाधि के तीन चरण मैंने आपसे कहे—अंधकार, अकेला होना और मिट जाना।** बुझ जाए दीया, प्रकाश परमात्मा का तत्काल मिल जाता है।

पहला चरण है अंधकार। अगर कोई पहले चरण को ही पूरा कर ले, तो सब बात हो जाए। अगर कोई पूरे अंधकार में ही डूब जाए पूरी तरह, तो खुद भी मिट जाए अंधेरा ही रह जाए। पहला चरण भी पूरा हो जाए, तो सब बात हो जाए, लेकिन वह पूरा नहीं हो पाता है, इसलिए दूसरा करना पड़ता है। दूसरा भी पूरा हो जाए कि सच में ही मुझे ज्ञात हो जाए कि मैं बिल्कुल अकेला हूँ, तो वह हमें मिल जाएगा और सदा से अकेला ही है, लेकिन वह भी नहीं हो पाता है। इसलिए तीसरा चरण उठाना पड़ता है। मिट गया हूँ, अगर मिट जाऊँ पूरा, तो अभी मिल जाए वह जिसकी तलाश है। वह खुशी, जो मुझे कभी न मिली, क्योंकि मैं ही तो दुःख का कारण था, मुझे खुशी मिलेगी भी नहीं। वह रोशनी जो मुझे कभी दिखायी न पड़ी, क्योंकि मैं ही तो टिमटिमाता दीया था, जिसने कि बड़े सूरज को रोक दिया। वह स्वर, वह संगीत, जो मुझे कभी सुनायी न पड़ा, अभी सुनायी पड़ जाए, लेकिन मेरे मैं की धुन बहुत मज़बूत है। और उसी में हम लीन हैं। वहाँ भीतर मैं और मैं और मैं कहे चले जा रहे हैं।

कबीर ने कहा है—कि देखा था एक बकरा जो मैं, मैं, मैं, में जिया जाता था। **फिर मर गया वह बकरा।** उसकी चमड़ी से किसी ने तानपूरे के तार बना लिए, **और मैं उस रास्ते से गुज़रता था और मैंने** उस तानपुरे पर ऐसा गीत सुना, जो मैंने

कभी न सुना। तो मैंने रोका उस आदमी को और कहा कि कहाँ से पाए ये तानपूरे ? उसने कहा, देखा नहीं, एक बकरा था यहाँ जो मैं, मैं, मैं किए जाता था। यह वही है, मर गया, मैं करने वाला। तानपूरे का तार हो गया। अब बड़ा संगीत पैदा हो रहा है। लेकिन जब तक मैं, मैं पैदा होती थी, तब तक संगीत पैदा नहीं होता था।

वह मैं, मैं भीतर हम कहे जा रहे हैं। तो हम वीणा नहीं बन पाते परमात्मा की कि उसमें वह संगीत पैदा हो जाए। लेकिन हो सकता है। कबीर ख़ूब हँसने लगे कि यह तो ख़ूब रही। ज़िंदा बकरा संगीत न गा सका, मैं, मैं करता रहा, और मरा बकरा संगीत पैदा कर रहा है ! कबीर ने लौट के अपने साथियों से कहा कि क्या अच्छा न हो कि हम भी मर जाएँ ? छोड़ दें मैं मैं, मर जाएँ। अभी मैं देखकर आ रहा हूँ चमत्कार। एक ज़िंदा बकरा कभी गीत न गा सका, मर के गीत गा रहा है। तो हम भी मर जाएँ न !

वही मैं कह रहा हूँ कि मिट जाएँ न, तब फिर रह जाए संगीत, हमारे मिटते ही रह जाता है। मिटने के तीन चरण हम उठाएँगे—

पहले चरण में पाँच मिनट तक परिपूर्ण अंधकार का भाव करेंगे—ध्यान रखें, कोई किसी को छू न रहा हो। अगर छू रहा हो, तो थोड़ा हटकर बैठ जाएँगे। कोई भी किसी को छुआ हुआ नहीं हो।

आँख बंद कर लें ··· शरीर ढीला छोड़ दें ··· शरीर ढीला छोड़ दें ··· आँख बंद कर लें ··· और देखें, अंधकार ही अंधकार है, चारों ओर अंधकार ही अंधकार है। अनंत अंधकार है ··· सब ओर ··· सब दिशाओं में ··· अंधकार ही अंधकार है। भाव करें ··· देखें ··· अनुभव करें ··· अंधकार ही अंधकार है ··· सब मिट गया, बस अंधकार ही अंधकार रह गया। चारों ओर घुप्प अंधकार है ··· इस अंधकार को पाँच मिनट तक अनुभव करते रहें ··· अंधकार ही अंधकार है ··· न कुछ सूझता ··· न कुछ दिखाई पड़ता ··· बस, अंधकार ही अंधकार है ··· और जैसे-जैसे अंधकार गाढ़ा होगा ··· और जैसे-जैसे अंधकार घना होगा ··· और जैसे-जैसे अंधकार ही अंधकार रह जाएगा ··· वैसे-वैसे अपूर्व शांति सब तरफ़ से उतरने लगेगी ··· रोएँ-रोएँ में ··· हृदय की धड़कन-धड़कन में ··· श्वास-श्वास में ··· शांति उतर आयेगी ··· देखें ··· अनुभव करें ··· अंधकार ही अंधकार है ··· अंधकार ही ··· अंधकार है। एक पाँच मिनट के लिए ··· बस अंधकार को ही देखते रहें ··· और देखते-देखते ही मन शांत हो गया ··· ।

अंधकार ही ··· अंधकार है ··· अंधकार ही ··· अंधकार है। अनंत अंधकार है ··· सब और ··· अंधकार है ··· अंधकार ही ··· अंधकार है। और मन शांत हो

रहा है। ···मन शांत हो रहा है ···मन शांत हो रहा है ···मन शांत हो रहा है ··· मन बिल्कुल शांत हो गया ···

मन शांत हो गया ···मन शांत हो गया ···मन शांत हो गया ···

अंधकार ही अंधकार है ···अनंत अंधकार है ···चारों और अंधकार है ··· अंधकार के अतिरिक्त तो कुछ भी नहीं ···मन शांत हो गया है ···मन शांत हो गया है ···

अंधकार ही अंधकार है ···बस केवल अंधकार है ···और मन शांत हो गया ···मन शांत हो गया ···मन शांत हो गया ···मन शांत हो गया है ···मन बिल्कुल शांत हो गया है ···मन शांत हो गया है ···भन शांत हो गया है ···मन शांत हो गया ···मन शांत हो गया ···

अंधकार ही ···अंधकार है ···चारों ओर ···अंधकार है ···अनंत अंधकार है ···और मन, और मन ···बिल्कुल शांत हो गया है ···मन शांत हो गया है ··· मन शांत हो गया ···मन शांत हो गया, मन शांत हो गया है ···

इस अंधकार को ठीक से पहचान लें ···समाधि का पहला चरण है ···परिपूर्ण अंधकार। जहाँ कुछ देखने को नहीं ···जहाँ कुछ देखने को नही—अंधकार ··· केवल अंधकार है। ··और मन शांत हो गया ··· ।

अब धीरे-धीरे आँखें खोल लें ···जैसी शांति भीतर है, वैसी ही बाहर भी दिखायी पड़ेगी। धीरे-धीरे आँख खोलें ···बाहर भी सब शांत है ···धीरे-धीरे आँख खोल लें ···

फिर दूसरा चरण समझें, और उसके लिए बैठें।

समाधि का दूसरा चरण है, अकेले होने का बोध। अकेले होने से ज़्यादा सुंदर कुछ भी नहीं है।

मैंने सुना है कि किसी देश में, किसी ग़रीब माली के घर में बहुत से सुंदर फूल खिले हैं। सम्राट् तक ख़बर पहुँच गयी ···सम्राट् भी प्रेमी था फूलों का। ···उसने कहा, मैं भी आऊँगा कल सुबह, जब सूरज उगेगा—तेरी बगिया में फूल देखने मुझे भी आना है। माली ने कहा, स्वागत है आपका। दूसरे दिन सुबह सम्राट् पहुँचा। वज़ीरों ने कहा, मित्रों ने कहा, हज़ारों फूल खिले हैं। लेकिन जब सम्राट् पहुँचा तब बहुत चकित रह गया। सारे बगीचे में बस एक डंठल पर एक ही फूल था। सम्राट् ने माली से कहा था, मैंने तो सुना था, बहुत फूल खिले हैं। वे सब फूल कहाँ हैं?

वह माली हँसने लगा, उसने कहा, भीड़ में सौंदर्य कहाँ? एक को ही बचा लिया है। क्योंकि सुना है जानने वालों से कि अकेले के अतिरिक्त और सौंदर्य

कहीं भी नहीं है। पता नहीं वह सम्राट् समझा या नहीं समझा। लेकिन निश्चित ही वह माली फूलों का माली न रहा होगा, वह आदमियों का भी माली रहा होगा।

जीवन में जो भी सुंदर है, वह अकेले में ही खिलता है, फूलता है, सुगंधित होता है। जीवन में जो भी श्रेष्ठ है, वह अकेले में ही पैदा हुआ है। भीड़ ने कुछ भी महान् को जन्म नहीं दिया। न कोई गीत, न कोई सौंदर्य, न कोई सत्य, न कोई समाधि, नहीं, भीड़ में कुछ भी पैदा नहीं हुआ है। जो भी जन्मा है, एकांत, अकेले में जन्मा है। लेकिन हम अकेले होते ही नहीं। हम सदा भीड़ में घिरे हैं—या बाहर की भीड़ से घिरे हैं, या भीतर की भीड़ से घिरे हैं। भीड़ से हम छूटते ही नहीं। क्षण भर को अकेले नहीं होते।

इसलिए जो भी महत्त्वपूर्ण है जीवन में, वह चूक जाता है। समाधि में तो केवल वे ही जा सकते हैं, जो बाहर की ही भीड़ से ही नहीं भीतर की भीड़ से भी मुक्त हो जाते हैं। बस अकेले रहें। निपट अकेले, टोटली अलोन। कुछ नहीं, बस अकेला हूँ, अकेला हूँ, अकेला हूँ। सत्य भी यही है। अकेले ही जन्मते हैं, अकेले ही मरते हैं, अकेले ही होते हैं, लेकिन भीड़ का भ्रम पैदा कर लेते हैं। क्योंकि चारों तरफ़ भीड़ है। उस भीड़ के बीच इस भाँति खो जाते हैं कि कभी पता ही नहीं चलता कि मैं कौन हूँ।

दूसरा चरण है—अकेले हो जाने का भाव। पाँच मिनट तक हम अकेले हो जाने का भाव करेंगे। आँख बंद कर लें—शरीर को ढीला छोड़ दें—आँख बंद कर लें, शरीर को ढीला छोड़ दें⋯एक मिनट तक अंधकार का भाव करें⋯चारों और अंधकार ही अंधकार है⋯अनंत अंधकार है⋯अंधकार, अंधकार, अंधकार ⋯न कुछ दिखायी पड़ता है, न कुछ सूझता है⋯ बस, अंधकार ही अंधकार है⋯

कुछ भी दिखायी नहीं पड़ता है⋯लेकिन मैं हूँ, अंधकार है और मैं हूँ, और मैं बिल्कुल अकेला हूँ। न कोई संगी है, न कोई साथी है⋯अकेला हूँ, बिल्कुल अकेला हूँ⋯मैं अकेला हूँ⋯मैं अकेला हूँ⋯श्वास-श्वास में⋯शरीर के रोएँ-रोएँ में⋯ मन के कोने-कोने में⋯ बस एक ही भाव बैठ जाने दें कि मैं अकेला हूँ⋯ मैं अकेला हूँ⋯ मैं अकेला हूँ⋯ और जैसे-जैसे यह भाव गहरा होगा, वैसे-वैसे अपूर्व शांति जन्म ले रहेगी, भीतर सब शांत हो जाएगा⋯ मैं अकेला हूँ⋯ मैं अकेला हूँ⋯ न कोई संगी⋯ न कोई साथी⋯रास्ता सूना है⋯निर्जन है⋯ अंधकार है, और मैं अकेला हूँ। मैं अकेला हूँ⋯ मैं अकेला हूँ⋯ पाँच मिनट के लिए⋯ बिल्कुल अकेले हो जाएँ⋯ मैं अकेला हूँ⋯ मैं अकेला हूँ⋯ मैं अकेला हूँ⋯

मैं अकेला हूँ⋯ मैं अकेला हूँ⋯ मैं अकेला हूँ⋯मैं अकेला हूँ⋯मैं अकेला

हूँ ··· मैं अकेला हूँ ··· मैं अकेला हूँ ··· मैं अकेला हूँ ···

मन बिल्कुल शांत हो गया है ··· मन बिल्कुल शीतल और शांत हो गया है ··· । मैं अकेला हूँ ··· मैं अकेला हूँ ··· मैं अकेला हूँ ···

मन शांत हो गया है ··· मन बिल्कुल शांत हो गया है ··· मन शांत हो गया है ··· मन शांत हो गया है ··· मैं अकेला हूँ ··· डूब जाएँ, बिल्कुल डूब जाएँ ··· अंधेरा है ··· मैं अंधेरा हूँ ··· मैं अकेला हूँ ··· कोई नहीं है ··· कोई नहीं ··· कोई संगी नहीं ··· साथी नहीं ··· मैं अकेला हूँ ··· और अकेले होते-होते, सब शांत हो जाता है ।

मन शांत हो गया ··· मन शांत हो गया ।

मन शांत हो गया है ··· मन शांत हो गया है ··· मन बिल्कुल शांत हो गया ··· मन शांत हो गया है ··· मन शांत हो गया ··· मन शांत हो गया ··· मैं अकेला हूँ ··· मैं अकेला हूँ ···

मैं अकेला हूँ ··· मैं अकेला हूँ ··· मैं अकेला हूँ ··· . और जैसे-जैसे अकेले हो जाएं वैसे-वैसे ही शांत हो जाएँगे ··· शवास-श्वास शांत हो गयी है ··· रोएँ-राएँ शांत हो गए हैं ··· मन शांत हो गया ···

मैं अकेला हूँ ··· मैं अकेला हूँ ··· मैं अकेला हूँ ···

देखिए, भीतर देखिए, सब कैसा शांत हो गया है ··· सब कैसा शांत हो गया । इस अकेले होने को ठीक से पहचान लें । समाधि का दूसरा चरण है, ठीक से पहचान लें कि न होना क्या है ··· यह अकेले होने की शांति क्या है ।

मैं अकेला हूँ ··· मैं अकेला हूँ ··· मैं अकेला हूँ ··· और मन शांत हो गया ···

मन शांत हो गया है ··· मन शांत हो गया है ··· मन शांत हो गया है ···

अब धीरे-धीरे आँख खोलें । जैसी शांति भीतर है ··· वैसी ही शांति बाहर है । और जो भीतर अकेला होना पहचान ले, वह फिर बाहर की भीड़ में ही अकेला है । देखें, आँख खोलें, बाहर देखें ··· कितने लोग हैं चारों और, लेकिन फिर भी मैं तो अकेला हूँ । धीरे-धीरे आँख खोलें ··· देखें, कितने लोग हैं चारों और ··· फिर भी, मैं तो अकेला हूँ ···

अब तीसरे प्रयोग को समझें—फिर उसे करें ।

तीसरा प्रयोग है मरने का, मिटने का, न कुछ हो जाने का ।

जाता था कोई बुद्ध के पास । पूछता था, ज्ञान कहाँ पाएँ । बुद्ध कहते, चले जाओ मरघट में । चौंकता वह आदमी । सोचता, सुनने में भूल रह गयी । फिर पूछता, समझा नहीं । आनंद पाना है सत्य पाना है । कहाँ जाऊँ, कैसे पाऊँ ? बुद्ध कहते, मरघट में । तब भूल की गुंजाइश न रहती । सोचता , शायद मज़ाक़ करते हैं । लेकिन बुद्ध हँसते और कहते, मज़ाक़ नहीं करता । जाओ, महीने, दो महीने,

चार महीने मरघट में ही रह जाओ। अनेक भिक्षुओं को मरघट में रहने को भेजते थे। सोचें, तीन चार महीने मरघट में रहना पड़े आपको, सुबह से साँझ, सांझ से सुबह। सूरज भी वहीं निकले, सूरज वहीं ढले। रात वहीं आए, दिन वहीं आए, साँझ वहीं, सुबह वहीं। अंधेरा वहीं घिरे, प्रकाश वहीं फैले, और दिन भर कोई आए, रोते हुए लोग आएँ, लाशें आएँ, अर्थियाँ आएँ, आग पर चढ़ें, चिताएँ जलें, और दिन भर यही चले और आप देखते रहें देखते रहें।

क्या यह असंभव है कि कुछ दिन में, किसी क्षण, आपको यह ख़याल आ जाए कि यह और कोई नहीं जल रहा है, मैं ही जल रहा हूँ। समय का थोड़ा फ़ासला है। आज जो जल रहा है, कल मैं जलूँगा। क्या मुश्किल है कि मरघट पर ख़याल न आ जाए ! और जिसे यह ख़याल पड़ जाता है। तब फिर वह वैसा ही नहीं जीता, जैसा कल तक जीता था। और जिसे यह ख़याल आ जाए, मैं मरूँगा ही, उसे यह भी पता चल जाता है कि जो मरेगा ही, वह मरा हुआ होगा ही, अन्यथा मरेगा कैसे ? और जिसे यह ख़याल आ जाए कि कुछ है मेरे भीतर, जो मरेगा ही, उसकी यह खोज भी शुरू हो जाएगी कि होगा ज़रूर कुछ, शायद हो या न हो। पता तो लगाएँ, जो नहीं मरेगा। लेकिन इसका पता तो बिना मरे कैसे लगे ? मरे तो ही पता लगेगा कि कुछ बचता है कि नहीं बचता है।

तो समाधि का गहरा से गहरा जो चरम है, वह है मर जाने का प्रतीक, मर गया हूँ। मैं — समाप्त हो गया हूँ।

और जैसे ही कोई देख ले, अपने को मरा हुआ, पड़ा हुआ, वैसे उसे उसकी पहचान भी हो जाती है, जो देख रहा है। खुद को ही मरा हुआ जो देखता है, वह मैं नहीं हूँ। वह वही है, जो है, या ऐसा कहे वहीं मैं हूँ, जो असली मेरा मैं है। जो देखता है, वह जानता है। जो मरते समय यह भी देखेगा कि मैं मर रहा हूँ।

सुकरात मरा था—ज़हर दिया था उसे। लेट गया था ज़हर पीकर। मित्र रो रहे थे, चारों तरफ़। सुकरात कहता था, रोओ मत। देखो मैं मर रहा हूँ। लेकिन उन्हें कहाँ फ़ुर्सत थी, देखने की। सुकरात कहता था, देखो मेरे पैर तक मैं मर गया हूँ। घुटने तक मर गया हूँ, अब घुटने तक मुझे पता नहीं चलता कि शरीर है, लेकिन बड़ा आश्चर्य । घुटने तक मैं मर गया हूँ, लेकिन मैं तो जितना था उतना अब भी मालूम हो रहा हूँ। फिर सुकरात कहने लगा कि कमर तक मर गया हूँ—अब कमर तक मुझे पता नहीं चलता। लेकिन सुनो, आश्चर्य, मैं तो उतना ही हूँ जितना था। फिर सुकरात कहने लगा, हाथ भी शिथिल हो गया। हाथ भी मर गया। अब हाथ हिला नहीं सकता, लेकिन मैं तो अब भी हूँ। जो हाथ को हिलाता था, वह अब भी है। तब सुकरात कहने लगा, जल्दी ही हृदय की धड़कन

भी बंद हो जाएगी। शायद मैं तुमसे कहने को न बचूँ कि अब भी हूँ। लेकिन जब पैर के मरने पर मैं नहीं मरा, जब हाथ के मरने तक नहीं मरा। जब कमर तक सब समाप्त हो गया, मैं नहीं मरा अगर मेरी आँखे नहीं खुल रही और मैं हूँ, तो शायद जब मेरा हृदय भी बंद हो जाएगा, तब भी मैं होऊँगा। लेकिन मैं शायद बचूँ न कहीं।

ध्यान की, समाधि की गहरी प्रतीतियाँ ऐसा ही होगा, लगेगा, यह रहा शरीर, मर गया। यह पड़ा है शरीर, यह धड़कन चल रही है, दूर हमसे मीलों फ़ासले पर। यह श्वास भी चल रही है, लेकिन जैसे कोई और लेता हो, और यह रहा मैं, और देखता हूँ, जानता हूँ, साक्षी हूँ, मैं कुछ और हूँ, और जिसे मैंने समझा था कि मैं हूँ, वह मैं नहीं हूँ। लेकिन, तीसरा प्रयोग गहरे में ख़याल में उतरे बिना नहीं आ सकता है। इसलिए अब हम तीसरा प्रयोग करें, फिर चौथे प्रयोग में तीनों प्रयोगों को इकट्ठा करेंगे।

आँख बंद कर लें, शरीर को ढीला छोड़ दें।

आँख बंद कर लें, शरीर को ढीला छोड दें। एक मिनट देखें, अंधकार ही अंधकार है ·· चारों और अंधकार ही अंधकार है ··· चारों ओर अंधकार ही अंधकार है ···अनंत अंधकार है।

एक मिनट जानें, मैं अकेला हूँ ···मैं अकेला हूँ। ···अकेला हूँ।

और तीसरा प्रयोग करें———मैं मर रहा हूँ ··· भाव करें, मैं मर रहा हूँ ···यह शरीर, यह श्वास, यह प्राण, यह दर्शन, यह सब जा रही है, सब जा रही है ···मैं मर रहा हूँ, मैं मर रहा हूँ ···मैं मिटता जा रहा हूँ ···मैं मर रहा हूँ ··· मैं मिट रहा हूँ ··· मैं समाप्त हो रहा हूँ ···मैं मर गया हूँ, मैं हूँ ही नहीं ··· मैं मिट गया हूँ, ··· मैं नहीं हूँ ···पाँच मिनट के लिए न होने में डूब जाएँ।

मैं नहीं हूँ ···मैं नहीं हूँ ···मैं नहीं हूँ ··· मैं नहीं हूँ। और जैसे-जैसे डूबेंगे, वैसे ही अपूर्व शांति सब तरफ़ से घेर लेगी।

मैं नहीं हूँ ··· मैं नहीं हूँ ···मैं हूँ ही नहीं ···

मैं नहीं हूँ, ··· मैं नहीं हूँ ···मैं नहीं हूँ ···

मैं नहीं हूँ ···मैं नहीं हूँ ···मैं नहीं हूँ, और मन बिल्कुल शांत होगया है ···

मन शांत हो गया है ··· मन शांत हो गया है ···

मैं नहीं हूँ ··· मैं नहीं हूँ ··· मैं नहीं हूँ ···मैं नहीं हूँ ··· मैं नहीं हूँ मैं नहीं हूँ ··· मैं नहीं हूँ ··· मैं नहीं हूँ ···

मन शांत हो गया है ··· मन बिल्कुल शांत हो गया है ··· मन शांत हो गया है ··· मन शांत हो रहा है ··· मन शांत हो गया है ··· मन शांत हो गया है ··· मन

शांत हो गया है ··· मन शांत हो गया है।

मन शांत हो गया है ··· मन शांत हो गया है ··· मन बिल्कुल शांत हो गया है ··· मैं नहीं हूँ ··· मैं नहीं हूँ ··· मैं नहीं हूँ ··

मैं नहीं हूँ ··· मैं नहीं हूँ ··· मैं नहीं हूँ ··· मैं नहीं हूँ ··· मैं नहीं हूँ।

मन शांत हो रहा है ··· मन शांत हो गया है ··· मन शांत हो गया है।

मैं नहीं हूँ ··· मैं नहीं हूँ ··· मैं नहीं हूँ ··· मैं नहीं हूँ ··· मैं बिल्कुल नहीं हूँ।

मन शांत हो गया है ··· मन शांत हो गया है ··· मन शांत हो गया है ··· मन शांत हो गया है ··· मन शांत हो गया है ···

मैं नहीं हूँ, वही रह गया है जो सदा है ··· मैं नहीं हूँ, वही बच रहा है जो सदा है ··· मैं नहीं हूँ ··· लहर खो गयी ··· सागर ही रह गया। ··· लहर खो गयी ··· सागर ही रह गया ···

इस भाव को ठीक से पहचान लें, समाधि का तीसरा चरण। इसको ठीक से प्राणों में सम्हाल लें। मैं नहीं हूँ ··· मैं नहीं हूँ ··· मैं नहीं हूँ ··· वही रह गया है ··· वही रह गया है ··· जो है ··· जो सदा है ··· जो सब में है।

फिर धीरे-धीरे आँख खोलें—देखें, सदा देखा है, मैं था, ऐसे आँख खोलें। ऐसे देखें, जैसे मैं नहीं हूँ। तब भीतर से वही देखता है, जो बाहर भी दिखायी पड़ता है। धीरे-धीरे आँख खोलें। देखें ऐसे, जैसे, मैं नहीं हूँ। सब वही है भीतर और वही है बाहर। वही है देखने वाला, वही है जो दिखायी पड़ रहा है। धीरे-धीरे आँख खोलें।

ये तीन चरण हैं—समाधि इन तीनों का इकट्ठा प्रतिफलन, इकट्ठा जोड़ है। एक ही साथ अंधेरा, अकेला होना और फिर मिट जाना। इन तीनों को इकट्ठा करेंगे और जब तीनों इकट्ठा करें तो परिपूर्ण भाव से कर जाएँ ··· पूरे भाव से छोड़ ही देना है, अपने को। कुछ बचाना ही नहीं ··· छोड़ देना, छोड़ ही देना ··· सब छोड़ देना। ताकि वही रह जाए जिसे हम छोड़ना ही चाहें, तो नहीं छोड़ सकते।

आँख बंद कर लें ··· शरीर को ढीला छोड दें और समाधि में प्रवेश करने की तैयारी करें। शरीर को ढीला छोड़ दें। आँख बंदकर लें। शरीर गिरे तो गिर जाए, चिंता न करें, झुके तो झुक जाए, चिंता न करें। ढीला छोड़ दें, आँख बंद कर लें।

पहला चरण—अंधकार ही अंधकार है ··· बस अंधकार ही अंधकार है। चारों और अंधकार ही अंधकार है ···

छोड़ दें ··· बिल्कुल अँधेरे में छोड़ दें ··· चारों और अंधकार ही अंधकार है, अंधकार ही अंधकार है। शरीर शिथिल होता जाएगा ··· छोड़ दें, शरीर शिथिल

हो रहा है ···शरीर शिथिल हो रहा है ··· सब शिथिल हो जाएगा ···अंधकार ही अंधकार है ···और सब शांत हो गया है। श्वास भी धीमी और शांत हो जाएगी ··· उसे भी छोड़ दें ··· मैं अकेला हूँ ··· मैं बिल्कुल अकेला हूँ ··· कोई संगी नहीं है, कोई साथी नहीं है ··· मैं अकेला हूँ ···मैं अकेला हूँ ···

और मैं भी खोता जा रहा हूँ ···जैसे बूँद सागर में गिरे और खो जाए ··· मैं भी खो रहा हूँ ··· मैं भी मिट रहा हूँ ··· मैं भी मर रहा हूँ ··· सब समाप्त होता जा रहा है। मैं मर रहा हूँ, मैं मर रहा हूँ ··· मैं मिट रहा हूँ। ··· न यह शरीर हूँ मैं, न यह श्वास हूँ मैं ··· न यह मन हूँ मैं ··· यह सब मिट रहा है ···यह सब समाप्त हो रहा है ···यह सब मर रहा है ··· मैं नहीं हूँ ··· मैं नहीं हूँ, मैं नहीं हूँ ··· मैं नहीं हूँ ··· मैं नहीं हूँ ···छोड़ दें, अपने को बिल्कुल छोड़ दें ···मिट जाएँ ··· मैं नहीं हूँ ·· मैं नहीं हूँ ··· मैं नहीं हूँ—और भीतर और भीतर, और गहरे में छोड़ दें अपने को ···· कहीं कोई पकड़ न रखें, मिट ही जाए ···मैं नहीं हूँ, मैं नहीं हूँ, मैं नहीं हूँ, मैं नहीं हूँ।

सब शांत ··· सब मौन हो गया है ···सब शांत, सब मौन हो गया है ···सब शून्य हो गया है। इसी शून्य में जागता है, इसी शून्य में उठता है आनंद ··· सब तरफ़ से घेर लेगा शांति और आनंद, सब तरफ़ बरसने लगेंगे। मैं नहीं हूँ ··· मैं नहीं हूँ ··· मैं मिट गया हूँ ··· मैं समाप्त हो गया हूँ ··· ।

एक अपूर्व शांति, अपूर्व आनंद की लहर दौड़ने लगेगी।

मैं नहीं हूँ ··· मैं नहीं हूँ ··· मैं नहीं हूँ, वही रह गया जो सदा है ··· वही रह गया है जो मेरे पहले था और बाद भी होगा। मैं नहीं हूँ ··· मैं नहीं हूँ ··· मैं नहीं हूँ। मैं नहीं हूँ ···

मन शांत हो गया ···प्राण शांत हो गया ··· सब शांत हो गया है ··· आत्मा की झील पर कोई लहर नहीं ··· सब शांत हो गया है। आत्मा की लहर पर ··· आत्मा के सागर पर एक भी लहर नहीं है, सब शांत हो गया है।

और पहचानें, देखें भीतर कैसा आनंद ···पहचानें भीतर, कौन है यह जो जान रहा, देख रहा, कौन है यह साक्षी, जो स्वयं को ही मरा हुआ देख रहा है ··· कौन है ? भीतर, और भीतर, और भीतर देखें ··· कौन है, जो जान रहा ··· कौन है जो ज्ञाता है ··· कौन है, जो द्रष्टा है ···

यही है ···यही है सत्य ···

आत्मा आनंद में फ़र्क़ नहीं है।

अब धीरे-धीरे दो चार गहरी श्वास लें ···प्रत्येक श्वास शांति से, आनंद से भरी हुई लगेगी। धीरे-धीरे दो चार गहरी श्वास लें ···धीरे-धीरे दो चार गहरी

श्वांस लें ···प्रत्येक श्वास शांति और आनंद से भर गयी हैं। ···फिर धीरे-धीरे आँख खोलें ··· जो भीतर है, वही बाहर भी है।

इस प्रयोग को रात सोते समय करें और करते-करते ही सो जाएँ और ऐसा न समझें कि मेरे साथ दो चार दिन कर लिया तो हो गया। इसे रोज़ करते रहें, रात सोते वक़्त। धीरे-धीरे गहरे से गहरा उतर जाएगा ···और आप कब दूसरे आदमी हो गए, यह आपको पता ही न चलेगा। कब कली पूर्ण बन गयी, कहाँ पता चलता है ? कब पक्षी उड़ गया और पंख फैला दिया आकाश में, कब पता चलता है ? लेकिन जब फैल जाते हैं आकाश में पंख, तो सब बदल जाता है। एक ज़िंदगी है ज़मीन से सरकने की और एक ज़िंदगी है मुक्त आकाश में उड़ने की और जब खिल जाती है कली, शोर नहीं होता है, आवाज़ नहीं होती है। किसी को पता नहीं चलता है, कहीं खटका नहीं होता है। लेकिन सुगंध बिखर जाती है चारों ओर और धन्य हो जाता है फूल खिलकर पूरा—आनंद से विभोर और प्रभु के चरणों में समर्पित हो जाता है।

धीरे-धीरे रोज़ करते रहें रात सोते समय—कभी भी, कभी भी घटना घट सकती है। और कल के लिए एक सूचना—तीन रात हमने ध्यान किया। हम समझ गए कि क्या करना है। कल एक चौथा अलग ही प्रयोग करेंगे। लेकिन कल सिर्फ़ वे ही लोग आएँगे जो तीन दिन आए हैं, किन्हीं नए मित्रों को न ले आए। कल होगा मौन, पूरे घंटे भर। साइलेंस कम्युनिकेशन, शब्द से बहुत कुछ कहता हूँ। लेकिन जो कहने योग्य है, वह शब्द से नहीं कहा जा सकता है। तीन दिन हम चुप बैठे हैं। कल घंटे भर मेरे पास चुप बैठेंगे, न मै बोलूँगा कुछ, न आप बोलेंगे कुछ। लेकिन फिर भी मैं बोलूँगा इसी मौन से, और फिर भी आप सुनेंगे इस मौन से। चुपचाप बैठ के सुनने की प्रतीक्षा भर करना, शांत हो जाना। जैसे हम ध्यान करते हैं, ऐसा ही चुपचाप घंटे भर कल बैठेंगे। मैं मौजूद रहूँगा। किसी के मन में अचानक लगे कि मेरे पास आना है तो वह चुपचाप मेरे पास जाएगा। दो मिनट मेरे पास बैठेगा और अपनी जगह लौट आएगा। लेकिन कोई आ रहा है दूसरा, यह देख के कोई न आए। किसी को आने जैसा लग जाए, तो आ जाए और किसी को आने जैसा लगे तो संकोच में रुके भी न, आ ही जाए।

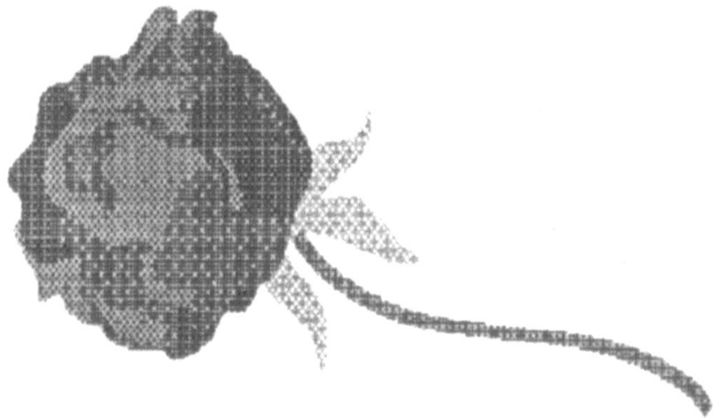

१३. एकाकी भाव

एक फ़क़ीर के पास तीन युवक आए सत्य को जानने के लिए, अपने को जानने के लिए। उस फ़क़ीर ने कहा कि इसके पहले कि तुम अपने को जानने की यात्रा पर निकलो, एक छोटा-सा काम कर लाओ। उसने एक-एक कबूतर उन तीनों युवकों को दे दिया और कहा कि ऐसी जगह में जाकर कबूतर की गर्दन मरोड़ डालना, जहाँ कोई देखने वाला न हो। पहला युवक रास्ते पर गया। दोपहर थी, रास्ता सुनसान था। लोग अपने घरों में सोए थे। देखा, कोई भी नहीं है, गर्दन मरोड़कर भीतर आकर फ़क़ीर के सामने रख दिया। कोई भी नहीं था रास्ता सुनसान है, लोग घरों में सोए हैं, किसी ने देखा नहीं, कोई देखने वाला नहीं था। दूसरे युवक ने सोचा कि अगर रास्ते पर गर्दन मरोडूँगा तो पता नहीं, कोई बीच से निकल आए, कोई खिड़की से झाँक ले, वह एक गली में गया, लेकिन अभी दिन था। उसने सोचा रात तक रुक जाऊँ, पता नहीं, कोई एकदम से गली में आ जाए। जहाँ मैं आ सका हूँ वहाँ कोई दूसरा भी आ सकता है। उसने रात तक प्रतीक्षा की, जब अंधेरा हो गया तो उसने गर्दन मरोड़ी और गुरु के पास जाकर दे दिया।

लेकिन तीसरे युवक को पंद्रह दिन हो गए, वह अभी भी नहीं लौटा, अभी भी नहीं लौटा। दोनों युवकों को खोजने भेजा। वे कहीं से उसे पकड़कर लाए। वह बड़ी मुश्किल में था। वह अंधेरी रात में भी गया था। अंधेरी रात, गहरे से गहरे अंधेरे में भी बहुत कुछ था, जो उसे देख रहा था। चाँद तारे देख रहे थे। तो उसने सोचा, नीचे एक तलघर में चला जाऊँ। एक तलघर में गया। वहाँ चाँद-तारे तो न थे। लेकिन जब गहरे अंधेरे में जाकर उसने कबूतर की गर्दन पर हाथ रखा, तो कबूतर देख रहा था, उसकी दो आँखें चमक रही हैं। तो उसने फिर कबूतर की आँखें बाँध दीं, ताकि कबूतर न देख सके और जब वह उसकी गर्दन को मरोड़ रहा था तब ख़याल आया कि गहन अंधकार था, कोई भी न था, कबूतर की आँखें बंद थीं, लेकिन उसे ख़याल आया कि मैं तो देख ही रहा हूँ, और गुरु ने कहा था, कोई भी न देखता हो। तब वह मुश्किल में पड़ गया, और जब उसके साथी उसे पकड़ कर लाए, तो उसने कबूतर वापस लौटा दिया। उसने कहा, यह न हो सकेगा, क्योंकि मैं कितने अंधकार में चला जाऊँ, कोई न देखे, कम-से-कम मैं तो देखूँ, और आपने कहा था, जहाँ कोई भी न देखता हो। उस गुरु ने दो युवकों को तो विदा कर दिया कि तुम जाओ। तुम बहुत गहरी खोज न कर सकोगे। तीसरे युवक को रोक लिया, क्योंकि एक बहुत गहरे अनुभव पर वह पहुँचा था कि गहनतम अंधकार में भी, मैं तो शेष रह ही जाता हूँ, देखने वाला।

समाधि का भी पहला चरण जहाँ अंधकार है, क्योंकि जब सब तरफ़ अंधेरा हो जाता है, तो चेतना को बाहर जाने का उपाय नहीं रहता। चेतना अपने पर वापस लौट आती है। इसलिए तो रात हम सोते हैं। अगर प्रकाश हो तो नींद में बाधा पड़ती है। क्योंकि चेतना को बाहर जाने के लिए मार्ग होता है। अंधकार हो तो चेतना अपने पर वापस लौट आती है। अंधकार में मार्ग नहीं है किसी और को देखने का, क्योंकि अपने को ही देखने की एकमात्र संभावना शेष रह जाती है। पर अंधकार के प्रति हमारा भय है। इसलिए हम अंधेरे में कभी भी नहीं जीते। अंधेरा हुआ कि हम फिर सो जाएँगे। उजाला हो तो हम जी सकते हैं। इसलिए पुरानी दुनिया साँझ होते सो जाती थी, क्योंकि उजाला न था। अब नई दुनिया के पास उजाला है कि वह रात को भी दिन बना ले। तो अब दो बजे तक दिन चलेगा। बहुत संभावना है कि धीरे-धीरे रात ख़त्म ही हो जाए, क्योंकि हम प्रकाश पूरा कर लें। अंधेरे में फिर हमें सोने के सिवाय कुछ भी नहीं सूझता, क्योंकि कहीं जाने का रास्ता नहीं रह जाता। लेकिन काश ! हम अंधेरे में जाग सकें, तो हम समाधि में प्रवेश कर सकते हैं।

पहले पाँच मिनट हम गहन अंधकार में डूबेंगे। एक ही भाव रह जाए मन में

कि अंधकार है, अंधकार है, चारों तरफ़ अंधकार है। सब तरफ़ अंधकार घिर गया और हम उस अंधकार में डूब गए, डूब गए। पूर्ण अंधकार रह गया है, और हम हैं। और अंधकार है। तो पाँच मिनट पहले इस अंधकार के प्रयोग को करेंगे। फिर मैं दूसरा प्रयोग समझाऊँगा, फिर तीसरा और अंत में तीनों को जोड़कर हम ध्यान के लिए, समाधि के लिए बैठेंगे।

तो सबसे पहले तो एक-दूसरे से थोड़ा-थोड़ा फ़ासले पर हट जाएँ। चिंता न करें, बिछावन की, अगर नीचे भी बैठ जाएँगे, तो उतना हर्ज नहीं है जितना कोई छूता हो। क्योंकि कोई छूता हो, तो कोई मौजूद रह जाएगा। अंधेरा पूरा न हो पायेगा। तो बिल्कुल कोई न छूता हो, और इसका भी ख़याल न रखें कि दूसरा हट जाए। दूसरा कभी नहीं हटेगा। स्वयं को ही हटना पड़ेगा। तो हट जाएँ, चाहे ज़मीन पर चले जाएँ, चाहे पीछे हट जाएँ। लेकिन कोई किसी को किसी भी हालत में छूता हुआ न हो।

इतने धीरे न हटें, ज़मीन पर बैठ जाए तो क्या हर्जा हुआ जाता है। सहजता से हट जाएँ, एक भी व्यक्ति छूता न हो।

मैं मान लूँ कि आप हट गए हैं। कोई किसी को नहीं छू रहा है। अगर अब भी कोई छुआ हो, तो उठकर बाहर आ जाए और अलग बैठ जाए।

अब आँख बंद कर लें। आँख बंद कर लें, शरीर को ढीला छोड़ दें। शरीर ढीला छोड़ दिया है, आँख बंद कर ली है। और देखें भीतर ... अनुभव करें ... अंधकार, महा अंधकार है ... विराट् अंधकार फैल गया है। चारों तरफ़ सिवाय अंधकार के और कुछ भी नहीं ... अंधकार है ... अंधकार है ... अंधकार है ... बस, एकदम अंधकार ही अंधकार है। जहाँ तक ख़याल जाता है, अंधकार, अंधकार, अंधकार ... पाँच मिनट के लिए इस अंधकार में डूबते जाएँ, बस अंधकार ही शेष रह जाए। छोड़ दें, अपने को अंधकार में ... और पाँच मिनट के अंधकार का अनुभव मन को बहुत शांत कर जाएगा। समाधि की पहली सीढ़ी ख़याल में आ जाएगी। मृत्यु की भी पहली सीढ़ी ख़याल में आ जाएगी।

अनुभव करें अंधकार का—बस अंधकार ही अंधकार है। चारों ओर मन को घेरे हुए सब तरफ़ अंधकार है ... दूर-दूर तक घनघोर अंधकार है ... कुछ भी दिखायी नहीं पड़ता ... कुछ भी नहीं सूझता ... हम हैं और अंधकार है ... पाँच मिनट के लिए मैं चुप हो जाता हूँ। आप गहरे अंधकार को अनुभव करते हुए, अंधकार में डूब जाएँ।

... ...

बस, अंधकार शेष रह गया है ... अंधकार और अंधकार महा अंधकार ...

सब अंधेरा हो गया है ···कुछ भी नहीं सूझता अंधकार है ···जैसे ···अंधेरी रात ने चारों ओर से घेर लिया ···मैं हूँ, और अंधकार है।

अंधकार ही अंधकार है ···डूब जाएँ, छोड़ दें, बिल्कुल अंधेरे में डूब जाएँ ··· अंधकार ही अंधकार शेष रह गया ···

अंधकार है, बस अंधकार है ···अंधकार ही अंधकार है ···अनुभव करते-करते मन बिल्कुल शांत हो जाएगा ···अंधकार ही अंधकार है ···अंधकार ही अंधकार है ···मन शांत होता जा रहा है ···मन बिल्कुल शांत हो जाएगा ··· अंधकार ही अंधकार है ···छोड़ दें, अपने को अंधकार में बिल्कुल छोड़ दें।

अंधकार ही अंधकार है ···बस, अंधकार ही अंधकार है ···छोड़ दें, अंधकार में ···महान अंधकार चारों ओर रह गया ···मैं हूँ और अंधकार है। न कुछ दिखायी पड़ता ···कुछ भी दिखायी नहीं पड़ता ···बस, अंधकार ही अंधकार मालूम होता है ···डरें नहीं छोड़ दें, बिल्कुल छोड़ दें ···अंधकार ही अंधकार शेष रह गया है। और मन एकदम शांत हो जाएगा ···अंधकार परम शांतिदायी है। मन का कण-कण शांत हो जाएगा ···मस्तिष्क का कोना-कोना शांत हो जाएगा ···अंधकार में डूब जाएँ ···अंधकार ही अंधकार है ···

अंधकार ही अंधकार है ···अंधकार ही अंधकार है ···मन बिल्कुल शांत हो गया है। मन शांत हो गया ···मन शांत हो गया ···अंधकार ही अंधकार है ··· चारों ओर अंधकार है ···मैं हूँ, और अंधकार है। कुछ भी नहीं सूझता ···कोई और दिखायी नहीं पड़ता ···अंधकार है ···अंधकार है ···

मन शांत हो गया ···मन बिल्कुल शांत हो गया।

अब धीरे-धीरे आँखें खोलें। बाहर भी बहुत शांति मालूम पड़ेगी। धीरे-धीरे आँखें खोलें फिर दूसरा प्रयोग समझें और उसे पाँच मिनट के लिए करें।

समाधि की पहली सीढ़ी है, अंधकार का बोध। धीरे-धीरे आँख खोलें। बाहर भी बहुत शांति मालूम पड़ेगी। अब दूसरा चरण समझ लें—फिर पाँच मिनट उसे हम करेंगे।

जब कोई मरता है तो गहन अंधकार में चारों ओर से घिर जाता है। मृत्यु के पहले चरण पर अंधकार घेर लेता है। वह सारा जगत्, जो दिखायी पड़ता था, खो जाता है। वे सब प्रियजन, मित्र, अपने-पराये, वे जो चारों तरफ़ थे, सब खो जाते हैं और अंधकार का पर्दा चारों तरफ़ से घेर लेता है। लेकिन हम अंधकार से इतना डरते हैं कि उस डर के कारण बेहोश हो जाते हैं। काश, हम अंधकार को भी प्रेम कर पाएँ, तो मृत्यु में बेहोश होने की ज़रूरत न रह जाए। और समाधि में जिन्हें जाना है, उन्हें अंधकार को प्रेम करना सीखना पड़ेगा। अंधकार का

आलिंगन करना सीखना पड़े। अंधकार में डूबने की तैयारी दिखानी पड़े। इसलिए पहले चरण में पाँच मिनट अंधकार को अपने चारों ओर घेरा हमने देखा।

अब दूसरी बात समझ लेनी चाहिए। मृत्यु का, या समाधि का दूसरा चरण है, एकाकीपन का बोध—मैं अकेला हूँ। मृत्यु के दूसरे चरण में अंधकार के घिरते ही पता चलता है कि मैं अकेला हूँ। कोई भी मेरा नहीं, कोई भी संगी नहीं, कोई भी साथी नहीं। लेकिन जीवन-भर हम इसी ढंग से जीते हैं कि लगता है, सब हैं मेरे—मित्र हैं, प्रियजन हैं, अपने हैं। अकेला हूँ, इसका कभी ख़याल भी नहीं आता। अगर ख़याल आए भी किसी को तो जल्दी किसी को अपना बनाने निकल पड़ता है ताकि अकेलेपन का ख़याल न आए।

बहुत कम लोग, बहुत कम क्षणों पर, अकेले होने का अनुभव कर पाते हैं। और जो मनुष्य अकेले होने का अनुभव नहीं कर पाता, वह अपना अनुभव भी न कर पाए। जो व्यक्ति ऐसा निरंतर सोचता है कि दूसरे से जुड़ा हूँ, दूसरे से जुड़ा हूँ, दूसरे हैं, संगी हैं, साथी हैं, उसकी नज़र कभी अपने पर नहीं जा पाती। मृत्यु का भी दूसरा अनुभव जो है, वह अकेले का अनुभव है। इसलिए मृत्यु हमें बहुत डराती है। क्योंकि ज़िंदगी-भर हम अकेले न थे और मृत्यु अकेला कर देगी। असल में मृत्यु का डर नहीं है, डर है अकेले होने का। अभी भी अकेले होके हम डरते हैं। कोई साथ हो तो डर नहीं और मजा यह है कि दो आदमी साथ हैं, वे दोनों अकेले में डरते हैं। दोनों मिल जाएँगे, तो डर दुगुना होगा कि आधा होगा। दो आदमी दोनों अकेले में डरते हैं, लेकिन दोनों मिलकर सोचते हैं कि दूसरा है, डर नहीं है। दूसरा भी सोचता है, दूसरा है। डर नहीं है। डर सिर्फ़ दुगुना हो गया है। लेकिन एक-दूसरे के साथ हम सोच लेते हैं। आदमी अंधेरी गली में से निकलता है, तो डरता है। तो ज़ोर से गीत गाने लगता है, भगवान् का नाम लेने लगता है। अपनी ही आवाज़ सुनकर ऐसा लगता है कि कोई है।

अकेले का भय—लेकिन जो अकेले होने को राज़ी नहीं, टोटली अलोन वह समाधि में नहीं जा सकता है, क्योंकि समाधि में कौन साथ देगा? पत्नी कैसे समाधि में साथ देगी, पिता कैसे साथ जाएगा, पति कैसे साथ जाएगा, गुरु कैसे साथ जाएगा, दोस्त कैसे साथ जाएगा। समाधि में तो कोई भी नहीं जाएगा। समाधि में तो बिल्कुल अकेला जाना होगा। इसलिए जो जितना एक्सट्रोवर्ट है, जो अपने से बाहर के लोगों से, जितना जोड़े रखता है अपने को, कभी अकेला नहीं होता, वह आदमी समाधि में पहुँचने में, उतनी ही मुश्किल अनुभव करता है। अगर कभी हम अकेले छूट भी जाएँ सौभाग्य से, तो जल्दी से अपने को भर लेते हैं, रेडियो खोल लेंगे, अख़बार पढ़ने लगेंगे, कुछ-न-कुछ करने लगेंगे, सिगरेट

पीने लगेंगे। ये सिर्फ़ अकेलेपन से बचने के उपाय हैं। यहाँ तक कि लोग अकेले ही बैठ के ताश खेलने लगेंगे, अकेले ही आदमी हैं, दोनों तरफ़ से बाजियाँ चलने लगेंगी, दूसरे को कल्पित कर लेगा कि कोई है। अकेला होने से हम इतना भयभीत हैं, तो फिर हम समाधि में प्रवेश नहीं कर सकते।

और अकेले होने का सौंदर्य अद्‌भुत है। मेरा मतलब यह नहीं कि कोई समाज से भाग जाए। समाज से जो लोग भाग जाते हैं, वे भी अकेले नहीं हैं, क्योंकि जिसे वे छोड़ के भागते हैं वह उनके मन में साथ चला जाता है। वे जंगल-पहाड़ पर बैठकर, आपकी याद कर रहे हैं। क्योंकि अगर आपको वे भूल सकते, तो यहीं भूल सकते थे। जंगल-पहाड़ जाने की कोई भी ज़रूरत न थी। अकेले होने का मतलब भाग जाना नहीं है, अकेले होने का मतलब, इस सत्य को जानना है कि मैं अकेला हूँ। अकेला रहता हूँ, अकेला हूँ, अकेला जाऊँगा। साथी हैं, संगी हैं, रास्ते पर, राहगीर की तरह मिले हुए मित्र हैं। साथ थोड़ी देर हम हैं और विदा हो जाएँगे। साथ होना बुरा नहीं है, लेकिन इतना साथ हो जाना कि अपने होने का बोध ही मिट जाए, महँगा है। साथ ज़रूर हों, पत्नी हो, पति हो, बेटे हों, मित्र हों, समाज हो, यह सवाल नहीं है, लेकिन सबके बीच निरंतर अपने को अकेला जाना जा सके, पहचाना जा सके, तो फिर भीड़ में भी अकेले हो सकते हैं। और अगर अकेले होने ही कला मालूम न हो, तो जंगल में भी अकेले नहीं हो सकते हैं। वहाँ भी भीड़ मौजूद रहेगी।

दूसरा प्रयोग है अकेले होने का—जैसा अभी हमने अंधकार का भाव किया। तो पहले हम अंधकार का भाव करेंगे, एक मिनट। जब अंधकार घिर जाएगा तब हम दूसरा भाव करेंगे कि मैं बिल्कुल अकेला हूँ, अकेला हूँ, एकदम अकेला हूँ, कोई भी साथी नहीं है, कोई भी संगी नहीं है, कोई मित्र नहीं है, कोई है ही नहीं, मैं बिल्कुल अकेला हूँ। यह अकेले होने का भाव जितना गहरा होगा, उतना मैं अपने निकट आऊँगा। जब तक मैं दूसरे को खोज रहा हूँ, तब तक अपने से दूर जा रहा हूँ, तो समाधि का दूसरा चरण—मृत्यु का भी दूसरा चरण है, अकेलेपन का बोध।

अब हम आँख बंद करें। दूसरे प्रयोग के लिए शरीर को ढीला छोड़ के बैठें। आँख बंद कर लें, शरीर को ढीला छोड़ दें—आँख बंद हो गयी ··· शरीर ढीला छोड़ दिया ··· घने अंधकार को चारों तरफ़ घिरा हुआ अनुभव करें ··· अंधकार है, अंधकार है ··· चारों तरफ़ अंधकार है ··· कोई दिखायी नहीं पड़ता, कुछ सूझता नहीं ··· । बस अंधकार ही अंधकार है ··· छोड़ दें अंधकार में अपने को ···

मैं अकेला हूँ ··· मैं अकेला हूँ ··· मैं बिल्कुल अकेला हूँ ··· अकेला आता हूँ,

अकेला जाता हूँ, मैं अकेला हूँ ··· पाँच मिनट के लिए इस भाव में, गहरे से गहरे में उतर जाएँ कि मैं अकेला हूँ। मैं अकेला हूँ ··· मैं अकेला हूँ ··· मैं बिल्कुल अकेला हूँ ··· कोई भी तो नहीं है ··· मैं बिल्कुल अकेला हूँ ··· मैं अकेला हूँ ··· कोई भी तो नहीं है, संगी, साथी, प्रियजन, कोई भी तो नहीं है ··· मैं अकेला हूँ ··· मैं अकेला हूँ ··· मैं अकेला हूँ ··· मैं बिल्कुल अकेला हूँ, पाँच मिनट के लिए एक ही भाव में डूब जाएँ—मैं अकेला हूँ ··· मैं अकेला हूँ ··· मैं अकेला हूँ ··· और विराट् शांति उतर आएगी। मैं अकेला हूँ ···

मैं अकेला हूँ ··· मैं अकेला हूँ ··· चारों तरफ़ घनघोर अंधकार है, और मैं अकेला हूँ ··· मैं अकेला हूँ ··· मैं अकेला हूँ ···

जैसे ही बिल्कुल अकेले रह जाएँगे, सब शांत हो जाएगा, ऐसा शांत जैसा कभी नहीं हुआ। मैं अकेला हूँ, मैं अकेला हूँ ··· मैं अकेला हूँ ···

मैं अकेला हूँ ··· मैं बिल्कुल अकेला हूँ ··· चारों तरफ़ अंधकार, और मैं अकेला हूँ ··· मैं अकेला हूँ ··· चारों तरफ़ अंधकार और मैं अकेला हूँ ··· मैं अकेला हूँ ··· मैं अकेला हूँ ···। मन शांत हो जाएगा ··· मन बिल्कुल शांत हो जाएगा। ··· मैं अकेला हूँ ··· मैं अकेला हूँ ··· मैं अकेला हूँ ··· कोई कहीं, कोई नहीं, बस अंधकार है ··· और मैं अकेला हूँ ···

मैं अकेला हूँ ··· चारों ओर अंधकार, अंधकार ··· और मैं अकेला हूँ ··· मैं बिल्कुल अकेला हूँ ···

अकेला हूँ ··· अकेला हूँ ··· अकेला हूँ ··· चारों ओर अंधकार और मैं अकेला हूँ। मन बिल्कुल शांत हो जाएगा। ··· सब अशांति दूसरे के साथ है ··· सब अशांति दूसरे के साथ है ··· मैं अकेला हूँ, तो कैसी अशांति है ··· मैं अकेला हूँ ··· मैं अकेला हूँ ··· सब शांत हो गया है।

अकेला हूँ ··· अकेला हूँ ··· अकेला हूँ ··· अंधकार है, ··· अंधकार है और मैं अकेला हूँ। मन शांत हो गया है। समाधि की दूसरी सीढ़ी है, अकेले होने का भाव। इस भाव को ठीक से पहचान लें। मैं अकेला हूँ ··· मैं अकेला हूँ ··· मैं अकेला हूँ ···

फिर धीरे-धीरे आँख खोलें। चारों तरफ़ लोग दिखायी पड़ेंगे, फिर भी लगेगा, मैं अकेला हूँ—लोग हैं चारों तरफ़, लेकिन मैं अकेला हूँ। धीरे-धीरे आंख खोलें, चारों तरफ़ बड़ा संसार है, लेकिन मैं अकेला हूँ।

फिर तीसरा प्रयोग समझें—और पाँच मिनट के लिए तीसरे प्रयोग को करें।

अंधकार मृत्यु का पहला अनुभव है, अकेले होने का, निपट अकेले होने का अनुभव, मृत्यु का दूसरा अनुभव है, और तीसरा अनुभव है उस आदमी के मिट

जाने का जिसे मैंने अब तक जाना था कि मैं हूँ। जिसे मैंने समझा था कि मैं हूँ, नाम था जिसका, मकान था जिसका, इज़्ज़त थी, पता-ठिकाना था जिसका। मृत्यु का तीसरा अनुभव है, उस आदमी का मिट जाना, जिसे मैंने जाना था कि मैं हूँ। ज़रूर जिसे हम जानते हैं, मैं हूँ, उसके पीछे भी कोई है जो कभी नहीं मिटता। लेकिन उसे हम नहीं जान पाएँगे, नहीं पहचान पाएँगे। जब तक यह पर्त न मिट जाए, जिसे हम जानते हैं अपना होना। इसलिए तीसरा प्रयोग है इस बात के अनुभव का कि मिट गया मैं, वह जो था। जिसे मैं जानता था, जिसका चेहरा था, शक्ल थी, पहचान थी, नाम था, ठिकाना था। मिट गया, मिट गया। मैं मिट गया हूँ, क्योंकि मैं अपने जैसा जानता हूँ, वह मृत्यु में मिट जाएगा। समाधि में इस तीसरे अनुभव को तीव्रता से उतारना है कि मैं मिट गया हूँ, मैं मर गया हूँ, मैं मर गया हूँ। तीसरा अनुभव मिटने का अनुभव है। जब अंधकार पूरा हो जाएगा और मैं बिल्कुल अकेला रह जाऊँगा, तब मिटना बहुत आसान होगा। और जब मैं मिट भी जाऊँगा तब जो शेष रह जाएगा वही है, दी रिमेनिंग, वह जो पीछे बच जाता है। जिसे अंधकार डुबा नहीं पाता, जिसके अकेले होने से कुछ टूटता नहीं, और जिसके मर जाने से भी कुछ मिटता नहीं, फिर जो पीछे रह जाता है, वह है।

तीसरा प्रयोग है मिटने का—और जब आप मिट जाएँ मिट गए हों, तो आप कुछ भी नहीं कर सकते हैं। आपके करने का कुछ बाक़ी नहीं रह जाता है। फिर आप रह जाते हैं, जो रह जाएगा, रह जाएगा, जो खो जाएगा वह खो जाएगा। इस तीसरे प्रयोग को सर्वाधिक केंद्र पर समझना चाहिए समाधि में मिट जाने का।

एक फ़क़ीर लोगों को समाधि के संबंध में समझाता था। लेकिन वह कहता था, जो थोड़ा जानता हो वही मेरे पास आए। एक युवक उसके पास गया है। उसे युवक ने कहा है, मुझे सीखनी है समाधि। उसने कहा, कुछ थोड़ा जानते हो तो आओ। लेकिन वह युवक कुछ भी न जानता था। उस फ़क़ीर ने उसे द्वार के बाहर करके द्वार बंद कर लिए। उस युवक ने सोचा कि मैं कैसे बताऊँ कि मैं कुछ जानता हूँ, मैं कुछ जानता नहीं। उसने पास-पड़ोस में, लोगों से जाकर पूछा कि क्या कहने से फ़क़ीर उसे स्वीकार कर लेगा। तो उन लोगों ने कहा, जहाँ तक हमें पता है फ़क़ीर सिखाता है समाधि, यानि मर जाना। तो तुम जाकर जब फ़क़ीर कहे कि कुछ जानते हो, तो गिर पड़ना और मर जाना। उसने कहा, ऐसे कैसे मरूँगा? गिर पड़ सकता हूँ, लेकिन मरूँगा कैसे? तो उन्होंने कहा, तुम तो आँख बंद करके पड़ जाना। तो फ़क़ीर समझेगा कि थोड़ा तो जानते हो। वह युवक गया। सीख के आया था।

सीखा हुआ सदा झूठा होता है। दूसरे से सीखा हुआ कैसे काम पड़े। जैसे

ही उस गुरु ने पूछा कि जानते हो ? वह तत्काल गिरा और मर गया, यानी आँख बंद करके हाथ-पैर ढीले छोड़ के पड़ा रह गया। गुरु ने कहा, बिल्कुल ठीक, बिल्कुल ठीक, लेकिन, कम-से-कम, एक आँख खोलो तो उस युवक ने सोचा, शायद यह ज़रूरी होगा कि समाधि में एक आँख खोल लें। पर एक आँख खुलती नहीं। एक खोल ली, तो दोनों आँखें खुल गयीं। उस गुरु ने कहा उठो, और बाहर निकल जाओ। किससे सीख के आए हो ? कहीं मुर्दा आदमी आँख खोलता है ? अगर मर ही गए थे, तो मर ही जाना था, आँख क्यों खोली ? मरा हुआ आदमी कुछ भी नहीं करता है।

तीसरा जो प्रयोग है कि मर ही गए, उसका मतलब है कि फिर पाँच मिनट आपको कुछ नहीं करना है। अगर शरीर गिरे तो गिर जाए, झुके तो झुक जाए, जो हो, हो। अगर बाहर कोई आवाज़ आ रही है, सड़क से कार निकल रही है, सुनायी पड़ रही है, सुनते रहें। मरा हुआ आदमी कुछ नहीं कर सकता। यह भी तो नहीं कह सकता कि कार को आवाज़ नहीं करनी चाहिए। कर रही है, मरा हुआ आदमी क्या करेगा ? मरा हुआ आदमी पड़ा हुआ रहेगा। जो सुनायी पड़ रहा है, सुनायी पड़ेगा, नहीं सुनायी पड़ रहा है, नहीं सुनायी पड़ रहा है। चीज़ें जैसी हैं, वैसी ही स्वीकार कर लेगा। मरा हुआ आदमी कुछ भी तो नहीं कर सकता।

एक और फ़क़ीर के संबंध में मैंने सुना है कि वह फ़क़ीर सदा दूसरों से पूछा करता था। उसने, एक दिन गाँव में एक ज्ञानी आया और उससे पूछा कि किसी दिन मैं मर जाऊँ, तो मुझे कैसे पता चलेगा कि मैं मर गया। तो मुझे कोई तरकीब बता दें कि जिससे मैं जाँच करूँ कि मैं मर तो नहीं गया हूँ। तो उस ज्ञानी ने कहा, यह भी कोई जाँच करने की बात है। जब मरोगे तो हाथ पैर बिल्कुल ठंडे हो जाएँगे। ठंड के दिन थे, बर्फ पड़ रही थी। वह फ़क़ीर जंगल में कुछ लकड़ी काटने गया। हाथ ठंडे हो गए, उसने हाथ छुआ, उसने देखा, मालूम होता है मौत आ रही है। उसने कुल्हाड़ी नीचे पटक दी। एक वृक्ष पर लेट गया, क्योंकि मरे हुए आदमी को लेट जाना चाहिए। नियमानुसार वह लेट गया। हाथ ठंडे होते गए, लेट जाने से और जल्दी ठंडा हो गया। कुल्हाड़ी चलाता था तो थोड़ी गर्मी भी थी। जब बिल्कुल ठंडा हो गया, तो उसने कहा कि अब मर ही गए।

पड़ोस से कुछ लोग निकलते थे, रास्ते पर उन्होंने देखा, बेचारा कोई मर गया है। तो वह उसकी अर्थी बनाकर, परदेशी लोग थे, मरघट ले जाने लगे। अब उस फ़क़ीर ने कहा, हम क्या करें ? जब मर ही गए हैं, तो मरघट ले ही जाए जाएँगे। तो वह कुछ भी न बोला। वह अर्थी पर सवार हो गया। अर्थी चली लेकिन अजनवी लोग थे, परदेशी लोग थे। उनको पता न था कि मरघट का रास्ता

कौन-सा है ? चौरस्ते पर आकर वह सोचने लगे कि कोई यात्री निकले, तो हम पूछ लें कि मरघट का रास्ता कौन-सा है। फ़क़ीर को तो पता था कि रास्ता कौन-सा है। लेकिन उसने कहा कि पता नहीं मुर्दे बताते हैं कि नहीं बताते हैं। मगर यह वह ज्ञानी से पूछना भूल गया था कि मुर्दों से अगर कोई ऐसा अवसर आ जाए तो कुछ बता सकते हैं कि नहीं ?

लेकिन बड़ी देर हो गई, कोई नहीं आया, तो वे चारों बड़े परेशान हो गए, जो उठाके ले गए थे। उन्होंने कहा, बड़ी देर हुई जात है। तो फिर इसको यहीं छोड़ जाएँ और हम अपने रास्ते पर जाएँ। दूसरा पहुँचा देगा। फ़क़ीर ने कहा, घबराओ मत। रास्ता मुझे मालूम है। जब मैं ज़िंदा हुआ करता था, तो बायीं तरफ़ के रास्ते से लोग मरघट जाते थे। तब तो वे चारों घबराकर भाग खड़े हुए कि यह क्या हो गया। उस फ़क़ीर ने कहा, तुम बिल्कुल पक्का मानो, मैं मरा हुआ आदमी हूँ, सिर्फ़ यह ज्ञानी से पूछना भूल गया कि मरा हुआ आदमी कुछ बता सकता है कि नहीं बता सकता है। इतनी भर भूल है।

मरे हुए होने का जो पाँच मिनट हम अनुभव करेंगे, उसमें कुछ भी नहीं करना है। जो हो जाए उसे होने देना है। रास्ता भी नहीं बताना है। रास्ते से कोई गुजरता हुआ हो, हार्न तो यह भी नहीं सोचना है कि लोग शोर क्यों कर रहे हैं ? कोई आपके ऊपर गिर भी जाए, तो भी नहीं सोचना है कि यह क्यों गिर गया है ? मुर्दे को स्वीकार कर लेना चाहिए जो हो रहा है, हो रहा है। पाँच मिनट के लिए मुर्दा होने का प्रयोग करें, फिर हम ध्यान के लिए बैठेंगे।

शरीर को ढीला छोड़ें और आँख बंद कर लें—शरीर को ढीला छोड़ दें, आँख बंद कर दें। आँख बंद कर लें ··· शरीर को बिल्कुल ढीला छोड़ दें। अभी छोड़ सकते हैं, अभी मर नहीं गए। मर गए तो कुछ भी न कर सकेंगे, बिल्कुल ढीला छोड़ दें। शरीर ढीला छोड़ दिया है ··· आँख बंद कर दी है ··· एक मिनट के लिए अंधकार को लौटा दें ··· चारों ओर अंधकार ही अंधकार है ··· चारों ओर अंधकार ही अंधकार है ··· अंधकार ही अंधकार है ···

फिर दूसरा भाव कर लें, मैं अकेला हूँ, कोई संगी-साथी नहीं है ··· मैं बिल्कुल अकेला हूँ—मैं अकेला हूँ ··· मैं बिल्कुल अकेला हूँ।

और अब तीसरा अनुभव करें—मैं मर रहा हूँ ··· मैं खो रहा हूँ ··· मैं मिट रहा हूँ ··· मैं मिटा जा रहा हूँ ··· मैं मर रहा हूँ ··· मैं समाप्त हो रहा हूँ ··· मैं मर रहा हूँ ··· मैं मिट रहा हूँ ··· मैं समाप्त हो रहा हूँ ··· पाँच मिनट के लिए मैं मर रहा हूँ ··· मैं मिट रहा हूँ ··· मैं समाप्त हो रहा हूँ। मिट जाएँ ··· बिल्कुल मिट जाएं ··· जैसे हैं ही नहीं ··· मर जाएं, जैसे बचे ही नहीं ··· फिर जो बचेगा, बच रहेगा ··· वह आप

नहीं हैं, वह जो बचा है, वह परमात्मा है। वह जो बचेगा वह आप नहीं हैं, वह जो बचा है, वह आत्मा है।

मिट जाएं ... बिल्कुल मर जाएं ... मैं हूं ही नहीं, ... मैं मर गया हूं ... मैं मर गया हूं ... मैं मर गया हूं ... बिल्कुल मिट जाएं ... शरीर गिरे, गिर जाए ... शरीर आगे झुके ... झुक जाए ... अब मरा हुआ आदमी कुछ भी नहीं कर सकता, जो हो रहा है, हो रहा है। मैं मर गया हूं ... मैं मर गया हूं ... मैं बिल्कुल मिट गया हूं ... मर ही जाएं ... मिट ही जाएं ... कुछ भी नहीं बचा ... पांच मिनट के लिए खो जाएं, समाप्त हो जाएं।

मैं मर गया हूं ... मैं मर गया हूं ... मैं हूं ही नहीं ... मैं मिट गया हूं ... मैं समाप्त हो गया हूं ... मैं मर गया हूं ... मैं मिट गया हूं ... मैं समाप्त हो गया हूं।

मैं मिट गया हूं ... मैं मर गया हूं ... मैं हूं ही नहीं ... छोड़ दें ... बिल्कुल मिट जाएं ... अपने को छोड़ दें ... हूं ही नहीं ... मिट गया हूं ... समाप्त हो गया हूं ... और एक अपूर्व शांति प्राणों पर छा जाएगी ... एक आलौकिक शांति मन पर छा जाएगी ... मैं मर गया हूं ... मैं मिट गया हूं ... अब कुछ भी नहीं कर सकता हूं ... हूं ही नहीं ... छोड़ दें, छोड़ दें ... बिल्कुल मिट जाएँ ... मैं मर गया हूं ... मैं मिट गया हूं ... मैं हूं ही नहीं ...

मैं हूं ही नहीं ... जो है, वह है ... मैं नहीं हूं ... मैं नहीं हूं ... जो है, वह है ही ... मैं नहीं हूं ... मैं मिट गया हूं ... और देखें, कैसी शांति ... कैसी शांति सब तरफ़ से उतर आती है। मैं मर गया हूं ... मैं मिट गया हूं ... मैं हूं ही नहीं ... मैं बिल्कुल मिट गया।

मैं मिट गया हूं, मैं मिट गया हूं ... मैं हूं ही नहीं ... मैं नहीं हूं ... मैं नहीं हूं ... मैं बिल्कुल नहीं हूं ...

मन शांत हो गया है ... मन बिल्कुल शांत हो गया है ...

मैं मिट गया हूं ... मैं मर गया हूं ... मैं हूं ही नहीं ...

मैं बिल्कुल मिट गया हूं ... मैं मर गया हूं ...

इस भाव को ठीक से पहचान लें। यह समाधि का केंद्र है। इस भाव को ठीक से पहचान लें ... मैं मिट गया हूं ... मैं समाप्त हो गया हूं ... मैं हूं ही नहीं ... और मन बिल्कुल शांत हो गया ...

अब धीरे-धीरे आँखें खोलें ... तो भीतर सब कुछ मिट गया है ... धीरे-धीरे आँखें खोलें ... अब जो आँखों से देखता है, वह मैं नहीं हूं।

ये तीन सूत्र हैं समाधि के लिए—पहला, अंधकार। दूसरा अकेला होना। तीसरा समाप्त हो जाना। अब अंतिम दस मिनट के लिए इन तीनों प्रयोगों को एक

साथ करेंगे। ये तीन मैंने समझाने के लिए अलग-अलग आपको प्रयोग कराए, ताकि आपको ख़याल में आ जाएँ। अब इन तीनों का सम्मिलित प्रयोग दस मिनट के लिए हम करेंगे। उसमें बिल्कुल अपने को छोड़ देना है, जैसे खो ही गए, बचे ही नहीं। आवाज़ आती रहेगी, बाहर मशीन चलती है, कोई सड़क से गुज़रेगा और कहीं कोई पक्षी आवाज़ करेगा। उसे चुपचाप सुनते रहना है। जो हो रहा है, हो रहा है और हम समाप्त हो गए हैं।

अब, अंतिम प्रयोग के लिए बैठें। आँख बंद कर लें, और शरीर को ढीला छोड़ दें। आँख बंद कर लें, और शरीर को ढीला छोड़ दें।

चारों तरफ़ अंधकार है—चारों ओर अंधकार है···मैं बिल्कुल अकेला हूँ··· कोई संगी नहीं, साथी नहीं···ढीला छोड़ दें बिल्कुल, मिटने की तैयारी करनी है ···बिल्कुल ढीला छोड़ दें···अनुभव करें···शरीर शिथिल हो रहा है, शरीर बिल्कुल शिथिल होता जा रहा है। अंधकार है घना···चारों ओर अंधकार ही अंधकार है···मैं बिल्कुल अकेला हूँ···कोई संगी नहीं, साथी नहीं···और मर रहा हूँ, मिट रहा हूँ···समाप्त हुआ जा रहा हूँ—जैसे कोई बूँद किसी सागर में मिट जाती है। उस मिटने के लिए तैयार हो जाएं। शरीर को बिल्कुल ढीला छोड़ दें।

अनुभव करें—शरीर शिथिल हो रहा है,···शरीर शिथिल हो रहा है··· बिल्कुल ढीला छोड़ते जाए···मिटना ही है···बिल्कुल ढीला छोड़ दें···शरीर शिथिल हो रहा है···गिरे गिर जाए, झुके झुक जाए···जो हो, हो···शरीर शिथिल हो रहा है···शरीर शिथिल हो रहा है···चारों ओर अंधकार ही अंधकार है···मैं बिल्कुल अकेला हूँ···एकदम अकेला हूँ···शरीर शिथिल हो रहा है···शरीर शिथिल हो रहा है···श्वास शांत होती जा रही है···श्वास शांत होती जा रही है ···मन शांत होता जा रहा है···मन शांत होता जा रहा है···

अब दस मिनट के लिए बिल्कुल मिट जाएँ···जैसे हैं ही नहीं। मैं मर गया हूँ···मैं नहीं हूँ···मैं मर गया हूँ···मैं नहीं हूँ···आवाज़ सुनाई पड़ती रहेगी··· सुनते रहेंगे···मरा हुआ आदमी कुछ भी नहीं कर सकता···जो हो रहा है, उसे जान लेता है···स्वीकार कर लेता है। दस मिनट के लिए बिल्कुल मिट जाएँ, और इस मिटने से बिल्कुल नयी शांति, नया आनंद और एक नया अनुभव जन्मेगा।

मिट जाएँ···मैं मर रहा हूँ···मैं मर रहा हूँ···मैं बिल्कुल मिट गया हूँ···

अंधकार ही अंधकार है···अंधकार ही अंधकार है···और मैं बिल्कुल मिट गया हूँ···मैं हूँ ही नहीं···सब शांत हो जाएगा···भीतर एक अनूठा आनंद उठने लगेगा···

मैं मर गया हूँ ··· मैं मर गया हूँ ··· मैं बिल्कुल मिट गया हूँ ··· छोड़ दें ··· छोड़ दें ··· बिल्कुल छोड़ दें ···

मैं मिट गया हूँ, मैं मिट गया हूँ ··· मैं बिल्कुल मिट गया हूँ ··· मैं हूँ ही नहीं ··· मैं नहीं हूँ। मैं नहीं हूँ ··· मैं नहीं हूँ ··· मै नहीं हूँ ··· मैं नहीं हूँ ··· मैं नहीं हूँ ··· मैं नहीं हूँ ··· मैं नहीं हूँ ···

मैं हूँ ही नहीं ... मैं हूँ ही नहीं ··· मैं हूँ ही नहीं ··· सब शांत हो गया है ··· और एक गहरे आनंद की लहर भीतर उठने लगेगी - - - सब शांत हो गया है ··· मैं नहीं हूँ ··· मैं मिट गया हूँ ··· मैं मर गया हूँ ··· ।

ओशो—एक परिचय

बुद्धत्व की प्रवाहमान धारा में ओशो एक नया प्रारंभ हैं, वे अतीत की किसी भी धार्मिक परंपरा या श्रृंखला की कड़ी नहीं हैं। ओशो से एक नये युग का शुभारंभ होता है और उनके साथ ही समय दो सुस्पष्ट खंडों में विभाजित होता है : ओशो पूर्व तथा ओशो पश्चात।

ओशो के आगमन से एक नये मनुष्य का, एक नये जगत का, एक नये युग का सूत्रपात हुआ है, जिसकी आधारशिला अतीत के किसी धर्म में नहीं है, किसी दार्शनिक विचार-पद्धति में नहीं है। ओशो सद्यःस्नात धार्मिकता के प्रथम पुरुष हैं, सर्वथा अनूठे संबुद्ध रहस्यदर्शी हैं।

मध्यप्रदेश के कुचवाड़ा गांव में 11 दिसंबर 1931 को जन्मे ओशो का बचपन का नाम रजनीश चन्द्रमोहन था। उन्होंने जीवन के प्रारंभिक काल में ही एक निर्भीक स्वतंत्र आत्मा का परिचय दिया। खतरों से खेलना उन्हें प्रीतिकर था। 100 फीट ऊंचे पुल से कूद कर बरसात में उफनती नदी को तैरकर पार करना उनके लिए साधारण खेल था। युवा ओशो ने अपनी अलौकिक बुद्धि तथा दृढ़ता से पंडित-पुरोहितों, मुल्ला-पादरियों, संत-महात्माओं—जो स्वानुभव के बिना ही भीड़ के अगुवा बने बैठे थे—की मूढ़ताओं और पाखंडों का पर्दाफाश किया।

21 मार्च 1953 को इक्कीस वर्ष की आयु में ओशो संबोधि (परम जागरण) को उपलब्ध हुए। संबोधि के संबंध में वे कहते हैं : 'अब मैं किसी भी प्रकार की खोज में नहीं हूं। अस्तित्व ने अपने समस्त द्वार मेरे लिए खोल दिये हैं।' उन दिनों वे जबलपुर के एक कालेज में दर्शनशास्त्र के विद्यार्थी थे। संबोधि घटित होने के पश्चात भी उन्होंने अपनी शिक्षा जारी रखी और सन 1957 में सागर विश्वविद्यालय से दर्शनशास्त्र में प्रथम श्रेणी में प्रथम (गोल्डमेडलिस्ट) रहकर एम.ए. की उपाधि प्राप्त की। इसके पश्चात वे जबलपुर विश्वविद्यालय में दर्शनशास्त्र के प्राध्यापक पद पर कार्य करने लगे। विद्यार्थियों के बीच वे 'आचार्य रजनीश' के नाम से अतिशय लोकप्रिय थे।

विश्वविद्यालय के अपने नौ सालों के अध्यापन-काल के दौरान वे पूरे भारत में भ्रमण भी करते रहे। प्रायः ही 60-70 हजार की संख्या में श्रोता उनकी सभाओं में उपस्थित होते। वे आध्यात्मिक जन-जागरण की एक लहर फैला रहे थे। उनकी वाणी में और उनकी उपस्थिति में वह जादू था, वह सुगंध थी जो किसी पार के लोक से आती है।

सन 1966 में ओशो ने विश्वविद्यालय के प्राध्यापक पद से त्यागपत्र दे दिया ताकि अस्तित्व ने जिस परम भगवत्ता का खजाना उन पर लुटाया है उसे वे पूरी मानवता के प्रति बांट सकें और एक नये मनुष्य को जन्म देने की प्रक्रिया में समग्रतः लग सकें।

ओशो का यह नया मनुष्य 'ज़ोरबा दि बुद्धा' एक ऐसा मनुष्य है जो ज़ोरबा की भांति भौतिक जीवन का पूरा आनंद मनाना जानता है और जो गौतम बुद्ध की भांति मौन होकर ध्यान में

उतरने में भी सक्षम है—ऐसा मनुष्य जो भौतिक और आध्यात्मिक, दोनों तरह से समृद्ध है। 'ज़ोरबा दि बुद्धा' एक समग्र व अविभाजित मनुष्य है। इस नये मनुष्य के बिना पृथ्वी का कोई भविष्य शेष नहीं है।

सन 1970 में ओशो बंबई में रहने के लिए आ गये। अब पश्चिम से सत्य के खोजी भी जो अकेली भौतिक समृद्धि से ऊब चुके थे और जीवन के किन्हीं और गहरे रहस्यों को जानने और समझने के लिए उत्सुक थे, उन तक पहुंचने लगे। ओशो ने उन्हें बताया कि अगला कदम ध्यान है। ध्यान ही जीवन में सार्थकता के फूलों के खिलने में सहयोगी सिद्ध होगा।

इसी वर्ष सितंबर में, मनाली (हिमालय) में आयोजित अपने एक शिविर में ओशो ने नव-संन्यास में दीक्षा देना प्रारंभ किया। इसी समय के आसपास वे आचार्य रजनीश से भगवान श्री रजनीश के रूप में जाने जाने लगे।

सन 1974 में वे अपने बहुत से संन्यासियों के साथ पूना आ गये जहां 'श्री रजनीश आश्रम' की स्थापना हुई। पूना आने के बाद उनके प्रभाव का दायरा विश्वव्यापी होने लगा।

श्री रजनीश आश्रम पूना में प्रतिदिन अपने प्रवचनों में ओशो ने मानव-चेतना के विकास के हर पहलू को उजागर किया। बुद्ध, महावीर, कृष्ण, शिव, शांडिल्य, नारद, जीसस के साथ ही साथ भारतीय अध्यात्म-आकाश के अनेक नक्षत्रों—आदिशंकराचार्य, गोरख, कबीर, नानक, मलूकदास, रैदास, दरियादास, मीरा आदि पर उनके हजारों प्रवचन उपलब्ध हैं। जीवन का ऐसा कोई भी आयाम नहीं है जो उनके प्रवचनों से अस्पर्शित रहा हो। योग, तंत्र, ताओ, झेन, हसीद, सूफी जैसी विभिन्न साधना-परंपराओं के गूढ़ रहस्यों पर उन्होंने सविस्तार प्रकाश डाला है। साथ ही राजनीति, कला, विज्ञान, मनोविज्ञान, दर्शन, शिक्षा, परिवार, समाज, गरीबी, जनसंख्या-विस्फोट, पर्यावरण तथा संभावित परमाणु युद्ध के व उससे भी बढ़कर एड्स महामारी के विश्व-संकट जैसे अनेक विषयों पर भी उनकी क्रांतिकारी जीवन-दृष्टि उपलब्ध है।

शिष्यों और साधकों के बीच दिए गए उनके ये प्रवचन छह सौ पचास से भी अधिक पुस्तकों के रूप में प्रकाशित हो चुके हैं और तीस से अधिक भाषाओं में अनुवादित हो चुके हैं। वे कहते हैं, "मेरा संदेश कोई सिद्धांत, कोई चिंतन नहीं है। मेरा संदेश तो रूपांतरण की एक कीमिया, एक विज्ञान है।"

ओशो अपने आवास से दिन में केवल दो बार बाहर आते—प्रातः प्रवचन देने के लिए और संध्या समय सत्य की यात्रा पर निकले हुए साधकों को मार्गदर्शन एवं नये प्रेमियों को संन्यास-दीक्षा देने के लिए।

सन 1980 में कट्टरपंथी हिंदू समुदाय के एक सदस्य द्वारा उनकी हत्या का प्रयास भी उनके एक प्रवचन के दौरान किया गया।

अचानक शारीरिक रूप से बीमार हो जाने से 1981 की वसंत ऋतु में वे मौन में चले गये। चिकित्सकों के परामर्श पर उसी वर्ष जून में उन्हें अमरीका ले जाया गया। उनके अमरीकी शिष्यों ने ओरेगॅन राज्य के मध्य भाग में 64,000 एकड़ जमीन खरीदी थी जहां उन्होंने ओशो को रहने के लिए आमंत्रित किया। धीरे-धीरे यह अर्ध-रेगिस्तानी जगह एक फूलते-फलते कम्यून में परिवर्तित होती गई। वहां लगभग 5,000 प्रेमी मित्र मिल-जुलकर अपने सद्गुरु के सान्निध्य में आनंद और उत्सव के वातावरण में एक अनूठे नगर के सृजन को यथार्थ रूप दे रहे थे। शीघ्र ही यह नगर रजनीशपुरम नाम से संयुक्त राज्य अमरीका का एक निगमीकृत (इन्कार्पोरेटेड) शहर

बन गया। किंतु कट्टरपंथी ईसाई धर्माधीशों के दबाव में व राजनीतिज्ञों के निहित स्वार्थवश प्रारंभ से ही कम्यून के इस प्रयोग को नष्ट करने के लिए अमरीका की संघीय, राज्य और स्थानीय सरकारें हर संभव प्रयास कर रही थीं।

जैसे अचानक एक दिन ओशो मौन हो गये थे वैसे ही अचानक अक्तूबर 1984 में उन्होंने पुनः प्रवचन देना प्रारंभ कर दिया। जीवन-सत्यों के इतने स्पष्टवादी व मुखर विवेचनों से निहित स्वार्थों की जड़ें और भी चरमराने लगीं।

अक्तूबर 1985 में अमरीकी सरकार ने ओशो पर आप्रवास-नियमों के उल्लंघन के 35 मनगढ़ंत आरोप लगाए। बिना किसी गिरफ्तारी-वारंट के ओशो को बंदूकों की नोक पर हिरासत में ले लिया गया। 12 दिनों तक उनकी जमानत स्वीकार नहीं की गयी और उनके हाथ-पैर में हथकड़ी व बेड़ियां डालकर उन्हें एक जेल से दूसरी जेल में घुमाते हुए पोर्टलैंड (ओरेगॅन) ले जाया गया। इस प्रकार, जो यात्रा कुल पांच घंटे की है वह आठ दिन में पूरी की गयी। जेल में उनके शरीर के साथ बहुत दुर्व्यवहार किया गया और यहीं संघीय सरकार के अधिकारियों ने उन्हें 'थेलियम' नामक धीमे असरवाला जहर दिया।

14 नवंबर 1985 को अमरीका छोड़ कर ओशो भारत लौट आये। यहां की तत्कालीन सरकार ने भी उन्हें समूचे विश्व से अलग-थलग कर देने का पूरा प्रयास किया। तब ओशो नेपाल चले गये। नेपाल में भी उन्हें अधिक समय तक रुकने की अनुमति नहीं दी गयी।

फरवरी 1986 में ओशो विश्व-भ्रमण के लिए निकले जिसकी शुरुआत उन्होंने ग्रीस से की, लेकिन अमरीका के दबाव के अंतर्गत 21 देशों ने या तो उन्हें देश से निष्कासित किया या फिर देश में प्रवेश की अनुमति ही नहीं दी। इन तथाकथित स्वतंत्र व लोकतांत्रिक देशों में ग्रीस, इटली, स्विट्जरलैंड, स्वीडन, ग्रेट ब्रिटेन, पश्चिम जर्मनी, हालैंड, कनाडा, जमाइका और स्पेन प्रमुख थे।

ओशो जुलाई 1986 में बम्बई और जनवरी 1987 में पूना के अपने आश्रम में लौट आए, जो अब ओशो कम्यून इंटरनेशनल के नाम से जाना जाता है। यहां वे पुनः अपनी क्रांतिकारी शैली में अपने प्रवचनों से पंडित-पुरोहितों और राजनेताओं के पाखंडों व मानवता के प्रति उनके षड्यंत्रों का पर्दाफाश करने लगे।

इसी बीच भारत सहित सारी दुनिया के बुद्धिजीवी वर्ग व समाचार माध्यमों ने ओशो के प्रति गैर-पक्षपातपूर्ण व विधायक चिंतन का रुख अपनाया। छोटे-बड़े सभी प्रकार के समाचारपत्रों व पत्रिकाओं में अक्सर उनके अमृत-वचन अथवा उनके संबंध में लेख व समाचार प्रकाशित होने लगे। देश के अधिकांश प्रतिष्ठित संगीतज्ञ, नर्तक, साहित्यकार, कवि व शायर ओशो कम्यून इंटरनेशनल में अक्सर आने लगे। मनुष्य की चिर-आकांक्षित उटोपिया का सपना साकार देखकर उन्हें अपनी ही आंखों पर विश्वास न होता।

26 दिसंबर 1988 को ओशो ने अपने नाम के आगे से 'भगवान' संबोधन हटा दिया। 27 फरवरी 1989 को ओशो कम्यून इंटरनेशनल के बुद्ध सभागार में सांध्य-प्रवचन के समय उनके 10,000 शिष्यों व प्रेमियों ने एकमत से अपने प्यारे सद्‌गुरु को 'ओशो' नाम से पुकारने का निर्णय लिया।

अक्तूबर 1985 में जेल में अमरीका की रीगन सरकार द्वारा ओशो को थेलियम नामक धीमा असर करने वाला जहर दिये जाने एवं उनके शरीर को प्राणघातक रेडिएशन से गुजारे जाने के

सत्यम् शिवम् सुंदरम्
रसो वै सः
सच्चिदानंद
पंडित-पुरोहित और राजनेता : मानव आत्मा के शोषक
ॐ मणि पद्मे हुम्
ॐ शांतिः शांतिः शांतिः
हरि ॐ तत्सत्
एक महान चुनौती : मनुष्य का स्वर्णिम भविष्य
मैं धार्मिकता सिखाता हूं, धर्म नहीं

तंत्र
संभोग से समाधि की ओर
तंत्र-सूत्र (पांच भागों में)

पत्र-संकलन
क्रांति-बीज
पथ के प्रदीप
अंतर्वीणा
प्रेम की झील में अनुग्रह के फूल

बोध-कथा
मिट्टी के दीये

ध्यान, साधना, योग
ध्यानयोग : प्रथम और अंतिम मुक्ति
रजनीश ध्यान योग
हसिबा, खेलिबा, धरिबा ध्यानम्
नेति-नेति
मैं कहता आंखन देखी
पतंजलि : योग-सूत्र (दो भागों में)

साधना-शिविर
साधना-पथ
ध्यान-सूत्र
जीवन ही है प्रभु
माटी कहै कुम्हार सूं
मैं मृत्यु सिखाता हूं
जिन खोजा तिन पाइयां
समाधि के सप्त द्वार (ब्लावट्स्की)
साधना-सूत्र (मेबिल कॉलिन्स)

राष्ट्रीय और सामाजिक समस्याएं
देख कबीरा रोया
स्वर्ण पाखी था जो कभी और अब है भिखारी जगत का
शिक्षा में क्रांति
नये समाज की खोज

ओशो के संबंध में
भगवान श्री रजनीश : ईसा मसीह के पश्चात सर्वाधिक विद्रोही व्यक्ति

धरमदास
जस पनिहार धरे सिर गागर
का सोवै दिन रैन

मलूकदास
कन थोरे कांकर घने
रामदुवारे जो मरे

दरिया
कानों सुनी सो झूठ सब
अमी झरत बिगसत कंवल

झेन, सूफी और उपनिषद की कहानियां
बिन बाती बिन तेल
सहज समाधि भली
दीया तले अंधेरा

अन्य रहस्यदर्शी
भक्ति-सूत्र (नारद)
शिव-सूत्र (शिव)
भजगोविन्दम् मूढ़मते (आदिशंकराचार्य)
एक ओंकार सतनाम (नानक)
जगत तरैया भोर की (दयाबाई)
बिन घन परत फुहार (सहजोबाई)
नहीं सांझ नहीं भोर (चरणदास)
संतो, मगन भया मन मेरा (रज्जब)
कहै वाजिद पुकार (वाजिद)
मरौ हे जोगी मरौ (गोरख)
सहज-योग (सरहपा-तिलोपा)
बिरहिनी मंदिर दियना बार (यारी)
दरिया कहै सब्द निरबाना
(दरियादास बिहारवाले)
प्रेम-रंग-रस ओढ़ चदरिया (दूलन)
हंसा तो मोती चुगैं (लाल)
गुरु-परताप साध की संगति (भीखा)
मन ही पूजा मन ही धूप (रैदास)
झरत दसहुं दिस मोती (गुलाल)

जरथुस्त्र: नाचता-गाता मसीहा (जरथुस्त्र)

प्रश्नोत्तर
नहिं राम बिन ठांव
प्रेम-पंथ ऐसो कठिन
उत्सव आमार जाति, आनंद आमार गोत्र
मृत्योर्मा अमृतं गमय
प्रीतम छवि नैनन बसी
रहिमन धागा प्रेम का
उड़ियो पंख पसार
सुमिरन मेरा हरि करैं
पिय को खोजन मैं चली
साहेब मिल साहेब भये
जो बोलैं तो हरिकथा
बहुरि न ऐसा दांव
ज्यूं था त्यूं ठहराया
ज्यूं मछली बिन नीर
दीपक बारा नाम का
अनहद में बिसराम
लगन महूरत झूठ सब
सहज आसिकी नाहिं
पीवत रामरस लगी खुमारी
रामनाम जान्यो नहीं
सांच सांच सो सांच
आपुई गई हिराय
बहुतेरे हैं घाट
कोंपलें फिर फूट आईं
फिर पत्तों की पांजेब बजी
फिर अमरित की बूंद पड़ी
चेति सकै तो चेति
क्या सोवै तू बावरी
एक एक कदम
चल हंसा उस देस
कहा कहूं उस देस की
पंथ प्रेम को अटपटो
मूलभूत मानवीय अधिकार
नया मनुष्य: भविष्य की एकमात्र आशा

ओशो का हिन्दी साहित्य

उपनिषद
सर्वसार उपनिषद
कैवल्य उपनिषद
अध्यात्म उपनिषद
कठोपनिषद
ईशावास्य उपनिषद
निर्वाण उपनिषद
आत्म-पूजा उपनिषद
केनोपनिषद
मेरा स्वर्णिम भारत (विविध उपनिषद-सूत्र)

कृष्ण
गीता-दर्शन (आठ भागों में अठारह अध्याय)
कृष्ण-स्मृति

महावीर
महावीर-वाणी (दो भागों में)
महावीर-वाणी (पुस्तिका)
जिन-सूत्र (दो भागों में)
महावीर या महाविनाश
महावीर : मेरी दृष्टि में
ज्यों की त्यों धरि दीन्हीं चदरिया

मीरा
पद घुंघरू बांध
झुक आई बदरिया सावन की

बुद्ध
एस धम्मो सनंतनो (बारह भागों में)

लाओत्से
ताओ उपनिषद (छह भागों में)

अष्टावक्र
महागीता (छह भागों में)

कबीर
सुनो भई साधो
कहै कबीर दीवाना
कहै कबीर मैं पूरा पाया
मगन भया रसि लागा
घूंघट के पट खोल
न कानों सुना न आंखों देखा
(कबीर व फरीद)

शांडिल्य
अथातो भक्ति जिज्ञासा (दो भागों में)

दादू
सबै सयाने एक मत
पिव पिव लागी प्यास

जगजीवन
नाम सुमिर मन बावरे
अरी, मैं तो नाम के रंग छकी

सुंदरदास
हरि बोलौ हरि बोल
ज्योति से ज्योति जले

पलटू
अजहूं चेत गंवार
सपना यह संसार
काहे होत अधीर

कारण उनका शरीर तब से निरंतर अस्वस्थ रहने लगा था और भीतर से क्षीण होता चला गया। इसके बावजूद वे ओशो कम्यून इंटरनेशनल, पूना के गौतम दि बुद्धा आडिटोरियम में 10 अप्रैल 1989 तक प्रतिदिन संध्या दस हजार शिष्यों, खोजियों और प्रेमियों की सभा में प्रवचन देते रहे और उन्हें ध्यान में डुबाते रहे। इसके बाद के अगले कई महीने उनका शारीरिक कष्ट बढ़ गया।

17 सितंबर 1989 से पुनः गौतम दि बुद्धा आडिटोरियम में हर शाम केवल आधे घंटे के लिए आकर ओशो मौन दर्शन-सत्संग के संगीत और मौन में सबको डुबाते रहे। इस बैठक को उन्होंने "ओशो व्हाइट रोब ब्रदरहुड" नाम दिया। ओशो 16 जनवरी 1990 तक प्रतिदिन संध्या सात बजे "ओशो व्हाइट रोब ब्रदरहुड" की सभा में आधे घंटे के लिये उपस्थित होते रहे।

17 जनवरी को वे सभा में केवल नमस्कार करके वापस चले गए। 18 जनवरी को "ओशो व्हाइट रोब ब्रदरहुड" की सांध्य-सभा में उनके निजी चिकित्सक स्वामी प्रेम अमृतो ने सूचना दी कि ओशो के शरीर का दर्द इतना बढ़ गया है कि वे हमारे बीच नहीं आ सकते, लेकिन वे अपने कमरे में ही सात बजे से हमारे साथ ध्यान में बैठेंगे। दूसरे दिन 19 जनवरी 1990 को, अपराह्न पांच बजे ओशो शरीर छोड़कर महाप्रयाण कर गये। इसकी घोषणा सांध्य-सभा में की गयी। ओशो की इच्छा के अनुरूप, उसी सांध्य-सभा में उनका शरीर गौतम दि बुद्धा आडिटोरियम में दस मिनट के लिए लाकर रखा गया। दस हजार शिष्यों और प्रेमियों ने उनकी आखिरी विदाई का उत्सव संगीत-नृत्य, भावातिरेक और मौन में मनाया। फिर उनका शरीर दाहक्रिया के लिए ले जाया गया।

21 जनवरी 1990 के पूर्वाह्न में उनके अस्थि-फूल का कलश महोत्सवपूर्वक कम्यून में लाकर च्वांग्त्सू हॉल में निर्मित संगमरमर के समाधि भवन में स्थापित किया गया।

ओशो की समाधि पर स्वर्ण अक्षरों में अंकित है :

OSHO
Never Born
Never Died
Only Visited this
Planet Earth between
Dec 11 1931 – Jan 19 1990

ध्यान और सृजन का यह अनूठा नव-संन्यास उपवन, ओशो कम्यून, ओशो की विदेह-उपस्थिति में आज पूरी दुनिया के लिए एक ऐसा प्रबल चुंबकीय आकर्षण-केंद्र बन गया है कि यहां निरंतर नए-नए लोग आत्म-रूपांतरण के लिए आ रहे हैं तथा ओशो की सघन-जीवंत उपस्थिति में अवगाहन कर रहे हैं।

डायमंड पाकेट बुक्स में ओशो का अलौकिक साहित्य

संभोग से समाधि की ओर-1
संभोग से समाधि की ओर-2
संभोग से समाधि की ओर-3
संभोग से समाधि की ओर-4
रजनीश ध्यान योग
दुख के पार, जीवन-अमृत
मौलिक क्रांन्ति
मौन संगीत
सत्य की पहली किरण
सुमिरन मेरा हरि करैं
उड़ियो पंख पसार, पाथेय
शून्य का दर्शन
अमृत की दिशा
सम्भावनाओं की आहट
सहज जीवन के स्वर
सहज जीवन के सूत्र
जीवित मन्दिर
जीवन क्रान्ति
चेति सकै तो चेति
मिट्टी के दीये
साधना सूत्र-1,
हेरत हेरत हे सखी
साधना सूत्र-2
आत्मा का कमल
साधना सूत्र-3, ह्रदय संगीत
आत्मपूजा उपनिषद
मुक्ति बोध
ध्यान और प्रेम
ध्यान की कला
हसिबा खेलिबा धरिबा ध्यानम
कहा कहूँ उस देस की
राम खुमारी
अभिनव धर्म
करुणा और क्रान्ति
एक ओंकार सतनाम
मैं मृत्यु सिखाता हूँ
शून्य समाधि
सम्बोधि के क्षण
बहुतेरे हैं घाट
मैं धार्मिकता सिखाता हूँ
धर्म नहीं
नये समाज की खोज
एक एक कदम
प्रार्थना के बीज
आकाश भर आनन्द
साधना के आयाम
सहजयोग : अभी और यहीं

सहज योग : प्रार्थना और आनन्द
सहजयोग : महाक्रान्ति
योग-सूत्र : अहंकार और समर्पण
योग-सूत्र : बुद्धों का मनोविज्ञान
योग-सूत्र : नींद, स्वप्न और बोध
योग सूत्र : समाधि के दो रूप
योग-सूत्र : एक वैज्ञानिक दृष्टि
योग-सूत्र : आंतरिक अनुष्ठान
योग-सूत्र : प्रज्ञा और समाधि
योग-सूत्र : सद्‌गुरु को समर्पण
ध्यान सूत्र : अन्तिम यात्रा
ध्यान सूत्र : एक अपूर्व अभियान
साधना पथ
प्रभु की पगडंडियाँ
शिक्षा : नये प्रयोग
शिक्षा और विद्रोह
शिक्षा और जागरण
शिक्षा में क्रान्ति
भारत के जलते प्रश्न
धर्म और राजनीति
स्वर्णिम भारत
प्रेम है द्वार सत्य का
दिया बले अगम का
शून्यता है महामुक्ति
मुक्त गगन के पंछी
जीवन संगीत
सतगुर मिले ते उबरे
सबद भया उजियाला
हंसे खेले न करे मन भंग
सहजै रहिबा
उपनिषद-शून्य संवाद
एकमात्र उपाय : जागो
क्रान्ति सूत्र : साक्षी भाव
इक साधे सब सधै
भारत एक अनूठी संपदा
गीता : विज्ञान, कला, अध्यात्म
गीता : समस्त योगों का सार
गीता : मनोविज्ञान का
परम शास्त्र
गीता : कृष्णा का योग विज्ञान
भक्ति : परम प्रेम रूपा
भक्ति : विराट का अनुभव
भक्ति : शून्य की झील में
प्रेम का कमल
भक्ति : निराकार से एकाकार
भक्तिः जीवन रूपांतरण की कला
अस्वीकृति में उठा हाथ

नयी क्रान्ति की रुपरेखा
विचार क्रान्ति
गांधी पर पुनर्विचार
दिया अमृत पाया जहर
कुंडलिनी और तंत्र
कुंडलिनी जागरण और शक्तिपात
कुंडलिनी और सात शरीर
कुंडलिनी यात्रा
साक्षी कृष्ण और रासलीला
कृष्णाः साधना रहित सिद्धि
कृष्ण और हंसता हुआ धर्म
कृष्ण गुरु भी सखा भी
कृष्ण : जिज्ञासा खोज
उपलब्धि
ऐसी भक्ति करै रैदासा
दरिया झूठ सो झूठ है
जात हमारी ब्रहम है
सुखिया सब संसार
दुखिया दास कबीर
जित देखूं तित तूं
जोतहि जोत समानी
बोलै शेख फरीद
सत भाषै रैदास
क्या मेरा क्या तेरा
मन लागा यार फकीरी में
शिव साधना
शिव दर्शन
निरगुन का बिसराम
लिखा लिखी की है नहीं
गुरु गोविन्द दोउ खड़े
हीरा पायो गांठ गठियायो
मेरे तो गिरधर गोपाल
राम नाम रस पीजै
राम नाम निज औषधि
दादू सहजै देखिए
नहीं जोग नहीं जाप
तेरा साईं तुज्झ में
आपुई गई हिराय
अस्वीकृति में उठा हाथ
नयी क्रान्ति
गांधी पर पुनर्विचार
हरि ॐ तत्सत्
ॐ शान्ति शान्ति शान्ति
ॐ मणि पद्म हुम
मनुष्य का स्वर्णिम भविष्य
आशो गाथा
ओशो के संग कुछ अनमोल क्षण

www.ingramcontent.com/pod-product-compliance
Lightning Source LLC
LaVergne TN
LVHW100040051026
849525LV00001B/171
* 9 7 8 9 3 5 5 9 9 1 1 4 0 *